INBAL ELMOZNINO

A Quatro Mãos

Traduzido por Wélida Muniz

1ª Edição

2023

Direção Editorial:	**Preparação de texto:**
Anastacia Cabo	Mara Santos
Tradução:	**Revisão Final:**
Wélida Muniz	Equipe The Gift Box
Tradução para o inglês:	**Arte de capa:**
Elizabeth Zauderer	Gralancelotti
Diagramação:	Carol Dias

Copyright © Copyright © Four Hands by Inbal Elmoznino
Copyright © The Gift Box, 2023

Todos os direitos reservados.
Nenhuma parte do conteúdo desse livro poderá ser reproduzida em qualquer meio ou forma – impresso, digital, áudio ou visual – sem a expressa autorização da editora sob penas criminais e ações civis.
Esta é uma obra de ficção. Nomes, personagens, lugares e acontecimentos descritos são produtos da imaginação da autora. Qualquer semelhança com nomes, datas ou acontecimentos reais é mera coincidência.

Este livro segue as regras da Nova Ortografia da Língua Portuguesa.

CIP-BRASIL. CATALOGAÇÃO NA PUBLICAÇÃO
SINDICATO NACIONAL DOS EDITORES DE LIVROS, RJ
Gabriela Faray Ferreira Lopes - Bibliotecária - CRB-7/6643

E43q

Elmoznino, Inbal
    A quatro mãos / Inbal Elmoznino ; tradução Wélida Muniz. - 1. ed. - Rio de Janeiro : The Gift Box, 2023.
    340 p.

Tradução de: Four hands
ISBN 978-65-5636-289-2

1. Ficção israelense. I. Muniz, Wélida. II. Título.

23-85217   CDD: 892.43
                CDU: 82-3(569.4)

PRÓLOGO

Não era a minha hora de morrer. Não ainda.

Naquela manhã, o dia começou na sala de redação, não igual aos outros, que começavam em campo, e pareceu durar uma eternidade. Eu estava tão ocupada com o artigo que estava escrevendo nas últimas semanas que não notei o dia virar noite. Enviei a história para Walter, meu chefe, para uma última avaliação antes da publicação ser autorizada. Era justo esperar que receberia uma ligação dele no dia seguinte. Eu ansiava pelos elogios. Essa história foi resultado de um trabalho extraordinariamente cansativo, mesmo para mim.

Eram sete da noite. Os ponteiros do relógio batiam a rotina de sempre, alheios de que se aproximavam do que estava prestes a acontecer, ao que espreitava no escuro.

Uma chuva torrencial me recebeu quando saí do prédio. Raios e trovões iluminavam o céu. Corri para o carro e fui para casa. Estacionei perto da porta da frente e desliguei o motor. Apertei o passo, tendo o cuidado de não escorregar na fina camada de gelo que havia se acumulado na calçada. A rua estava vazia, não havia um vizinho à vista, como se eu esperasse ver algum num tempo desses.

Bati a porta, pendurei o casaco encharcado e tirei os sapatos no corredor. Pingando água pelo piso de madeira, subi correndo até o meu quarto para tirar as roupas molhadas.

Eu ainda tremia quando corri para o banho quente, o vapor espiralava no ar. Afundei o corpo na água e permiti que meus pensamentos vagassem, ponderando novas histórias que queria investigar. O tempo se arrastou. Estava exausta.

Eu me sequei e vesti um pijama quentinho. Pulei o jantar e percorri a casa, iniciando o ritual noturno: me certifiquei de que as portas estivessem fechadas; e as janelas, travadas; e apaguei as luzes do andar de baixo, menos a que sempre deixava acesa na cozinha. Eu me arrastei pelas escadas, sentei-me na cama e acendi os abajures.

Um raio cruzou o céu, seguido pelo ribombar aterrorizante do trovão. Saltei da cama e fui até a janela. O que eu vi foi tanto magnífico quanto aterrorizante.

Fechei as cortinas para poder ter uma boa noite de sono. Deslizei o corpo sob a roupa de cama macia, liguei o despertador e coloquei o celular ao lado do travesseiro. Minhas pálpebras estavam pesadas e não demorou muito para eu apagar.

Não fazia ideia de quanto tempo havia se passado quando minhas pálpebras abriram e estava rodeada pela escuridão.

Eu me sentei e agarrei a cabeceira, invadida pelo medo. Meu coração estava disparado.

O terror noturno.

Com as mãos trêmulas, mal consegui acender a luz. Nada. A energia havia acabado. Senti um desconforto no estômago e a adrenalina saltou pelo meu corpo em ondas velozes. Eu estava em pânico.

De repente, vi uma luz ofuscante, e uma rajada de vento soprou o meu cabelo.

Virei a cabeça na direção de onde o vento vinha. As cortinas foram puxadas para o lado, e as janelas estavam abertas.

Um grito agudo e involuntário escapou da minha garganta quando outro trovão explodiu. Apanhei o telefone e pressionei as teclas. Outro raio, depois um trovão. Larguei o celular, que caiu no chão. A tela acendeu.

— Sam, Sam. — Uma voz sussurrada surgiu no silêncio. Agarrei os lençóis.

Acorde, é só um sonho, foi a ordem que dei a mim mesma. *Foco! Não deixe a voz assustar você.*

Ouvi passos leves.

— Quem está aí? Quem está no meu quarto? — Minha garganta estava seca, e minha boca, aberta em um grito silencioso. Eu estava sem ar. Meu corpo começou a tremer. Fechei os olhos com força e balancei a cabeça, rogando para que eu acordasse.

— Vai acabar já, já — disse a mim mesma, em voz alta —, o sol vai nascer a qualquer momento.

Eu senti a cama se mexer? Não estou alucinando, ela está se movendo!

Ouvi um grito e percebi que ele veio do meu lado. Alguém tocou o meu pé, massageando-os com os dedos.

Ouvi a voz chamar o meu nome de novo.

Abri os olhos, sobrepujada pelo medo. No momento, nem sequer conseguia tentar me acalmar nem usar a voz da razão para falar comigo mesma.

Senti algo veloz atravessar o quarto. Não conseguia dizer se era ou não real. Congelei.

Eu não estava sozinha; havia alguém ali comigo. Aquilo era verdade.

Raios reluziram na janela, iluminando a forma escura parada aos pés da cama.

Trovão e escuridão.

O homem diante de mim vestia uma longa capa preta com um capuz largo que lhe escondia a face. Algo no corpo dele refletia a luz, parecia haver uma cruz presa a uma corrente ao redor de seu pescoço.

Minhas mãos cerraram e as unhas cravaram as palmas suadas, arrancando sangue. Ao sentir a dor embotada, soube com certeza que não era um pesadelo. Oculto pela escuridão, ele ficou imóvel, me observando. Sem dizer uma palavra.

Eu nunca cheguei a pensar como morreria. Se tivesse feito isso, não teria imaginado, nem nos meus sonhos mais delirantes, um momento assim.

O quarto estava preenchido pelo breu profundo da noite. Eu conseguia sentir o homem parado a alguns passos de mim. Ele tinha vindo me tirar a vida. Conseguia sentir o cheiro de seu corpo, fedia a suor e perfume picante.

Não afastei o olhar. Meu medo e minha ansiedade se tornaram um apelo, uma oração: *faça acabar rápido, sem estupro nem tortura. Me dê uma morte indolor*. O cântico silencioso mais parecia um mantra perdido. *Por que ele não está fazendo nada? Por que não me mata logo com um golpe na cabeça? Com um corte preciso na artéria principal para que eu sangre até a morte?*

De repente, a janela fechou com tudo.

Eu me abracei. Lágrimas lavaram meu rosto, deixando-o frio e molhado, suor encharcava a raiz do meu cabelo.

Outro raio me forçou a me concentrar. Por uma fração de segundo, ele foi revelado.

Os passos se aproximaram.

Agora preferia o escuro. Eu não tinha nenhum desejo de encarar o terror. Um som de vidro estilhaçando clamou nos meus ouvidos.

Minha respiração acelerada logo causou uma sensação de sufocamento ao redor do meu pescoço e arquejei por ar. Meu peito subia e descia, lutando por oxigênio.

À minha esquerda, uma vela foi acesa, iluminando outro corpo masculino. Então, uma atrás da outra, mais foram acesas. Percebi que estava rodeada por várias sombras, todas envoltas em capas.

— *Toro, Toro, Toro, Toro, Toro.* — As vozes monótonas ficaram mais fortes. Mais altas. Elevando-se a cada repetição.

Um rito? Eles vão me sacrificar?

De repente, o homem diante de mim tirou a capa. A chama das velas iluminou seu corpo grande e musculoso, revelando uma tatuagem de um touro aterrorizante logo acima da pélvis.

Ele agarrou as minhas pernas e me puxou para si. Eu o chutei com a força que ainda me restava, gritando *não, não, não!*

A lâmina pontiaguda de uma faca furou a minha pele.

Eu me vi sentada na cama, com a blusa do pijama encharcada de suor. Saltei para o espelho e examinei meu rosto e corpo enquanto tentava relaxar meus membros trêmulos.

Nenhuma marca.

Maldito sonho. Amaldiçoei o homem misterioso que havia retornado para assombrar as minhas noites, para perturbar o meu sono.

1

Humanos tendiam a desenvolver hábitos com base em uma teoria que a princípio é particular. Eu não fazia isso. Começava cada dia com uma rotina diferente, mas a noite tinha começado a adotar uma nova regra de ouro: estava convencida de que quanto menos me apegasse às pessoas, mais estaria imune à dor e a perda. Nenhum relacionamento alimentaria a minha ansiedade de separação, a qual há tempos, em uma época que agora queria esquecer, quase me consumiu.

Olhei para o homem espalhado na minha cama. O corpo esculpido estava emaranhado nos lençóis brancos, e seu rosto quase inteiramente escondido pela colcha. Os roncos ritmados escapando de sua boca ressoavam e atrapalhavam o meu sono, mas o que me aborrecia ainda mais era saber que permiti que ele invadisse meu espaço privado.

Vaguei pelo quarto, atordoada; depois me sentei no parapeito da janela e olhei para ele de novo. Ontem, o considerei meu amante, mas nessa manhã ele me irritava. Uma raiva oculta e sombria, mas raiva ainda assim.

Eu não o acordei. Tomei um banho rápido, depois encarei o espelho do banheiro e passei a mão pelo embaçado em sua superfície. Não havia dúvida de que meu jeito intenso de levar a vida havia cobrado seu preço. As olheiras profundas em torno dos meus grandes olhos cinzentos indicavam uma falta de sono essencial. Tentei escondê-las com uma boa camada de maquiagem, mas minha pele parecia pálida e sem vida. Em um último esforço de dar o mínimo de vitalidade à minha aparência, passei um batom vermelho-berrante nos meus lábios carnudos e deixei meu cabelo cor de mel solto. Teria que bastar, não tinha mais tempo a perder; precisava ir. Vesti o que encontrei no armário: jeans desbotado e camisa social de seda, não exatamente apropriado para o trabalho, mas eram as únicas peças limpas que tinha. Guardei na memória que deveria passar na lavanderia e marcar horário com a esteticista e a cabeleireira. Eu já havia me negligenciado o bastante.

Com as botas em uma mão e o casaco na outra, saí de fininho do quarto. Desci as escadas e me sentei no degrau de baixo para calçar as botas.

Meu gato, Holmes, apareceu, miando e se esfregando nas minhas pernas. Eu o peguei no colo e o afaguei.

— Vamos pegar comida para você.

Depois de encher os potes de água e comida de Holmes, peguei minha bolsa em cima da arca do corredor e fui em direção à porta.

— Saindo de fininho? — A voz às minhas costas me assustou. Cobri a boca para abafar o grito iminente e inevitável.

— Merda, Joe. Que susto. Quando você chegou aqui?

Virei o olhar para as escadas, temendo que Michael, que ainda estava na cama, fosse acordar e notar que havia saído sem me despedir.

Levei o dedo aos lábios, sinalizando para ele ficar quieto, então o conduzi até a cozinha.

— De quem estamos nos escondendo? — sussurrou ele. Pensei ter visto uma fagulha de travessura em seus olhos.

— De ninguém. Tem alguém aqui; e ele passou a noite. Só estou com pressa para chegar ao trabalho, tenho reuniões. Quando ele estiver pronto para ir embora, vai fechar a porta e ela trancará automaticamente.

Joe resmungou algo em seu café. Ele parecia apreensivo quanto ao que eu tinha dito, mas não insistiu no assunto.

— Ok, então vou nessa também. Não quero te atrapalhar.

Suspirei.

— Joe. Minha casa é sua. Sente, tome seu café, coma alguma coisa. Estou achando que você perdeu peso ultimamente. Tome um bom banho quente se quiser.

Trocamos sorrisos, e bem quando me virei para sair, a campainha tocou; um som breve e irritante. Verifiquei o olho-mágico e xinguei baixinho.

— Merda. Merda.

A sra. Clark, a insuportável da minha vizinha, estava lá fora. Cogitei não abrir, mas quando a vi estender o dedo para a campainha de novo, puxei a porta com tudo para encará-la com a minha cara de poucos amigos.

A mulher deu um passo adiante como se a tivesse convidado a entrar. Bloqueei o seu avanço.

— Bom dia, sra. Clark. Como posso ajudar?

— Samantha — disse ela, sorrindo o sorriso falso de sempre —, semana passada, a sra. Bird, sabe, que mora no fim da rua, me contou que duas casas da Acorn Street foram invadidas. Como é de se esperar, estou preocupada, e pensei que você, por ser jornalista, talvez soubesse mais do assunto.

Eu sabia que ela estava me provocando. Em menos de cinco segundos, a mulher conseguiu me deixar eriçada.

— Tentativas de invasão, sra. Clark. No jornalismo, é importante ser preciso e se certificar de que a informação seja verdadeira. Por favor, diga à sra. Bird e aos outros vizinhos, o que inclui a senhora também, que não há com o que se preocupar. Os invasores foram presos.

Ela curvou os lábios.

— Bem, Samantha, tentativa de invasão é igualmente ruim. Os moradores de Beacon Hill estão bastante preocupados. É por isso que decidimos contratar uma equipe de segurança para patrulhar a rua dia e noite, para manter os moradores de rua e outros perfis suspeitos longe daqui.

Eu estava perdendo a paciência. Sabia que ela estava se referindo a Joe, o sem-teto que havia se tornado meu amigo. Eu quis responder, mas fui interrompida pela porta se abrindo às minhas costas; Joe saiu. Na mesma hora, a presunção da sra. Clark, ao pensar que tinha me posto no meu lugar, foi substituída por raiva e ultraje.

— Vou garantir que tudo o que você "coletou" desde que veio morar na casa da sua finada avó desapareça sem deixar vestígios.

A mulher se virou e saiu andando. Observei enquanto ela atravessava a rua para conversar com alguns vizinhos que passeavam com o cachorro. Enquanto falavam, eles encaravam a Joe e a mim com desaprovação.

— Trouxe seu casaco. Pensei que você ficaria com frio — disse Joe.

Assenti e entrei na casa.

— Não quero te causar problemas, Sam. Talvez seja melhor eu desaparecer por um tempo.

Balancei a cabeça.

— Não, você é um amigo querido. Só me faça um favor, tome um banho e se arrume para que ninguém reclame de novo.

Ele respondeu com um joinha.

Eu o levei de volta para o quarto onde algumas das roupas velhas do meu pai ainda estavam no armário. Quando era mais nova, passamos vários fins de semana na casa da minha avó, apesar de morarmos perto. Eu as entreguei para Joe.

— Se cuida. Eu tenho mesmo que ir, vou me encontrar com o Robert e já estou atrasada.

Nós nos olhamos com compreensão tácita, sorrimos e nos despedimos.

Eu amava o Joe.

Joe e eu nos conhecemos quando escrevi minha primeira matéria criminal, o homicídio no abrigo em que ele estava ficando. O motivo foi uma cama vazia, e uma disputa entre dois sem-teto que acabou em assassinato. Naquele ano, o inverno foi inclemente, e a falta de camas vazias nos abrigos da cidade estava sempre alimentando brigas que acabavam levando à prisão. De início, quando li as matérias na internet, pensei que os sem-teto haviam conseguido burlar o sistema.

    Eles ficavam na fila para entrar no abrigo, mas se não tivessem camas disponíveis, caçavam briga para ir parar na prisão. Dessa forma, pelo menos teriam um lugar quente para passar a noite. A batalha deles começaria de novo no dia seguinte.

    As coisas pioraram. O frio implacável deixou alguns poucos sem-teto presos ao ar livre, e eles foram forçados ou a buscar abrigo em outro lugar ou a ir embora dali. A angústia se transformou em desespero. Por ainda não ter encontrado o assassino, a polícia isolou a área e fechou o abrigo. Fita amarela de cena de crime rodeava o prédio e jornalistas foram mantidos fora de lá.

    Enquanto procurava com quem falar, eu o vi sentado em um banco. Estava encharcado e tremendo. Eu me aproximei dele. Joe parecia deprimido. Até hoje, não sei o que o motivou a falar comigo e me contar o que havia acontecido no abrigo. Mas, graças a ele, voltei para a redação com um furo. Eu sentia que devia a ele. Mais tarde naquela noite, voltei para o lugar em que o conheci. Ele ainda estava sentado no mesmo banco. Eu o convidei a ir à minha casa, onde ele tomou banho, vestiu roupas secas e comeu algo leve.

    Nossa conversa foi agradável e interessante. Uma amizade forte começou a se formar entre nós. E confiança. Por fim, dei a ele a chave da minha casa.

    Eu confiava mais em Joe do que em muitas das pessoas que eu conhecia.

    Três anos se passaram desde então.

— Estou bem, Sam, você se preocupa demais.

— Demais não existe, Joe. Tenho quase certeza de que foi você que me ensinou isso. — Dei uma piscadinha para ele e saí de casa.

Sentada no meu carro, acendi um cigarro e dei uma boa tragada. Meu celular tocou e o nome de Robert apareceu na tela. Atendi ao ligar o carro e desci a rua correndo.

— Estou a caminho — falei, sem nem esperar pelo "alô".

— Você está atrasada — respondeu ele.

— Eu sei, desculpa. A manhã está uma loucura.

Pensei ter ouvido uma risada, uma resposta atípica do sempre meticuloso Robert. Ele parecia estar de bom-humor.

— Me conte tudo quando chegar aqui, estou te esperando. — E desligou.

Meu tio Robert e eu éramos muito próximos. E já que nenhum de nós tinha muito tempo a desperdiçar, criamos uma rotina: nós nos encontrávamos no escritório dele todas as manhãs de segunda-feira. Contávamos tudo um para o outro e nos mantínhamos atualizados sobre o que se passava na nossa vida. Na verdade, eu falava e Robert basicamente escutava. Durante nossas conversas, ele me preparava uma xícara de café excelente em sua adorada máquina de expresso italiana. Então se sentava na sua poltrona de couro e acendia um cigarro.

Nossas reuniões eram sagradas para ele. Era seu jeito de manter e cuidar do nosso relacionamento. Robert sabia praticamente tudo sobre mim, e já que havia me criado desde quando meus pais desapareceram, eu respeitava seus desejos e obedecia às suas regras. Ele era o meu verdadeiro *lar*. Minha família.

Meu telefone tocou de novo. A ligação foi direto para o viva-voz. Era Michael.

— Sam — ele soou irritado —, uma coisa é me deixar sem nem dar tchau, mas ir embora sem avisar que você tinha outro... humm, convidado com uma aparência bem desmantelada. Eu quase dei um tiro nele, pensei que o cara tivesse invadido a casa.

— Ah, Michael. Desculpa. Eu me esqueci de te falar do Joe.

— A gente está saindo há quase um mês, dormi aqui várias vezes, e você nunca nem sequer mencionou o homem. Como se trazer um estranho para sua casa e deixar que ele faça o que bem entender já não fosse ruim o bastante, mas um sem-teto? Sam?

— Ele não é um sem-teto. Para mim, ele é o Joe. E, sim, confio nele

A Quatro Mãos 13

de olhos fechados. É uma longa história, Michael. Eu estava sem tempo e tenho um dia agitado pela frente. Mais uma vez, desculpa.

— A gente fala disso mais tarde. Recebi um chamado e preciso correr para a delegacia.

Quis perguntar do que se tratava, mas ele já tinha desligado. Guardei na cabeça que deveria ligar para ele depois e descobrir o que era. Poderia ser uma pauta nova. Michael era detetive sênior na polícia de Boston. Ele sabia dos crimes cometidos na cidade antes de qualquer outra pessoa.

Quando podia, ele me dava um furo em que nenhum jornalista conseguiria colocar as mãos.

Eu me senti culpada por tratá-lo da forma como tratava. Sem dúvida nenhuma, ele era um cara decente. Nós nos conhecemos há alguns meses, mas começamos a nos envolver só no mês passado. Decidi que tentaria recompensá-lo. Era Halloween, e a fantasia de coelhinha sexy daria conta, consertaria as coisas entre nós.

Estacionei na frente do prédio e corri para me encontrar com Robert. Dei uma olhada no relógio e percebi que tinha menos de uma hora para passar com ele. Eu precisava ir para a redação e terminar uma matéria hoje ainda.

Fui até o oitavo andar. Ao entrar, notei que não havia ninguém nas estações de trabalho. Ouvi uma comoção e soube de onde estava vindo. Estavam todos reunidos no escritório de Robert, diante das TVs enormes que sempre estavam ligadas nos principais noticiários. Tentei entender o que estava acontecendo. Eles encaravam, cativados, e nem me notaram. Fiquei atrás das pessoas.

Um repórter revelava um incidente que deixou perplexa a cidade de Nova York. Três meninas de dezessete anos foram sequestradas em uma escola particular em plena luz do dia. Os investigadores diziam que uma gravação do circuito interno havia capturado o crime, mas os sequestradores não foram identificados, pois estavam disfarçados.

Senti meu telefone vibrar. Eu me concentrei nas notícias, rejeitei a ligação por instinto e continuei assistindo. O telefone vibrou e vibrou. Devia ser importante, pensei, e atendi sem tirar os olhos da tela.

— Sam Redfield — falei.

Uma voz familiar surgiu do outro lado da linha.

— Venha para a redação agora mesmo. É urgente.

2

— Oi, ele disse que era urgente. — Clara, a secretária de Walter, se levantou da mesa e me acompanhou até o escritório do homem.

— Antes de você entrar — disse ela, como se compartilhasse um segredo —, eu transferi uma ligação do editor para ele. Logo que ele desligou, pediu para que te ligasse. Meça as palavras, o homem está bastante contrariado. O último acontecimento em Nova York deixou todo mundo descontrolado; os editores estão exigindo as últimas atualizações. Além do mais, a esposa o deixou sem café, e está completando uma semana que ele parou de fumar. A abstinência está mexendo com o juízo dele, e a esposa o levando à loucura, ligando de hora em hora para verificar se ele ainda está nos trilhos.

Eu ri, e Clara me olhou nos olhos.

— Não seja engraçadinha com ele hoje, entendeu? — Assenti, sentindo como se tivesse levado um esporro.

— Feche a porta e se sente — Walter deu a ordem.

Obedeci e o esperei falar. O homem encarava a televisão diante de si.

O volume estava alto, eu conseguia ouvir as últimas notícias sobre o sequestro em Nova York. Walter pegou o controle remoto e abaixou o volume. Ele tirou a tampa de um potinho de plástico sobre a mesa e pegou um palito de cenoura, em seguida o segurou entre os dedos. Ele parecia desolado. Para um viciado em nicotina e cafeína, palitos de legumes eram um lamentável substituto. Não parecia nada promissor. A dependência insatisfeita de Walter pelos estimulantes artificiais o deixava irritado; as sobrancelhas franzidas eram um aviso para aguardar em silêncio. E, para ser sincera, achava a situação toda muito divertida. Ele se levantou e começou a andar para lá e para cá.

— Os proprietários do *Boston Daily* estão tão impressionados quanto eu com os seus artigos e sua cobertura jornalística. Decidimos que, por ser nossa repórter sênior em casos criminais, você vai para Nova York e trabalhará de lá. Vai cobrir o sequestro exclusivamente para nós. Dessa vez, decidimos não depender das atualizações da filial de Nova York. Percebemos que a história tem prioridade alta e não há um único bostoniano que não vá querer acompanhar o caso. Nosso jornal é grande e tem reputação suficiente para mandar a própria equipe para cobrir acontecimentos importantes.

"Você vai amanhã de manhã. Clara já reservou um voo de manhã cedo e vai te passar os detalhes. Sam, esse caso, em menos de duas horas, deixou todo o país em frenesi. É uma oportunidade para aumentarmos o nível, para melhorarmos as estratégias perante a concorrência. Espero, como sempre, que você saiba como conseguir as exclusivas. Percebe que preciso justificar a cobertura de todas as suas despesas? Você sabe o quanto é difícil." Ele jogou o palito de cenoura de volta no potinho.

Enquanto Walter continuava a falar, as engrenagens na minha cabeça começaram a girar. Decidi ligar para Catherine assim que saísse do prédio. Eu tinha certeza de que a Divisão de Crimes Graves do Departamento de Polícia de Nova York, a lendária *Major Crimes Unit*, também chamada de MCU, onde ela trabalhava como investigadora criminal, estaria cuidando do caso. Se ela aceitasse me ajudar, poderia pôr as mãos em conteúdo exclusivo.

No passado, cobri crimes parecidos, mas haviam ocorrido na região metropolitana de Boston onde, ao longo do tempo, consegui formar uma rede de contatos de informantes disfarçados, tanto nas ruas quanto no sistema de segurança pública. Agora era uma situação completamente diferente. Esperava que Catherine pudesse ser minha rede de apoio. Além disso, se eu ficasse com ela, economizaria no aluguel de um quarto barato em alguma espelunca. Eu não a via desde a sua última visita há três semanas. E estava com saudade.

Fiquei tão animada que me esqueci completamente do Holmes, o meu gato. Precisava encontrar um lugar para ele ficar. Não fazia ideia de quanto tempo passaria em Nova York, poderia ser dias ou semanas. Robert não era uma opção; ele tinha um cachorro, o Sherlock, e não poderia assumir a responsabilidade. Gatos não se adaptam bem a grandes mudanças, e tendem a ficar depressivos, às vezes ao ponto de se matarem de fome.

A única opção, então, seria um hotelzinho. Esperava que eles aceitassem ficar com Holmes pelo tempo que fosse necessário e tão em cima da hora.

— Que olhar é esse? Tem alguma dúvida? Posso dar a tarefa para outra pessoa em um piscar de olhos. — O tom de Walter foi ríspido.

— Dúvida? Absolutamente nenhuma, você me convenceu com o "exclusiva". Só estava pensando no que fazer com o meu gato e me perguntando se, por acaso, sua esposa gosta de gatos. — Sorri.

— Ela é alérgica a pelo. Pode parar com a gracinha, Sam. Dessa vez você não vai me levar na lábia para me convencer a cobrir "despesas com animal de estimação". Deixe o bicho sozinho, gatos podem cuidar de si mesmos. Ou entregue o bicho a uma louca dos gatos qualquer. E me lembre, por favor, por que você ainda está sentada aqui sendo que deveria estar se preparando para a viagem?

Ele enfiou um longo palito de aipo em sua boca e mastigou. Clara tinha razão, a qualquer minuto, ele começaria a subir pelas paredes. Eu me levantei e agradeci a ele pela oportunidade.

— Obrigada por pensar em mim, Walt. Você é uma peça rara.

Ele se sentou de novo, com um sorriso de satisfação no rosto. Ficou óbvio o quanto ele gostava da minha dedicação ao trabalho. Eu praticamente morava na redação. Tinha levado tempo para me provar e ganhar a confiança do homem. Quando comecei ali, ele me fez passar por poucas e boas até que aprendesse a ser confiável, comprometida e prática, até que correspondesse ao alto padrão que o homem havia estabelecido para os jornalistas que trabalhavam com ele.

Eu tinha me virado para a porta quando ele falou:

— Há dias que eu daria praticamente qualquer coisa para voltar a campo. Já vi metade do mundo, passei anos testemunhando as piores atrocidades da humanidade e, ainda assim, não há nada mais empolgante do que ser jornalista. Entendo sua apreensão, Sam. Não é fácil fazer a transição para o grande escalão, nem começar a desbravar o próprio caminho, impulsionado pela necessidade implacável de conseguir uma cobertura exclusiva. Quando não se tem contatos; pensa que não conhece as regras. Mas, como eu, você tem fome de sucesso. Confio em você. E você vai dar um jeito, tenho certeza, não é tão difícil quanto parece.

As palavras dele me surpreenderam. Eu me virei em sua direção e assenti. Mais uma vez encarando a televisão, ele aumentou o volume e logo foi absorvido pelo noticiário. Fazia tempo que esperava ser reconhecida por ele. E veio quando menos esperava, e de forma prática, depois de oito anos de trabalho tedioso. Ele tocou um ponto fraco.

Animada com o que tinha pela frente, estava determinada a fazer o que fosse necessário o mais rápido possível antes do meu voo. Peguei os detalhes da viagem com Clara e fui embora.

Estava chovendo canivete lá fora. O ruído distante do trovão me avisou que o tempo poderia piorar. Corri para o carro. Quando aprenderia a não sair de casa sem levar um guarda-chuva? O céu desabou e granizo atingiu o chão. Três minutos, e estava encharcada até os ossos. Dei a partida com as mãos trêmulas e liguei o aquecedor. Esfreguei as mãos para capturar o ar quente saindo da passagem, em seguida liguei para Catherine.

— Meu bem, eu te retorno já, já. — Ela parecia apressada e desligou.

Comecei a dirigir e liguei para Robert. Fui breve ao contar sobre a missão de cobrir o sequestro em Nova York. Pedi a ele para passar de vez em quando no hotelzinho e dar uma olhada em Holmes, e para molhar as minhas plantas.

— A chave fica no vaso azul perto da porta. Na terra, mas não muito fundo. — Enquanto nos despedíamos, o nome de Catherine apareceu na tela. Robert me desejou boa sorte e pediu que eu desse notícias. Então atendi a ligação de Catherine.

— Oi, Catherine, obrigada por retornar. Você parece estar ocupadíssima. Só queria avisar que vou para Nova York amanhã. O jornal está me mandando para cobrir o sequestro.

— Sammy, que notícia maravilhosa. Estou tão feliz por você! Quando você chega?

— Dez e vinte da manhã — respondi, animada.

— Vou te esperar no aeroporto. Traga roupa de frio, deixe o resto comigo. Mal posso esperar para te ver, meu bem. Agora, se me der licença, preciso voltar ao trabalho. Como você pode imaginar, aqui está um caos desde de manhã. Minha unidade está cuidando da investigação. Te passo os detalhes amanhã quando for te pegar. É uma história e tanto. A gente se vê. Beijo.

Eu não estava ansiosa para fazer a próxima ligação. Na verdade, a adiei até estar em casa. Imaginei que depois da nossa última conversa, Michael estaria menos que feliz ao saber que estava indo viajar e que ficaria fora por tempo indeterminado. Mas, para mim, a separação temporária talvez fosse uma oportunidade de dar um passo para trás e reconsiderar o nosso relacionamento. Talvez a distância entre nós fosse me fazer sentir mais falta dele. Um relacionamento a distância me pareceu uma boa ideia.

Michael atendeu. Contei a ele da viagem a trabalho.
— Eu vou amanhã — falei.
Do outro lado da linha, só ouvi silêncio.

— Droga de mala — disse a mim mesma ao arrastar a mala quebrada até as escadas.

— Calma, me deixa te ajudar — disse Michael ao atravessar a porta.

— Que surpresa. Por que você não me disse que vinha?

— Surpresa? Você é minha namorada, e vai ficar longe por sabe Deus quanto tempo. É claro que vou te levar ao aeroporto para me despedir.

Eu não sabia como reagir. Ele me chamou de "minha namorada". Não é como se tivéssemos falado sobre rotular o relacionamento.

Até onde eu sabia, a gente só estava passando tempo juntos, eu não precisava dar nome ao que a gente tinha. Minhas tentativas de dissuadi-lo de me levar falharam. Ele insistiu para que cancelasse o táxi que já havia pedido.

Passei o trajeto tensa. Michael e eu não estávamos na mesma página. Minha vida profissional era mais importante que um relacionamento, ela era minha prioridade. Uma decisão consciente.

Levei em consideração que qualquer homem ficaria menos que confortável com a decisão quando soubesse que eu também não queria ter filhos. Não tinha nenhum desejo pela "continuidade" genética e biológica. Tinha começado a esperar, com base nos meus relacionamentos anteriores, que qualquer cara com quem eu estivesse agora ou no futuro iria embora, em algum momento, assim que deixasse bem claras quais eram as minhas prioridades.

— Pensei que as coisas estivessem se movendo a passo lento o bastante para nós dois. Você quer desacelerar ainda mais?

Michael me encarou.

Eu sabia que ele via as coisas entre nós como se fosse algo sério. Depois de cancelar com ele na noite anterior, tive certeza de que ele deixaria para lá, que finalmente entenderia que eu era casada com o trabalho.

— Obrigada por me trazer. Eu poderia ter pegado um táxi, foi um transtorno desnecessário. — Ele colocou a mão na minha coxa e afagou de levinho.

— Eu faria muito mais se você permitisse, Sam. Você significa muito para mim.

Eu tinha que dar crédito a ele pela paciência e compreensão. Eu o encarei. O homem estava muito bonito, com a barba imaculadamente feita e o cabelo escuro e espetado, um cheiro maravilhoso, olhos castanhos e grandes com cílios longos e um corpo musculoso que se elevava a uma altura impressionante. Atraente, sem sombra de dúvida. Ele me pegou encarando.

Sorri em resposta.

— Desculpa por cancelar ontem à noite. A viagem foi completamente inesperada. Eu não tive tempo para mais nada a não ser arrumar tudo.

— Não se desculpe, teremos bastante tempo quando você voltar.

Eu estava surpresa, para dizer o mínimo.

— Você é bom demais para ser verdade, ou humano. Parece que você foi programado para dizer exatamente o que quero ouvir. Tem certeza de que você é humano? As estatísticas dizem que os homens são emocionalmente deficientes. — Dei uma piscadinha para ele, que sorriu para mim.

Ao parar na entrada do terminal, ele saiu antes de mim para abrir a minha porta, então me abraçou.

— Me liga — disse ele, hesitante, algo entre um pedido e uma ordem.

Prometi que faria isso, e percebi que talvez uma parte minha queria que as coisas dessem certo entre nós.

Ele se inclinou para me beijar. Seus lábios se prenderam aos meus enquanto suas mãos me seguravam pela cintura, me puxando para mais perto. Devolvi o beijo, mas quando ele o aprofundou, eu o empurrei de levinho.

— Estamos em público — falei, esperando que ele não ficasse ofendido.

Ele se afastou e foi pegar minha bagagem no porta-malas. Quando tudo estava no carrinho, Michael me deu um beijo na bochecha e se virou. No caminho para a entrada do terminal, olhei para trás e notei que ele me observava. Acenei e gritei:

— Você é genuíno.

Ele riu.

Fiquei aliviada quando fui engolida pela multidão de gente indo e vindo. A esperança de Michael de que tivéssemos um relacionamento sério me deixava aflita.

A fila do check-in estava enorme e cheia de turistas a caminho de Nova York.

Eu me lembrei da ligação que fiz para Catherine no dia anterior. Ela me ligou de novo para contar que havia falado com Robert e assegurado a ele que eu ficaria bem e que cuidaria das minhas acomodações e de qualquer coisa que precisasse. Pelo que ela me disse, entendi que ficaria com ela.

Faltava uma hora para o embarque. Depois de passar pela segurança, fui direto para o portão. Fiquei lá assistindo às pessoas irem e virem.

Eu odiava aeroportos.

Eles me lembravam de perda.

E embora eu tentasse me manter ocupada com outras coisas, com qualquer coisa, as lembranças se infiltraram e assumiram. Olhei para a minha passagem. Dezenove anos hoje.

— *Me traz um presente de cada lugar que vocês visitarem. Lembrancinhas bonitas.* — Circulei os meus pais, tão animada por eles finalmente estarem fazendo a viagem com que sonharam por anos e que planejaram com cuidado ao longo dos últimos meses.

Minha mãe abraçou a minha avó, e o meu pai me ergueu no ar, depois puxou minhas bochechas. Fiquei igualzinha a um pato. Todo mundo riu, e fiquei com vergonha. Eu tinha doze anos e ele ainda me tratava como se tivesse três. Quando ele notou que estava irritada, se apressou para me consolar.

— *Se acalme e dê um beijo nos seus pais antes de eles sumirem por um mês.*

Minha mãe me abraçou e sussurrou no meu ouvido:

— *Seja boazinha com a sua avó. Mas o tio Robert você pode perturbar o quanto quiser!*

Meus pais nunca me deixaram por mais que uns poucos dias e, agora, pela primeira vez, eu estava agitada pela partida deles. Quando chegaram ao balcão da companhia aérea, eles se viraram e sopraram beijos. Foi a última vez que os vi. Desapareceram na América do Sul sem deixar rastro.

Exatos dezenove anos se passaram desde aquele dia; quase dezenove anos desde que Robert voltou depois de procurá-los na América do Sul.

Esperei por ele com impaciência. Ansiosa e perdida. Ele voltou sozinho.

A cena que eu armei no portão foi de partir o coração. Robert me pegou no colo, e enquanto tentava me fazer recostar a cabeça em seu ombro, implorou para que me *acalmasse, pelo menos até que chegássemos à casa da minha avó. Ele trouxe notícias terríveis. Eu chorei. Os soluços inconsoláveis de uma criança cujo mundo inteiro havia desabado, ficado impiedosamente disforme. Tio Robert prometeu fazer tudo o que pudesse para desvendar o indesvendável, não importava o tempo que levasse.*

A única coisa que eles deixaram para trás foi um beijo no ar e uma promessa.

Uma voz soou nos alto-falantes chamando os passageiros para o embarque. Eu me levantei.

Uma vida diferente, lembrei a mim mesma, uma outra encarnação.

4

Depois de um voo curto, peguei minha bagagem e saí do terminal direto para os braços de Catherine.

Eu estava feliz por vê-la, mas não pude deixar de notar, entre abraços e cumprimentos, a magreza dela. Comentei que ela havia perdido peso, que talvez estivesse trabalhando demais. Ela deu uma piscadinha e respondeu:

— Não posso dizer o mesmo de você. Vou te contar meu segredo mais tarde. — Ela segurou meu queixo entre as mãos. — Você está linda, Sammy, sexy e saudável. Não ficou sabendo? A magreza extrema voltou à moda.

Catherine sorriu ao rodear o carro, sinalizando para eu entrar.

— Desculpa não ter te recebido lá dentro. Se tivesse desligado o aquecedor do carro, a gente congelaria até a morte.

Ri e bati em sua coxa; ela olhou para mim. Eu conseguia sentir seus ossos através do jeans. Estava começando a me preocupar.

— Precisamos fazer algumas paradas. Primeiro nós vamos... — O celular dela tocou. Ela estendeu a mão para abaixar o volume no viva-voz do carro e pediu desculpa. — Preciso atender.

Uma voz profunda e masculina berrou pelos alto-falantes. Eu sabia que a tinha ouvido antes, mas não conseguia lembrar nem quando nem onde. Tremi enquanto ele falava.

— Catherine, quando você vai chegar aqui? Não podemos começar sem você, e não dá para esperar mais.

— Acabei de sair do aeroporto — respondeu ela —, te encontro no escritório. Chegarei o mais rápido possível.

E desligou.

Observei enquanto ela batia no volante com a palma da mão.

— Filho da puta... Jacob Torres, chefe da MCU, que cara difícil, sempre desliga no meio da conversa. O homem tem sorte de eu gostar tanto dele.

Ela suspirou e não disse mais nada.

Algo em Catherine havia mudado. Seus traços intensos estavam mais suaves.

Éramos amigas há bastante tempo, e sabia que as pessoas a respeitavam. Ninguém teria coragem de ser ríspido com ela, que dirá desligar na cara da mulher. Ela ligou o rádio. Catherine não era de falar muito, para início de conversa. Olhei para ela, ainda linda como sempre. A mulher já tinha mais de cinquenta anos, mas não aparentava. Repetidas vezes, havia admirado o estilo dela e a forma como cuidava de si mesma. Hoje ela usava um cachecol colorido de marca ao redor do pescoço, prendendo as pontas do cabelo ruivo. Os olhos de formato amendoado, que eu adorava, estavam escondidos atrás dos óculos de sol enormes. Um suéter até os joelhos abraçava seu corpo alto, e por cima usava um longo sobretudo de lã, ambos de diferentes tons de marrom.

Não importava para onde estivesse indo, ela sempre usava salto alto para ficar mais alta que a maioria das mulheres e quase da altura da maioria dos homens. Eu me lembrei da forma como, às vezes, quando a olhava, imaginava que ela havia saído de um filme antigo direto para o novo milênio. Seu estilo único era impressionante.

Peguei cigarro e isqueiro na minha bolsa.

— Sam, você só pode estar delirando se acha que vai fumar no meu carro.

— Não, não, não. Catherine Rhodes, não me diga que parou de fumar também? E que largou Robert para ficar com um personal bonito e novinho que está te conduzindo para a vida saudável? O que você está escondendo de mim?

A risada dela ecoou no carro.

— Não seja ridícula, é só abrir a janela. Se estiver a fim de pegar pneumonia, é por sua conta. E, não, não parei de fumar, só estou fumando menos. Estou chegando na idade em que preciso pensar na saúde.

A fumaça densa do cigarro espiralou no ar frio. O vento gelado chicoteou o meu rosto. No acostamento havia uma trilha fina de neve de outono, derreteria em poucas horas e viraria uma poça lamacenta. As árvores pareciam nuas.

Eu estava prestes a jogar o cigarro fora, três tragadas bastavam para mim, quando Catherine fez sinal para que o passasse para ela. Eu amava ver a mulher fumar, com os lábios em forma de coração apertando o filtro, ela tragava como se a vida dependesse disso.

Ri quando ela falou "eu amo esse veneno" e jogou o cigarro fora. Fechei a janela e ergui as mãos trêmulas perto da onda de calor soprando da saída de ar.

— Então, o que está se passando? Notícias das meninas? Por favor, me conte.

— Depois — respondeu ela, e mudou para a faixa da direita.

Catherine era uma das melhores perfiladoras criminais dos Estados Unidos. O nome dela tinha sido associado a centenas de investigações complicadas que ela ajudou a resolver por todo o país. Era considerada especialista na área e recebeu muitas comendas por seu trabalho. Depois que meus pais desapareceram, ela e Robert me criaram, eles me ensinaram a ser a pessoa que sou hoje. Embora tenha escolhido um rumo diferente do deles, ambicionei ter sucesso e ser uma profissional respeitada como eles.

Eu me lembrava da primeira vez que a vi.

Eu tinha doze anos, e não estava me sentindo bem. Robert decidiu que em vez de ir para a escola, ele me levaria para uma aventura em seu escritório; resolver charadas, dissera ele. Eu fiquei animada, mas quando chegamos, ele acabou atolado de trabalho. Eu teria me sentido abandonada se não fosse por Catherine.

Fiquei hipnotizada pela mulher alta usando saia até os tornozelos e sapatos de salto combinando. Ela sorriu para mim e se sentou ao meu lado no sofá.

— Robert, por que você não me apresentou essa funcionária nova? Ela é detetive? Resolve mistérios?

Robert revirou os olhos, e Catherine disse:

— Você precisa desafiá-la.

Ela tirou fotos de dois homens de dentro da bolsa. Mostrou-as a mim e perguntou:

— Quem é o cara mau? Dê seu palpite.

Escolhi um. Quando Catherine perguntou por que o escolhi, apontei o arranhão perto da sobrancelha do homem.

Ela ficou impressionada.

— Essa menina tem futuro — dissera ela a Robert — quero que ela seja minha assistente, não sua.

Eu gostei dela. Quando ela falou que conheceu meus pais, ganhou minha confiança. Desde então, interpretou muitos papéis na minha vida: mãe, amiga e mentora; mas nunca uma colega, apesar da esperança de Robert de que eu fosse seguir seus passos e estudar criminologia.

Em vez disso, fui estudar comunicação social e jornalismo. De início, eles deixaram a decepção bastante clara para mim. Mas, com o tempo, respeitaram a minha decisão, ficaram em êxtase quando me tornei repórter criminal e comemoraram cada artigo de primeira página que escrevi. O consolo deles, assim como o meu, era que o que eu escrevia estava intimamente ligado à linha de trabalho deles. Catherine e Robert eram todo o meu mundo. Eles tinham um relacionamento invejável, que conseguiram manter mesmo depois de ela ter sido transferida para Nova York há dois anos.

— Meu apartamento no centro está vazio, e embora não tenha tido a oportunidade de limpá-lo desde que os inquilinos saíram, decidi que você ficará lá. Vou explicar mais tarde.

Saí do modo memória e voltei para o aqui e agora.

Que estranho, pensei. Eu tinha certeza de que ficaria na casa dela, e estava ansiosa para passarmos tempo juntas enquanto estivesse em Nova York. Fiquei em silêncio.

Ela havia prometido que explicaria, mas não consegui deixar de me sentir insultada. Não nos víamos há semanas e mesmo que algo novo tivesse afetado de alguma forma a ela ou a sua vida, eu não importava o suficiente para que ela encontrasse tempo para passar comigo? Afinal de contas, era como uma filha para ela.

O trânsito estava pesado, e levou quarenta minutos para chegarmos ao nosso destino. Catherine estacionou e colocou o ticket de estacionamento no para-brisa. Saímos e fomos até o porta-malas. Peguei a minha bagagem e a arrastei até a calçada.

— Fica a uma caminhada de dois minutos daqui — disse Catherine, ao apontar para um prédio com a fachada de tijolos vermelhos e escada de incêndio preta.

Corremos quando começou a garoar. Então entramos no saguão do edifício, e Catherine me entregou um molho de chaves.

— Terceiro andar, apartamento oito. — Ela se virou para a entrada.

— Pare — chamei às suas costas. Soltei a mala e corri para ela. — O que está acontecendo, Catherine? Vim para Nova York esperando que você fosse ficar animada por me ver. Agora, sem qualquer explicação, vejo que vou ficar sozinha em um apartamento. Nesse passo, poderia muito bem ficar em um hotel, pelo menos te pouparia o trabalho. — Minhas palavras estavam tingidas por um pouco de sarcasmo. — Você não vai a lugar nenhum até subir e conversar comigo.

— Sam, sei que meu comportamento está longe de ser receptivo. Me dê algumas horas, preciso ir à central. Eu te pego onde quer que você esteja, a gente toma um café e responderei a todas as suas perguntas. Mas agora tenho que ir.

Ela beijou a minha bochecha e saiu correndo.

A quitinete mais parecia uma caixa de sapato do que o loft que Catherine insinuou, claro, em comparação com minha casa em Boston. Era muito pequeno mesmo.

Coloquei a mala no chão e tranquei a porta. O piso de taco, que antes tinha sido marrom-escuro, já vira dias melhores. Estava arranhado e guinchava a cada passo que dava. O cômodo fazia vezes de quarto, sala e cozinha. Fiquei grata pela porta do banheiro. Tinha três sacolas sobre o colchão despido, lá havia travesseiro, roupa de cama e uma colcha.

Ao me virar, topei com o sofá. Era grande demais para o apartamento pequeno, mas parecia confortável, e gostei do tom de azul-claro que combinava com a longa mesa de centro de carvalho. Fui até a área da cozinha, a qual, assim como o piso, parecia gasta; no entanto, para o meu prazer, descobri que estava muito bem equipada e cheia de comida.

Eu me acomodei em uma banqueta no balcão estreito e decidi que, pelas próximas noites, ali seria a minha estação de trabalho. Pelo menos esse cubículo era cheio de luz. As janelas eram grandes e impressionantes, e fiquei feliz pela escada de incêndio, onde poderia fumar. Daria para me virar bem por uma ou duas semanas.

Convenci a mim mesma a encarar minha temporada em Nova York como se fossem férias forçadas. Sorri.

Olhei o relógio. Eu tinha duas horas até ter que me encontrar com o editor-chefe do *The Daily News* em Nova York que me arranjaria uma mesa temporária de onde enviaria as matérias para Boston.

Não desperdicei tempo. Tirei algumas peças confortáveis da mala, me despi e pendurei as roupas de trabalho nas costas do sofá. Catherine havia providenciado produtos de limpeza, de higiene e toalhas. Encontrei um par de luvas de borracha no armário do banheiro e logo comecei a limpar.

Uma hora e meia depois, me sentei no sofá para descansar por alguns minutos, eu estava satisfeita. Consegui fazer bastante coisa, levando em conta que não havia planejado ficar sozinha em um apartamento. Desinfetei e esfreguei o banheiro e arrumei a cama. Então amarrei o cabelo e depois de um banho rápido, vesti lingerie limpa e as roupas que tinha separado mais cedo. E estava pronta.

Fui lá para baixo.

Greenwich Village fervilhava de vida. Chamei um táxi. O motorista, que havia parado a alguns metros de mim, buzinou com impaciência. Corri na direção dele, entrei e entreguei o papel com o endereço do meu destino anotado, algum lugar na Oitava Avenida, onde ficava a maior parte dos jornais da cidade.

— Antes que eu me esqueça — falei comigo mesma, e logo comecei a digitar uma lista de compras no celular: torradeira pequena, vinho, uísque e livros. Sem internet banda larga e televisão, precisaria encontrar formas de me distrair quando voltasse para o apartamento depois do trabalho.

Saí do táxi e parei diante de um arranha-céu que parecia um imenso retângulo de vidro. Era intimidante. Lá dentro, verifiquei o letreiro e peguei o elevador para ir até a redação do *The Daily News*, que ficava no vigésimo andar. Era um lobby amplo, com várias recepcionistas trabalhando atrás de uma mesa grande. Uma mulher, que parecia ter uns quarenta anos se aproximou e me cumprimentou. Depois de verificar minhas credenciais, me disse para segui-la. A redação era parecida com a de Boston, só maior e com mais pessoas se movendo inquietas pelo espaço barulhento. O editor--chefe, conforme dizia a plaquinha na porta, saiu para me receber.

Estendi a mão para apertar a dele.

— Sam Redfield, estávamos esperando por você. Sou Josh Pierce, o editor-chefe.

O aperto de mão frouxo e de certa forma reservado refletia como ele se sentia com a minha presença. Ficou óbvio que não gostava da ideia de ter uma "forasteira" ali — ainda mais uma com quem tinha um interesse em comum —, invadindo seu espaço, e talvez atrapalhando os próprios repórteres dele a terem acesso às últimas notícias e cobertura exclusiva.

— Então Boston enviou o que tinha de melhor para coletar notícias direto da Big Apple? — comentou ele, com indiferença, ao me acompanhar até o cubículo mais afastado e próximo da saída. — Desculpe não arranjar um lugar melhor tão em cima da hora. Espero que você fique confortável aqui. A propósito, eles te disseram que tudo precisa passar por mim, não foi?

— Em primeiro lugar, muito obrigada. E, sim, basicamente, prestarei contas à redação de Boston, mas às vezes escreverei minhas próprias matérias. É muita bondade sua arranjar esse espaço para mim.

Por dentro, xingava aquele filho da puta. Ele me colocou ao lado do banheiro.

Sorri.

— Quanto às atualizações, não recebi nenhuma ordem de passá-las por você, mas conversarei com Walter e farei o que ele disser.

O sorriso dele não foi nada sincero.

— Walter e eu nos conhecemos há bastante tempo, tenho certeza de que ele entende que certos procedimentos são necessários. Somos todos colegas. Se precisar de alguma coisa, fique à vontade para me procurar. Nesse meio-tempo, April vai te mostrar o lugar.

Colegas o meu rabo. No fim, todo mundo queria um furo de reportagem. Circulei por lá com April. Ela mostrou onde ficavam os aparelhos de fax, de xerox e outros sistemas de comunicação. Quando chegamos a uma cozinha bem-equipada, meu telefone tocou. Era Catherine. Agradeci a April e pedi licença.

— Levou bem menos tempo do que pensei — disse Catherine. — Onde podemos nos encontrar?

Passei o endereço para ela.

— Estarei aí em dez minutos, não me faça esperar. Os guardas de trânsito daqui não pensam duas vezes antes de te aplicar uma multa.

Eu me apressei.

5

Eu me apoiei no ombro de Catherine e a abracei.

— Você deveria ter me contado que estava escrevendo um livro. Eu sei como é. Também preciso de completo silêncio para me concentrar quando estou trabalhando em um artigo ou em uma história. Você está escrevendo um livro, é claro que precisa de silêncio e privacidade. Caramba, Catherine, por que manteve em segredo?

Ela suspirou e sorriu para mim. Fingi estar brava. Ela colocou as mãos nos meus ombros, e os apertou.

— Não começa. A razão para ter escolhido não compartilhar a notícia foi que estava evitando ser exposta. Você sabe que gosto muito da minha privacidade. Então pensei que seria melhor nos encontrarmos em pessoa para conversar. Você sabe que se ficasse comigo, não seria capaz de se controlar e ia me perturbar para te deixar ver o que já tenho pronto, e se eu não deixasse, levaria para o lado pessoal. Como uma escritora desesperada por uma leitora simpática igual a você, tenho certeza de que me veria tentada a permitir.

Ela riu. E eu a olhei, sem ter certeza do que ela quis dizer.

— Sam, você é naturalmente entusiasmada, e o drama é desnecessário. Além do que, é óbvio que você não seria objetiva, e eu só estaria me enganando ao pensar que sou boa. Preciso andar na linha. É péssimo que qualquer escritor novato mostre seu texto cedo demais, pelo menos é o que diz o meu editor. Espero que você não jogue na minha cara a forma patética como te recebi em Nova York. Pela primeira vez na vida, estou indo atrás do meu sonho. Passo o dia consumida pela história, e quando chego em casa à noite, não escrevo, praticamente vomito tudo nas páginas. Não venho sendo uma amiga muito boa esses dias. Não faço ideia do que será de mim quando tudo acabar, e me pergunto se não estou desperdiçando tempo, enquanto estrago meus relacionamentos com as pessoas que amo. O que sei é que preciso comprovar que sou capaz. Se no fim pensar que valeu a pena, vou considerar se envio para os editores. O tempo vai dizer.

Ela tomou um gole do expresso duplo.

— Escrever um livro aos 55 anos parece delírio para mim. Um monte de gente acha que consegue escrever e tenta a sorte na literatura. Mas quando os livros finalmente são publicados, a crítica os esmaga a ponto de nem tentarem de novo. Já eu penso que se fodam eles, não são deuses. Para mim será uma experiência de autorrealização, e é tudo o que importa. E, devo dizer, chegar lá é divertido, mas ainda há um longo caminho pela frente. A edição deve me levar um ano ou dois.

— Estou aqui para ajudar — assegurei a ela. — No que precisar: pesquisa, revisão, qualquer coisa. E, é claro, vou ficar feliz de ler e te passar minha mais sincera opinião. Sou sua fã número um. Creio que seu livro vai ficar perfeito.

Ela riu.

— Seu entusiasmo seria contagioso se eu não estivesse tão ocupada com o caso em que começamos a trabalhar ontem. No segundo que percebemos que se tratava de um sequestro, todo o resto foi posto em espera. A vida humana é prioridade. Tudo se resume àquelas três meninas e ao que pudermos fazer de melhor, sem reservas, para encontrá-las ainda vivas.

A expressão dela mudou, ficou aflita. Uma tristeza profunda surgiu lá. Sequestros e desaparecimentos eram assuntos dolorosos.

— A história está causando impacto, como era de se esperar — falei. — E quanto mais tempo passar, mais os pais das adolescentes ficarão em pânico. Não quero nem pensar neles, devem estar enlouquecendo... Vocês já têm alguma coisa? Alguma pista? — perguntei.

— Qual é, Sam, você sabe melhor que ninguém que casos como o dos seus pais podem se arrastar por anos e dar em nada, ou podem acabar rápido e de forma trágica. Em alguns casos, conseguimos deter os loucos, mas geralmente é tarde demais. Você é jornalista, já investigou e escreveu dúzias de casos como esse. Algum deles terminou bem? E levando em conta as poucas pistas que temos, creio que estejamos lidando com sequestradores experientes. Aqui, acabei de compartilhar informações significantes com você, mas o que elas nos dizem? Além da minha opinião de especialista quanto ao perfil, não há pistas até o momento. Nem sequer localizamos o veículo dos sequestradores.

Eu me recusava a ver as coisas do mesmo jeito que ela. Eu me recusava a aceitar o que parecia o fim previsto.

Catherine suspirou.

— Você sempre foi um pé no saco, garota. Reconheço esse olhar esperançoso e otimista. Mesmo o cara lá de cima sabe que infundiu você com uma dose extra disso. Acredite em mim, suas doses são cavalares se comparadas com as de pessoas como eu. O que você gostaria de ouvir? Que sou otimista também? Depois de décadas no sistema legal, e levando em consideração o que vi ao longo dos anos, não posso compartilhar de seus sentimentos. Quero acreditar que nós as encontraremos, que vamos capturar o suspeito, que somos mais espertos que ele, mais inteligentes, mas sou cética. Uma boa parte das pessoas que se envolvem em crimes assim são igualmente brilhantes e insanas. Robert e eu passamos anos te falando da complexidade humana. Há vezes que me pergunto como um país igual aos Estados Unidos, com todo o bem que há aqui, conseguiu acumular alguns dos criminosos mais perigosos. Estou cansada de estar encharcada no sangue das vítimas e, ao mesmo tempo, é exatamente o que faz de nós os líderes mundiais no campo criminal.

Ela estava mais pessimista que o normal. E ainda assim continuou bebericando o café e falando cheia de propósito sobre a terrível realidade.

Eu conseguia sentir o líquido quente subindo para a minha garganta. Queria vomitar, era um sintoma normal para um iminente ataque de ansiedade. O desamparo, pensei, era horrível. Estava familiarizada com ele, eu o havia experimentado. Minha vida, como a vida dos pais das meninas sequestradas, virou de cabeça para baixo em um milésimo de segundo. Como sempre, Catherine reconheceu a minha angústia. A especialidade dela era ler pessoas. Ela estalou os dedos diante do meu rosto.

— Tenho novidades para você. Nada do que já não saiba. A morte espera por todos, espreita pacientemente por aí. O cosmos faz o que acha melhor. Você veio aqui para trabalhar, concentre-se nisso, não nas lembranças da vida que um dia teve.

— Preciso de um minuto — falei, e comecei a me levantar quando ela agarrou o meu braço e me obrigou a sentar.

— Você não tem um minuto, deixe de ser tão emotiva e comece a contar: um, dois, três... vai ajudar com a ansiedade. Recomponha-se, e se prepare para encarar o que veio fazer aqui. Aja como profissional. Você vai vir comigo. Vou permitir a sua entrada, mas você precisa se controlar, pode ser que veja algumas coisas horrorosas. Embora um esforço estupendo seja feito no sistema para salvar vidas, o poder não consegue determinar o destino.

As palavras dela me atingiram com força.

— Sam Redfield, este é o plano: empurre seus sentimentos e inseguranças para algum canto escuro e os tranque lá. Vamos reprimir o que tolhe a sua motivação. Calma é o que espero de você. Você veio aqui para se tornar uma jornalista estelar, para alcançar sucesso e construir uma reputação para si mesma. Essa é uma oportunidade para ganhar experiência, uma chance para abrir portas para histórias complicadas que você escreverá no futuro. Tudo o que precisa fazer é se concentrar em uma única coisa: ir fundo e escrever histórias exclusivas que ganharão exposição nacional. Você tem que abrir o próprio caminho. Precisa de foco.

Assenti, relutante. A mulher era intimidante.

— Agora nós vamos para a MCU. Arranjei um encontro com o comissário e o chefe no comando da Crimes Graves. Vamos fazer o necessário para identificar uma pista preliminar neste caso, cada um de nós no próprio campo. Desse ponto em diante, vou seguir com o meu trabalho, e você vai começar o seu. Vou ajudar o máximo que puder, certifique-se de ficar por perto, mas sem atrapalhar o progresso dos detetives. Quando a investigação terminar, tomara que depois de as meninas e os sequestradores serem encontrados, será um prazer convencer o chefe a te dar uma entrevista exclusiva como parte de um artigo abrangente sobre o caso. Depois disso, vou amar tirar uns dias de folga para passarmos tempo juntas. E, quem sabe, talvez eu consiga te corromper... sair para tomar uma bebida e perder o controle. A gente só vive uma vez, sabe.

O ditado assumiu um significado diferente. Eu me forcei a sorrir. Fiz isso por ela.

Ouvimos música no caminho até a sede da polícia. Os prédios passavam rapidamente. Catherine parecia preocupada com os próprios pensamentos. A música *Losing My Religion* tocava no rádio, e pensei no quanto era irônico que essa canção em particular estivesse tocando na época em que comecei a questionar minha fé no universo, no Criador e em todo o resto. Sentia que a letra dela tinha bem menos impacto do que o que eu estava passando.

O jipe de Catherine reduziu antes de entrar em um estacionamento reservado para viaturas. Eu me sentei direito.

— Preciso fumar antes de entrar.

Catherine parou na calçada, e eu apanhei a bolsa e abri a porta.

— Dê meu nome ao sargento na entrada e ele vai te deixar entrar, segundo andar, no fim do corredor. Vou te esperar. — Ela tirou uma sombrinha da bolsa e a entregou a mim. — Fique com ela, nunca se sabe quando vai voltar a chover.

Tentei encontrar um lugar escondido do frio. Acendi um cigarro com as mãos trêmulas e xinguei baixinho as restrições para fumantes impostas pela cidade. Traguei e me recostei na parede de concreto. A ansiedade me comia por dentro. Eu me repreendi por entrar em pânico em vez de me concentrar na promessa que fiz para Catherine. Atirei a guimba do cigarro na lixeira mais próxima e corri em direção à entrada.

Eu me apresentei ao sargento na recepção. Ele pediu a minha identidade e então comparou a foto com o meu rosto. Assim que recebeu a autorização por telefone, me deixou entrar e me direcionou para o elevador em que um grande grupo de pessoas esperava. Não querendo demorar, subi pelas escadas.

Recuperei no mesmo instante o sentindo de realidade quando ouvi a cacofonia ecoando das salas no fim do corredor. A pressão me fazia bem.

Entrei, os telefones tocando sem parar, o burburinho dos policiais de uniforme azul se misturava com o dos detetives à paisana, a conversa barulhenta vinha de todos os lados, era só num caos como esse que me sentia composta, concentrada. O lugar me lembrava de uma redação de jornal, e do meu trabalho, que era meu refúgio.

Segui as coordenadas de Catherine e cheguei à sala mais afastada. Conforme me aproximava, consegui ouvir o que ela dizia, apesar do barulho ao meu redor. A voz respondendo a ela também era familiar, mas não consegui descobrir de quem era. Os dois estavam discutindo.

— A gente continua mais tarde. — Ouvi Catherine dizer ao sair de lá e fechar a porta às suas costas. Eu estava parada diante dela.

— Não me diga que era o cara que te ligou mais cedo — fiz careta — mesmo ao telefone ele parecia mal-humorado e zangado.

Eu me lembrei do nome que ela havia mencionado. A placa na porta dizia "Jacob Torres".

6

— Comissário Thomas Brown, essa é Sam Redfield, jornalista do *Boston Daily*.

Um homem negro com uniforme de polícia cheio de comendas as cumprimentou. Ele disse oi para Catherine e então se virou para mim, estendendo a mão para um aperto. Seus dedos eram duros; a pele, calejada. Ele me olhou como se tentasse me avaliar.

— É um prazer, srta. Redfield, por favor, venha ao meu escritório para que possamos conversar. — Catherine e eu nos olhamos enquanto ele dava a volta na mesa e se sentava. — Aceitam uma bebida? Água, café, chá?

Recusamos com educação.

— Vamos direto ao ponto. Como sabe, srta. Redfield...

Eu o interrompi.

— Pode me chamar de Sam.

Ele prosseguiu:

— Essa conversa é confidencial. Para deixar bem claro, não é comum que concorde com um encontro desses. Catherine me garantiu que você sempre esteve do lado da lei. Qualquer cooperação daqui em diante vai depender do que você publicar depois que lhe der acesso exclusivo ao MCU durante o expediente. Vou revisar cada uma de suas matérias e só então decidir se vou permitir que você permaneça por aqui.

Embora devesse estar animada por Catherine ter conseguido me fazer passar pela porta, estava cética. Havia alguma chance de que para garantir o meu acesso à MCU, incluindo cobertura exclusiva, Catherine ter prometido ao comissário Brown que o que eu escreveria serviria aos interesses deles? Verificaria com ela mais tarde. Permaneci em silêncio e abri um sorriso falso.

— Certo, srta. Redfield. — Ele continuou usando meu sobrenome, como se deixando bem claro que não estava interessado em um relacionamento informal. — Dei a Catherine permissão para te mostrar as entrevistas que fizemos com os pais até o momento, assim como o vídeo da cena do crime. Isso, é claro, é um sinal da nossa boa-fé. Espero que tenhamos nos entendido.

Ele se levantou, e apesar de não ser muito alto, o corpo musculoso transparecia tanto poder quanto agressividade. Meu olhar se demorou nele por um bom instante.

— Bem, depois que você repassar os detalhes do caso, e antes do relatório, vou te apresentar ao responsável pela unidade, o chefe. Ele precisa ser informado de que tem uma jornalista bisbilhotando por aqui.

O comissário Brown e Catherine trocaram um aceno de cabeça, e ela tocou meu ombro, indicando que era hora de ir.

Descemos o corredor. Queria perguntar sobre minhas suspeitas, mas ela me calou e disse "aqui não". A mulher percebeu que eu sabia o que estava se passando.

Fomos até a sala de reuniões. Eu me sentei na mesa em formato elíptico.

— O que você prometeu a ele? Obviamente, não vou sabotar a investigação, mas, ao mesmo tempo, com certeza não posso concordar em ser uma marionete. Pretendo manter minha integridade como jornalista custe o que custar.

— Sam, não seja tão impulsiva, e não faça declarações que não vão te levar a lugar nenhum. Sugiro que seja simpática com a MCU durante a sua cobertura, pelo menos no início, assim será capaz de se aprofundar na investigação, e será mais fácil para mim te fornecer material exclusivo. Você sabe muito bem por que não te contei. Sabia que você não aceitaria e eu estava certa. Você já conseguiu um vislumbre de algo a que nenhum outro jornalista teve acesso. Aí está seu primeiro furo de reportagem.

Ela tinha razão.

Notando que havia conseguido me convencer, Catherine se virou para uma tela enorme na qual as fotos e os nomes das meninas sequestradas estavam projetados.

— Lauren Browning, Kylie Jones, Megan Wilson, três meninas de dezessete anos de famílias influentes e que frequentam o colégio United Nations International em Manhattan. Foram sequestradas no ginásio da escola em plena luz do dia. As câmeras de segurança gravaram o sequestro em si, assim como a van azul que os sequestradores estacionaram em frente ao local, e na qual levaram as garotas.

— Já se passaram dois dias, e ainda não há pistas, corpos, pedido de resgate, nada. Pensamos que tínhamos algumas pistas no vídeo, mas não deram em nada.

Catherine apagou as luzes, ligou o projetor e o passou. Eu vi a silhueta das meninas entrando no ginásio vazio. A luz do sol se infiltrando pelas janelas pequenas iluminava o contorno do corpo delas ao recuarem em um canto escuro. A mim parecia que Lauren, a de cabelo escuro, estava apontando para cima, como se sinalizasse para as amigas acenderem a luz. Kylie e Megan, nesse meio-tempo, haviam fechado a porta e ligado as luzes. Foi só então que notei que elas seguravam sacolas de papel pardo. Eu me perguntei o que havia nelas, e logo descobri que eram decorações de Halloween.

As meninas começaram a decorar o ginásio.

De repente, pararam o que faziam e correram até uma porta lateral. A TI da delegacia já havia editado os vídeos de ambas as câmeras de vigilância, então, na verdade, estava assistindo a uma tomada contínua. Uma parte dela parecia familiar, tinha sido passada vezes demais no noticiário, é claro que a polícia havia censurado o resto. Percebi que pretendiam esconder certas informações do público, incluindo as imagens dos sequestradores. A outra tomada mostrava o veículo de fuga: uma van azul saindo do estacionamento; primeiro devagar, depois acelerando até desaparecer. A câmera não havia capturado a placa.

Eu assisti à coisa toda.

As meninas tiraram as fantasias das sacolas e as vestiram por cima da roupa. Era uma espécie de macacão preto com esqueletos pintados em branco na parte da frente.

Dava para sentir que elas estavam no clima de Halloween, dado o comportamento anormalmente brincalhão.

Elas pararam por um instante e levantaram a cabeça. Imaginei que ouviram uma batida à porta, pois Lauren, que terminara de se vestir primeiro, correu para a saída de emergência e a abriu. Duas pessoas fantasiadas correram pela porta. Eu podia dizer, pela estatura, que eram homens. Um usava batina. Ambos estavam mascarados. As meninas pareceram aflitas, uma delas tropeçou ao tentar escapar.

— Catherine, você poderia voltar a cena, por favor, para o momento em que os homens entram?

Catherine rebobinou a gravação.

— Pare aí, olha.

Catherine se aproximou e parou ao meu lado.

— Olhe para Lauren, de início ela fica com medo, mas, depois, sorri de repente.

— É uma distorção facial involuntária que parece com uma risada, mas, na verdade, é causada pelo pânico. Pessoas reagem de formas diferentes a situações de estresse.

Peguei o controle remoto da mão dela e voltei a gravação de novo, parando no mesmo momento.

— Acho que você deveria olhar de novo, não é involuntário, Catherine, ela está sorrindo. Um dos homens diz algo enquanto faz sinal com o dedo para ela ficar quieta. A garota parece achar que é uma pegadinha. As outras meninas estão apavoradas, e ela está sorrindo. Tenho certeza disso.

Catherine voltou a gravação mais duas vezes até que também se convenceu.

— Como é possível eu ter deixado passar, caramba, vi isso umas dez vezes. Estou perdendo o jeito.

Ela parecia frustrada por ter ignorado o que talvez pudesse ser uma evidência importante. Decidi continuar assistindo, sem pensar demais no assunto.

— Ela sabe quem eles são — pontuei, e fiz sinal para Catherine passar a gravação. Não queria perder mais tempo.

Com base no que vimos até então, parecia que as meninas pensaram que se tratava de uma pegadinha, e que só depois perceberam que era um sequestro de verdade. O Halloween era a cobertura perfeita. Os dois homens poderiam entrar na área da escola sem serem interceptados. A pessoa que planejou o sequestro pensou em cada detalhe.

Os gestos das meninas indicavam o quanto estavam aflitas. Elas recuavam devagar conforme os sequestradores avançavam. Lauren tinha parado de sorrir. A expressão delas refletia confusão. Os homens agiram rápido: borrifaram algo nas meninas que as fizeram se virar e cobrir o rosto. Então as empurraram em um círculo, com a face voltada para fora. Um dos sequestradores jogou um pedaço de corda para o outro que logo a atou ao redor do corpo delas. Pela forma como deu o nó, ficou óbvio que sabia o que estava fazendo. Poderia ser outra pista para a investigação. Apontei o fato para Catherine.

— O cara talvez tenha experiência com escalada, acampamentos ou navegação — falei. Os lábios de Catherine se esticaram em uma linha fina.

As meninas se contorceram, e imaginei que gritaram quando os sequestradores lhes cobriram a boca com silver tape. O gesto dos homens foi ameaçador quando ordenaram para que ficassem quietas.

Quando Megan tentou resistir, um deles a puxou com força pelo cabelo.

Lauren e Kylie pareciam calmas e compostas. Como era possível? O homem de batina deu a entender que estava determinado quando puxou o canivete do bolso de trás e o pressionou na garganta de Megan. Ela parou de se mover. Em seguida, as meninas foram arrastadas e empurradas com violência pela porta. Elas reagiram com obediência. Um sequestrador espiou o corredor para garantir que não havia ninguém por ali, e então se juntou ao parceiro, e as empurraram para a van azul. O vídeo terminou com a imagem do veículo sumindo do foco da câmera.

Catherine acendeu a luz.

— Vai ser uma matéria do cacete — falei. — O que vocês têm até agora? Talvez alguma pista na cena do crime?

Catherine suspirou.

— Não achei nada significativo lá.

Peguei o bloquinho amarelo e a caneta na mesa e comecei a fazer anotações. Pontuei que pela reação de Lauren, parecia que ela reconheceu pelo menos um dos sequestradores. *Nó complicado*, circulei as palavras.

— Olha, Sam, você notou algo importante. Talvez devêssemos refazer os interrogatórios. Trazer os pais aqui de novo. Se apresentarmos a situação de um ângulo diferente, talvez surjam novas pistas. Você pode ter acabado de salvar a minha pele.

A porta abriu e o comissário Brown entrou.

— Tenho que ir embora daqui a pouco, eu a apresentarei ao Torres, e então vocês concluem tudo mais tarde.

— Já estávamos de saída. Se estiver tudo bem por você, gostaria de levá-la para a a reunião de atualização da investigação. Não há nada de confidencial lá.

Ele assentiu. Catherine e eu o seguimos.

Fiquei parada à porta da sala do Torres. Catherine entrou primeiro, depois o comissário Brown, então eu.

— Você se lembra da jornalista de que falei de manhã? — perguntou Brown ao se aproximar da mesa de Torres.

Eu esperava que ele se afastasse para que pudesse ter um vislumbre do chefe notoriamente esquentadinho.

Uma olhada rápida foi suficiente. Congelei.

O homem bonito de frente para mim estava atordoado, com a mandíbula cerrada e estreitando os olhos na minha direção.

Ele?

Sério, ele?

Seja educada e se apresente. Aja como se não o reconhecesse. Anda! Foi a ordem que dei a mim mesma.

Estava óbvio que ele havia me reconhecido. Minhas tentativas de evitar quaisquer dissabores foram em vão. Dando alguns passos hesitantes na direção dele, estendi uma mão trêmula.

— Samantha Redfield — falei, tentando soar indiferente.

Não foi fácil superar aquele choque. Nunca fui muito boa em fingir. Eu era conhecida por ser direta. Só de pensar em encará-lo e agir como se não o conhecesse me deixava nauseada. Respeitava as pessoas, foi assim que me ensinaram. Notei que ele havia percebido minha lamentável tentativa de agir como se nada estivesse acontecendo.

Suas mãos continuaram nos bolsos enquanto fixava o olhar em mim, me prendendo.

A situação ficou ainda mais estranha quando Catherine notou a forma como estávamos nos olhando. Sabia que ela havia captado a hostilidade dele. Mas não tinha como saber a razão. Estava óbvio que ele não ficou nada satisfeito com a surpresa. Eu sentia como se precisasse dizer alguma coisa, qualquer coisa, para romper a tensão palpável.

O comissário Brown fez isso por mim.

— A srta. Redfield e eu concordamos que ela não vai publicar nada confidencial. Ao mesmo tempo, vamos deixá-la publicar detalhes exclusivos sobre o caso. Sob supervisão, é claro.

Olhei para ele, que deu um leve aceno de cabeça e estendeu a mão para um aperto breve.

— Meu nome é Jacob Torres, e não tenho tempo para conversar. Tenho uma reunião para fazer. — O tom dele foi abrupto, conciso. O homem passou por nós ao sair do escritório. — Dez minutos, prepare-se, por favor — ele deu a ordem, e saiu, resmungando um palavrão antes de sumir pela porta. Meu coração pulsava nas orelhas.

— O que foi isso? — perguntou Catherine.

Fingi que não fazia ideia do que ela estava falando, mas não colou.

— Eu conheço o Torres. Ele é durão, disso não há dúvida, mas ele não é grosso, e com certeza não com pessoas que não conhece. Na verdade, o homem nunca foi grosso com quem trabalha com ele. Pode acreditar, sei do que estou falando. Atuamos juntos em muitos casos. — Ela suspirou. — Deveria ter falado de você antes de chegarmos, ter ido direto a ele, sem passar pelo comissário. Ninguém gosta de ser pego de guarda baixa. Ele pode não confiar em você porque é jovem, ou talvez pense que vai tentar se provar e sabotar a investigação ao publicar informação confidencial. Sinto muito, você não merece não ser levada a sério, mesmo que ele tenha as próprias razões ou se os superiores o estivessem perturbando. Vou falar com ele depois da reunião.

— Não — minha voz ficou fina. Estava agitada.

Catherine pareceu confusa. Expliquei rapidamente:

— Quer dizer, não é necessário. Ele vai se acalmar depois que vir a primeira matéria. Então talvez vá confiar em mim e perceber que pode trabalhar comigo. Como você disse, sabemos bem o quanto ele está sendo pressionado pelos superiores. Ou talvez só esteja tendo um dia ruim ou acordou de mau humor. Todos somos antissociais às vezes, sou um exemplo perfeito. É só deixar para lá.

Embora Catherine não parecesse disposta a deixar para lá, assentiu como se sinalizasse que o assunto estava resolvido. Por ora, pelo menos. Ela olhou para o relógio.

— Droga, estamos atrasadas de novo. A reunião já começou. Se corrermos, talvez ele fique menos bravo dessa vez. Ainda mais quando contarmos o que você descobriu.

Nós nos apressamos para a sala de reuniões.

Cabeças viraram quando a porta fechou com uma batida. Segui Catherine, acenando com educação para o pessoal que já estava acomodado. Jacob, que estava falando de um palco, parou e esperou que nos juntássemos a ele.

A cara de poucos amigos me fez me encolher por dentro. A lembrança que tinha dele era completamente diferente. Eu não o deixaria me afetar. *Seja profissional*, disse a mim mesma.

Catherine fez sinal para que ficasse ao seu lado enquanto ia em direção ao homem. Não consegui reunir coragem para parar tão perto dele.

Segurei a mão dela e sussurrei em seu ouvido que estava exausta. Ela apontou para uma cadeira na primeira fileira. Eu me sentei, imaginando a cara com que os outros deviam estar me olhando. Abaixei a cabeça e não me atrevi a olhar para cima.

A reunião se arrastou.

Estava em um estado de persistente tortura psicológica. Mal conseguia funcionar. Jacob mencionou meu nome e me apresentou como a jornalista que havia recebido permissão para acompanhar o caso de dentro da unidade. Sua voz rouca me fez corar. A lembrança ateou fogo nas minhas entranhas. Imaginei que ele podia ver tudo o que se passava na minha cabeça. Olhei para cima e cruzamos olhares. Eu estava sob seu encanto, incapaz de desviar o olhar, até ele apresentar Catherine.

Quando Catherine terminou de falar do caso, Jacob dividiu a equipe em grupos. Aproveitando o fato de ele estar ocupado, saltei do meu assento e corri em direção à porta. Escapei. Procurei pelo banheiro, um refúgio onde poderia fechar a porta e acalmar meu coração acelerado.

— Para onde eu posso ir?

Ouvi passos se aproximando pelas minhas costas.

Uma mão forte segurou o meu braço, me puxando na direção da escada de emergência. A porta se fechou às nossas costas.

O ataque é a melhor defesa, disse a mim mesma. *Iria condenar a insolência dele, repreendê-lo, tirar as mãos deles de mim. Logo.*

Ele era mais rápido e mais forte que eu. Senti a parede às minhas costas. Olhos penetrantes se fixaram em mim. Antes que pudesse pronunciar uma palavra, seus braços seguraram ambos os lados do meu corpo, não conseguia me mover. Ele trouxe o corpo para mais perto, inclinou-se na minha direção e falou:

— Acho que é hora de pôr fim à essa palhaçada.

A ondulação azul-esverdeada hipnotizante de seus olhos me petrificou. Congelei. Eu me recusei a reconhecer que nos conhecíamos.

— Embora seu cabelo esteja mais claro e de outra cor, esses olhos cinza-escuros que acendem quando você goza gostoso... me lembro deles.

Empurrei seu corpo para longe do meu, ajeitei as minhas roupas e, com o tom mais equilibrado que consegui, respondi:

— Você está obviamente enganado. Está me confundindo com outra pessoa. Sua insolência beira o assédio, sugiro que mantenha distância.

A expressão dele permaneceu severa: sobrancelha franzida, olhar abrasador. Eu não me movi, como se desse a ele permissão para ir embora.

— Não sei como você conseguiu permissão para se enfiar aqui, mas não espere nenhuma simpatia ou favores de minha parte.

Com outro palavrão, ele sumiu pela porta.

Levei a mão ao peito e me curvei, tentando acalmar a tempestade rugindo dentro de mim. Eu jamais cogitaria que... um erro que cometi há dois anos voltaria para me assombrar, para cravar os dentes na minha pele.

7

O apartamento pequeno estava escuro quando entrei. Passei os dedos pela parede, tateando para encontrar o interruptor. Estava fora do meu alcance. Relutante, larguei as bolsas que estava segurando. Talvez devesse ter permitido que Catherine me trouxesse. Recusei a oferta, dizendo que precisava fazer umas compras. Foi uma mentirinha de nada.

A última coisa que queria no fim desse dia exaustivo era uma ligação de Robert. Ele perguntou como eu estava, e não ficou satisfeito até eu contar tudo o que aconteceu desde o momento que cheguei a Nova York. Dei detalhes do dia longo: desde o apartamento de Catherine até a redação, seguido pelas horas passadas na MCU. Ele pediu para eu dar notícias, para que não se preocupasse comigo. Desligamos.

Embora estivesse cansada, decidi ir dar uma caminhada para clarear a cabeça e pensar racionalmente. O encontro inesperado com Jacob era o tipo de surpresa pela qual não ansiava. Agora teria que fingir com ele.

Estava imersa em pensamentos quanto aos possíveis cenários envolvendo Jacob e em como eu lidaria com a situação quando me vi diante de uma loja de bebidas. Entrei, pensando que entorpecer os sentidos poderia ser uma solução temporária e efetiva. Comprei três garrafas de vinho e uma de uísque Jameson, então segui rua abaixo para comprar alguns livros e o meu café preferido.

— Merda! — Tropecei em alguma coisa. Meus olhos não haviam se ajustado à escuridão do apartamento. Odiava a sensação de não estar no controle. Odiava ainda mais a escuridão. Tenho medo dela desde criança, desde que meus pais sumiram. Estava convencida de que eles estavam presos em um lugar escuro e que era por isso que nunca foram encontrados. Tive pesadelos horríveis. Só quando acendia a luz era que conseguia relaxar.

Mais tarde naquela noite, depois de um longo banho, me sentei ao pequeno balcão da cozinha e tentei conectar em algum Wi-Fi. Nada. Todas as contas que apareciam na minha tela precisavam de senha. Fiz um lembrete para pedir a Catherine para entrar em contato com um provedor de internet.

Fiz um sanduíche e me servi de uma taça de vinho tinto. Deitada no sofá com o notebook apoiado na barriga, olhei as fotos dos meus pais que havia escaneado e salvado.

Eu tinha esperado escapar para o meu esconderijo preferido: as memórias da minha infância, mas minhas tentativas de ser transportada para um lugar mais feliz falharam, e decidi ler. Eu havia comprado *Conviction* o terceiro livro da série Consequências, da Aleatha Romig.

Eu me recostei, beberiquei o vinho e passei as páginas. Li cada linha pelo menos três vezes. Meus pensamentos vagaram para aquela noite de verão dois anos atrás.

— Catherine, estou tão feliz por você, é claro que vou. Robert e eu estamos encantados por sermos seus convidados de honra. Posso até mesmo cobrir o evento.

Catherine tinha ligado bem quando estava entrando no escritório de Robert. Ele estava sentado na poltrona de couro assistindo ao noticiário, e olhou para mim. Ergui um dedo para ele, em advertência, de jeito nenhum ele se esquivaria de ir ao evento. Catherine parecia animadíssima. Como uma das organizadoras, a mulher havia passado dias e mais dias trabalhando para que ele fosse um sucesso. Até mesmo havia decidido fazer um discurso. Eu sabia o quanto ela queria a nossa presença lá, com todos os doadores e convidados do país inteiro. Era uma arrecadação de fundos para famílias cujos entes queridos estavam desaparecidos há anos e que não tinham conseguido colocar a vida de volta nos trilhos.

A causa era muito importante para mim, e Robert não teria coragem de me dizer não.

Nós fomos.

Catherine e eu nos mimamos com vestidos de festa novos e fizemos o cabelo em um salão chique. Quando chegamos ao apartamento dela mais tarde naquele dia, Robert nos recebeu fazendo careta. Ele havia implorado para que o deixássemos para trás. O homem nunca gostou de se misturar com gente e ir a eventos formais fora do trabalho. Misantropo.

Catherine tinha quase cedido, já eu insisti para que ele fosse conosco. Lembrei-o que como perfilador criminal era importante que comparecesse a esse evento em particular. Ele cedeu. Eu sabia que fez isso por mim.

Naquela noite, ele estava no meio da sala, parecendo muito respeitável em seu smoking alugado. Eu ri quando vi o volume na parte de trás do paletó.

— Deixe sua arma no cofre, só por hoje.

Sensato e equilibrado, ele respondeu:

— Sam, no campo em que trabalho, nunca se pode deixar a arma de lado. Não consigo me lembrar da última vez que me senti seguro. Nunca se sabe quando algum louco vai decidir que é hora de atacar. Melhor prevenir do que remediar. Você, por outro lado — ele fez uma pausa, me olhando com adoração —, é um colírio para olhos cansados. É maravilhoso finalmente ver a minha sobrinha em um traje de gala. — Esse foi o jeito dele de me elogiar.

Catherine se juntou a nós.

— Finalmente! A moleca de jeans e camisa de flanela se transformou em uma linda mulher. O vestido preto destaca os seus olhos. Você precisa mudar todo o seu armoire. Arrume-se, menina. Seu corpo é sensacional.

Fiquei envergonhada, mas agradeci aos dois. Elogiei Catherine por sua elegância no vestido de cetim cinza-chumbo e os saltos altos combinando.

Uma limusine preta, cortesia do comitê de organização do evento, esperava por nós lá fora. Pela primeira vez na vida, tive um gostinho de como era se deslocar com estilo.

Champanhe foi servido em taças de cristal. Brindamos e bebemos cheios de cerimônia. Uma risadinha escapou de mim.

— Quem diz "armoire" hoje em dia? Francamente, Catherine. Você precisa renovar seu vocabulário.

Catherine ficou séria.

— Não é motivo de riso, Sam. Essa palavra "chique" é um lembrete de uma época em que as mulheres sabiam como se vestir e se importavam com a própria aparência. É você quem deveria renovar seu vocabulário e incluir armoire nele.

O sorriso sumiu do meu rosto.

Então Robert grunhiu igualzinho a um animal, e as duas riram. Catherine deu uma piscadinha para mim.

— Só estou perturbando você, garota.

Foi uma das poucas vezes que passamos tempo juntos sem falar de trabalho. Eu me senti feliz, diferente. Uma Sam diferente.

A limusine parou em frente a Armory Show Gallery. Eu tinha ouvido falar do lugar e sabia que artistas internacionalmente famosos faziam exposições lá. Eu me perguntei a razão para ter sido escolhido para receber o evento.

Consegui a resposta logo que pisei lá dentro.

Caminhamos devagar de um salão a outro, Catherine e Robert, de braços dados, vinham atrás de mim.

Dúzias de fotos de pessoas desaparecidas e sequestradas estavam penduradas nas paredes.

Um nome aparecia debaixo de cada uma. Crianças, adolescentes e adultos que nunca foram encontrados.

Eu ficava do lado dos esperançosos. Sempre torcendo para que talvez um dia meus entes queridos voltassem para casa. Como outras famílias, para as quais o trauma se tornara parte integral da vida, sabia que uma perda dessas poderia destruir um lar.

Minha euforia foi substituída pelo peso que se ergueu das profundezas do meu estômago e se acomodou no meu peito. Fui invadida por uma sensação densa e viscosa de asfixia quando bati os olhos na foto dos meus pais. Uma mão descansou sobre o meu ombro. Reconheci o toque sensível e solidário de Robert.

— Com licença — deixei escapar, e fui para o banheiro. Precisava recuperar o fôlego, recalibrar. Ficar sozinha.

Parada diante do espelho, fitei o meu reflexo.

— Você não pode chorar. Supere. Já se passaram dezessete anos — sussurrei para a imagem da mulher de pé diante de mim. Um sorriso zombeteiro apareceu em seu rosto. — A quem você está enganando. Você nunca perderá a esperança. — Tirei um lenço de uma caixinha de papelão enfeitada e sequei as lágrimas que escorriam por minhas bochechas.

Mesmo enquanto olhava a mulher elegante refletida no espelho, me senti desconectada de mim mesma.

Quando voltei para o saguão principal, percebi que fiquei fora um bom tempo. estava vazio, exceto por um único homem a quem segui pelo longo corredor que levava a um teatro magnífico.

A audiência esperava pelo início da cerimônia. Vi Robert e Catherine sentados no final da primeira fileira e desci as escadas para me juntar a eles.

Um depois do outro, os oradores chamaram a atenção para a importância de angariar fundos para as famílias. Dois compartilharam a própria tragédia. Eu me *identifiquei com eles quando falaram da vida sem os entes queridos, da rotina encoberta pela sombra de não saber o que foi deles. Soluços abafados foram ouvidos na multidão. Estava inundada de emoção.*

Catherine subiu no palco.

O discurso dela forneceu ao público um vislumbre dos esforços incansáveis que os profissionais faziam, dia e noite, quando trabalhavam nesses casos; chamando atenção para o trabalho dos investigadores, detetives e perfiladores criminais. Depois do discurso, Catherine foi presenteada com uma comenda especial em reconhecimento ao seu trabalho. A multidão a ovacionou de pé. Ela merecia.

Embora o evento tenha sido declarado como um sucesso com centenas de milhares de dólares já doados, não conseguia mais suportar ficar sentada ali. Pedi licença, disse a Robert e Catherine que precisava clarear a cabeça.

— Vá de limusine, pegaremos um táxi para voltar para casa — disse Catherine às minhas costas.

— Para onde, senhora? — perguntou o motorista.

— Qualquer lugar, só dirija, por favor.

Ele assentiu. Apoiei a testa na janela. Comecei a suar frio, mesmo com o ar-condicionado ligado.

Fiquei hipnotizada pelo que parecia um túnel de luzes piscantes enquanto passávamos pelas fachadas de lojas e postes de luz.

Foi só quando o motorista parou em um cruzamento que olhei para cima. Observei as pessoas atravessarem a rua e irem em direção a um bar. Havia gente lá fora com bebidas na mão e fumando cigarros.

— Pare aqui, por favor — pedi.

Era exatamente do que precisava para aliviar a sensação de perda dentro de mim: música, cigarro e bebida alcóolica. Muita bebida alcóolica.

O bar estava lotado. Eu me sentei na ponta mais distante. Um jovem ansioso para pedir abriu caminho entre mim e o homem sentado ao meu lado. Ignorando o jovem de propósito, o bartender pegou o meu pedido. Apontei para a garrafa de Jameson.

— Uísque, puro, para você — disse ele. Embora tenha deslizado o copo ao longo do bar na minha direção, ele tinha, de fato, se dirigido ao homem sentado ao meu lado. Ele ergueu o copo, indicando para o barman que já tinha uma bebida.

— Com licença — me virei para ele — creio que esta seja minha.

Ele ergueu o copo e estendi a mão para pegar. O leve toque dos seus dedos nas costas da minha mão fez passar algo parecido com uma corrente elétrica entre nós. Nosso olhar se prendeu. A música e as vozes ao nosso redor pareceram se calar. As feições cinzeladas e os olhos verdes me hipnotizaram.

Foram três doses até reunir coragem. Precisava falar com ele. Pensei ter reconhecido aquela expressão pensativa e introvertida do homem.

— Me deixe te pagar uma bebida. Parece que você precisa de uma tanto quanto eu.

Ele ergueu a mão para me impedir.

— Vim aqui para ficar sozinho, então nada de nomes.

Fiquei calada. A sua recusa direta me desceu como um desafio.

Fiz sinal para o bartender.

— Um duplo, para dois, por favor. Esse cara se comporta de um jeito interessante. Talvez mais uma dose o ajude a se soltar.

Eu chamei a atenção dele.

— Você parece ter tropeçado aqui por acidente, toda arrumada e sozinha. Tenho certeza de que tem um monte de caras aqui que ficariam felizes por te fazer companhia. Você escolheu o errado, não estou interessado em te distrair, tenho minhas próprias mágoas para afogar.

Eu me virei para olhá-lo. A fenda alta do vestido expunha as minhas pernas. Cruzei-as.

Ele se inclinou para trás e estreitou os olhos enquanto examinava meu corpo, meu rosto. Me vendo um tanto quanto atraída por esse desconhecido, decidi não me deixar ofender pelo que ele disse.

Eu precisava de algo para afastar minha cabeça da minha própria infelicidade.

— Se você não fosse um filho da puta tão egocêntrico, teria notado que de todos os caras nesse lugar, é em você que estou interessada.

Eu não conseguia acreditar no que tinha acabado de sair da minha boca, de forma tão apressada e indiferente. Fiquei surpresa por ver os lábios dele se curvarem em um sorriso.

— Por que eu? — *perguntou ele, baixinho. Dei de ombros.*

— Quando entrei aqui, tinha certeza de que queria ficar sozinha, assim como você. Então percebi que estava errada. Acho que vou me sentir melhor se falar do que está me incomodando, e já que não te conheço e provavelmente nunca mais vou te ver de novo, posso contar tudo. Só desabafar.

Ele me encarou. Notei que pesava minhas palavras. Tirei vantagem da situação.

— Vou te contar tudo e, em compensação, você vai me dizer por que quer ficar sozinho. Partiremos como estranhos. Nada de perguntas, detalhes ou nomes. Tudo bem?

Ele girou na minha direção, e sua perna roçou a minha. Seu toque pareceu atear fogo em mim.

— Tudo bem, moça estranha, vou aceitar a oferta. Mas antes de começarmos, vamos beber.

Assenti, ele ergueu a mão e chamou o bartender.

— Traga a garrafa.

Bebemos, olhando nos olhos um do outro. Não sei o que tinha dado em mim; quase que no mesmo instante, fui de ser estranhamente direta e desinibida a ficar sem palavras. Senti alívio quando ele começou a falar:

— Você simplesmente se deparou com o lugar ou ia se encontrar com alguém?

Balancei a cabeça.

— Seu vestido é meio exagerado para um bar de bairro.

Abri um sorriso desconfortável. Assim que entrei, soube que estava desencaixada.

— Estava em um evento de arrecadação de fundos para famílias de pessoas desaparecidas. Saí cedo; precisava dar o fora de lá. — *Abaixei a cabeça.*

Ele colocou o dedo no meu queixo e o ergueu de levinho.

— Por que você fugiu?

— Não fugi, só fui embora. Meus pais... — *Parei e não disse nada. Estava bêbada. Deveria ser fácil para me abrir e, mesmo assim, não consegui encontrar palavras.*

— Nós fizemos um acordo; não pode dar para trás agora. Me diz o que se passou com eles. — *Senti que ele foi sincero.*

— Desapareceram anos atrás em uma viagem pela América do Sul, os corpos nunca foram encontrados, e foram declarados desaparecidos. A arrecadação de fundos era em benefício de famílias com a história parecida com a minha, famílias cujos entes queridos simplesmente desapareceram sem deixar rastro. Mas não foi isso que fez tudo ser tão difícil. Foi a foto dos meus pais. Eles estavam tão felizes. De repente senti como se quisesse desaparecer também.

Com gentileza, ele pegou a minha mão.

— Odeio o fato de que não há nada em que me segurar, o não saber, não ter um túmulo para visitar. Nada de velório, de encerramento. Teria sido melhor se soubesse que eles estão mortos.

Era a primeira vez que proferia aquelas palavras; tão francas, tão frustrantes, eu mesma fiquei surpreendida. Quem em seu juízo perfeito desejaria a morte dos pais? Se ao menos pudesse pegar minhas palavras de volta... Ele guiou meu dedo até os meus lábios, me calando ao pressionar o corpo no meu, oferecendo um refúgio silencioso. Tomei um gole da minha bebida.

— Um amigo de infância foi assassinado há dois dias, o funeral foi hoje. Eu não poderia ter ido mesmo se quisesse. A família não me queria lá.

Ele também parecia não saber mais o que dizer. Servi outra dose a ele. Ficamos calados por um tempo.

— Crescemos na mesma rua, na verdade, éramos vizinhos. Depois da faculdade, ele se deu muito bem como corretor na Wall Street. Seguimos caminhos diferentes. Eu queria levar uma vida significativa, ele preferiu o dinheiro. Foi alvejado há dois dias. Morreu na hora. Não consegui acreditar. Colegas que sabiam que éramos amigos ligaram para me avisar. Naquela noite, fui ao necrotério e identifiquei o corpo. Ele não deveria ter tentado escapar.

O cara bateu o copo no balcão do bar.

— Um mandado de prisão foi expedido para ele. Apropriação indébita. Ele sairia em poucos anos. Mas fugiu da polícia. Foram atrás. Ryan, o meu amigo, não parou, nem mesmo quando avisaram que atirariam. Uma bala foi o que bastou para tirar a vida dele. O policial "acidentalmente" mirou acima das pernas.

Ele se curvou. Pressionei a testa na dele. Por instinto, levei a mão ao seu rosto, sentindo a sua dor, seu sofrimento era algo que eu conhecia muito bem. Senti seu fôlego nos meus lábios. Eu o beijei de levinho e o ouvi suspirar.

— Sinto muito, não foi a minha intenção — falei ao me levantar, gaguejando uma desculpa, peguei a bolsa e deixei uma nota no balcão.

Deve ter sido o álcool que me conduziu para a saída dos fundos em vez de para a da frente. Empurrei a porta de serviço e me vi em um beco escuro. Estava prestes a me virar quando ouvi a porta bater às minhas costas. Ele havia me seguido. Ficamos de pé, um diante do outro. Mesmo no escuro, conseguia sentir o homem me observar.

Minha pele formigou. Ele veio na minha direção. Recuei até que minhas costas atingiram a parede. Eu sabia o rumo que aquilo estava tomando.

— É provável que a gente se arrependa disso de manhã — sussurrei. — Estou disposta a arriscar se você também estiver.

Ele se aproximou e parou a centímetros de mim. Agora podia sentir o quanto ele era alto e musculoso. E extremamente lindo. Seu dedo tocou os meus lábios, dessa vez, com força.

— Preciso beijar você, estranha.

Larguei a bolsa. Ele interpretou como um sinal.

Sua boca atacou a minha, a língua penetrou e girou lá dentro. Estávamos em chamas. Senti suas mãos por todo o meu corpo: pescoço, cabelo, seios; me tocando com paixão.

Abaixei a guarda e me rendi a ele.

Os beijos eram selvagens. Chupei e mordi seu lábio inferior até sentir o gosto metálico de sangue. Ele rosnou igual a um animal e pressionou o corpo no meu.

— Eu vou te foder com força.

As palavras diretas e viscerais me deixaram excitada, e quando ele enfiou a mão debaixo do meu vestido para agarrar a minha bunda, meus suspiros atearam fogo em nós dois. Deslizei as mãos para dentro de sua calça, segurei seu traseiro firme para trazer sua ereção para mais perto de mim. Senti a dor agonizante do meu desejo.

Ele se afastou, desabotoou a calça e vestiu uma camisinha. Eu o agarrei pela camisa e o puxei para mim, toquei seu peito. Ele gemeu, consegui sentir o homem se derretendo.

O cara puxou minha calcinha para o lado e enfiou um dedo dentro de mim. Pressionei a testa em seu ombro, mas ele puxou o meu cabelo, me forçando a olhá-lo.

— Olhe para mim — ele deu a ordem.

Ele me segurou pela nuca e devorou os meus lábios, sugando meus gemidos de êxtase. Seu dedo vibrou dentro de mim. Cravei as unhas nas suas costas. Ele agarrou a minha coxa, beliscou a minha pele. Prazer me inundou com os fluidos do desejo e implorei para que ele entrasse em mim.

— Tira — ele mandou.

— Rasga — respondi.

Ergui sua camisa. Fiquei hipnotizada pelo torso musculoso e os chifres tatuados na sua pélvis.

— Quem é você? Me diz o seu nome.

— Não foi esse o acordo, estranha — sussurrou ao ergueu a minha perna e entrar em mim com seu pau.

— Me sinta, só me sinta — disse ele, ao ir mais fundo.

Um gemido alto escapou de mim. Para permitir que meu corpo se ajustasse ao seu tamanho, ele foi devagar, entrando e saindo, entrando e saindo, até ser dominado pelo desejo e começar a estocar impiedosamente. Perdi o apoio. Ele envolveu os braços fortes ao meu redor e me ergueu, me fodendo forte contra a parede. Fechei os olhos e me entreguei.

— Isso, estranha, isso. Quero ver você gozar.

Cheguei ao clímax várias vezes, meu corpo tremia enquanto ele latejava dentro de mim. Gemi com cada beijo carregado de luxúria. Meu orgasmo foi intenso, de tirar o fôlego. Desfaleci sobre ele, arquejando quando ele jogou a cabeça para trás e gozou com um grunhido bestial.

No dia seguinte, acordei com uma ressaca dos infernos. Me sentei no sofá, tentando entender por que não usava nada por baixo do vestido. Comecei a refazer os meus passos. Eu tinha saído do evento beneficente, parado em um bar, bebido, falado com...

As imagens tremularam diante de mim; vislumbres de linhas escuras tatuadas em sua pele pintaram o quadro para mim.

Um touro brutal com chifres pontiagudos partira com tudo na minha direção. Um estranho.

8

Acordei na manhã seguinte depois de ter adormecido no sofá. Meu corpo estava todo torto em uma posição que me deixou dolorida. Eu me levantei para me espreguiçar e suspirei com a voz rouca ao estender os braços para cima para aliviar a tensão. A lembrança de Jacob persistia. Nos meus sonhos ele se chamava "Toro" e até ontem, não sabia quem ele era e qual era o seu nome verdadeiro.

Agora com certeza esbarraria com ele todos os dias, pelo menos até a investigação terminar. Não tinha ideia de como me comportar perto dele e se poderia separar as duas imagens: a que tinha criado na minha cabeça e a que continha um rosto real e um nome real.

Se ele soubesse que havia estrelado as minhas fantasias nos últimos dois anos... fantasias das quais despertava sexualmente excitada, ansiando pelo seu toque. O homem pensaria que eu era patética. Muita gente não estava nem aí para esses lances de uma noite só. Talvez o fato de não conseguir tirá-lo da cabeça havia disparado minha ansiedade de separação a qual, nos meses que se seguiram ao encontro, sabotaram cada relacionamento que tive. Eu me recusava a me prender a qualquer homem, exceto pelo tempo necessário para aparentar normalidade.

O sexo que fazia satisfazia as minhas necessidades, mas depois de Toro, comparei cada homem com quem dormi com ele.

Sem dúvida, a aversão de Jacob para comigo na delegacia no dia anterior foi reação ao encontro que nos pegara de guarda baixa. E havia se intensificado quando banquei a desentendida e disse que ele havia me confundido com outra pessoa. Possíveis explicações para o seu comportamento continuavam a passar pela minha cabeça enquanto penteava o cabelo e escovava os dentes. Me forcei a parar de me obcecar com isso e fui para a cozinha preparar uma caneca enorme de café.

Meu celular tocou. Atendi.

— Catherine, bom dia.

— Olha, Sam, ontem eu dividi com a equipe a sua hipótese de que uma das meninas conhecia os sequestradores. Isso nos deu um novo ângulo de investigação e foi muito bem-recebido. Pode esperar uma recepção animada hoje, tenho certeza. Venha, estou na MCU agora.

Aceitei o convite e comecei a me arrumar.

Mudei de roupa três vezes. Eu queria impressioná-lo, embora tentasse me convencer do contrário. Por fim, optei por uma calça clara e uma blusa azul soltinha com bolinhas brancas. Prendi um cachecol ao redor do pescoço, vesti o casaco e saí para a rua.

O frio atingiu em cheio o meu rosto.

Corri rua acima. A cacofonia de Nova York logo restaurou a noção de que eu fazia parte de um mundo que não parava: pessoas se apressavam para o trabalho, táxis amarelos passavam parando abruptamente para os passageiros enquanto os carros atrás deles buzinavam impacientes. Chamei um táxi. Eram sete e meia, e a cidade já fervilhava.

Pedi ao motorista para me deixar em uma pequena cafeteria não muito longe da delegacia do Baixo Manhattan, onde a MCU ficava. Estava desesperada por um café e um cigarro antes de ter que entrar lá.

A cafeteria estava cheia de policiais uniformizados e clientes comuns carregando copos de café e donuts. Fui na direção do balcão.

— O que você vai querer? — perguntou o rapaz, pronto para anotar meu pedido, com um copo de papel em uma mão e uma canetinha na outra.

— Expresso duplo com um pouco de leite quente, por favor. — Ele continuou me encarando como se esperasse algo, até perceber que ele estava esperando que dissesse o meu nome.

— Sam — falei. Ele anotou o meu nome e colocou o copo ao lado da cafeteira que era operada por outro funcionário.

— Cinco dólares. O açúcar fica logo ali.

Quando ele colocou meu café no balcão, o barista olhou para cima e perguntou:

— O de sempre, Jacob?

Agarrei meu copo, me virei, com a sensação de que um imã me puxava na direção dele. Pisquei quando ele me encarou. O homem ergueu uma sobrancelha, e seus olhos absorveram cada centímetro do meu corpo, ele sussurrou:

— Cuidado.

A Quatro Mãos 55

Uma dor escaldante se espalhou pela minha mão, e percebi que havia inclinado o copo e derramado café nos dedos.

— Merda — sibilei, e mudei o copo de mão enquanto sacudia os dedos. Gotas de café se espalharam sobre nós. Jacob deu um passo para trás. Corri na direção do balcão para apoiar o copo lá em cima.

— Aqui. — Ele me entregou um guardanapo de papel.

— Graças a você terei que adiar a minha reunião. Agora preciso voltar ao escritório para trocar a camisa.

O sarcasmo na voz dele me irritou. O homem secou o rosto e o colarinho da camisa.

— Sob circunstâncias diferentes, teria me desculpado, mas já que você estava tão perto de mim, é tão culpado quanto eu.

Peguei o guardanapo oferecido e sequei os dedos.

Tremi quando ele pegou a minha mão e me puxou para si. Ela pegava fogo, e não sabia se a causa era o café ou o toque dele.

— Se estiver a caminho da MCU, tem uma pomada para queimaduras superficiais no kit de primeiros-socorros. Você está certa. Sou tão responsável quanto você por esses encontros ao acaso, estranha. Agora posso ligar o nome à pessoa.

Ele saiu da cafeteria sem nem olhar para trás.

Eu tinha que ir à MCU. Sabia que o veria de novo e fui tomada por uma sensação de desconforto.

Notei um grupo de jornalistas caçando uma presa, atirando perguntas para qualquer um que entrasse no prédio. Liguei para Catherine enquanto caminhava para a entrada.

— Bom dia — cumprimentei o policial que me reconheceu, passei com ele pelas grades de ferro da segurança.

— Estou subindo — avisei a Catherine. E segui para a MCU.

— Por aqui, Sam. — Catherine fez sinal para mim.

Ela apoiou o braço no meu ombro e apontou com a cabeça o copo na minha mão.

— Vejo que já cuidou de tudo; o que houve com os seus dedos?

Dei um aceno de desdém.

— Nada de mais, eu e minha desatenção entornamos café quente nela.

— Ai — disse ela, ao dar outra olhada na minha mão.

— Consegui autorização para coletar informação para você, coisas que não tive tempo de te mostrar ontem. Marquei os detalhes confidenciais que você não pode publicar. E está autorizada a escrever a primeira matéria logo que falar com o Torres; ele está esperando por você. Quando acabar, venha me procurar.

Ela parou e bateu na porta de Jacob.

— Entra. — Fiquei tensa quando ouvi sua voz. — Feche a porta depois de entrar, por favor — pediu ele.

Parei diante da mesa dele. Esperei que o homem reconhecesse minha presença, mas, em vez disso, ele continuou folheando papéis, procurando alguma coisa. Notei que ele havia trocado a camisa.

— Sua reunião foi cancelada? — perguntei, tentando descobrir como ele conseguiu chegar antes de mim.

— Sente-se, já falo com você — respondeu ele, ignorando minha pergunta. Puxei uma cadeira e me sentei.

Meus olhos se voltaram para a janela. Os lugares amplos lá fora pareciam distantes; de dentro, parecia lotado.

Jacob olhou para mim.

— Quero me certificar de que entendeu os limites. Você está terminantemente proibida de publicar, sem a minha autorização, qualquer coisa que veja e ouça. Do contrário, poderá atrapalhar a investigação.

A porta se abriu.

Eu me virei. A cabeça de uma mulher apareceu na fresta.

— Torres, estão precisando de você — disse ela — é urgente.

Ele se levantou, passou por mim e saiu.

Um pensamento incômodo cutucou o meu cérebro. Eu só precisaria fazer uma simples ligação e pedir ao editor-chefe que arranjasse um substituto para mim. Era isso. Eu não sabia se poderia continuar perto desse homem. O efeito que ele tinha em mim era insuportável, apesar do fato de não ter feito nada fora do comum. Minha sensação era a de que uma escavadeira havia arrancado toda a minha autoconfiança.

Olhei para a pilha de arquivos espalhados na mesa dele. Pensei ter visto meu nome em uma das páginas. Embora estivesse de cabeça para baixo, consegui ler. Verifiquei para ter certeza de que ninguém se aproximava e dei a volta na mesa.

Eu tinha razão.

Era um arquivo que continha minhas informações pessoais, bastante detalhado. Idade: 31; estado civil: solteira. E uma pasta à parte sobre meus pais desaparecidos. Ao erguer o olhar para a tela do computador, vi que ele havia pesquisado artigos que eu escrevi. No rodapé da página, vi uma janela minimizada. Cliquei lá. Além de fotos tiradas de mim em coletivas de imprensa, havia as de paparazzi, as quais, mesmo sendo jornalista, eu não estava imune. Movi o mouse e minimizei a janela.

— Importa-se de me dizer o que estava fazendo? — Senti o sangue drenar do meu rosto.

— Por que você estava me pesquisando? — perguntei, com raiva.

— Como bem me lembro, srta. Redfield, essa sala é minha. Estou me perguntando como alguém que é uma convidada aqui tem a coragem de xeretar coisas que não é da conta dela. Eu não acabei de te dar um aviso? — O tom da voz dele me fez sentir como se fosse uma criança levando uma bronca.

As passadas largas reduziram o espaço entre nós. Ele estendeu a mão e desligou a tela.

— Volte para o seu assento, por favor — disse ele.

— Primeiro, você me deve uma explicação. — Rilhei os dentes ao voltar para a cadeira. Ele ainda estava de pé, com a mandíbula cerrada.

O homem espalmou a mesa e se inclinou para mim.

— Não se ache especial. Cada um que chega perto da minha unidade passa por uma inspeção completa. Ainda mais em casos como o seu, em que está claro que passos pouco ortodoxos foram dados para te garantir entrada.

— Está insinuando o quê? Que entrei aqui usando de artifícios que não o mérito profissional, Jacob?

— Sou chefe Torres para você, srta. Redfield. Vamos manter a formalidade. Afinal de contas, você deixou bem claro que não nos conhecemos. E estou insinuando que a sua presença aqui se deve à sua amizade com Catherine, e talvez com o comissário, só estou dizendo que está óbvio que arranjos especiais foram feitos para te favorecer. Considerando que o próprio comissário rasgou elogios à sua pessoa, me perguntei o que havia de tão especial em você quando comparada às dezenas de jornalistas que estão trabalhando nessa cidade há anos e que nunca chegaram nem perto de onde a senhorita está. Por que você? Por que uma estranha de Boston conhece o comissário Thomas Brown? Uma baita honra.

Embora estivesse furiosa, consegui refrear a raiva que borbulhava dentro de mim. Eu não tinha dúvidas de que ele não me queria. Só encurralara a minha rebeldia. Decidi que seria uma pedra no sapato dele.

Seguir as instruções de Catherine e fazer o que o comissário esperava. Manteria minha posição como única jornalista dentro da MCU de Nova York, apesar do chefe.

Eu queria acreditar que havia outros motivos por trás da sua busca no Google. Talvez minha biografia pessoal significasse algo além da minha experiência profissional e das minhas conexões.

Quando ele se sentou, apoiou os cotovelos na mesa e uniu os dedos.

— Não estamos aqui para discutir meus métodos de trabalho, mas os meios para que possamos colaborar um com o outro. Se não se importa, vamos direto ao assunto. Catherine me disse que quando você assistiu ao vídeo, notou algo em que ninguém havia reparado antes. Estou me referindo a Lauren ter identificado os sequestradores, pelo menos um deles. Ontem, logo que a reunião de atualização acabou, assisti ao vídeo de novo. Concordo com a sua análise. Isso significa que agora, à luz dessa nova descoberta, precisaremos reavaliar o caso inteiro.

"Decidi interrogar a família e os amigos de novo, e dei ordem para que os interrogadores os intimassem. Ao passo que faremos buscas no quarto das meninas mais uma vez. Por ora, essa informação é confidencial, mas, como um sinal de boa-fé, permitirei que você examine as evidências. Dei ordem a Colin, meu tenente, para te acompanhar. Catherine marcou as informações confidenciais. Você pode escrever um apanhado geral, mas é importante dar ênfase à urgência com que estamos tratando a investigação. Quando terminar, traga o artigo para que eu o verifique. Isso é tudo, por ora."

Ele foi prático e direto ao ponto. Me perguntei se ele falava assim com sua equipe, ou se estava tentando deixar claro para mim que manteria distância por razões profissionais. De qualquer forma, me senti horrível.

Antes de sair da sua sala, perguntei se havia alguma outra informação que poderia usar no meu primeiro artigo. Pensei que as redes sociais seriam um bom começo.

— Tenho certeza de que a TI já fez uma extensa busca nas redes sociais. Posso publicar que, como parte da investigação, vocês estão verificando a rede de contatos? Talvez possa conversar com alguém da TI e abordar as contas do Facebook, Twitter e Instagram das meninas, ou talvez eu mesma repassá-las? Pode ser que acabe encontrando algo que possamos usar.

Ele sorriu e pegou o telefone.

— Laurie, venha aqui, por favor. Sabe, srta. Redfield, não há dúvida de que você nos mostrou que tem um olho para detalhes... conseguiu ver algo que geralmente não teríamos deixado passar. No entanto, essa unidade emprega profissionais muito bem treinados em seu próprio campo. Não subestime as habilidades deles. E, não, você não pode olhar as contas das meninas.

— Não tive a intenção de questionar o profissionalismo de ninguém. Ainda assim, como jornalista, estou interessada em prover meus leitores com informações detalhadas sobre o que estou escrevendo. Sou minuciosa, não há nada errado com isso.

Ele franziu a testa conforme eu fechava a porta.

Saí para o fumódromo no estacionamento. Acendi um cigarro e traguei profundamente.

A fumaça costumava me acalmar, mas não foi o que aconteceu dessa vez. Eu estava inquieta. Um homem alto com cabelo preto curto, pele clara e olhos azuis e brilhantes se juntou a mim.

— Posso? — Ele apontou para o meu isqueiro e levou um cigarro à boca. — Você por acaso é a jornalista que está tirando o sossego do Torres? — Ele riu. — Não leve a mal, ele não é ruim, só não é muito simpático com a mídia. Sou Colin Marsh, o tenente dele. É um prazer te conhecer.

Apertei a mão do homem.

— É você que deve me mostrar a evidência. Ele mencionou o seu nome.

— Eu mesmo, primeiro e único — respondeu ele.

Eu ri, ele retribuiu.

— Então, há pessoas legais por aqui afinal de contas — falei.

— Não só legais, eu também faço um café sensacional.

— Acho que vou ter que aceitar a oferta — falei, ao amassar a guimba do cigarro na beirada da lixeira. — Depois de você.

O sorriso travesso dele marcou vincos delicados ao longo de sua boca.

— Vai ser um prazer.

No caminho, ele me contou sobre a investigação: a van azul dos sequestradores que ainda estava desaparecida, a busca inicial no quarto das meninas que não levou a nenhuma descoberta significativa e as declarações coletadas com os colegas de classe das meninas e do diretor da escola.

Ele era um sujeito agradável, havia nele uma franqueza natural e vital.

Na cozinha, me recostei no balcão e o observei mexer o café no copo de papel.

— Então? — perguntou ele, como quem não quer nada. — De Boston para Nova York? É um baita de um avanço. Parece que você é bem competente na sua área. — Ele olhou para mim, seus olhos vagaram pelo meu corpo. Dava para dizer que ele tinha gostado.

— A gente tenta — falei.

— Tenho certeza de que sim. — Ele riu e me entregou o copo. Uma tosse curta e áspera interrompeu a nossa conversa.

— Colin, você ainda está aqui. Não deveria ter ido ao tribunal com Derek para reemitir os mandados de busca?

Colin assentiu e sussurrou para mim:

— A gente se vê, Sam.

Jacob me pediu que o acompanhasse.

— Pensei que ele deveria me mostrar as evidências — falei.

— Eu mesmo a levarei lá. Catherine vai te ajudar assim que puder. Nesse meio-tempo, tenho certeza de que você consegue se virar sozinha.

Conforme passávamos pela equipe, notei o respeito que sentiam por ele. Tive essa sensação com o comportamento de Colin também.

As salas eram funcionais, impessoais, no entanto estavam equipadas com tecnologia inovadora que possibilitava uma pesquisa mais avançada e eficiente. Enquanto as paredes precisavam demais de uma nova demão de tinta, o pessoal usava uniformes novos. Ficou claro que satisfazer os "recursos humanos" era prioridade.

Olhei para Jacob. O rosto e os gestos dele refletiam sua autoridade incontestável; o homem era um símbolo de poder só pela virtude da sua presença. A calça justa acentuava o traseiro firme e as coxas musculosas. A camisa se agarrava ao seu peito, delineando os braços fortes. O aroma almiscarado do seu perfume também era sedutor, precisei me afastar.

Ao passar por um policial fardado, Jacob deu um tapinha no ombro dele.

— Dave, como estão Lisa e as crianças? — E apertou a mão do homem.

— Ótimas, chefe, saudáveis, Lisa já está quase dando à luz. — Jacob sorriu, revelando dentes brancos e brilhantes.

Não pude deixar de imaginar se esse era o mesmo Jacob durão e sério que, menos de uma hora atrás, me fez me sentir esmagada sob sua impertinência.

— Colin me disse que vocês ainda não encontraram o carro de fuga — falei, em uma tentativa de parar de pensar nessa imagem dele.

— Estamos pensando em abrir um disque-denúncia. Esperamos que as pessoas que acham que viram o carro liguem. Mas até batermos o martelo, continuaremos procurando nós mesmos. Você pode publicar isso.

Agradeci a ele.

Entramos na sala de investigação. Ele me acompanhou até o meu assento e me entregou uma pasta com todos os depoimentos. Perguntei se poderia assistir ao vídeo de novo. Ele me entregou o controle remoto, explicou como usar o projetor e foi embora. Eu estava sozinha. Trabalhei várias horas, tomando notas. Revi os depoimentos, coletei nomes e endereços, incluindo o das meninas sequestradas. Eu tinha decidido pedir autorização para visitar as famílias. Esperava dar uma olhada no quarto delas. Estava guardando o caderno na bolsa quando a porta abriu. Era Catherine com um copo de café.

— Desculpe a demora. Encontrou alguma coisa?

— Espero que sim. — Dei de ombros.

Alguns segundos se passaram, e o telefone dela tocou.

— Merda, Sammy, vou ter que sumir de novo. Precisam de mim.

— Tudo bem, faça as suas coisas. Eu estava indo para a redação mesmo. Preciso aparecer lá e começar a escrever. Não tem internet no seu apartamento. Não consigo nem abrir o meu e-mail.

— Vou dar um jeito nisso hoje; amanhã já deve estar funcionando — disse ela ao sair. — Te ligo mais tarde. Talvez até passe no apartamento. Vai depender de quando der o fora daqui.

Saí também, e quando passei pela sala de Torres, ele também estava de saída, já vestindo o casaco.

— Você usou o estacionamento subterrâneo? — perguntou ele. — Os jornalistas lá fora logo vão descobrir que você conseguiu acesso, que conhece as pessoas certas. Creio que alguns vão até te reconhecer.

Eu não tinha pensado nisso. Se havia algo que detestava era parecer privilegiada, favorecida.

— Não tenho carro, pego táxi.

— Para onde você está indo? — perguntou ele.

— Eu dou meu jeito, obrigada, não precisa se preocupar.

— Eu te dou uma carona. Sou habilidoso despistando a imprensa e o desprazer que vem com ela.

Eu só processei completamente a ideia de que ia com ele quando estava sentada ao seu lado. Passei o endereço.

Os policiais que conhecia quase sempre se aproveitavam do cargo e ligavam as sirenes para cortar o trânsito. Mas Jacob era paciente, pegava becos estreitos que pareciam estar espremidos entre os arranha-céus. O tempo pareceu se arrastar, e o silêncio entre nós alimentou a tensão.

— Catherine me ligou ontem à noite. Entre outras coisas, seu nome foi citado — disse ele.

Eu tive a sensação de que havia mais no que ele tinha a dizer. Não falei nada. A mim parecia que ele estava usando um método clássico de interrogatório: criando pausas que encorajam o interrogado a começar a falar. Não entraria nesse joguinho.

— Eu não sabia se era coincidência Catherine me pedir para falar no lugar dela no evento, ou se ela havia me escolhido por causa da minha experiência com desaparecidos.

Senti como se ele tivesse me dado um soco na boca do estômago.

— E você está me dizendo isso porque...?

Eu sabia exatamente o rumo que ele estava tomando e continuei encarando a janela.

— Por fim, acabei descobrindo. Você mencionou que tinha estado em um evento desses dois anos atrás, aqui em Nova York, com Catherine e Robert, seu tio. E, ao que parece, a mulher que eu conheci naquela noite no bar também havia ido ao mesmo evento.

Ele parou o carro quando percebeu que eu não cooperaria.

— Olhe para mim, estou tentando provar algo aqui.

— Que é? — Lutei para ficar calma.

— Reconheça o que rolou entre a gente, e deixamos o passado para trás, seguiremos em frente, evitaremos o desconforto de agora em diante. Não estou interessado em você, exceto no que diz respeito ao trabalho. Mantenho distância das pessoas com quem trabalho, e o que aconteceu com você foi um erro, uma combinação de bebedeira e coincidência. Conheço minhas parceiras sexuais, mesmo que só superficialmente. Tendo a evitar surpresas, não pensei que fosse te encontrar de novo, muito menos nessas circunstâncias.

— Falta muito ainda? — perguntei, demonstrando não dar a mínima para o que ele tinha dito.

— Já chegamos — respondeu ele, firme.

Segurei a maçaneta, pronta para sair de lá.

— Eu não faço ideia do que você está tentando dizer. Te falei ontem, quando você perguntou, que abordou a garota errada. Sim, eu estava em Nova York há dois anos e, sim, eu fui a um evento com Catherine e Robert. Mas nunca te vi antes e com certeza não fiz sexo com você. Depois do evento de que está falando, voltei direto para o hotel.

— Que estranho — respondeu ele. — Catherine me disse que você ficou com ela.

— Pode ter sido, já faz dois anos, talvez eu tenha esquecido.

Quando saí do carro, ele saiu também e me seguiu, rápido o bastante para me deter.

— Castanho-escuro — disse ele, parado bem perto de mim.

— Não entendi. — O homem estava me enlouquecendo. — A cor do cabelo, dois anos atrás, da sua sósia.

Ele parou, me dando tempo para notar a intensidade com que me olhava.

— Cuidado, você não é muito boa nisso; mentira é igual à droga, muito viciante, acredite em mim, sei do que estou falando.

9

Passava pouco das treze horas quando Jacob me deixou no prédio do *The Daily News*. Entrei correndo no elevador lotado. A tentativa dele de me confrontar de novo com o fato de que já nos conhecíamos mexeu com minhas emoções de um jeito com que não queria lidar.

Eu queria apagar o momento que neguei que o conhecia, mas não sabia como. As habilidades manipulativas do homem me pegaram de surpresa.

— Na verdade — disse ele —, sua extensa estadia na minha divisão sem dúvida nenhuma vai fazer algumas sobrancelhas se erguerem. Seus colegas vão começar a se perguntar, e com toda a razão, como você conseguiu entrar lá. Na verdade, é algo que também me preocupa. Para ser claro, não tenho desejo nenhum de ficar do seu lado nesse assunto.

Era inteligente da parte dele virar o jogo desse jeito. E embora me considerasse esperta, vi que não tinha nada a dizer para rebater aquilo. Entendia que o fato de ele ser um detetive experiente, e também chefe da MCU, significava que estava enfrentando um homem extremamente vigilante e perspicaz que seria um desafio constante.

Josh, o gerente, bloqueou a minha passagem.

— Voltou do campo, pelo que vejo. Conseguiu alguma coisa? Fiquei sabendo que seus informantes são muito bons.

Eu o olhei com suspeita.

— Está perguntando ou constatando um fato?

Ele brincou com o palito em sua boca, revirando-o com a língua. O homem me olhou como se tentasse me desvendar.

— Não tenho nada que os outros não tenham. Quando tiver, não vou guardar para mim mesma, vai se tornar notícia em um instante. E não tenho informantes, se me permite te recordar, é o meu primeiro dia na sua cidade.

— Interessante, um dos meus repórteres de rua me disse que te viu entrando na polícia enquanto os outros ficavam lá fora, e que você passou um bom tempo lá dentro.

— Não nego; estava visitando uma amiga.

— É claro — disse ele. Eu podia dizer que o homem ainda estava desconfiado, e senti minha paciência se esgotando. — De qualquer forma, como seu repórter sabe quem eu sou? Quando me enviaram de Boston para cá, não pensei que teria colegas me perseguindo. Se não se importa de eu lembrar a você, a polícia está concentrada no sequestro agora, e é claro, também é o caso da imprensa. E outra coisa, Josh, se não se importa, conversei com o Walter e ele deixou bem claro que minhas matérias devem ser enviadas diretamente para Boston. Se o *The Daily News* quiser publicá-las com o meu nome, você vai ter que falar com ele. Tenho certeza de que você não tem nada contra o fato de eu seguir as instruções do meu chefe, assim como qualquer funcionário dedicado faria. Você não esperaria que os seus repórteres fizessem o mesmo se a situação fosse inversa e eles fossem para Boston?

O homem ficou inexpressivo. Esperava que ele entendesse que estava lidando com uma repórter experiente a quem não conseguiria manipular.

Ele me deixou passar, e fui na direção da mesa nojenta que ele havia arranjado para mim. Senti, sem precisar olhar para trás, que ele não havia dado um passo e que estava me observando.

Repassei as notas que fiz mais cedo na MCU. As coisas que havia anotado necessitavam de pesquisa antes que pudesse escrever sobre elas. Primeiro, me concentrei na técnica daquele nó diferente que um dos sequestradores tinha feito. Minha pesquisa por diferentes tipos de nós resultou em uma longa lista de sites e lojas de camping, escalada, navegação e esportes radicais. Escolhi uma ali perto e decidi ir até lá; talvez um profissional pudesse me ajudar. Presumi que talvez pudesse me dar alguma informação nova sobre o sequestrador. A outra coisa que me interessou foram lojas especializadas em fantasias para adultos. Talvez, se não tivessem muitas, conseguiria descobrir onde as fantasias dos sequestradores foram compradas.

Eu sabia que minhas chances de descobrir algo que a polícia já não tinha investigado eram mínimas, mas talvez desse sorte. Considerando que não tinha nada mais para dizer, decidi que meu primeiro artigo para a filial de Boston falaria das pessoas trabalhando por trás das cenas, as autoridades policiais: investigadores, detetives, policiais fardados e perfiladores criminais. Relataria o que os motiva e a pressão constante que sofrem, e daria aos leitores um sabor dos passos iniciais da investigação; claro, depois que conseguisse a autorização de Torres. Esperava produzir algo interessante o bastante para sair na primeira página. Eu podia ver como escreveria uma matéria que justificaria não só o meu acesso à unidade, mas que também garantiria futuras exclusivas, desde que o comissário Brown ficasse satisfeito.

A manchete seria: "Os segredos por trás da lei". Temperei o artigo com detalhes não confidenciais interessantes. Terminei de digitar a primeira versão e imprimi duas cópias. Precisava entregar uma a Brown, para que ele a revisasse.

Decidi que o artigo seguinte seria sobre os pais das meninas sequestradas. Eu contaria a história do ponto de vista deles, da experiência deles. Sabia que teria que pedir educadamente a autorização formal de Torres para ter acesso à casa deles como a repórter que tinha a autorização da Unidade para cobrir os eventos, do contrário, jamais os conheceria; igual ao resto dos jornalistas acampados ao redor da casa deles. Até agora, os pais se recusavam a fazer qualquer declaração para a imprensa.

Concluí que se fizesse o que Catherine me disse para fazer, ou seja, garantir total transparência e prometer compartilhar tudo que tinha antes de publicar, não teria razão nenhuma para recusarem a minha presença. Eu queria ficar na divisão, e sabia que teria que dançar conforme a música, do contrário jamais conseguiria os furos de reportagem que esperava. Seria esperta; mesmo que significasse ir contra os meus instintos profissionais.

— Torres — disse ele ao telefone. A voz era tão sedutora quanto o corpo. Lembrei a mim mesma que estava ligando por um motivo em particular.

— Oi, é a Sam, posso passar aí? Preciso de alguns minutos do seu tempo.

Ele demorou a responder.

— Como você conseguiu o número do meu celular?

— Sério?

Ele suspirou.

— Acho que vou ter que trocar algumas palavrinhas com Catherine.

— Chefe Torres, é importante, por favor. — Me dirigi ao homem conforme ele exigiu de mim lá na sala dele, e com o máximo de tato possível. Eu queria acabar com a discórdia, superar aquela rixa mesquinha.

— Tudo bem — disse ele, e desligou.

Pedi ao taxista para me deixar na entrada dos fundos do estacionamento subterrâneo. Não queria que o insolente repórter de Josh me visse. Atravessei o estacionamento, passei pelo fumódromo e ouvi uma voz familiar. Era Colin, o representante de Jacob, acompanhado de uma jovem miudinha. Eu me virei na direção deles.

— Laurie. Tudo bem? O chefe falou de você. Sou dos computadores. Invasores são a minha especialidade. — O tom dela era contido, e engoli o que me soou como censura inofensiva.

— É verdade, uma escavadora de intrusos — falei, sorrindo. Eles gostaram da minha sinceridade e riram.

Estendi a mão para ela quando Colin pediu licença, dizendo que precisava entrar. Fiquei com a ruiva. Os traços dela eram bonitos e delicados, combinavam com seu tamanho diminuto. Os olhos, cor de chocolate amargo, brilhavam de travessura.

— Sei que devo te dizer o máximo possível sobre as redes sociais das meninas. Me passaram instruções. Mas não se engane, sou eu quem vai decidir o que compartilhar. Não faça perguntas que não posso responder.

Assenti e acendi um cigarro, então me recostei na parede ao seu lado. Ela mencionou estar preparando um documento que eu possa usar, e as coisas sobre as quais poderia escrever assim que ela me dissesse o que descobriu.

— Oficialmente, posso te dizer que segui o perfil das meninas nas redes sociais. Hackeei a conta delas e verifiquei cada mensagem e tuíte no Facebook e no Twitter. Também entrei no e-mail delas para ter certeza de que não havia perdido nada, e rastreei a atividade e o histórico do navegador delas. Eram boas meninas, não há dúvida. A essa altura, nada indica o contrário nem mostra atividades anormais. Adolescentes comuns. É claro, ainda há coisas na internet que estamos verificando 24 horas por dia, repassando cada pedido de amizade e aprovação que foram feitos no último mês. Vai levar tempo até que algo suspeito apareça, isso se aparecer. Quando soma tudo, as meninas têm milhares de amigos virtuais. Por ora, assim como os detetives, não tenho muito com o que trabalhar. Nem sei bem pelo que estou procurando. Só ontem que eu juntei coragem para ir para casa por algumas horas e desmaiei. Tomei banho e voltei para cá. A pressão na gente está anormal. — Ela parou e acendeu um cigarro.

Depois de fumarmos, entramos juntas. Ela perguntou sobre o meu trabalho e minha vida em Boston, e eu respondi. Minha impressão inicial sobre a garota foi a de que ela era única, diferente. Gostei dela sem nem mesmo conhecê-la.

— Vou voltar ao trabalho. Foi um prazer te conhecer, intrusa. Embora não possa te dizer muito do que faço por aqui, sou muito legal fora do trabalho. Se precisar de alguém para te mostrar a cidade depois que escurecer... estou à disposição. Sempre busco ter uma vida social antes que ela termine de escorrer pelo ralo — ela riu.

— Vou cobrar — respondi, e pensei que fazer amizade com ela seria uma excelente ideia. Quando me tornei tão interesseira? Causei repulsa a mim mesma.

Bati de levinho na porta de Torres. Ninguém respondeu. Pensei que talvez tenhamos nos desencontrado quando ela se abriu.

— Preciso ir. Caminhe comigo.

Lutei para manter o passo dele. Quando chegamos ao carro, ele se encostou lá, pegou um cigarro e o acendeu. Então inclinou a cabeça e soprou a fumaça espessa. O homem ficava sensual mesmo fazendo algo tão trivial quanto fumar. Estava tentando me concentrar na razão para estar com ele para início de conversa, quando ele me olhou e falou:

— Você pediu para me ver por que precisava de algo, não é? Vou ficar parado aqui por mais quanto tempo?

Tirei a matéria da bolsa e a entreguei a ele. Ele pegou as folhas, e um arrepio cruzou o meu corpo quando seus dedos tocaram os meus. Cruzamos olhares.

— Então? — disse ele, ao folhear o que eu havia escrito.

— Eu queria te pedir permissão para visitar a casa das meninas. Quero falar com os pais delas e escrever sobre o sequestro de acordo com a perspectiva deles. Pensei que...

Ele ergueu a cabeça, parando de olhar para os papéis, e me fitou.

— Fora de cogitação — disse ele.

Firme, enfatizando cada sílaba que saiu da minha boca, respondi:

— *Eu te procurei por respeito*. Cobrir a história conforme o ponto de vista dos pais das meninas — as palavras agora se derramavam — é de interesse nacional, e tenho todo o direito de escrever sobre isso. Só os pais têm autoridade para recusar. Pensei que teríamos a oportunidade de cooperar um com o outro. Eu pretendia falar do quanto estão satisfeitos com o trabalho de vocês, ao apresentar a divisão sob uma luz positiva no meu próximo artigo.

Ele não desviou o olhar de mim conforme abria a porta do carro e ficava atrás dela, criando uma barreira.

— Tudo bem, vou embarcar nessa. Mas é melhor você não publicar nada que caia mal sobre nós. Passe tudo por mim antes de ser publicado, senão... vai ser o fim.

A ameaça foi bem clara. Ignorei.

— Você poderia providenciar para que eu recebesse autorização oficial ainda hoje? — perguntei.

Meu celular tocou. Era um toque que eu não conhecia. Rejeitei a chamada. Outro anunciando a chegada de uma mensagem. Dei uma olhada na tela.

> Estou com saudade, não me ignora.

Percebi que Michael havia brincado com o meu telefone e trocado o toque que o identificava. Tocou de novo. Dei dois passos adiante, virei a cabeça para o lado e sussurrei:

— Eu te ligo já, já.

Parecia que Michael estava rindo. Ele tinha conseguido contornar a minha técnica de triagem.

Eu me virei de volta para Torres, mas ele já tinha ido.

10

    Ao atravessar o lobby, meus saltos perfuravam o silêncio com um staccato. Eu tinha chegado ao Upper West Side, onde os pais de Megan moravam. A casa de Lauren e a de Kyle ficavam na mesma rua.

    — Por favor, entre. — Um homem com quarenta e tantos anos estava à porta e me convidou a entrar. Eu havia ligado mais cedo para me apresentar e garantir que o chefe da MCU me autorizou a entrar em contato com ele, se tivesse alguma dúvida, poderia ligar para o encarregado pela investigação. A mulher que saiu de detrás do homem era a esposa dele, a mãe de Megan.

    — Sr. e sra. Wilson, obrigada por me receberem. — Eles assentiram. O sr. Wilson me conduziu até a sala de estar, e a sra. Wilson nos acompanhou. Nós nos sentamos. Ele me ofereceu uma bebida quente, recusei com educação.

    Olhei para eles e para o apartamento. O lugar exalava riqueza significativa, discreta e refinada: piso de mármore italiano, espaços amplos com mobília de primeira, as pinturas — originais — de artistas famosos como Bernard Buffet e Georges Seurat solidificavam o status financeiro da família. Pareciam cuidar de si mesmos. A sra. Wilson mostrava sinais de que estava dormindo pouco. Havia olheiras escuras sob os olhos inchados de tanto chorar. As roupas de grife e o penteado meticuloso não escondiam o brilho em seus olhos, que sinalizava haver uma tempestade dentro dela.

    O sr. Wilson usava um terno. Parecia que estava a caminho do trabalho, mas resolveu esperar para a entrevista. Ele pressionou dois dedos no alto do nariz, e eu podia dizer que ele tentava controlar os próprios sentimentos.

    — Começarei dizendo que espero que você use exatamente o que dissermos, e que não distorcerá nada pelo bem de uma manchete de tabloide. Decidimos conceder a entrevista como uma forma de pressionar os sequestradores, e talvez fazer algo acontecer, qualquer coisa: uma carta, uma ligação, um pedido de resgate. Minha esposa e eu depositamos toda a nossa fé no sistema legal. Não queremos que o que dissermos sugira o contrário, mesmo assim, devo confessar, que essa fé está começando a vacilar.

Ficou óbvio que o homem estava prestes a explodir de frustração. A esposa apoiou a mão no ombro dele, tentando acalmá-lo. Ele cerrou os dentes e colocou a mão sobre a dela.

— Nossos bebês sumiram. Ninguém se dá o trabalho de nos manter informados quanto ao que está sendo feito. O pouco que a polícia nos conta dá a atender que só estão tentando tirar a gente de cima deles. Estamos perdendo a cabeça.

Eu sabia que a razão para isso era que a polícia não tinha praticamente nada. Prometi que a matéria seria fiel ao que dissessem, sem distorções. Esperava estar ajudando a aliviar um pouco do estresse que eles estavam passando.

A sra. Wilson assentiu.

— Acho que vou preparar um chá para a gente. Talvez acalme um pouco os nervos. — Ela olhou para o marido, e ele para ela.

Eu conseguia sentir os nós no meu estômago. E embora conhecesse bem demais o que eles estavam sentindo, a impotência, não disse nada que pudesse encorajá-los.

— Megan é uma menina especial. Dias atrás, terminamos a reforma no quarto dela. Ela não teve nem a chance de aproveitar, foi sequestrada dois dias depois. Quer dar uma olhada lá?

É claro que aceitei que o sr. Wilson me levasse até o segundo andar do duplex.

Antes de chegarmos ao quarto dela, perguntei:

— Vocês só têm a Megan?

O corpo dele ficou tenso. A resposta me pegou de surpresa.

— Tivemos outro filho, ele faleceu por causa de uma doença.

O rompante de minutos antes agora era visto sob uma nova luz. Esses pais talvez enfrentariam a perda de outro filho. Consegui sentir o fardo da minha responsabilidade de jornalista.

O quarto de Megan era espetacular. Parecia que os pais lhe davam tudo, incluindo o computador mais recente da Apple e telas de LCD. O closet era espaçoso, e ao lado dele havia um banheiro luxuoso. Juntos, eram quase do tamanho da minha quitinete temporária. Um dossel branco estava sobre os quatro postes da cama digna de uma princesa. Ficava sob uma janela retangular com vista para o Central Park.

Parecia que era difícil para o sr. Wilson entrar no quarto. Ele me disse que quando a polícia fez a revista, não encontraram nada. Ele ficou à porta e sugeriu que ficasse alguns minutos sozinha; nesse meio-tempo, ele esperaria na sala, e se eu tivesse perguntas, poderia fazê-las logo que descesse.

Ele segurou a maçaneta com firmeza; sua voz ficou embargada, como se esperasse que o que estava prestes a dizer jamais se tornasse realidade.

— Nada tem valor sem ela. Falei para a minha esposa que se não a encontrarem, não saberei como seguir com a vida e... — O queixo dele tremeu ligeiramente. O homem evitou completar a sentença e fechou a porta ao sair.

Mordi o lábio inferior. Não me permiti sucumbir aos meus sentimentos e dizer algo que fosse lhe dar esperança, quando, na verdade, não fazia ideia do que o dia seguinte traria. Aprendi minha lição com os erros que cometi no início da carreira quando permitia que minhas emoções assumissem e me identificava com a família das vítimas sobre quem escrevia. Eu tinha o otimismo de novata de que talvez o destino fosse mudar. Com o tempo, aprendi que era melhor reprimir qualquer manifestação de simpatia a dar falsas esperanças. Aprendi que o pior pode, sim, acontecer.

Por quatro dias, a polícia, particularmente a MCU, mal teve qualquer pista significativa quanto ao sequestro. De acordo com Catherine, nesse ponto, havia dois cenários possíveis quanto aos sequestradores: o primeiro, que eles eram sofisticados o bastante para compreender que o silêncio reforça a suspeita de que as meninas não estão mais vivas, um fato que dificultaria tudo tanto para a família quanto para a polícia. O segundo era o oposto disso, que eles estavam mantendo as meninas vivas e, por não terem um plano, estão calculando o próximo passo. Por ora, estavam mantendo silêncio. O que mais me preocupava, o que mais preocupava a nós todos, era a questão do tempo. Sabíamos que a cada hora que passava, a chance de as meninas estarem vivas reduzia ainda mais. O perigo do tráfico humano também veio à minha mente, e se fosse o caso, qualquer rastro desaparecia, e jamais descobriríamos o que foi feito delas.

Passei os dedos pela cômoda longa. Em seguida me virei para o closet onde passei os dedos pelos vestidos e blusas penduradas, movendo com cuidado as muitas pilhas de roupas nas prateleiras. Parecia que haviam sido redobradas e reorganizadas depois da busca inicial, e eu não queria misturar tudo de novo.

Em uma das gavetas de baixo havia uma pilha de roupas de academia novinhas, ainda com etiqueta; e debaixo da sapateira tinha uma caixa, que também parecia recém-comprada. Eu a ergui com cuidado e encontrei a nota de um tênis novo. Eu os tirei da caixa. Dava para ver que não tinham sido usados. Considerando que havia outros seis, todos em condições similares, presumi que Megan levava os esportes bem a sério, e fazia questão de usar o que havia de mais novo na moda esportiva, ou talvez fosse a tentativa de impressionar alguém.

Dobrei a nota rapidamente e a guardei no bolso da calça. Não parei para pensar no que estava fazendo. Tive a sensação de que era um documento importante.

Saí do closet e examinei os livros na pequena estante que ficava em um nicho estreito na parede. Peguei o livro de José Saramago, *Ensaio sobre a cegueira*, e o folheei, de repente, de entre as páginas, caiu uma tira de fotos.

Foram tiradas em uma cabine; do tipo que geralmente encontrávamos nos shoppings. Eram fotos das três meninas sequestradas, usando o uniforme da escola. Cada uma fazia uma pose diferente; e havia uma em que, com a palma da mão virada para a câmera, elas faziam o símbolo da "paz" com os dedos.

Uma sétima mão, com os dedos fazendo "paz", pareceu se enfiar no quadro. Chamou a minha atenção. Havia um anel no dedo do meio. Era prateado com uma pedra preciosa verde que parecia ser cristal. Ficou óbvio que a mão pertencia a alguém que não queria aparecer na foto.

A mão anônima parecia feminina e delicada, e embora estivesse convencida de que era uma menina, não podia ter certeza.

Talvez houvesse um shopping perto da escola? Talvez encontre esse tipo de cabine de fotos lá? E poderia perguntar aos donos da loja se tinham visto as meninas, talvez desse sorte e alguém as tivesse visto, e poderia adicionar uma peça ao quebra-cabeça. A essa altura, até mesmo a mais ínfima informação era importante tanto para mim quanto para a polícia.

A porta se abriu. E tratei de esconder as mãos atrás das costas.

— Eu já estava descendo.

— Seu chá está ficando frio — disse a sra. Wilson.

Passei por ela, amassei a foto e quando a mulher não estava olhando, enfiei no bolso esquerdo. Eu me senti uma ladra. Na verdade, estava agindo igualzinho a uma.

Voltei para a sala. O sr. Wilson estava ao celular; parecia ameaçar alguém, dizendo que tinha os meios para contratar detetives particulares. Ele ergueu a voz:

— Eu tenho recursos, e não hesitarei em usá-los — avisou à pessoa com quem falava —, a imprensa está rondando a casa. Podemos muito bem ir lá fora e dar uma entrevista que vai pegar muito mal para vocês.

Vocês estão tateando no escuro, e estou falando sério. No que me diz respeito, qualquer passo que seus superiores precisarão tomar serão justificados e para o melhor. E, Torres, não pense que não vou fazer isso.

Percebi que era Jacob na linha. Ele estava enfrentando os rompantes e lutando em várias frentes ao mesmo tempo. Senti o impulso de ajudá-lo.

De pé perto do bar, o sr. Wilson desligou, se serviu de uma bebida e encarou o copo. Com cuidado, coloquei as mãos nos ombros da sra. Wilson, e falei com ela. Contei que havia testemunhado, em primeira mão, o quanto o trabalho da MCU era eficiente, ainda mais considerando a imensa pressão que sofriam. Descrevi como estavam fazendo de tudo para encontrar a filha deles. Ela ouviu com atenção, e olhos marejados.

O sr. Wilson se virou para mim e perguntou:

— Como você sabe? Viu com os próprios olhos?

Eu não hesitei.

— Eu estava lá, e vi. Ontem mesmo, falei com uma das responsáveis pelos computadores, ela me disse que fazia quatro dias que não ia para casa.

Ele esvaziou o copo em um único gole, em seguida afrouxou a gravata.

Eu me virei para a esposa.

— Sra. Wilson, a Megan praticava esportes? Se sim, era sozinha, tipo corrida ou malhar na academia?

— Só recentemente — respondeu o sr. Wilson. Pareceu que a mulher ficou envergonhada pelo marido responder por ela. Ele prosseguiu: — Há três meses, paguei adesão anual da academia privada que ela queria frequentar. Geralmente ia com as amigas algumas vezes por semana. Lauren e Kylie também frequentavam o lugar.

— Sabe o nome?

Ele balançou a cabeça.

— Não lembro. Ela pegou meu cartão de crédito e pagou. Eu posso verificar.

— Por favor, ficarei grata se o senhor me passar a informação. Vou deixar meu cartão de visitas.

O homem assentiu.

Minha curiosidade foi atiçada. Meu instinto me dizia que era algo que precisava ser verificado, mas, ainda assim, algo parecido com um alarme soou em meus ouvidos. Ignorei o conselho de Robert. Embora ele tivesse muita experiência, já que era um perfilador criminal talentoso, e também me instruído a deixar de lado meus palpites e me concentrar apenas no que podia ser verificado, me recusava a não ouvir os meus instintos. Eu me conhecia, se algo me atiçava, não conseguia deixar para lá.

Agradeci aos dois pela atenção e expressei minha esperança de que a provação deles acabasse logo e que a filha voltasse sã e salva para casa. O sr. Wilson me disse que verificaria o nome da academia e me ligaria. Apertei a mão deles. A porta se fechou às minhas costas.

Passei pouco tempo na casa da Kylie. Não havia nada lá para me ajudar, exceto a própria história dela e o que os pais estavam dispostos a me contar sobre ela, o quanto a menina era esperta e boazinha. Também olhei o quarto dela, e notei roupas novas de academia. Eram parecidas, quase idênticas, às marcas que encontrei no closet de Megan. Os pais dela não pareciam menos chateados que os Wilson. Houve um minidrama também, dessa vez causado pela mãe. Ela fez duras acusações à polícia, dizendo que se fosse a filha de um diplomata ou de alguma figura pública, eles já teriam dado um jeito de resolver o caso. Não me dei o trabalho de tomar notas. Manteria a minha promessa a Jacob e não transformaria o luto dos pais em uma manchete sensacionalista. Contei aos pais de Kylie o que vi na MCU, mas tive a sensação de que não consegui convencê-los.

Ambas as visitas, incluindo os louvores que fiz a MCU, me incitaram a tentar entender os fatores que contribuíram para o sucesso de Jacob. Não eram tão óbvios quanto pensei de início. Os fardos que ele carregava e os desafios que enfrentava a cada caso, diferentes todas as vezes, me fez começar a entender a complexidade do trabalho.

O apartamento dos pais de Lauren era diferente dos outros, não em termos de extravagância, mas de temperamento, pela sensação que despertou em mim. Senti a calidez da mãe logo que ela abriu a porta. Ela tentou sorrir e passar a impressão de que estava feliz e disposta a responder às minhas perguntas. O pai de Lauren, disse ela, havia saído para arejar a cabeça, algo que vinha fazendo muito desde que a filha desapareceu. A sra. Browning tratou de se desculpar em nome dele. Prometi a ela, como fiz com as outras famílias, que sabia que todo o possível estava sendo feito para encontrar a filha deles. Eu havia me tornado, mesmo que involuntariamente, embaixadora da polícia e, na verdade, acabei perdendo o contato comigo mesma, com as minhas intenções e objetivos de jornalista. Me perguntei se estava sendo envolvida no que acabaria se provando um grande erro.

Passei bastante tempo com a sra. Browning. Ela falou muito da filha. Comecei a sentir como se estivesse conhecendo Lauren através dos olhos dela.

Quando me dirigi a ela pelo sobrenome, insistiu para que a chamasse de Anna. Foi fácil pedir para ver o quarto de Lauren. Ela perguntou se eu tiraria fotos, neguei com a cabeça. Disse a ela que queria entender quem Lauren era, os hobbies que tinha, como ela era, para que pudesse falar dela por meio de um ponto de vista mais pessoal. A julgar pelo abraço apertado que ela me deu, senti que a sra. Browning ficou tocada.

O quarto de Lauren, assim como o das outras, era belíssimo e organizado, mas, ao mesmo tempo, simples. Circulei por lá enquanto Anna me observava da cama. Foi no closet de Lauren que encontrei as roupas novas de academia. Agora sabia que precisava encontrar a academia que as meninas frequentavam.

Pôsteres emoldurados, incluindo um de Hades e sua coruja, pendiam das paredes. Me perguntei o que estava por trás dessa escolha incomum. Será que a adolescente tinha um lado sombrio?

— Que escolha estranha — murmurei comigo mesma, mas na verdade foi para Anna ouvir. Ela concordou. E me disse que Lauren amava mitologias de culturas diferentes.

Apontei para o canto inferior direito da imagem onde notei que havia uma sequência e números escritos à mão. Eu me virei para Anna, ela sorriu.

— Lauren não é a única com segredos. — Não entendi o que ela quis dizer. — Sam, eu sou uma mulher de fé, e sempre confiei na Lauren. Dito isso, me preocupava com ela. Como qualquer adolescente, minha filha não me contava mais tudo o que se passava na vida dela. Admito, também me perguntei sobre isso. Detetive Mamãe.

Ela se virou para a penteadeira retrô. Havia uma gaveta escondida fechada por um código. Pela forma como ela se curvou sobre a coisa, percebi que já o sabia de cor. A mulher pressionou os números no painelzinho de madeira, eu a segui, olhando, por um momento, os números no pôster.

Um clique soou e a gaveta abriu. Lá dentro havia uns poucos cadernos de capa dura. Anna os pegou e os entregou a mim.

— Você queria saber quem a Lauren era. Leve-os e leia, mas me prometa que os manterá em segredo e que os devolverá para mim. Pode usar informações em geral, mas não cite nada. Confio em você, Sam, sou extremamente intuitiva, e tendo a confiar no que os meus instintos me dizem. Você não vai machucar a minha Lauren.

— Mas...

Anna inclinou a cabeça, confusa.

— A polícia deveria ter acesso a esses cadernos, são evidências. Por que eles não os levaram?

— Eles não os encontraram quando fizeram a busca, e eu não levei os detetives a eles. Eu te contei sobre a minha crença, Sam, e sobre meus sentimentos. Senti que eles não deveriam ter acesso aos cadernos e que deviam permanecer sendo o segredo de Lauren, assim como ela pretendia que fossem quando os escondeu. Respeito os desejos de Deus e da minha filha. Eles vão encontrar os sequestradores nos diários de uma menina inocente? Longe disso. Essa é a vida pessoal dela, a essência de seu ser, nas palavras dela. É a última coisa que me resta da minha filha até que ela volte. Seus pensamentos, seus sorrisos, a forma como via a vida. Não, é inaceitável que olhos estranhos espiem o coração dela e que invadam a sua privacidade.

— Mas os está dando a mim? — Fiquei tocada pelo gesto.

Ela sorriu.

— Você reparou no código do pôster. Para mim, foi um sinal de que você deveria lê-los.

Eu não sabia o que pensar. Por um lado, vi essa mulher, com suas feições agradáveis, que queria acreditar que um poder mais elevado estava cumprindo seu curso. Por outro, sabia que era a forma errada de agir. Os diários poderiam gerar pistas significantes para a investigação. Mas, dessa vez, minha responsabilidade como jornalista, e ser humano, prevaleceu. Prometi a Anna que seu tesouro estava a salvo comigo, e que quando terminasse de ler os diários, os devolveria.

Cheguei em casa. Coloquei os cadernos sobre o balcão, preparei um café, me sentei e acendi um cigarro. O ano de cada diário estava anotado na primeira folha.

Havia cinco documentando os últimos cinco anos da vida de Lauren.

Comecei a ler. As horas passaram. Tomei um banho, fui para a cama, e continuei lendo até meus olhos se cansarem e fecharem.

A ave de rapina noturna, a coruja, consegue encontrar seu rumo na completa escuridão.

Eu não conseguia parar de pensar em Lauren e se ela tinha medo do escuro, ou, como no meu caso, de ser exposta.

11

O espaço de tempo entre a noite e a manhã me ajudou a enxergar as coisas com mais clareza. As descobertas dos diários de Lauren e a foto que peguei no quarto de Megan levavam a uma menina chamada Gail, que parecia ter um bom relacionamento com as sequestradas.

Ao bebericar meu café naquela manhã, comecei a me perguntar por que não me deparei com o nome dela nos depoimentos dados pelos conhecidos, parentes e amigos das meninas. Por que Gail não prestou depoimento? Pelo que os diários indicavam, elas estudavam juntas. Outro fator, não menos significante, emergiu dos diários, um garoto a quem Lauren se referia como "J". Quem era ele? Que relacionamento ele tinha com as meninas? Esperava ter uma ideia melhor enquanto lia o quinto diário de Lauren.

Agora estava diante de um dilema.

O que eu faria com as informações de que dispunha? Não poderia usá-las porque prometi a Anna que não faria isso. Como poderia compartilhar informações que pudessem ajudar Jacob com a investigação sem abordar os diários? Eu teria que encontrar uma maneira indireta de passar tudo isso para ele; do contrário, me veria minando a investigação de forma consciente e deliberada. Que sinuca de bico.

A nota fiscal! Me lembrei.

Eu a peguei no bolso da calça e a examinei de novo, dessa vez sem me preocupar em ser pega. Visualizei o cenário em que contaria a Jacob sobre as roupas de academia no quarto das meninas e aí mostraria a nota. Concluí que essa descoberta os faria verificar a loja que a emitiu. Era provável que houvesse câmeras de circuito interno em uma loja que vendia marcas tão caras. Talvez uma das meninas aparecesse nas imagens. Provavelmente seria uma oportunidade para eu apresentar uma hipótese que seguisse a linha da preocupação e investimento empregados para elas ficarem bonitas em uma tentativa de chamar a atenção de algum menino. De repente eles acabariam encontrando o misterioso "J".

Saí do apartamento às oito e fui para a delegacia. Como sempre, entrei pelo estacionamento dos fundos e de lá segui para a MCU.

— Vim ver o Torres — disse ao policial que me parou na entrada. O que me identificou ontem e anteontem estava de folga, e havia outra pessoa em seu lugar.

— Você tem horário marcado? — perguntou ele.

— Tenho autorização, sou jornalista.

Ele me olhou desconfiado e pediu para eu mostrar meu crachá. Frustrada, enfiei a mão nas profundezas do saco que chamava de bolsa, peguei o celular e liguei para Catherine. Dessa vez, eu pediria para que providenciassem um crachá para que não tivesse que amolar o pessoal da MCU toda vez que aparecesse lá.

— Deixe-a passar — ouvi a voz de Colin.

Eu me virei para ele e notei o travesso sorriso de lado.

— Como é possível você sempre aparecer na hora certa? Já te disse que você é o meu herói?

Ele deu de ombros e abriu ainda mais o sorriso.

— Passei dias de pé aqui esperando que você aparecesse para que eu fosse ao seu resgate.

Sim. Ele estava dando em cima de mim. E indo com tudo.

— Vamos tomar um café?

Minha convivência com ele tinha se tornado importante. Era como se ele estivesse mais relaxado quando falava; contaria com isso no futuro.

— Eu adoraria, mas primeiro preciso trocar umas palavrinhas com o Torres, se você não se importa. Ele está na sala dele?

— Não, chegamos há quinze minutos. Recebemos um alerta essa manhã, uma ligação de alguém que pensava ter visto um veículo azul, quase idêntico ao dos sequestradores. O homem tinha certeza de que o havia reconhecido no noticiário. O carro estava estacionado à margem de um rio, abandonado. Depois que a patrulha nos alertou, Torres e eu fomos lá com os peritos. Mas acabou sendo alarme falso. Jacob está no vestiário, vê se consegue falar com ele antes que saia para se encontrar com os superiores. Tenho certeza de que ele está terminando de se arrumar. Fica no fim do corredor, à esquerda, está escrito Vestiário na porta.

Conforme ele se afastava, pensei que o homem daria uma baita de uma fonte interna.

Bati na porta. Nada. Bati com mais força, e abri só uma frestinha para espiar lá dentro. Ouvi o som de alguém descarregando uma arma e me perguntei se era Jacob seguindo as regras. Eu sabia bem daquilo, Michael havia descarregado sua arma na minha frente várias vezes. Entrei cheia de confiança. Ele parecia estar terminando de se arrumar, assim como Colin previra. Passei pelos reservados um a um até que o vi de costas. Sem camisa, abrindo as tiras do colete a prova de balas e tirando-o. Comecei a me afastar quando o homem se virou. Ele ficou surpreso ao me ver de pé diante dele. Desconfortável, mordi a bochecha. Seu torso nu fez coisas comigo.

— Ninguém te ensinou a bater?

Com um movimento brusco da mão, ele atirou no armário a blusa que havia embolado e pegou outra. Eu pude sentir minhas bochechas queimando quando notei os chifres do touro tatuado espiando por cima do cinto. Fiz tudo o que podia para manter a compostura quando entrei. Mas ficou claro que estava falhando, e feio. Eu não consegui nem responder à pergunta dele. O homem notou, e comecei a murmurar:

— Eu bati, sim, estava com pressa e... queria falar contigo por alguns min...

Ele me interrompeu.

— Alguns? Srta. Redfield, tem certeza? — perguntou ele, e abriu um sorriso que se espalhou por todo o seu rosto.

Eu me recusei a permitir que ele nos conduzisse por aquele caminho já batido. Ele me confrontaria com a hipótese de que já nos conhecíamos. O cara vestiu a camisa sob medida em um ritmo lento e agonizante. Sem nem perceber, meus olhos se desviaram para o torso cinzelado, então para o abdômen musculoso e por fim para o V na sua pélvis. O homem me fascinava, e eu era atraída para ele a cada palavra ou discussão... elevando a crescente tensão entre nós.

A voz rouca me fez estremecer.

— Em que posso ajudar? — perguntou ele; agradável, mas reservado.

Eu me virei e fiquei de costas para ele. Agora que não podia vê-lo, consegui me recompor e dizer o que tinha ido dizer.

— Vim te dar isso.

Tirei o recibo do bolso do casaco e acenei com ele. Ouvi seus passos se aproximarem, senti o homem parado atrás de mim, perto demais. Arquejei quando ele pegou o papel. Ele não teve pressa nenhuma. Continuei falando, tentando soar indiferente.

— Ao visitar a casa das meninas, notei algumas coisas de que pensei que vocês deviam saber.

Tive cuidado com minhas palavras. Não queria que ele pensasse que estava sugerindo de novo que conseguia enxergar coisas que seu pessoal tinha deixado passar ou que nem chegaram a cogitar.

— Eu dei uma olhada no closet da Megan e encontrei essa nota fiscal dentro da caixa de um tênis novo. Vocês devem ter notado as roupas de academia no closet das meninas?

— Repita o que você disse, srta. Redfield. Você disse que entrou no closet e encontrou um recibo? Pegou o que poderia ser uma evidência?

Eu me virei e o encarei. Ele parecia perplexo.

— Os pais me deram permissão para dar uma olhada nas coisas. Até mesmo sugeriram que eu passasse algum tempo no quarto das filhas, queria ter a sensação do lado pessoal das coisas para que pudesse escrever sobre ele. Não foi minha intenção xeretar.

— Mas mesmo assim revirou as coisas e retirou evidência que contaminou com as suas digitais — rugiu ele —, não concordamos, antes de você ir, que suas visitas envolveriam apenas a conversa com os pais? Como é que as coisas conseguem se complicar quando você está por perto?

Dei um passo adiante, e fiquei a centímetros dele.

— Você está disposto a me ouvir sem perder a cabeça? Estou tentando dizer algo importante. Eu te trouxe informações que valem a pena ser verificadas, pode acabar sendo uma pista. Enfim, vi roupas de ginástica parecidas em todos os três quartos, e o denominador comum das meninas é a academia que frequentavam. A propósito, o pai de Megan me deu a informação. Talvez valha a pena descobrir onde elas malhavam. Há a possibilidade de elas terem tentado chamar a atenção de alguém na academia. Talvez haja algum cara do qual vocês não saibam, ele pode ser um personal, um atleta ou até mesmo alguém da escola. Vocês deveriam descobrir se há um cara, e se houver, quem ele é.

Ele chegou bem perto do meu rosto e me lançou um olhar ameaçador.

— Entendi. Então a jornalista se transformou em investigadora?

— Não. Eu trabalho com jornalismo investigativo. Estava aberta a trabalhar com você em total cooperação e transparência. Devo frisar que você me deu permissão? Devolvi o favor para que percebesse que estava tentando reforçar nossa confiança um no outro. — Eu atirava palavras como se fossem balas.

— Sério, Sam? — Ele usou o meu primeiro nome. — Acha mesmo que apresentar esse recibo ou a informação que acabou de passar é uma demonstração de confiança? Tem certeza de que ao conectar uma coisa com a outra e dividir a informação comigo vai me mostrar o quanto você está disposta a cooperar? Ao longo dos anos, conheci um monte de jornalistas iguais a você que não hesitavam em pegar atalhos e, no seu caso, agir contra a lei e estragar evidências tudo por causa de alguma ideia equivocada? Não foi isso que você fez? Ao que parece, pensou que foi um baita favor para mim nós te deixarmos ir a campo, e talvez pudesse colher mais benefícios com isso? Pode esquecer. Você julgou mal a situação.

— Talvez, talvez não.

Cerrei o punho até as juntas ficarem brancas, avancei até meu corpo quase tocar o dele.

— Você está tão empenhado em brigar comigo que ignorou completamente o que eu te dei, e o que fiz por você e a sua equipe ontem. Prescindi do meu profissionalismo para lamber o rabo da MCU, para passar aos pais a impressão de que vocês estavam fazendo um trabalho excelente. Agora vejo o erro que cometi.

Ele me agarrou pelo braço, me segurando no lugar.

— Como assim? — A hostilidade dele pareceu diminuir.

— Não tenho a mínima intenção de contar tudo para que você possa usar a informação contra mim, está bem claro que vai me falar poucas e boas, chefe Torres. Converse com os pais e descubra por si mesmo o quanto eles estão frustrados. Na verdade, do que estou falando? Você falou com o sr. Wilson ontem, não foi? Ouviu a ameaça de ele procurar a imprensa. Seu nome foi mencionado antes de ele desligar. E ele é só um, há duas outras famílias envolvidas no caso. Até essa conversa de agora, estava do seu lado, te apoiava. Mas não se preocupe, não tenho intenção de publicar o que ouvi deles. E, só para constar, as coisas não foram ditas confidencialmente, então, para ser sincera, eu poderia ter tido uma manchete excelente. Não sou quem você pensa que sou, e com certeza sou a última pessoa com quem precisa se preocupar.

Me desvencilhei de seu aperto e saí sem esperar resposta. De qualquer forma, era difícil para mim ficar no mesmo ambiente que ele. O homem conseguia perturbar meu equilíbrio inato, e eu queria escapar. Sabia que estava cometendo um erro ao tirar evidência do quarto das meninas, mas me recusava a admitir esse pormenor para ele.

— Babaca arrogante — resmunguei com raiva ao fechar a porta.

— Quem? — Laurie estava de pé diante de mim, e soltou uma risada gutural. — Ouvi Torres gritando, suponho que você tenha algo a ver com isso? Você está certa, ele é arrogante e também meio mala. Já faz alguns anos que o homem me deixou aos seus pés.

Embora estivesse furiosa por causa da minha discussão com Jacob, caí na gargalhada com a cara engraçada que Laurie fez.

— Por que a gente não sai essa noite e te conto tudo? Podemos nos encontrar no Smoke Club na Broadway, 2751, eles tocam soul. Às nove na entrada. Vamos aliviar um pouco da tensão.

Aceitei o convite e antes de nos despedirmos, perguntei se ela tinha visto a Catherine. Tentei ligar para ela, mas foi direto para a caixa postal. Laurie me deu as coordenadas para chegar ao laboratório subterrâneo no andar -3. Mencionou que lá embaixo não tinha sinal e adicionou:

— É bem ao lado do necrotério, você vai ver.

Peguei o elevador lá para baixo. Estava ansiosa. Estar perto dos mortos abalava as minhas estruturas. Cheguei à porta com uma placa de "Não entre. Área esterilizada". Pressionei o botão do interfone e um homem atendeu. Eu disse que estava procurando por Catherine Rhodes, e ele disse que ela estava lá. Catherine saiu usando um pijama cirúrgico verde, máscara e luvas.

— Oi, querida. Espere por mim na minha sala, eu já vou — disse ela, e voltou a entrar.

Catherine apareceu vinte minutos depois, ainda parecendo estressada.

— Desculpa, Sam, estou correndo contra o tempo. — Ela beijou a minha testa. — Estou me sentindo muito mal por não ter um minuto para passar com você além desses breves encontros entre uma coisa e outra. — Eu a perdoei com um aceno de mão.

— Estou bem, você me conhece. Assim como você, trabalho igual a um burro de carga, me identifico completamente, não posso reclamar.

Ela riu ao pressionar um botão no telefone e pediu à secretária para trazer café para a gente.

— Me conta o que está acontecendo com você, garota, conseguiu escrever o primeiro artigo? O contrário? Como está o progresso? Falou com o Robert?

Eu ri.

— Uma coisa de cada vez. Falei com Robert há dois dias, e vou ter que ligar para ele hoje ou o homem vai ficar bravo, como você bem sabe. Ontem visitei a casa das meninas, e o Torres falou poucas e boas para mim. Por que você não me disse que ele é louco de carteirinha? Do contrário, está tudo ótimo, e você? — Fiz cara de paisagem.

— Não deixe o Torres te aborrecer. Posso garantir que você está errada quanto a ele. Olha, até agora, você foi a única que conseguiu falar com os pais. Deixa para lá, Sam, você está reclamando sem motivo. Extraoficialmente, quer ouvir o que descobrimos? — O tom dela indicava que foi uma conquista.

— Precisa perguntar, Catherine? Me dê informações, mesmo que eu não possa usá-las.

— A perícia coletou evidência da cena do crime. É a mesma substância que foi usada nas meninas. É sopro do diabo, é um tipo de droga utilizada para estupro, já ouviu falar?

Balancei a cabeça, e Catherine estava prestes a me dizer algo que prometia ser fascinante, mas o telefone tocou e ela foi chamada antes mesmo de o nosso café chegar. A mulher pediu desculpas, saiu correndo e disse que ligaria.

Enquanto eu saía, Walter ligou para perguntar se Torres havia aprovado meu artigo. Eu o atualizei do meu acordo com o comissário Brown. Peguei um táxi e, relutante, liguei para Jacob.

— Sim, Sam — disse ele.

Percebi que ele tinha salvado meu número.

— Queria perguntar se tenho sua aprovação para publicar o artigo que te entreguei ontem.

— Está aprovado — respondeu ele e esperou na linha.

Agradeci e desliguei. Mandei mensagem para Walter dizendo que o artigo podia ser impresso e publicado no site do jornal no dia seguinte.

Fui até Greenwich Village, onde pedi ao taxista para parar na frente de uma cafeteria lan house que não ficava longe do meu apartamento. Paguei por uma hora de Wi-Fi e um café e me sentei. Eu não queria pesquisar lá na redação a droga que Catherine mencionou. Temi que alguém fosse reparar na pesquisa incomum e que a informação vazasse. Fiquei chocada com a quantidade ínfima de informação que apareceu na tela.

Sopro do diabo era produzido na América do Sul, particularmente na Colômbia, tinha como base uma planta rara. Antigamente, era usada em flechas envenenadas, uma arma comum no conflito entre as aldeias. Hoje em dia, um pó sintético era manufaturado com esse ingrediente. Uma lufada no rosto da vítima, e a droga logo penetrava no sangue pelo sistema respiratório. Em menos de um minuto, ela era transformada em um zumbi e perdia o livre-arbítrio, ficava vulnerável e não tinha habilidade nenhuma para resistir. O pior de tudo era o fato de que ficavam plenamente conscientes. A consciência percebia o que estava acontecendo, mas não tinha como resistir. O sopro do diabo era considerado uma droga violenta. Havia casos registrados em que as vítimas da substância obedeciam a ordens para cometer assassinatos ou até mesmo suicídio. Meus pensamentos vagaram para as meninas. Senti como se tivesse levado um chute na boca do estômago quando tentei imaginar o que devia ter se passado na cabeça delas.

Entrei em contato com Roy, meu informante em Boston, que tinha laços com uma gangue de traficantes. Meu relacionamento com ele tinha como base um acordo de silêncio: ele seria minha fonte de informação sobre crimes envolvendo drogas na cidade e me daria furos de reportagem, e eu faria circular notícias ou informações que ele queria que circulassem.

Eu sabia que poderia contactá-lo mesmo de Nova York. Liguei e perguntei se ele conseguiria me pôr em contato com alguém que tinha informação sobre a droga e compras recentes na área de Nova York. Ele disse que sondaria e me daria um retorno. Meia hora depois, ele ligou e me disse para ficar onde eu estava.

Quarenta e cinco minutos se passaram.

Um homem usando um terno de três peças e uma gravata chique entrou na cafeteria. Mesmo não sendo nova-iorquina, sabia que o visual dele era incomum. O cabelo foi penteado minuciosamente para trás e ele usava óculos de sol grandes e um brinco resplandecente na orelha. Ele olhou ao redor, e seus olhos se fixaram em mim. Com um brevíssimo aceno de cabeça, ele fez sinal para que me sentasse na mesa que ele estava prestes a ocupar. Eu sabia que se ele tinha se dado o trabalho de vir me procurar era porque haviam lhe prometido algo significante em troca. Eu esperava que Roy não estivesse esperando uma recompensa excepcionalmente alta.

Ele começou dizendo que o sopro do diabo não era uma droga que circulava nas ruas. Que o tráfico dela era um dos segredos mais bem mantidos entre os envolvidos com a distribuição de drogas e que podia ser comprada apenas através de contato com os cabeças do crime organizado. Ele adicionou que o que o preocupava mais era a pessoa responsável por transformar a substância em spray. Ficou bem claro, pelo que ele estava dizendo, que não fazia sentido seguir o padrão do jornalismo investigativo.

Fiquei decepcionada.

— Você não encontrará a droga com gangues de rua nem mesmo com as organizadas. Só umas poucas pessoas estão envolvidas com essas drogas e elas passam por um criterioso processo de triagem — enfatizou ele.

O homem puxou um guardanapo do suporte sobre a mesa, limpou as mãos com cuidado e o largou lá. Ele tirou os óculos e os frios olhos azuis pareciam olhar através de mim, como se fossem transparentes.

Ele logo adicionou que recentemente ficara sabendo que a linha de produção que transformava o sopro do diabo de pó para comprimidos tinha começado a operar e que isso era indício de um amplo envolvimento internacional.

— Você está entrando em um território perigoso, Sam, tome cuidado para que ninguém saiba que está verificando coisas e fazendo perguntas, do contrário... — ele parou de falar, deixando para a minha imaginação o que aconteceria se...

Comecei a sentir o ácido do estômago subir e queimar a minha garganta. Ele ficou calado. Havia um aviso claro entre aquelas palavras. Eu não seria capaz de investigar a droga considerando sua forte ligação com pessoas extremamente perigosas.

Quando ele estava se preparando para partir, reuni coragem e disse:

— Se você tiver informação sobre quem comprou a droga recentemente... eu ficaria muito grata.

— Srta. Redfield — disse ele, ao se curvar e aproximar os lábios no meu ouvido. Seu fôlego me causou calafrios. — Quero que saiba que não voltarei a me encontrar com você sob nenhuma circunstância. Esqueça que eu existo e não entre em contato com suas fontes para conseguir informações sobre mim, não vou responder, nem a você nem a eles.

Ele se levantou, foi até a porta e partiu. Um carro encostou na calçada e o levou embora. Suspirei aliviada.

O silêncio se reuniu ao meu redor. E suas bordas estavam manchadas pelo medo.

12

Olhei para o relógio. Eram nove e meia, e Laurie estava atrasada. Eu não tinha o celular dela, se tivesse, teria mandado mensagem dizendo que a esperava lá fora.

Conforme os minutos se passaram, o ar noturno de inverno ficou congelante. Atingiu o meu rosto. Eu não estava vestida para uma temperatura tão baixa. Laurie havia mencionado que o Smoke era uma boate exclusiva e que vestimenta formal era exigida. Estava usando um vestido envelope preto que ia até o joelho com uma faixa larga atada na cintura. A profunda fenda do lado esquerdo me deixava exposta ao frio da noite, apesar do casaco de lã que usava por cima. Esfreguei as pernas para mantê-las quentes e jurei que se Laurie não aparecesse nos próximos cinco minutos, entraria em um táxi e voltaria para o meu apartamento.

— Estou aqui — Ergui o braço para ela quando a vi sair de um beco escuro acompanhada por dois homens. Conforme se aproximavam, vi que um deles era Colin; o segundo era alguém que com certeza vi na MCU em uma das minhas visitas.

Laurie abraçou o meu ombro, e Colin ficou feliz por me ver de novo. Ele me apresentou a Derek, e trocamos um aperto de mão.

Nós quatro ficamos na longa fila, e Laurie sussurrou para mim:

— Desculpe o atraso, não pensei que teríamos acompanhantes. Na hora do almoço, mencionei de passagem que nós, você e eu, combinamos de nos encontrar no Smoke essa noite. Colin anunciou que viria junto e se ofereceu para ir me pegar. No caminho, descobri que faríamos uma parada para buscar o Derek. Colin me disse que ele sentiu um interesse súbito na banda que vai tocar essa noite. É claro que não vieram por minha causa. Parece que você se tornou assunto da "fofoca na firma". Lá na MCU, falam de você o tempo todo. Os caras prometeram que pagariam a nossa entrada. Em vez de passar tempo com uma amiga e arranjar um cara decente para mim essa noite, acabei em uma social da MCU.

Inclinei a cabeça, segurando a gargalhada que ameaçava explodir de mim. Laurie tinha um jeito interessante de descrever as situações. Um jeito bastante ilustrativo, pensei comigo mesma.

Nós entramos.

Fiquei impressionada. A Smoke era decorada em estilo industrial, as paredes foram pintadas com tons escuros e vigas de aço pretas e aparentes delineavam o teto. O bar e as mesas eram feitos de paletes, e a música soul tocando criava uma atmosfera elétrica e sensual.

No bar, Colin puxou um banco para mim. Nós nos sentamos e começamos a conversar. Contei a ele que estava impressionada com o lugar. Colin disse que, na verdade, tinha sido Torres que os apresentou à boate e os fez ficar meio viciados na música e na atmosfera e que iam sempre lá. A menção do nome dele evocou o que tinha acontecido entre nós naquele dia e torci para que ele não aparecesse e me visse passando tempo com a equipe. Tenho certeza de que ele pensaria que eu tinha segundas intenções.

Depois de todos tomarmos algumas doses, pedimos uma garrafa de uísque de qualidade, brindamos e fomos capturados pela voz aveludada do vocalista da banda. Colin pressionou o corpo no meu.

Eu me virei quando ele se aproximou mais. Estava um pouco atordoada por causa do álcool quando ele perguntou:

— Você está saindo com alguém, Sam?

Ele abordou uma questão da qual tentava me esquivar. Eu não soube o que dizer. Não estava tão comprometida com Michael quanto ele estava comigo. A natureza do nosso relacionamento era incerta, não tínhamos combinado nada. Colin, sem saber, agitou aquele turbilhão emocional.

Fiz questão de deixar as opções em aberto.

— Conheci alguém não faz muito tempo. Estamos saindo, mas, a essa altura, é isso. No que me diz respeito, o relacionamento não amadureceu o bastante para irmos adiante, nos tornarmos um casal. — Um vislumbre de satisfação brilhou em seus olhos. Ficou claro que Colin estava interessado em mim.

Um toque nas costas da minha mão me fez afastar a atenção de Colin. Eu me virei para Laurie. Ela estava parada perto de mim e perguntou:

— Mais? A garrafa está vazia. — Assenti e ela ergueu o copo sinalizando para o barman trazer um refil. — Sabe, Sam — ela apoiou os cotovelos no bar e contornou a borda do copo com o indicador —, na verdade, você é uma forasteira, tipo, você não trabalha com a gente na MCU. E enfim, estou muito bêbada. Acho muito mais fácil me abrir para você. — A música estava alta, e Laurie se curvou na minha direção. — Eu amo o meu trabalho. Muito. Ainda mais na Crimes Graves. Os casos que chegam são desafiadores e sérios, mas quanto mais vou aguentar nesse ritmo louco? Eu não tenho vida. Não tenho amigos fora do trabalho. Mal vejo minha família, e minha vida amorosa... que vida amorosa? Eu não tenho uma. Pensei em conversar com Jacob e pedir para ser transferida para uma unidade menos intensa. O que estou tentando dizer é que talvez então eu vá ter uma boa chance com ele. Todo mundo sabe que ele não se relaciona com colegas de trabalho. Talvez se eu estiver longe, ele vá se permitir corresponder aos meus avanços... por mais discretos que sejam. Ele sabe, todo mundo sabe.

Quando ela disse naquela manhã que "o homem me deixou aos seus pés..." pensei que ela estivesse brincando. Mas agora que estava sendo tão sincera e expansiva, percebi o quanto ela estava apaixonada por Jacob, mesmo que não tenha deixado explícito. Havia um quê de desespero em sua voz. Essa era a segunda vez nessa noite que não podia falar a verdade.

— Não sou a pessoa certa a se consultar quando se trata de assuntos do coração. Nunca me apaixonei, pelo menos nunca senti algo como o que você está falando — respondi e sorri para ela.

— É melhor eu ir dançar, sabia que você seria inútil — ela falou e deu uma piscadinha. A garota se moveu para a pista de dança onde se deixou ser absorvida pela multidão.

Ao ver Laurie se afastar, Colin tirou vantagem da situação. Ele puxou meu banco para mais perto e, como quem não quer nada, apoiou a mão na minha coxa. Ele falou, e senti o desconforto se espalhar pelo meu corpo. Queria que ele tirasse as mãos de mim e evitasse essa situação íntima em que estava tentando nos envolver.

Pelo canto do olho, notei alguém vindo na nossa direção. Virei a cabeça e encontrei o olhar penetrante de Jacob. Colin estendeu a mão para apertar a dele.

— Vejo que vocês estão entretidos na conversa. Não quero atrapalhar.

O tom cínico dele fez meu corpo ficar tenso. Quis me levantar e me afastar dos dois. Mas Jacob ficou de frente para mim, e não me deixaria me mover.

Ele parecia bastante satisfeito, para dizer o mínimo, quando me viu me contorcendo, tentando encontrar uma saída. Colin se levantou e pediu licença para ir ao banheiro. Fui deixada com Jacob. *Shameless* começou a tocar ao fundo.

— Ah, uma música que tem algo interessante a dizer — comentou Jacob, como se tentasse medir a minha reação.

Diga mais alto, diga mais alto, quem vai te tocar como eu... Aah, quem vai te comer como eu? A letra parecia girar ao meu redor, como se ameaçasse me sufocar.

Consegui me levantar. Jacob deu um passo para trás, e percebi para qual direção ele estava tentando levar a conversa. De novo. Evitei olhar direto para ele enquanto vestia o casaco.

— Aonde você vai? — perguntou Colin ao voltar.

— Fumar, tomar um pouco de ar. Está um pouco sufocante aqui dentro. — É claro, eu estava jogando indireta para Torres.

Fui lá para fora. Tirei um cigarro do maço em minha bolsa e andei pela calçada, fumando. Senti uma vibração no bolso do casaco, era o meu celular. Michael.

— Oi — atendi a sua ligação.

— Que barulho é esse? Onde você está?

— Não desliga, só me dê um minuto para ir para outro lugar.

Mesmo lá fora dava para ouvir a música. Caminhei rápido até um beco ali perto, me repreendendo por ter esquecido; havia prometido que retornaria para ele ontem. Como tinha prometido que falaria com ele quando pousasse em Nova York, e fiz muitas outras vezes durante os últimos quatro dias. Ao contrário de mim, ele tentava de verdade manter contato.

Era a primeira vez que ouvia Michael ficar irritado.

— Se não estou enganado, você tinha ficado de ligar para mim, não?

— Eu sei — suspirei.

— Você não pode rejeitar as minhas ligações e me deixar preocupado e esperar que eu não fiquei irritado — continuou ele. — Sam, me recuso a ter um relacionamento unilateral, o que temos deveria ser mútuo.

Eu não disse nada.

— Assim como eu, você deveria querer conversar comigo. E, ao que parece, está óbvio que você não está tão ocupada quanto diz. — Consegui sentir a raiva dele. O homem tinha uma boa razão para estar decepcionado comigo.

— Eu tinha toda a intenção de ligar para você, pode acreditar. Os dias passaram voando. Você sabe que fico atolada quando estou trabalhando. Eu te ligo amanhã, prometo.

Antes de desligar, ele disse que estava com saudade. Assenti conforme a voz dele sumia, me senti péssima.

— Problemas?

Jacob. Quando ele apareceu? O homem estava ouvindo a conversa? Me virei para encará-lo. Ele soltou uma lufada de fumaça ao tirar o cigarro dos lábios. Gotinhas de chuva começaram a cair. Eu não podia voltar para a boate sem mencionar a interrupção mal-educada dele.

— Deveriam ter ensinado a você que é feio ouvir a conversa dos outros. E se tenho problemas na minha vida pessoal, eles não são da sua conta, e, claro, não falarei deles com você.

— Seu namorado sabe que ele está sujeito a dupla incriminação?

Não entendi a pergunta.

A mandíbula dele ficou rígida.

— Mais cedo, vi você permitindo que Colin pusesse as mãos em você. Levando em conta a história que eu e você temos em comum; diria que o cara tem com o que se preocupar.

Estava tudo indo muito bem antes de ele aparecer.

Eu pensei que fosse explodir ouvindo as insinuações grosseiras dele. Quis dar um tapa no homem. Com força. Deixar a marca da minha mão naquele rosto arrogante. Ele estava mesmo insinuando que eu era fácil?

A chuva apertou e pegou a nós dois de surpresa.

Olhei ao redor, buscando por algum lugar em que me refugiar, e percebi que teria que voltar para a boate antes de ficar encharcada até os ossos. Ele passou seu braço de aço ao redor da minha cintura e nos puxou mais para dentro do beco.

— Não se atreva a me tocar. Sai. — Tentei empurrar o corpo dele para longe de mim.

— Sam, relaxa — ordenou ele.

Fiquei magoada pelo que ele disse, e não suportei tê-lo tão perto.

— Você deixou bem claro o que pensa de mim. O fato de que a gente trepou sem se conhecer não significa que eu seja inconsequente ou promíscua. — Eu o vi suspirar aliviado. — Satisfeito?

Rilhei os dentes. Apesar de tudo, ele conseguiu arrancar de mim uma confissão bem clara de que nos conhecíamos.

Jacob prendeu meu rosto entre as duas mãos grandes e me forçou a olhar para ele.

— Não havia razão para negar, para início de conversa.

A chuva forte caía sobre nós. Estávamos encharcados. Meu cabelo pingava no casaco dele e, ainda assim, senti como se estivesse ardendo por causa do seu toque, por causa da proximidade de seu corpo.

— O que você quer de mim? — Tentei de novo me desvencilhar de seus braços fortes.

— Não quero nada de você, quero você — disse ele, com aquela voz rouca, em vez de me soltar, ele me apertou ainda mais, e mordeu sensualmente seu lábio inferior.

Ele não se segurou e pressionou os lábios nos meus, me beijando com uma paixão perigosa.

Gemi. Ansiando por ele. Seu sabor estava aromatizado com uísque e fumaça de cigarro. Nossos lábios se abriram, extasiados, a língua de Jacob penetrou a minha boca, girando com a minha. Absorvi seu gemido gutural, minhas mãos se enfiaram sob seu casaco. Agarrei sua camisa com os punhos, puxando-o para mais perto até não haver espaço entre nós.

Ele aprofundou o beijo e puxou meu cabelo molhado para trás. Pontadas de luxúria latejavam dentro de mim. Eu o queria, e ele exigia mais de mim. Suas mãos foram para debaixo do meu casaco e ergueram a barra do meu vestido, roçando minhas coxas, apertando minha pele, causando uma dor prazerosa. Não conseguíamos nos separar; estávamos enlouquecidos pela paixão.

A chuva foi amenizando. Os pensamentos girando pela minha cabeça sobre Laurie e o amor que ela sentia pelo homem que estava ali comigo e sobre Michael esperando por mim foram infundidos com o álcool e o meu desejo descontrolado por Jacob. Eu tinha que dar o fora, apagar o fogo que acendia a nossa paixão.

De uma só vez, pus fim ao beijo e o empurrei para longe de mim.

Ele pareceu confuso, e arfava quando tentou me segurar de novo. Eu me esquivei dos seus braços e saí andando rápido, ouvi seus passos me alcançarem, fechando o espaço entre nós. Um táxi passou perto da calçada. Estendi o braço e quando ele parou, saltei para o banco de trás. Ouvi Jacob me chamar e falei para o motorista continuar dirigindo.

Meu telefone vibrou no bolso do casaco. Empurrei meu cabelo molhado para o lado e, com mãos trêmulas, eu o peguei. O nome de Jacob apareceu na tela.

Rejeitei a chamada e enviei uma mensagem.

> Não posso.

E me recostei.

Uma noite insone se estendeu com a minha culpa, e cada vez que fechava os olhos, nos via nos beijando e nos tocando com paixão. Balancei a cabeça, tentando me livrar da visão que havia infundido meus sentimentos de raiva e paixão que se retroalimentavam. Meu corpo traidor se rendeu ao toque dele, era como se o homem estivesse gravado na minha pele, recusando-se a sumir.

Virei e revirei na cama e, por fim, me sentei e me recostei na cabeceira. Acendi o pequeno abajur ao meu lado e repeti para mim mesma:

— Você precisa manter o relacionamento de vocês profissional. Você não deve pensar nele, do contrário, isso vai voltar para você igual a um boomerang. — Peguei o quinto diário de Lauren e comecei a ler de onde parei, e segui até a luz pálida brilhar através da janela do apartamento.

Fiquei distraída pelo que estava lendo, e depois de pensar no que Lauren havia escrito sobre Gail, decidi tentar descobrir quem ela era. Embora não soubesse qual era a aparência da menina, suspeitei que fosse a que estava usando o anel com a pedra verde nas fotos instantâneas. Tomei um banho, vesti roupas bem quentes e decidi parar e comprar uma sombrinha. As chances de chover eram altas. Eu também precisava de um cigarro e de um café.

Nova York estava coberta por uma névoa espessa. Os motoristas dirigiam com o dobro de precaução e faróis ligados. Eu me recusava a fazer desaparecer aquela sensação pesada que se rastejava dentro de mim como as nuvens carregadas que penetravam os espaços entre os arranha-céus. Peguei um táxi para ir até a escola das meninas, o lugar em que foram sequestradas. Comprei um expresso duplo com um pouquinho de leite em uma cafeteria lá perto. Depois me sentei em uma mureta de pedra não muito longe do prédio, mexendo o açúcar no café com o dedo, um hábito nada higiênico que eu tinha. Impaciente, observei conforme os alunos atravessavam os portões da escola e, vez ou outra, me virava para olhar o carro dos pais chegando por uma via lateral para deixar os filhos.

Meia hora se passou e nada. Não vi o anel, com certeza não de onde estava sentada. Precisava encontrar uma outra forma. Me perguntei se seria aceitável ligar para a diretora, me apresentar como a jornalista que trabalhava para a seção de crimes do *Boston Daily* e que tinha a permissão da MCU para falar com ela. Para me apresentar assim, teria que falar com Jacob e pegar a autorização dele. Descartei a ideia na mesma hora.

Eu me aproximei da entrada e toquei a campainha soldada ao portão de ferro. Toquei e toquei até um guarda robusto sair de uma cabine pequena e vir até mim com passos pesados. Ele me observou com atenção, e presumi que eram cuidadosos ao inspecionar todos os visitantes. O homem perguntou o que eu queria, e depois de dizer que queria falar com a diretora, ele perguntou se tinha marcado um horário. Quando falei que não, ele foi educado ao explicar que não poderia me deixar entrar. Quando tentei persuadi-lo a me dar o telefone da escola, ele apontou para a placa pendurada no portão. Disquei o número.

Uma secretária me passou para outra que foi taxativa ao se recusar a me passar para a diretora. Quando ouviu que eu era jornalista, pedi, educada, se podia deixar meu nome e telefone para que quando a diretora desocupasse, e se ela pudesse, retornasse para mim. Insisti. Argumentei que até mesmo o sistema legal apoiava a cooperação com a imprensa, desde que não afetasse a investigação e vazasse informações.

— Diga a ela que pretendo apoiar a forma como a escola está lidando com a situação. Presumo que as coisas tenham voltado ao normal e que a segurança está sendo reforçada, certo? Os pais dos alunos com certeza vão ficar aliviados por saber disso. Acredite ou não, o silêncio da direção está causando danos à imagem de vocês. Mesmo agora, as pessoas estão começando a fazer perguntas, perguntas que em um piscar de olhos podem virar rumores. A questão mais urgente é por que vocês não estão fazendo uma declaração de que sua instituição é transparente, livre de máculas e, o mais importante, segura, apesar do que aconteceu? Por que estão em silêncio se não têm nada a esconder?

— Olivia Leary falando.

Uma voz de mulher. Fiquei surpresa. Percebi que fui transferida para a diretora. Eu me apresentei.

— Srta. Leary, bom dia, meu nome é Samantha Redfield e sou jornalista do *Boston Daily*. Você aceita conceder uma entrevista para o meu jornal?

Mordi o lábio, esperando uma resposta.

— Sendo sincera contigo, srta. Redfield, evito dar entrevistas. Até esse momento, rejeitei a imprensa por completo. O chefe da Crimes Graves nos aconselhou a evitar os holofotes por enquanto. Pelo menos até a investigação progredir um pouco mais, e recebemos instruções detalhadas de como lidar com a imprensa. Não queremos prejudicar nem sabotar o trabalho da polícia — respondeu ela, cordial.

— É claro, srta. Leary, não tenho intenção de revirar assuntos confidenciais. Só quero falar do que vocês fizeram desde o sequestro e apresentar a administração da escola sob um ângulo favorável. Concordo plenamente com você e com a polícia no que diz respeito ao perigo envolvendo a responsabilidade no compartilhamento de informações.

— Quem te autorizou a falar comigo?

— O comissário Brown e eu combinamos que cada conversa ou artigo que pretenda publicar vai passar por ele primeiro. Posso garantir que qualquer coisa que você me disser, e sobre a qual eu escrever, passará pela avaliação minuciosa do chefe Torres da MCU. Você pode verificar a informação. — Eu esperava que tivesse sido o suficiente para convencê-la, e até torci para que o carma, de seu próprio jeito, estivesse ao meu lado. — Estou aqui no portão, e mesmo sem ter marcado horário, ficaria muito feliz se você me desse alguns minutos do seu tempo. É uma entrevista curta, não um artigo especial. E você e sua instituição se beneficiarão dela, garanto. Eu também gostaria de dar uma volta pela escola, se você concordar, é claro, para adicionar uma sensação de autenticidade.

Eu quis me dar um tapa pela audácia, por seguir meus impulsos de jornalista. Foi a curiosidade quanto a Gail que me incitou, e assumi um risco sem parar para medir as consequências. De todo modo, depois de me expor por completo, seria ridículo recuar agora. Se Torres descobrisse que tirei vantagem da situação, a fúria dele atingiria alturas desconhecidas, e dessa vez ele não daria ouvidos às minhas desculpas, se limitaria a me chutar da MCU sem me dar a prerrogativa de voltar.

— Srta. Redfield, se você se apressar, tenho vinte e cinco minutos até a minha próxima reunião. Vou te dar autorização para entrar.

Enquanto a ouvia, meu olhar vagou pela rua. Um homem usando capuz preto puxado na cabeça estava a alguns metros da entrada da escola. Parecia que ele me encarava. Mas aí o vi atravessar a rua, e me virei para entrar no prédio. Essa investigação estava começando a engolir o padrão moral que eu havia desenvolvido ao longo da minha carreira: menti na cara dura, e em nome da lei, nada menos; citei oficiais importantes para conseguir acesso ao lugar que queria. Eu poderia ser presa por isso.

Acompanhada pela secretária da escola, percorri um longo corredor, indo em direção à sala da diretora. Enquanto a srta. Leary e a secretária trocavam algumas palavras, olhei ao redor do cômodo. Era decorado em um estilo minimalista moderno com tons de cinza e branco. Umas poucas fotos em molduras pretas estavam sobre a mesa. Presumi que fossem de sua família.

Trocamos um aperto de mão. Ela me recebeu com gentileza e parecia diferente do que imaginei enquanto falávamos ao telefone. Eu tinha esperado ver uma mulher de aparência reservada, usando um terninho cinza ou azul-escuro e sapatos confortáveis. A que estava diante de mim era vanguardista. Calça social preta e um blazer preto com listras brancas. Ela usava óculos de armação grossa e prateada, seu rosto era pálido e o cabelo vermelho tinha sido penteado para trás, preso com firmeza em um coque no alto da cabeça. Pelo canto do olho, tive um vislumbre das suas abotoaduras enquanto ela voltava para a mesa e me convidava a sentar. Eram parecidas com moedas grandes, de cor acobreada, e notei o relevo incomum, mas não consegui discernir o que era.

Agradeci por ela me receber com tão pouca antecedência, tirei um gravador da bolsa e perguntei se ela se importava que eu gravasse a conversa. Antes de pressionar o botão de "gravar", deixei claro que a qualquer hora que ela quisesse encerrar a entrevista, ou dizer algo extraoficialmente, só precisaria erguer a mão, e pararia de gravar.

— Srta. Leary, gostaria de saber a impressão que você tinha das meninas sequestradas, tanto como estudantes quanto em suas atividades sociais.

Ela pareceu grata pela oportunidade de elogiar as meninas, e destacou que eram alunas dedicadas e esforçadas e eram responsáveis pelo comitê de decoração da escola.

— Que medidas vocês tomaram, como instituição educacional, no dia do sequestro?

Ela falou com naturalidade sobre reforçar a segurança da escola. Enfatizou que os alunos e os pais preocupados eram sua prioridade. Por isso, a escola havia trazido psicólogos para conversar, identificar dificuldades e informar a ela dos casos que necessitavam de atenção especial, bem como cuidar do bem-estar psicológico dos alunos. A srta. Leary parecia sentir muito orgulho da instituição que administrava e frisou que faria todo o possível para manter a boa reputação do lugar, a qual, infelizmente, havia sido maculada pelo caso. Ela apoiou os braços na mesa e entrelaçou os dedos.

— Srta. Redfield — ela se dirigiu a mim com calma —, passamos por uma catástrofe. O que aconteceu no Halloween transformou um dia em que as crianças deveriam celebrar em um cheio de medo e angústia. Consegue imaginar pelo que estamos passando desde então? A crítica contra o sistema, especialmente contra mim, foi cruel e agressiva. Entidades externas, como a imprensa, não pararam de atiçar a histeria, e desde o dia do sequestro, tenho passado por um pai aflito ameaçando tirar o filho da escola para outro. Consegue imaginar o dano à nossa imagem? A maior parte do tempo é passado em uma frente persuasiva, tentando impedir o vazamento antes que se transforme em uma inundação.

Ela parou de falar, parecia preocupada. Então descruzou os dedos e voltou a cruzá-los, murmurando "desastre, desastre".

Algo me incomodou enquanto ela falava. Tentei me lembrar do depoimento que ela dera à polícia. Fiquei surpresa por ela ter basicamente se concentrado na reputação da escola, e não esboçado preocupação genuína o suficiente pelas meninas.

Alguns meses antes, para um dos meus artigos, aprendi com um especialista em linguagem corporal que entrelaçar os dedos é um claro sinal de que o indivíduo está escondendo algo de propósito ou mentindo. Foi como se a srta. Leary tivesse lido a minha mente.

— As três meninas foram sequestradas. No que me diz respeito, vai levar tempo para reconstruir as ruínas que esse evento deixou para trás. — Ela ficou de pé. — Srta. Redfield, infelizmente preciso encerrar a entrevista. Minha próxima reunião começa em três minutos.

Desliguei o gravador e o guardei na bolsa, em seguida estendi a mão para ela.

— Obrigada, e se estiver tudo bem por você, gostaria de andar por aí, e ver a escola.

— Mas é claro. Fique à vontade. O intervalo começa daqui a poucos minutos, depois disso, pedirei que alguém a acompanhe até o portão, ou você pode ir sozinha.

Ela apertou a minha mão, e tive outro vislumbre das abotoaduras.

— Suas abotoaduras são bem singulares — falei.

O rosto dela pareceu ficar tenso.

— Herança de família — respondeu ao contornar a mesa e ir até a porta.

— Tenha um bom dia, srta. Redfield — desejou ela, e a fechou, ou talvez tenha batido de levinho, às suas costas.

Música clássica tocou nos alto-falantes, anunciando o recesso. Esperei no pátio principal. Observei cada menina que pude, com o olhar fixo nas mãos delas. Não vi o anel, então segui pelos caminhos secundários que levavam aos pequenos jardins. Grupos de adolescentes estavam sentados tanto nos bancos quanto ao redor deles. Passei o pente-fino ali também, procurando pela menina, procurando pelo anel com o cristal verde.

Vinte minutos depois, bem quando estava prestes a desistir e me conformar com o fato de que minha busca foi em vão, notei uma menina com o cabelo preto Chanel emoldurando o rosto bonito. Ela tinha dobrado as pernas para trás e se sentado sobre os calcanhares, com o fone nos ouvidos, parecia entretida no livro que lia. Quando ela virou a página, eu o vi.

Seria Gail?

Eu me aproximei e me sentei perto dela. A menina se virou para mim e piscou; ela tinha cílios longos.

Eu não quis assustá-la, então não disse nada. Em vez disso, apontei com as mãos para ela tirar os fones. Ela os tirou e me olhou com curiosidade.

— Oi, Gail, meu nome é Sam. Posso falar com você por alguns minutos? — Ela fechou o livro com força.

— Quem é você? — Ela estava obviamente desconfiada.

Quando eu estava pensando em como responder, ela disse:

— Deve ser uma dessas psicólogas zanzando por aqui. Já falei com a srta. Leary que não estou interessada em falar com nenhuma delas. Eu estou bem. Foram as minhas amigas as sequestradas, eu não preciso de ajuda.

Assenti.

— Não sou psicóloga e nem faço parte do sistema educacional. Vim te procurar depois que falei com os pais das suas amigas. Nas minhas conversas com eles, seu nome surgiu algumas vezes, e mencionaram que você era amiga das meninas.

Eu havia criado uma justificativa falsa, mas crível. Era extremamente importante para mim manter a garota em segurança, e isso talvez a levasse a se abrir e falar comigo. Gail se moveu, desconfortável, arrastou as pernas para frente e ergueu as costas.

— Sou jornalista — declarei, e ela se levantou na hora. Ficou óbvio que queria se afastar de mim. — Só um segundo, por favor. Prometo que não tenho intenção de fazer qualquer coisa que você não queira ou sem a sua autorização.

Ela ouviu enquanto os olhos inspecionavam cada centímetro do meu corpo.

— Pelo que entendi, na hora do sequestro, você não estava na escola?

A resposta dela me surpreendeu.

— Você não tem autorização para falar comigo. Eu sou menor de idade.

Não tinha dúvidas de que Gail havia recebido instruções detalhadas. Ela começou a se afastar. Eu fui atrás.

— Gail, por favor, me deixe ajudar.

Ela se virou.

— Como pretende fazer isso? Vai trazer as meninas de volta com um artigo de jornal?

Ficou óbvio que a tática emocional não ia funcionar. Apesar de jovem, Gail era esperta, madura e bem-preparada. Eu sabia que ela estava escondendo informações. Tinha lido nos diários que Lauren estava desconfiada dela e do misterioso "J". Eu precisava descobrir quais segredos eram esses. O fato de ela também não ter prestado depoimento levantou algumas questões. Gail tentou passar despercebida. Eu a notei puxar as pontas dos cabelos e torcê-las.

— Se aceitar falar comigo, quero que saiba que vou fazer de tudo para ajudar as suas amigas. Você deve saber que a imprensa tem poder. E está certa, você não tem uma boa razão para confiar em mim, já que não me conhece. E está óbvio que foi proibida de falar com os jornalistas sem a presença dos seus pais. Consigo ver que você está sozinha, Gail, e sei o quanto é difícil guardar essas coisas para si. Mas não gostaria de saber que fez de tudo que podia para ajudar? Consegue conviver com o fato de que está evitando se envolver só por estar com medo? Vou te dizer algo que facilitará tudo se decidir me contar coisas e confiar em mim. Há duas regras que regem os jornalistas, aconteça o que acontecer. Eles nunca revelam as fontes e os informantes, e são bastante apegados ao termo "extraoficialmente". Se você disser "extraoficialmente" antes de dizer algo, sou proibida de escrever uma única palavra do que você disser sem sua autorização explícita.

Gail assentiu ao olhar ao redor, garantindo que ninguém notou a gente.

— Vou te dar meu cartão, me ligue a qualquer hora. Podemos nos encontrar onde você quiser, até mesmo no meu apartamento, se você não quiser ser vista por aí. Por favor, pense no assunto. Às vezes o menor dos detalhes pode levar a algo significativo. E o mais importante: tirar o fardo dos seus ombros, claro, se houver um.

Sorri, esperando ter acalmado a garota. Quando ela pegou meu cartão, notei o anel em seu dedo. Era o mesmo que eu estava procurando. Gail se afastou sem dizer nada, nem mesmo tchau.

Pensei no meu próximo passo, e decidi procurar um shopping ali perto. Talvez encontrasse a cabine onde as meninas tiraram as fotos. Se conseguisse, poderia perguntar aos lojistas se eles se lembravam delas. Eu estava com as fotos na carteira.

Antes de sair, perguntei ao guarda se tinha algum shopping ali perto. Ele respondeu que havia um há seis quarteirões.

Quando atravessei a rua, notei alguém passar correndo por mim. Era o mesmo homem de capuz preto que vi mais cedo? Milhões de pessoas caminham pelas ruas de Nova York todos os dias, devia haver muitas usando roupas iguais ou muito parecidas. Não sabia se estava sendo paranoica ou se havia mesmo alguém me seguindo. Ao longo dos anos, como jornalista, fui seguida muitas vezes enquanto investigava para alguma matéria, e me lembro bem de incidentes nos quais estava errada e tinha imaginado cenários completamente fantasiosos.

Passei três quarteirões e dois arranha-céus. As massas caminhando pela calçada me fizeram parar algumas vezes, e me vi ser empurrada para o meio-fio. Começou a chover forte. Me virei. Cerca de três metros às minhas costas, lá estava ele. Com a cabeça curvada debaixo do capuz. Caminhando a uma mínima distância de mim. Apertei o passo. Um carro buzinou e parou a alguns passos à minha frente, e o homem que saiu ergueu a mão, ele estava embaçado. Era difícil reconhecê-lo com a chuva. Estreitei os olhos, era Colin, sinalizando para eu ir até ele.

— Entre antes de ficar encharcada — disse ele, e voltou para o carro.

Abri a porta e entrei. Tive a sensação de que estaria mais segura se fosse com ele. Quando o homem deu a partida, me virei. O encapuzado, era assim que me referiria a ele agora, havia parado e dado meia-volta, perdendo-se em meio à multidão.

— Está tudo bem, Sam? — perguntou Colin, sorrindo para mim.

— Sim, sim, eu só... estou meio aérea.

— O que você está fazendo nessa parte da cidade? Quando saí de uma das vias secundárias, pensei ter te visto. Te segui por três quarteirões até ter certeza de que era você, e era.

— Eu tinha coisas para fazer por aqui. — Fui breve ao responder e não disse mais nada. Eu queria acreditar que ele não tinha me visto perto da escola, que não faria conexão.

A Quatro Mãos 101

— Para onde você foi ontem à noite? Você disse que ia fumar e não voltou mais.

— Sim, recebi uma ligação e tive que ir embora, desculpa não ter me despedido.

— Bobagem — ele fez um gesto de desdém —, haverá outras oportunidades.

Colin estava me chamando para sair? Meus pensamentos vagaram para Jacob, estar perto dessas pessoas me fazia lembrar dele.

— Então, o que você acha?

— Do quê?

Ele riu.

— Em que mundo você está, Sam? Acabei de sugerir que a gente saia juntos, se você quiser, é claro.

Eu me senti enrubescer. Do seu jeito encantador de sempre, Colin havia conseguido me deixar sem graça.

— A gente pode tomar um café.

Ele deu um tapinha na minha coxa, dessa vez não deixou a mão lá.

— Vamos começar com um café; não vejo problema. Me dá o seu telefone, e ligo para marcamos. Enquanto isso, você se importa de me dizer para onde te levar agora?

Eu estava tão preocupada com o encapuzado que me esqueci de dizer a Colin para onde estava indo.

— Para o Village, obrigada.

O resto do trajeto foi tranquilo. Colin me contou que havia levado Laurie, bêbada, para casa. Nós rimos quando me contou que ela ficou em cima do Derek, pensando que ele fosse o Torres. Nós nos despedimos.

Já era de tarde, e sabia que apesar do cansaço que estava começando a sentir, precisava enviar meu segundo artigo para o jornal. Tinha que cumprir o prazo que Walter havia delimitado. Torres precisava dar ok e eu teria que enviar a tempo para que fosse publicada na edição das oito da noite.

Comecei a sentir os efeitos da noite insone, estava exausta e me sentia nauseada. Precisava de carboidrato e café para me manter de pé pelas próximas horas até terminar o trabalho. Um banho quente me deixaria no ponto, pensei, ao encher a banheira. Enquanto esperava, preparei um sanduíche de pasta de amendoim e geleia.

Liguei o aquecedor do apartamento. Tirei as roupas no banheiro e, com cuidado, abaixei o corpo na banheira; minha pele formigou quando tocou a água quente. Eu me afundei até o pescoço, me envolvendo em bolhas e no cheiro de pinho do sabonete. Celestial.

Pensei no que tinha acontecido naquela manhã e na minha conversa com a diretora. Eu analisei a mulher, as roupas e os gestos, havia algo lá, algo que me incomodava, e decidi contatá-la de novo.

Meus pensamentos vagaram para Gail, o elo perdido, conforme descobri hoje. Senti que deveria voltar e ler sobre ela no diário. A garota pequena e esfuziante que tinha conhecido me deixou incomodada. Ela parecia tão aflita. Será que o comportamento tinha algo a ver com "J"? Eu me lembro de ter lido no diário de Lauren que de vez em quando Gail e "J" trocavam olhares, e que às vezes isso a deixava com ciúmes. Lauren escreveu que sentia que Gail estava secretamente apaixonada por "J" e já que havia conversado com Gail sobre o que ela mesma sentia por ele... que era essa a razão para Gail não ter dito que também estava apaixonada pelo garoto.

Pensei no sr. Wilson, o pai de Megan. Ele não me retornou com o nome da academia em que as meninas malhavam. Presumi que ele estivesse ocupado. Hoje, quando ligasse para Jacob para pegar a aprovação para o artigo, perguntaria do recibo que dei a ele. Talvez tenham começado a verificar.

Suspirei quando me lembrei de que precisava dar a Robert algumas respostas quanto ao que conversamos dois dias antes.

— Sam, que bom que ligou. Eu estava me perguntando quanto tempo levaria para você entrar em contato e me informar do que está fazendo. Combinamos, antes de você ir, que você ligaria todos os dias, não foi? Vou deixar passar por ora, pois Catherine tem me mantido atualizado quanto ao que está acontecendo com você, não que isso me faça me preocupar menos. Ela me disse que você está ocupada e que ela mal te vê.

Revirei os olhos para o que ele disse, mas não discuti.

— Você está certo. — Ele riu.

— Claro que estou.

— Robert, a verdade é que preciso te contar uma coisa, mas quero que você me prometa que não vai dizer nada quanto a isso até eu ter decidido o que fazer.

Ele não falou nada.

— *Você está aí?*

— *Sim, sim, sou todo ouvidos.* — *O silêncio significava que ele tinha concordado.*

— *Há dois dias, pedi ao chefe da MCU autorização para visitar a casa das meninas e entrevistar os pais delas. Ele deu aval e falei com eles, que me ofereceram de ver o quarto das garotas. Eu fiquei feliz, pois teria um ângulo mais pessoal para a história. Na última casa a que fui, conheci a sra. Browning, a mãe da Lauren. Falamos por um bom tempo, e ela me disse algo que não tinha compartilhado com a polícia.*

— *O quê?*

— *Diários que Lauren havia escrito ao longo de cinco anos. Cinco deles.*

— *Não me diga que você os pegou e não...*

— *É* — *falei.*

Os anos que passei com Robert me ensinaram que ele não ficaria satisfeito até que qualquer decisão que eu tomasse fosse a "certa" na opinião dele, até ele ter se certificado de que o ouvisse e evitasse problemas com a lei. O ataque de palavras duras se seguiu.

— *Sam, você não pode reter uma evidência dessas. Depois de todos os anos ao meu lado, não aprendeu nada? Isso é evidência que a polícia deveria ter, e você está escondendo informações que poderiam levar a um avanço significante, até mesmo crítico, no caso. Você tem que devolver tudo e contar ao Chefe sobre eles.*

— *Não, assim, não posso. Dei minha palavra à Anna, a mãe de Lauren. Eu me recuso a trair a confiança dela, mesmo tendo certeza de que faria uma enorme diferença no caso. Robert, estou perdida. O que eu faço?*

— *Não sei se tenho uma solução mágica para você, a menos...*

— *A menos? Vá em frente, me ajude a escapar dessa sinuca.*

Ele resmungou.

— *Olha, Sam, a única pessoa que não vai te entregar e que vai manter o seu segredo é a Catherine. Por acaso, ela é parte da força policial, mas também é esperta e muitíssimo profissional. Ela vai saber como tirar as informações necessárias do diário e passar adiante sem pôr em perigo a confiança que Anna depositou em você, e sem expor os diários. Confie nela, estamos falando de Catherine, Sam, não de um estranho.*

Não sei por que achei difícil aceitar o que Robert sugerira. O pensamento de trair Anna perdurou. Por outro lado, que escolha eu tinha? Precisava de tempo para pensar, e pedi a Robert, que já estava me pressionando, para me deixar retornar logo que decidisse o que fazer. Combinamos de nos falarmos de novo dali a alguns dias, e eu desliguei.

INBAL ELMOZNINO

Arrepios indicaram que a água estava esfriando. Enxaguei o sabonete e me envolvi em uma toalha enorme que tinha deixado na cama. Vesti uma legging e uma regata comprida. Preparei uma xícara de café antes de começar a trabalhar.

Alguém bateu à porta. Eu a abri. O que ele estava fazendo aqui?

14

Ele entrou cheio de autoridade, sem nem esperar por convite. Fechei a porta logo que ele passou e me recostei nela.

Jacob estava de frente para mim, com as mãos nos bolsos e a cabeça para baixo. Perguntas corriam pela minha cabeça.

O que o fez vir aqui? Ele vai querer falar sobre ontem à noite? Ele estava tão perturbado quanto eu com o que aconteceu? Ou talvez fosse outra coisa. Esperava que Colin não tivesse dito que me deu carona quando eu estava saindo da escola das meninas.

Fiquei quieta de propósito, esperando para ouvir o que ele tinha a dizer. O homem franziu as sobrancelhas, ergueu a cabeça e me encarou.

— Recebi uma ligação bastante ríspida. — Ele endireitou os ombros.

Eu não sabia mesmo o que esperar. Tentei entender como foi ele quem foi repreendido por telefone e o que isso tinha a ver comigo.

— A srta. Olivia Leary, diretora da Escola United Nations International, ligou para mim e me passou um sermão por ter enviado uma jornalista para entrevistá-la sem aviso prévio. Ela enfatizou que eu poderia pelo menos ter avisado que estava tudo bem ela falar com a imprensa. Ainda mais depois de eu ter dito para ela não fazer isso e sugerido que evitasse a mídia até que soubéssemos o rumo que as investigações estavam tomando.

Ele parecia relativamente calmo. A pausa me deu alguns segundos para pensar numa forma de me safar da confusão em que eu mesma me meti. Desejei simplesmente poder me fundir à madeira em que estava encostada. Eu não queria ter de lidar com a raiva que eu sentia estar vindo na minha direção. Ele deu um passo na minha direção, suas feições duras dando indício da tempestade prestes a estourar.

— Você deve imaginar o quanto o comissário Brown e eu ficamos surpresos ao descobrir que fomos nós quem demos permissão a você para entrar em contato com ela, e fiquei ainda mais impressionado ao me ver me desculpando e explicando que deve ter havido algum engano ou algum erro, ao mesmo tempo que implorava para que ela não desse mais entrevistas no momento.

Ele tentou se controlar. Tirou as mãos dos bolsos e cerrou os punhos. Eu preferia não entrar nesses joguinhos. Mordi o lábio inferior, a corda em que caminhava estava prestes a arrebentar.

— Sam — a voz dele subiu uma oitava —, sugiro que você não faça joguinhos comigo. Da próxima vez que usar meu nome para te abrir portas, e eu descobrir depois que isso foi feito, não vou pensar duas vezes antes de te prender na hora, esteja avisada. A única razão para você estar relaxando no seu apartamento e não sendo algemada e a caminho de uma cela é por causa do imenso respeito que sinto por Catherine, seja como colega seja como amiga. Eu não quero ter que provar que ela estava enganada ao confiar plenamente na protegida que agiu pelas costas de todos os envolvidos no caso, as mesmas pessoas a quem Catherine deu a própria palavra de que você era confiável. Como acha que ela vai se sentir quando descobrir que você, Sam, mentiu na cara dura e infringiu a lei? Que usou o nome de oficiais para abrir caminho para outra merda de artigo para o *Boston Daily*? Não precisa nem se dar ao trabalho de escrever qualquer coisa, já estou vetando a publicação. É a minha decisão final.

— Pode parar! — explodi. A decisão dele me deixou frustrada. — Posso seguir minha própria linha de investigação e publicar minhas descobertas sem a sua permissão. Posso não ter o privilégio de exclusivas de dentro da MCU, mas pelo menos não vou precisar dar satisfação de cada coisinha que quiser publicar. Vou dar duro para conseguir as informações de que preciso e publicá-las, não tenha dúvida disso. E quanto a Catherine, não me trate como criança e não fale comigo como se tivesse ideia de como é o nosso relacionamento; você não tem a capacidade nem informação prévia necessária para determinar o que Catherine e eu significamos uma para a outra. Eu posso ter cometido um erro e agido de forma injusta ou pouco razoável, e te devo desculpas por isso, mas não se atreva a duvidar dos meus padrões morais, chefe Torres.

— Padrões morais? Você só pode estar de sacanagem. Você faz o que bem entende sem pesar as consequências. Desde o momento que você apareceu na minha divisão, senti cheiro de encrenca. Meus instintos não estavam enganados, você é a encrenca em pessoa. O comissário Brown estava errado ao pensar que você poderia ser controlada.

"Você é igualzinha a todos os outros jornalista, sempre à espreita.

Ontem mesmo me prometeu que era a última pessoa com quem eu precisava me preocupar. E aqui estou, preocupado com você, e não pela primeira vez. Em vez de trabalhar no caso e fazer de tudo para salvar a vida daquelas meninas, estou apagando os incêndios que você acende em todos os lugares em que pisa.

"Você vai olhar para mim agora mesmo e jurar que vai parar de se meter no que não é da sua conta, e que vai pedir autorização prévia antes de fazer ou até mesmo cogitar fazer alguma coisa. Do contrário, vou ligar para o seu chefe e informar a ele que estou prestes a entrar com um pedido de segredo de justiça por causa da repórter dele. Você acha que vai conseguir explicar o que me obrigou a tomar uma atitude dessas?"

Não respondi. Ele começou a sair.

Em um impulso, coloquei as mãos no peito dele. Os músculos enrijeceram sob meus dedos que agarravam sua camisa. Seus olhos pegavam fogo quando ele segurou os meus pulsos e aproximou o rosto do meu, com a respiração mais acelerada. Com autoridade inquestionável, ele deu a ordem:

— Tire as mãos de mim.

Eu o soltei e dei um passo para o lado, permitindo que ele saísse. A porta se abriu e fechou com uma batida às suas costas. Eu me sentei, com as mãos ao redor dos joelhos, e tentei me acalmar.

Meu telefone vibrou no balcão da cozinha. Eu me levantei para ver quem era, e a foto de Catherine sorria na tela. As palavras de Torres ainda estavam na minha cabeça: "O que ela vai pensar quando descobrir o que você fez?" Eu me senti mal. Ele apresentou um viés que não tinha cogitado quando agi de forma impulsiva para tentar localizar Gail. Catherine havia me elogiado na frente do comissário e dado a ele a sua palavra de que eu estava com eles e que não faria nada para prejudicar a investigação. E como eu retribuí? Eu me encolhi só de pensar.

— Garotinha, como você está? — A voz amorosa irradiou do telefone.

— Catherine, eu...

— Sam, está tudo bem?

Eu queria ser sincera, aliviar a minha consciência. Contar que tirei evidência do quarto das meninas, que tinha diários que poderiam conduzir a uma descoberta significativa, que tinha brigado com Torres por ter agido contra a lei. Mas não consegui. Eu tinha prometido a Anna, e ela havia se tornado minha informante. E eu sempre mantive a confidencialidade dos meus informantes.

— Estou bem. E você?

Ela estava rouca, a aspereza em sua voz tendo sida causada pelo esgotamento.

— Eu estou exausta. Vou em casa dar uma descansada e voltar, precisamos cuidar de algo essa noite. Que tal a gente jantar amanhã se eu conseguir sair no horário normal? Posso pegar comida para viagem em algum restaurante e ir até aí.

— Exatamente do que estou precisando, senti saudade.

Ouvi alguém falando ao fundo; Catherine disse que daria notícias. Antes de ela desligar, não consegui deixar de perguntar se algo estava sendo feito com o recibo que entreguei a Torres no dia anterior. Ela disse que sim e desligou.

Eu me esparramei no sofá, querendo fechar os olhos por alguns minutos. Apaguei, e acordei no susto com o som do meu telefone tocando. Eram três da tarde. Eu tinha dormido duas horas e meia, e ainda tinha bastante trabalho a fazer.

Verifiquei as ligações não atendidas: cinco de Walter, uma de Robert. Enviei a eles uma mensagem automática de "retorno assim que puder" e me levantei.

Liguei o notebook, passei um café e acendi um cigarro. Tirei minhas anotações da bolsa e as repassei. Marquei os pontos em que queria me concentrar. Geralmente, levava um dia inteiro para escrever um artigo; agora tinha duas horas para terminá-lo antes de enviar para a publicação.

Pensei que precisaria de uma manchete criativa, afinal de contas não tinha nada sensacionalista nem nada a dizer que já não tenha sido dito.

REVELADO
Pais das meninas sequestradas falam pela primeira vez
Desde o dia que Lauren, Kyle e Megan foram sequestradas, os pais haviam se recusado a se dirigir ou dar declarações à imprensa.
O sr. e a sra. Wilson, pais de Megan, falaram do horror, das noites insones e da sensação de que a vida estava em suspenso desde que foram informados do sequestro da filha. Ao mesmo tempo, expressaram sua fé na polícia e a confiança na unidade de Crimes Graves.
Os pais de Kylie Jones estão convencidos de que a polícia está

fazendo todo o possível para encontrar os sequestradores e para trazer a filha deles a salvo para casa. "Creio que os investigadores estão trabalhando dia e noite para localizar as nossas meninas. É apropriado estarem tratando o caso como se tivesse sido o sequestro de um diplomata ou de um presidente de outro país" relatou a sra. Jones.

Na casa de Lauren Browning, fui recebida pela sua mãe, Anna. Ela se mostrou acessível e receptiva. Anna me contou que a filha era uma menina agradável e uma aluna excelente. Adicionou que reza para que as meninas voltem sãs e salvas para casa e que ela e o marido esperam que a investigação da polícia leve até elas. "Fica mais difícil a cada dia que passa. A ausência dela é uma dor indescritível. É claro que cenários complicados passam pela nossa cabeça."

As famílias fizeram a bondade de me relatar os dias difíceis pelos quais estão passando, tentando manter pelo menos um pouco da rotina. [...]

Digitei rápido. Eu não tinha intenção de pegar a aprovação de Torres para o artigo, pois ele já tinha me dado autorização para ir à casa das meninas. Revisei as oitocentas palavras necessárias e salvei o arquivo em uma nova pasta.

Eu me arrumei para sair: blusa de frio pesada, botas, casaco e bolsa. Chamei um táxi. Durante a corrida, li um dos diários de Lauren, retomando de onde tinha parado de manhã. Lauren escreveu que ela e "J" tinham se falado ao telefone uma tarde e que ele disse que além do trabalho na academia, havia começado outro; que precisava das horas, do contrário não conseguiria pagar o aluguel e a mensalidade. Ele era barman na boate Oak One no Meatpacking District. Li o quanto ela ficou animada por "J" ter servido uma bebida para Lindsey Lohan, e que o lugar atraía celebridades importantes.

Decidi usar as minhas conexões para entrar na boate sem ser barrada na porta. Usei o telefone para reunir informações sobre o lugar. Se eu conseguisse essa façanha, daria um jeito de encontrar o misterioso "J". Torci para que ele estivesse trabalhando quando eu aparecesse. Já que não tinha trazido roupa para usar nesse tipo de lugar, decidi que assim que enviasse o artigo, procuraria o modelito adequado: um visual jovem com um toque mais interessante. Eu teria que demonstrar certa ousadia para atrair o rapaz ao ponto de falar comigo; o estilo teria que ser "vida noturna nova-iorquina".

Primeiro notifiquei a Walter que havia enviado o artigo, então esperei enquanto ele o revisava, por fim dizendo que estava bom. Perguntei o que ele quis dizer por "bom", e ele respondeu que eu já fiz matérias melhores no passado, mas que ele ainda o publicaria na próxima edição. Talvez para aplacá-lo, e também para lembrar a mim mesma da minha independência jornalística, dividi com ele a informação que havia me levado a um bar badalado onde havia um jovem que estava ligado às meninas de alguma forma, e que havia uma chance de que através dele fosse conseguir alguma exclusiva. Pude ouvir a animação na voz dele. O homem me perguntou se havia alguma possibilidade de outra pessoa descobrir o rapaz. Eu disse que as chances eram mínimas, mas nunca dava para ter certeza. Antes de desligar, Walter perguntou se o artigo tinha sido autorizado; falei que havia recebido luz verde.

Apostei. De novo.

Antes de sair da redação, passei pela recepção. A jovem lá parecia descolada e na moda. Eu a abordei e perguntei se ela recomendava alguma loja em que pudesse comprar roupas boas para ir a uma boate. Ela pareceu receber bem a distração. Perguntou que tipo de boate, e quando mencionei o nome, ela ergueu as sobrancelhas.

— Tem certeza? — perguntou, hesitante. Expliquei que havia sido convidada por alguém da cena. Ela ligou para uma amiga que era dona de um estúdio de moda privado no Soho e comentou que a nata da vida noturna de Nova York era assídua lá. Ela marcou o horário e anotou o endereço em um post-it amarelo. — Ela vai te transformar em uma estrela — disse ela, e eu só podia confiar em sua palavra.

Vinte minutos depois, o táxi parou diante de um prédio de estilo industrial no Soho. A porta foi aberta por Mary, uma jovem que, descobri depois, tinha vindo da Inglaterra com o sonho de se tornar estilista em Nova York. O loft dela era decorado com muitíssimo bom gosto.

Conversamos por alguns minutos e, então, a mulher me pediu para tirar o casaco e ficar na frente dela. Eu disse que era importante que eu parecesse ousada, parte da cena.

Ela selecionou três vestidos extremamente curtos para que experimentasse e me acompanhou até o banheiro que servia como provador. Saí de lá usando um vestido prateado. Mary aplaudiu e zuniu ao meu redor.

A meia que ela chamava de vestido parecia mais uma disfunção da moda aos meus olhos: eu estava igualzinha a uma prostituta. Apesar da tarefa que havia me autoimposto, tinha meus limites.

Eu me recusei a sair usando o vestido seguinte depois de uma olhadela no espelho.

O terceiro era diferente. Embora fosse provocante, gostei da forma como acentuava as minhas curvas. Mary adicionou um longo cordão de contas transparentes e um par de botas de salto alto pretas. Também comprei um sobretudo que ia até os joelhos e amarrava na cintura. Saí seiscentos dólares mais pobre para uma aparição única.

Agradeci a ela e fui para casa, exaurida.

Lá, me joguei na cama, programei o despertador para as nove, cobri o rosto com o edredom e apaguei.

15

Depois de um banho quente, me senti outra pessoa. Tratei a pele com um hidratante e um perfume deliciosos.

Diante do espelho do banheiro, sob a brilhante luz de halogênio, apliquei a maquiagem: acentuei os olhos com uma sombra escura, fazendo um esfumado, para um efeito dramático. Para completar o look, apliquei rímel nos meus cílios longos. Passei o indicador em um potinho de brilho labial e o espalhei nos lábios. Sequei o cabelo, modelando as pontas. No quarto, tirei a toalha grossa que atava o meu corpo, vesti uma lingerie sexy e, com cuidado, calcei as meias pretas até a coxa. Passei o vestido por cima da cabeça, fiquei de pé e o puxei pelo meu corpo até onde a bainha cobria o detalhe rendado das meias. Tirei a etiqueta das botas, calcei-as, peguei o casaco e o coloquei sobre o banco da cozinha, em seguida me sentei.

Eram dez e vinte.

Acendi um cigarro e comecei a pensar no que faria no bar e se conheceria o "J". Como puxaria papo com ele, e como poderia transformar o assunto em algo mais que uma mera troca de palavras gentis? Estava querendo conseguir informações com ele, de preferência exclusivas. E também considerei a possibilidade de que talvez ele nem estivesse na boate naquela noite.

Eu me sentaria no bar em que ele estivesse trabalhando, pediria uma bebida com ele, talvez contaria que trabalhava com arte. De acordo com o diário de Lauren, ele tinha interesse em arte e sonhava se tornar um artista famoso. Talvez conduzir a conversa nessa direção fosse chamar sua atenção, e ele continuaria falando comigo.

Os jogos de sedução. Eu os odiava, mas, às vezes, como jornalista investigativa, era necessário dançar conforme a música. Disfarces e mentiras não eram incomuns na minha linha de trabalho. Eu sabia que fazer suposições poderia se transformar em um hábito equivocado.

Usei um aplicativo para chamar um táxi, apaguei o cigarro e joguei um chiclete de menta na boca para refrescar o hálito. Peguei a bolsa de noite e o casaco, em seguida fechei a porta.

No táxi, liguei para Ryan algumas vezes. Ele era um informante meu, um animal noturno.

Ele conhecia todo mundo, e todo mundo o conhecia, dentro e fora de Boston. Ryan era um DJ famoso e estimado que havia se encrencado com a justiça mais de uma vez. Foi assim que nos conhecemos. Nós interagíamos com regularidade. Infelizmente, dessa vez, eu não conseguia entrar em contato com ele, e não sabia o que fazer depois que chegasse à boate.

Quando o táxi parou na entrada, fiquei chocada ao ver as centenas de pessoas esperando do lado de fora. Que chance eu tinha de sequer passar pelo segurança? Fiquei decepcionada, ainda mais considerando tudo o que precisei fazer para chegar ali.

Eu me dei meia hora, e decidi que se não conseguisse nada, voltaria para o apartamento.

Fiquei atrás da multidão, depois abri caminho até que vi o segurança diante de mim. Assovios, acenos e dinheiro: tudo ao meu redor. Homens e mulheres fazendo de tudo para conseguirem passar pelas portas para adentrar a cobiçada terra prometida.

Depois de quarenta minutos, concluí que já tinha dado. O telefone vibrou na minha bolsa. Quando vi o nome de Ryan na tela, agradeci ao deus dos informantes.

— Me salva — gritei ao telefone.

Ele riu.

— Posso ouvir a música daqui. Onde você está?

Dei a ele o nome do lugar, e ele me disse para me aproximar o máximo possível da entrada VIP. Comecei a abrir caminho pela multidão, indo em direção à entrada lateral. Dez minutos depois, um jovem fashion de vinte e poucos anos apareceu e chamou o meu nome. Acenei para ele, quem sinalizou para o homem da porta ao apontar para mim, e o cara me puxou pelo braço e me ajudou a passar. Suspirei aliviada assim que entrei. Mandei mensagem para Ryan dizendo que devia uma a ele e adicionei um emoji de coração. Ele respondeu com um de piscadinha.

Era impossível não se impressionar com a Oak One. Era fiel ao nome: a Única, inigualável. E apesar da quantidade de gente lá dentro, ainda conseguia ver a decoração espetacular. Havia dois andares: um para os dançarinos, e outro para os "pensadores", como eram chamados pelas hordas da vida noturna nova-iorquina.

O piso em torno do bar era de azulejo preto e branco e a pista de dança tinha sido revestida por tacos da melhor madeira em um tom belíssimo de marrom. O contraste incomum servia para demarcar as várias áreas da boate. Olhei para o teto, que tinha pelo menos vinte metros de altura. Entre as vigas de madeira, lustres enormes e redondos iluminavam o imenso espaço com uma luz amarela e quente. Sofás redondos cor de mostarda estavam espalhados por ali e mesas redondas e pretas foram posicionadas ao lado deles. Quando vi um mural de macacos pintados ao longo da parede, eu ri, pensando que era uma escolha estranha. Uma pena eu não ter acesso à área VIP, era só para convidados.

Fiquei na ponta direita do bar. Meus ouvidos estavam começando a ficar surdos por causa da batida da música, e meu coração estava sincronizado com o baixo. Ergui a mão para chamar a atenção do barman. Eu ia pedir uma bebida e perguntar por um cara chamado Jay.

Os barmen se moviam feito máquinas bem lubrificadas. Atendiam aos pedidos dos clientes, recebiam o pagamento e serviam as bebidas. Vez ou outra, havia apertos de mão com clientes regulares. Os seis formavam um círculo, brindavam um com o outro e voltavam a trabalhar com perfeita eficiência.

Um deles veio até onde eu estava sentada. Ele pegou uma nota comigo e se inclinou na minha direção. Alto, fiz o meu pedido, uísque Jameson puro, duplo. Dois minutos depois, ele colocou o copo e o troco no balcão. Acenei uma nota de vinte para dar de gorjeta, o cara sorriu e me inclinei na direção do bar.

Fiz sinal com o indicador para ele se aproximar e perguntei:

— Tem algum barman chamado Jay trabalhando aqui?

Ele disse que não, e foi atender às pessoas sentadas perto de mim. Fiquei frustrada por não saber o nome do misterioso "J". Comecei a pensar em nomes que começavam com J. Havia dezenas, e a ideia de tentar um a cada vez que eu pedisse uma bebida estava obviamente fora de cogitação.

Os barmen se alternavam, e o que me serviu mais cedo havia ido para o outro lado do bar. Agora, um jovem segurando uma garrafa de Jameson estava parado na minha frente.

Ele encheu o meu corpo sem perguntar e disse:

— Esse é por minha conta.

Havia um sorrisinho enviesado no seu rosto. Ergui o copo em um gesto de agradecimento, e bebi. Ele assentiu. Olhei para a multidão. Fiquei impressionada quando vi Jacob Torres com uma mulher impressionante que mais parecia uma modelo com a cabeça encostada no ombro dele. O homem sorriu para ela. Eu me senti encolher. Peguei meu copo e comecei a me afastar do bar. Quando ergui a cabeça, nós cruzamos olhares.

O olhar impressionado dele mudou para um que não consegui definir. Eu queria fugir, talvez ele pensasse que tivesse visto alguém parecida comigo, pensaria que havia se enganado e o que ele está fazendo aqui? Parecia que o cara estava em todos os lugares em que me encontrava.

— Você sumiu lá na entrada. — O cara das relações públicas que tinha me deixado entrar na boate apareceu e me pegou pela mão. — Venha, você foi convidada para a área VIP.

Não fiz perguntas. Tirei vantagem da situação para evitar encontrar Torres, a saída era conveniente e elegante. Permiti que o homem me levasse lá para cima. Um cara que passou por mim ao descer as escadas parecia familiar. Eu me virei. Ele me lembrava do Colin? Apaguei aquele pensamento.

— Você vem? — o relações públicas me apressou.

Ele continuou subindo. Fiquei aliviada quando vi que o segundo piso estava lotado. Havia cadeiras ao redor do bar. Eu me sentei e sorri quando notei que o barman que havia acabado de me servir o drinque de cortesia lá embaixo havia ido para a área VIP. Quando ele parou na minha frente e disse "oi", pensei em perguntar se ele conhecia o "J". Foi quando ele se apresentou como Joel.

Quase me engasguei quanto ouvi o nome e o sotaque britânico carregado. Era possível que nesse preciso momento eu tivesse encontrado o misterioso "J"?

Estendi a mão para apertar a dele. Ele me surpreendeu ao pegá-la e beijá-la com gentileza, bem cavalheiresco. Joel deu alguns passos para trás e pegou a garrafa de Jameson.

— Foi isso aqui que você bebeu antes — parte pergunta, parte declaração, e serviu o líquido ambarino em um copo de uísque.

— Seu sotaque é muito charmoso — elogiei. E ergui a voz intencionalmente, para que ele ouvisse.

— Não consigo perdê-lo — disse o cara. Os braços dele, que no momento abrangiam o balcão, estavam adornados por joias. Braceletes de couro nos pulsos e, em cada dedo, um anel.

Um deles era incrivelmente parecido com o de Gail, com a mesma pedra verde. Não consegui deixar de imaginar se ele o dera a ela e, se sim, por quê? Algo aconteceu entre eles que o fez dar um presente desses a ela?

Pareceu que estava encarando há algum tempo quando Joel perguntou:

— Gostou? — ele ergueu meu queixo com os dedos. Fiquei surpresa pelo toque íntimo. Um sorriso travesso apareceu e se espalhou por seu rosto.

— De onde no Reino Unido?

— Gales — respondeu ele, e notou que eu não havia respondido a sua pergunta.

Ele se inclinou para frente e perguntou o que uma garota como eu estava fazendo sozinha ali.

— Me divertindo — respondi.

Àquela altura, eu sabia que talvez estivesse lidando com um possível suspeito, um de que a polícia não sabia. Por um lado, não queria que ele pensasse que estava sozinha. Por outro, precisava fisgá-lo para que ele falasse comigo e eu conseguisse a informação que vim procurar. Esperava que meu sorriso fosse sedutor, bebi o uísque de um só gole. A queimação na garganta me atingiu de uma vez só. Precisei recompor a expressão para olhar para ele, e só poderia fazer isso se me sentisse livre e desinibida.

Saber que Jacob estava lá embaixo era ao mesmo tempo reconfortante e aflitivo. Ele estava com outra mulher. A imagem me aborreceu, e refletiu uma inveja inexplicável, desconhecida e ameaçadora. Joel serviu dois shots e nós brindamos. Bebemos. Lembrei a mim mesma que apesar do que estava sentindo por Jacob, meu propósito ali era totalmente diferente.

Elogiei a aparência de Joel e disse a ele que já fazia um tempo que estava procurando um modelo masculino para pintar e que ele seria perfeito para o trabalho. Ele logo demonstrou interesse.

— Você é artista? Pintora?

Assenti. Contei que tinha uma galeria em Boston e que tinha vindo a Nova York para promover um projeto especial, para encontrar aquela pessoa singular, o artista a quem eu dedicaria minha próxima mostra solo. As mentiras se derramavam com facilidade. Joel me contou que seu maior sonho era se tornar artista e, sem nem hesitar, sugeri que nos encontrássemos para que ele me mostrasse seu trabalho.

Do ponto de vista dele, esse talvez fosse um sinal de que ele poderia mudar a estratégia, levar as coisas mais adiante. O cara começou a dar em cima de mim. Sugeriu que posássemos nus um para o outro, que eu o deixasse me pintar. Ele me cobriu de elogios, falou da minha feminilidade, da minha maturidade e comentou que estava mais interessado em mulheres que em meninas. Eu ri e pedi para que ele enchesse o meu copo.

Ele chegou o mais perto que pôde. Eu fiquei abismada.

O pensamento de que ele talvez tivesse algo a ver com o sequestro das meninas me deixou aterrorizada, e ficou claro que estava assumindo um risco. Na verdade, suspeitei do entusiasmo que ele demonstrou para comigo sendo que eu sabia que ele gostava de meninas menores de idade. Uma luz vermelha começou a piscar na minha cabeça. Mas, ao mesmo tempo, me recusei a recuar. Disse a mim mesma que não podia levantar qualquer hipótese sem descobrir e verificar quem ele era.

Ele parou ao meu lado. Notei seu corpo musculoso; sem dúvida nenhuma poderia ser o de um personal. Eu entendia por que as meninas o acharam atraente. Ele era um homem lindo com um físico atlético impressionante.

Ele se inclinou no meu ouvido e sussurrou:

— Esqueça a outra bebida. Vamos, vou te dar uma provinha de algo melhor.

Eu o segui. Atravessamos a porta para a sacada dos fundos. Outro casal nos seguiu, não ficou muito longe da gente, e começou a dar uns amassos. Joel riu e, abruptamente, agarrou a minha cintura.

— Você está muito longe. Vem, chega mais perto. Vai ficar mais aquecida ao meu lado. — Um medo teimoso se arrastou pelo meu corpo.

Joel tirou uma garrafinha de vidro do bolso da camisa. Eu me lembrei do sopro do diabo, a droga paralisante, e o medo me fez me afastar. Ele ficou surpreso com a minha reação, me puxou para si, abriu a tampa, que estava presa a algo parecido com um palito e uma colherinha na ponta. Ele levou aquilo à narina, inclinou a cabeça para trás e seu rosto ficou distorcido. Eu sabia que ele estava cheirando cocaína e que tinha consumido uma dose considerável. Ele estendeu a colherinha para mim; havia um montinho de pó nela.

Balancei a cabeça e disse:

— Se você tivesse me falado que era isso que quis dizer com algo melhor, teria respondido que estava de boa com a minha bebida.

— Experimenta — insistiu ele —, é excelente. E não existe isso de divertido demais, quanto mais, melhor.

Eu precisava fazer algo para conquistar a confiança dele. Passei o mindinho sobre seus lábios para remover um pouco do pó, então o esfreguei na gengiva e o lambi. Eu tinha visto isso ser feito nos filmes.

— É da boa mesmo, mas, sabe, eu já bebi muito e cheirei algumas linhas mais cedo, e preciso parar de pé. A noite ainda é uma criança.

Ele se inclinou e tentou me beijar.

Cobri a sua boca com a mão.

— Aqui, não — falei e me afastei do seu corpo ao apontar para o casal perto de nós, indicando que não estávamos sozinhos. Acendi um cigarro, tentando acalmar os nervos. Ele pareceu decepcionado. Eu precisava dar um jeito de contornar a situação, manter o cara ocupado com outra coisa.

— Então, como foi a mudança de Gales para Nova York?

Ele respondeu com indiferença:

— Longa história. Está frio, e eu preciso voltar para o bar.

Ele passou o braço pela minha cintura e me conduziu de volta para dentro.

Eu estava pronta para ir embora. E me perguntei se deveria sugerir que nos encontrássemos de novo. Enquanto me levantava, vi Joel se inclinar para trás quando uma mão pousou em seu ombro. Antes que eu pudesse entender o que estava acontecendo, ouvi uma voz conhecida pedir um uísque puro.

Jacob.

Ele me puxou para si e me beijou com vontade. Afastei os lábios de sua boca; eu queria protestar. Ele continuou segurando meu rosto com firmeza e murmurou cheio de confiança:

— Nós fizemos uma busca no lugar. Há uma operação secreta em curso no momento. Você está fazendo amizade com o suspeito.

Percebi que a MCU esteve seguindo Joel, quem, nesse meio-tempo, havia voltado com a bebida que Jacob pediu.

— Obrigado, cara — Jacob falou ao pegar o copo —, vi que você conheceu a minha esposa. — Joel pareceu surpreendido e decepcionado.

Levei a mão até a minha cintura e tentei me desvencilhar da mão de Jacob. Ele quase me fez voar quando me arrastou para a pista de dança. O homem me segurou pelos ombros e me sacudiu.

— O que você está fazendo aqui? Puta que pariu.

O olhar dele me fez virar pedra. Seus braços me colaram em seu corpo, o joelho se enfiou entre as minhas pernas e ele moveu a pélvis ao som da música. Por um instante, me descolei de tudo o que estava se passando. Tudo o que podia sentir era sua dureza masculina encostada em mim, implorando para que me movesse em sincronia com ele. Ele me apertou com mais força e sua mão espalmou a minha lombar.

O olhar inquisitivo de Joel me espiando me fez voltar à realidade.

Sorri para ele. Não podia deixar que ele visse o quanto eu estava infeliz por ter o meu marido ao meu lado, mas senti como se estivesse prestes a explodir.

Dividindo as palavras em sílabas, eu falei:

— Tire as mãos de mim antes que eu grite e arruíne a sua operação.

— Lide com as consequências. Você se meteu nessa confusão. É minha esposa agora, quer queira, quer não, e é minha obrigação proteger você.

Seu rosto se aconchegou na curva do meu pescoço; seus lábios pairaram sobre a minha pele.

— Assim que dermos o fora daqui, você vai me dizer tudo o que sabe sobre ele e como conseguiu entrar aqui. E se dessa vez você acha que eu não vou usar tudo o que estiver ao meu alcance, está enganada.

Seus dedos cravaram na minha pele; eu gemi, sem querer. Torres arquejou no meu cabelo, e nós nos esfregamos um no outro. Senti meu corpo enfraquecer sob seu toque. Seus dedos deslizaram lentamente das minhas costas para minha bunda enquanto dançávamos. LP, a cantora, cantava *Lost on You* com sua voz singular. Ergui as mãos até a nuca dele, afagando as pontas dos seus cabelos. Ele apoiou a testa no meu pescoço, e a letra da música pareceu se revirar no espacinho que havia entre nós.

Diga que você me ama mais do que me odeia o tempo todo.

Ele me ergueu no ar. O homem dançava com uma sensualidade irresistível.

E me soltou de repente, girou e levou o punho até a orelha.

— Não deixe o cara escapar — deu a ordem.

Tentei entender o que estava acontecendo. Uma olhada rápida para o bar, e ficou claro que Joel tinha sumido. Torres me agarrou pelo pulso e começou a andar rápido, abrindo caminho entre os dançarinos. Percebi que essa era a minha chance, me desvencilhei de sua mão, me curvei e sumi em meio às centenas de pessoas dançando. Eu queria tentar encontrar Joel por mim mesma antes de ele desaparecer.

Um corpo grande pairou sobre mim e agarrou o meu braço.

Colin.

Dessa vez, ele não foi educado. Ele falou no microfone pequeno que estava preso em um botão da sua camisa.

— Torres, ela está comigo. — Depois de um momento de silêncio, ele adicionou: — Sem problema; eu cuido disso.

Entendi ao que ele se referia quando me levou até o carro.

Tentei falar com ele, mas Colin não me deu ouvidos e parecia estar muito bravo. Eu não sabia se era por ter me visto com Torres ou se foi porque eu havia sabotado a operação. Quando as portas do carro foram trancadas e começamos a nos afastar, ele se virou para mim e perguntou:

— O que você estava fazendo na boate, Sam? — A voz dele estava severa.

— Me leva para casa — respondi, ainda olhando pela janela.

O trajeto foi feito em silêncio. Quando ele parou na calçada, saltei lá de dentro. Deixei a porta do carro aberta e corri para o prédio. Colin me chamou, mas eu não parei. Tirei as botas no lobby.

Abri a porta do apartamento com pressa e larguei as minhas coisas no balcão da cozinha.

Eu estava tirando o vestido quando ouvi uma batida na porta. Peguei o roupão e o envolvi ao redor do meu corpo. Pensei que Colin havia subido para me interrogar.

Mas, em vez dele, foi Torres quem entrou com tudo.

Ele bateu a porta assim que passou, e as paredes tremeram.

16

— Sai! Você tem que ter muita coragem para aparecer aqui e invadir o meu espaço pessoal. — Segurei a porta aberta, esperando que ele fosse embora sem nem olhar na cara dele. O homem me ignorou.

— Você se mete no meu caminho quando estou no meio de uma operação à paisana, e sou eu quem tem coragem? Vista-se, você vai comigo para a delegacia.

— Você vai ter que me arrastar à força, não vou a lugar nenhum com você.

— Não ache que eu não vá fazer isso. Do meu ponto de vista, Sam, ou eu te levo para a sala de interrogatório, onde vou me sentar na sua frente pelo tempo que for necessário até você falar, ou você me explica aqui e agora como chegou a Joel. E não se atreva a começar com as suas historinhas.

— Tire as suas próprias conclusões — retruquei — jornalistas também têm informantes, igual à polícia. — Esperei que a minha expressão não entregasse a tempestade que se reunia dentro de mim.

— Você joga uma informação ou outra no ar e acha que vou me satisfazer com uma resposta vaga? Por que a gente não faz um exame de urina e vê se há traços das linhas de cocaína que você consumiu com o suspeito?

— Como é que é?!

Bati a porta com força e parei diante dele.

— Você acha mesmo que pode me assustar para me fazer contar? Você pretende atirar uma acusação de drogas nas minhas costas? Essa atitude previsível, que é baseada em hipóteses malucas, não vai te levar a lugar nenhum.

Ele estreitou os olhos.

— Hipóteses malucas? Há evidências e está documentado. Os dois detetives do seu lado lá na sacada tiraram umas fotos muito interessantes de você cheia de amor para dar com o Joel. Mas o que eu quero mesmo é saber como você chegou a ele, e como, em uma hora, os dois acabaram tão cheios de intimidade. Você já conhecia o cara?

— Não! — Ergui a voz. — Eu o conheci hoje. E quanto a como eu faço o meu trabalho, e como ficamos cheios de intimidade... não é da sua conta, Torres. — Eu ri. E estava puta. — Não me peça para te ensinar os meus métodos de trabalho.

— E que método, Sam. — Ele me disse de forma altiva e cínica.

Eu não permitiria que ele estivesse na vantagem.

— Você faz parecer como se tivesse me visto trepando com seu suspeito em plena pista de dança no meio de uma festa regada a drogas. Ótima observação, Jacob, você é sempre tão afiado assim quando está interrogando alguém? Esqueceu que, assim como você, estou tentando fazer o meu trabalho?

"Permita-me te lembrar que sou repórter investigativa, e você está me deixando de mãos atadas, tentando evitar que eu faça meu trabalho desde que cheguei a Nova York e apareci na MCU. Se já estamos entrando na legalidade das coisas, no momento estou sendo interrogada sem que tenham recitado para mim o Aviso de Miranda, enquanto você, que invadiu o meu apartamento, está me mantendo como suspeita, na verdade, como refém, sem representação legal. Eu vou ser clara agora, você está abusando da sua autoridade. Eu também tenho coisas a dizer para e sobre você."

Ao parar para pensar no que eu disse, Jacob cruzou os braços.

— Vai se fazer de mártir, Jacob? Eu vi aquela mulher se jogando em você e com a cabeça no seu ombro. Você sorriu para ela e afagou o rosto dela. Era parte da sua gloriosa operação à paisana? Você não me ouviu dizer um ai sobre seus métodos de trabalho. Então por onde anda a sua integridade, chefe Torres?

Ele estava furioso.

— Você está falando de uma garota se jogando em cima de mim? Ela é uma detetive que trabalha para mim e que participou da operação de hoje. O que você viu foi planejado de antemão como parte do processo; era para que parecêssemos um casal. Foi uma exibição; era assim que poderíamos ficar no bar sem que Joel desconfiasse.

"Você, por outro lado, não dá um tempo. Cada vez que eu viro a cabeça, eu te vejo se aproximar de outra pessoa. Se não é do Colin, é do Michael, seu namorado, e agora o Joel, e você tem a coragem de me criticar?

"Em quantas frentes você está jogando para conseguir vantagem? Eu não te devo explicações. Me permita te lembrar, sou eu quem faz as perguntas, e é você quem as responde, simples assim. Não tente me tirar do prumo com falsas acusações, quando, na verdade, você não me deu nenhuma resposta. Estou perguntando pela última vez: como você chegou ao suspeito?"

Eu odiava a presunção dele. O cara estava agindo como se fosse o todo-poderoso. Atravessei a sala e olhei pela janela, tentando focar em algo que não fosse Jacob. Curvei a cabeça. Eu sabia que ele não largaria o osso, então era melhor eu dizer alguma coisa, mesmo que fossem meias-verdades, só para que ele fosse embora e me deixasse em paz. Lidar com ele estava se provando impossível, mesmo para alguém combativa como eu. Eu me sentia derrotada.

— Eu estava farejando ao redor da loja que emitiu a nota que te entreguei. Um dos funcionários recomendou algumas academias na região. Dei sorte, e em uma delas uma moça me mostrou o lugar. Conversamos, e falei que estava querendo malhar com um personal, e que ele precisava ser jovem, profissional e inteligente. Ela mencionou o Joel e disse que nos dias que ele não estava na academia, trabalhava no bar de uma boate exclusiva. As coisas meio que progrediram daí.

Por dentro, estava começando a me arrepender da promessa que fiz a Anna. Como jornalista, não demorou muito para eu pegar os buracos e a incoerência da história que inventei. Senti o quanto os diários de Lauren me enfiaram em um emaranhado de mentiras. Eu não gostava nada disso, para dizer o mínimo.

— Ele não me contou nada, e não consegui descobrir nada. Meus esforços foram em vão. Eu não usei drogas com ele, fingi que já tinha consumido. Também não o deixei me beijar quando tentou. Não sou quem você pensa que eu sou. Sou uma pessoa decente. Nunca usei homens para obter vantagem, nem para qualquer outro propósito. Colin me chamou para tomar um café, e eu vi como se fosse um gesto amigável, nada mais. Quanto a Michael, eu mesma não sei o que somos. Você estava ouvindo uma conversa escondido, ainda não consigo acreditar que ainda estou me explicando para você. Eu não estava pulando a cerca, nem dando falsas esperanças a ninguém. Mesmo que a seus olhos tenha parecido o contrário.

Eu me senti sufocar.

Enquanto eu falava, não percebi que ele havia se aproximado pelas minhas costas. Bem perto de mim. Seu fôlego quente soprou o meu cabelo e o espalhou sobre a minha testa. Ele envolveu os braços ao meu redor. Então suspirou e sussurrou no meu ouvido:

— Me expulse daqui. Me diz para ir embora ou… não vou ser capaz de parar.

Eu não conseguia me mover. Senti que mesmo com o menor dos

gestos, o cara se afastaria e eu perderia o que ansiava mais do que qualquer coisa: ele.

Jacob me apertou com mais força, e consegui sentir minha necessidade por ele. Lutei com a lógica que tentava penetrar meus pensamentos e me pressionei a dizer para ele ir embora e nunca mais voltar.

— Sam. — A voz profunda me incitou tanto a recusar quanto a aceitar. Eu não disse nada.

Sua mão subiu para a minha cabeça, afagou o meu cabelo, puxou-o para o lado. Com cuidado, Jacob puxou o colarinho do meu roupão de cetim para baixo e roçou os lábios na minha nuca. Sua barba esfregou lá, a língua viajou ali, deixando para trás um rastro de ar fresco. Suspirei quando ele beijou meu ombro direito.

— Jacob — sussurrei o seu nome.

— Tire — disse ele.

Desatei o roupão. Minha cabeça se apoiou no vão entre o seu ombro e a clavícula. Eu me encolhi quando sua boca se moveu para o meu pescoço, mordendo de levinho, sedutora. Eu conseguia ouvir a forma como a respiração dele ficou ofegante logo que o meu roupão caiu no chão. As mãos grandes seguraram os meus seios, e ele os massageou de levinho. Então apertou com força, beliscando os mamilos eretos. Uma sensação estimulante se intensificou na minha boceta latejante. Gemi.

Os dedos iam e vinham na minha barriga. O braço se apertou ao redor da minha cintura enquanto a outra mão penetrava a borda da minha calcinha de renda preta. Os dedos abriram o meu sexo, tocando o centro incendiado. Arqueei as costas e gritei quando ele meteu os dedos com força. Sem parar. Os fluidos de desejo se misturavam dentro de mim, meus joelhos tremiam e minhas pernas ameaçaram fraquejar sob eles.

— Você está tão molhada — ele sussurrou ao me virar, então me segurou pelo pescoço e atacou os meus lábios.

Tínhamos perdido o controle.

Ele rasgou a minha calcinha, e eu arranquei a sua camisa do corpo. Sua boca absorveu os meus gemidos conforme ele continuava a estocar os dedos dentro de mim, esfregando o meu clitóris com o polegar. Afastei os lábios dos dele.

— Eu te quero dentro de mim — falei, praticamente arquejando.

Toquei seu peito musculoso e passei os dedos pela barriga tanquinho. Lambi os seus mamilos. Eu o ouvi gemer quando agarrei o piercing que atravessava um deles. Minhas mãos agarraram suas coxas como se eu estivesse agarrando os chifres da sua tatuagem. Nossos olhares trancaram um no outro.

— Não posso esperar — ele gemeu, e me ergueu para si. Os braços musculosos envolveram minhas coxas. Eu gritei. Como ele, eu estava enlouquecida de paixão.

Percebi que estivemos nos movendo quando minhas costas atingiram a parede. Jacob chutou os sapatos para longe. Eu desabotoei a sua calça. Conforme ele tirava uma camisinha da carteira, puxei sua boxer para baixo. O pau estava duro feito aço, ereto. Ele vestiu a camisinha, e começou a entrar em mim, com o rosto bonito bem perto do meu. As obscenidades saindo de sua boca me excitaram quando ele penetrou minhas paredes internas, estocando com força.

Cravei as unhas nos seus ombros.

— Isso, isso — gemi, à beira do orgasmo.

— Vamos lá, Sam, agora!

Era como se a minha mente tivesse processado a ordem, e meu ventre se contraiu. Uma onda de prazer inundou todo o meu corpo. Pulsei ao redor dele, gemendo.

Ficamos juntos conforme ele me jogava na cama e se enfiava mais fundo dentro de mim. Perdi o fôlego. Gritei em sua boca, beijei-o com tudo e mordi seu lábio inferior. Ele gemeu de dor combinada com paixão, segurou meus joelhos e abriu ainda mais as minhas pernas. "Toro" meteu em mim impiedosamente. Ele soltou o beijo e apoiou a testa na minha enquanto gotas de suor deslizavam por seu rosto e por seu corpo. Saboreei a sensação dele estar tão fundo dentro de mim, me preenchendo.

— Goza comigo, quero te sentir quando você chegar ao orgasmo.

Meu clímax galopou na direção do dele.

Jacob se ergueu sobre mim, esticou os ombros largos e o corpo enrijeceu quando seus solavancos descontrolados e gemidos desenfreados me fizeram gozar chamando o nome dele. Ele estocou, prolongando o meu orgasmo, então desabou nos meus braços. Ficamos assim, com ele dentro de mim, por um bom tempo. Recusando-nos a nos separar. Então ele se retirou, removeu a camisinha, me puxou para os seus braços e cobriu a nós dois.

Não falamos nada. Nós nos olhamos. Ele acariciou o meu rosto e me beijou com delicadeza, penetrando minha boca com a língua. Pela primeira vez, senti necessidade por um homem, eu quis me aconchegar nele.

Seu polegar traçou os contornos do meu rosto quando ele sussurrou:
— Você é linda.
E eu me rendi ao seu calor.
Adormeci.
Quando acordei, não fazia ideia de quanto tempo tinha se passado.
A cama se moveu. Jacob pegou a calça e tirou o celular de lá. Estava tocando alto.
— Torres — ele atendeu com a voz rouca, espalhado na cama.
Eu o vi fechar os olhos, e em seguida se sentar de supetão. Eu me sentei também, cobrindo-me com o edredom, e apoiei a mão em seu ombro.
Ele se virou para mim, e não abriu os olhos.
Entendi que algo ruim tinha acontecido quando ele disse:
— Estou a caminho.
Ele desligou, segurou meu rosto e falou:
— Volte a dormir. Eu tenho que ir.
Eu o observei procurar pela camisa e os sapatos.
— Tem algo a ver com as meninas?
Ele assentiu.
Senti meu estômago revirar.
— Por favor, me conte.
Ele encontrou a camisa no chão de taco e respondeu:
— Megan foi assassinada.

— Não acho que seja uma boa ideia — disse ele, ao colocar a arma no coldre. Jacob olhou para mim e tentei passar a impressão de que estava implorando. — Vá se vestir.

Pulei da cama.

— Vou ficar de longe, você não vai nem notar a minha presença, prometo.

— Você não pode fotografar nada na cena do crime, e nada de vazar qualquer coisa para o jornal em que você trabalha antes de a família ser formalmente notificada e a polícia emitir uma nota à imprensa. Nada de exclusiva.

Era tudo óbvio para mim; afinal de contas, eu era uma jornalista experiente que escrevia sobre crimes.

— Tudo bem — assegurei quando ele me ajudou a colocar o casaco. Saímos apressados.

No caminho, ouvi vários chamados pelo rádio do carro de Jacob. Ele atendeu uma ligação, trocou a frequência do rádio para uma silenciosa e deu a ordem ao seu pessoal em campo para que isolassem a cena do crime, ou pelo menos foi o que captei do que estava sendo dito.

— Jacob — segurei a mão dele e apertei de levinho —, não me leve até a cena do crime. Eu chego lá a pé.

Pensei que sermos vistos chegando juntos era uma péssima ideia. Seria terreno fértil para especulações e falsas acusações. Eu tinha certeza de que ele não ia querer que nos tornássemos a fofoca da delegacia. Em uma de nossas conversas, ele mencionou que mantinha a ética profissional, e que não saía com pessoas com quem trabalhava, mesmo aquelas que estavam remotamente envolvidas com o seu trabalho. Mas minha razão principal tinha a ver com Catherine, Colin e Laurie; eu preferia evitar olhares curiosos.

— É claro — ele me deu uma olhadela, manteve a mão esquerda no volante e levou a outra ao porta-luvas. — Ponha isso, e vai conseguir passar sem ser barrada pela polícia. — Ele me entregou uma credencial de imprensa, e agradeci. Jacob apontou adiante, e através do para-brisa, consegui ver onde a polícia estava. Ficava a cerca de vinte metros. Ao longo dos anos, estive em muitas cenas de crime, e sempre fiquei de fora. Nunca atravessei a faixa amarela, e assim como outros repórteres e fotógrafos, era sistematicamente mantida fora de lá pela polícia.

— Ei. — Ele puxou o meu casaco quando eu estava saindo do carro. Caí de volta no assento. — Me disseram que está bem feio, não chegue perto.

Achei o comentário desnecessário, e embora não pudesse ignorar um certo impulso de proteção lá, ainda fiquei irritada. Afinal de contas, já tinha visto centenas de fotos de assassinatos, dezenas de fotos de vítimas de crime. Passei uma boa parte da vida rodeada por pessoas cuja profissão era solucionar crimes e levar os culpados à justiça. Foi assim com Robert, com Catherine, e a verdade era que a maioria dos meus parceiros tinham sido policiais.

É claro, nunca fui preparada para me deparar com uma morte impiedosa, torpe e maligna, mas havia desenvolvido resiliência; foi necessário. Eu me via como parte do sistema. Assenti, saí do carro e fechei a porta sem olhar de novo para ele.

Lá fora, a temperatura pela manhã bem cedinho estava baixa. Abotoei o casaco e caminhei rápido para me aquecer. Pensei no que diria a Catherine quando ela me visse e perguntasse como fiquei sabendo do assassinato, e quem me informou. Também pensei no que poderia ver na cena, e no que Jacob quis dizer ao falar que estava "bem feio". Eu não queria entrar no turbilhão emocional à minha espera. As meninas, todas as três, tinham se tornado parte da minha vida. Os pensamentos, as decisões, as esperanças secretas, a vitalidade juvenil, a ingenuidade delas... tudo havia se tornado parte de mim. Eu as conhecia muito bem e na intimidade, e elas estiveram comigo o tempo todo nesses últimos cinco dias.

Imersa em pensamentos, senti alguém bater no meu ombro. Não tinha notado que estavam vindo na minha direção. Perdi o equilíbrio e amorteci a queda com a palma da mão. Eu me virei para ver quem foi a pessoa que nem se importou de parar e pedir desculpa. Meus olhos se arregalaram. Eu não tinha certeza, mas mesmo na difusa luz cinza-azulada do céu matutino, vi um homem de capuz, igual ao que tinha visto há dois dias. Ele sumiu dentro de um beco. Eu me levantei, bati a poeira das mãos e continuei indo até a cena do crime. Precisava parar de conjurar todos os tipos de cenários imaginários.

Um enxame de policiais e detetives estava ao redor das viaturas com as luzes azuis e vermelhas piscantes. A cena do crime foi demarcada e as pessoas lá dentro se moviam rapidamente ao redor, falando nos rádios bidirecionais, pedindo reforços. As portas da van da perícia tinham sido deixadas abertas, os peritos, usando macacão branco e luvas, já estavam lá. Uma linha pontilhada foi marcada nos degraus que levavam a uma igreja com uma cruz enorme no alto da torre. O edifício parecia ter sido plantado no meio do parque. Olhei ao redor, buscando uma placa para me localizar. Não vi nenhuma. Guardei na cabeça para perguntar a Jacob ou Catherine.

Ergui a fita amarela com a intenção de entrar na cena quando um patrulheiro de cabelos vastos avançou na minha direção, gritando para eu recuar. Acenei a credencial que Jacob tinha me dado. Quando ele disse que aquilo não bastava, tentei apelar para o seu bom senso, mas ele insistiu para que mostrasse outra identificação. Falei que tinha deixado a bolsa em casa, que tinha vindo com a permissão do chefe da MCU, e que não estava com nenhum documento. Ele dispensou meu argumento com um aceno e apontou para que eu fosse embora. Ainda na frente dele, liguei para Jacob e entreguei o meu telefone. Em questão de segundos, tive autorização para entrar.

Da porta da igreja, dava para sentir a tensão lá dentro. A perícia se movia com eficiência hesitante.

Não vi Jacob, Colin nem Catherine. Ainda estava escuro além do corredor lateral, e os policiais pareciam sombras. Fiquei ali pelo corredor. Havia dois detetives lá, discutindo por onde o assassino devia ter entrado e saído. Eu estava inquieta, não podia ir mais adiante, e nem podia voltar porque o perito tinha começado a jogar pó nas escadas e no caminho de pedras que levava até lá.

Minutos mais tarde, vi Colin caminhando rapidamente na minha direção, mas não era de mim que ele se aproximava, nem sequer me viu. Foi direto para os dois padres que estavam de pé no primeiro degrau. Eu o vi tirar um bloquinho do bolso e anotar o que eles estavam dizendo. Havia coisas de que a tecnologia não era capaz, pensei, os bons e velhos papel e caneta eram com o que os detetives contavam.

Parecia que horas se passaram, sendo que, na verdade, levou poucos segundos para compreender o que estava bem diante dos meus olhos.

O corpo de Megan tinha sido espalhado nas escadas. Eu não havia notado o quanto estava perto dela.

Entre o primeiro e o segundo degrau, o corpo da menina jazia em uma posição comum de Virgem Maria. A cabeça estava curvada em direção ao ombro esquerdo, os olhos ficaram abertos e dos cantos desciam manchas do que parecia sangue seco que tinha escorrido por sua bochecha. O tecido longo envolvido ao redor do seu corpo drapejava para baixo e cobria o primeiro degrau. Os braços delas estavam dobrados sobre o peito como se ela segurasse um bebê e, atravessada no baixo-ventre, havia uma mancha vermelha no robe branco.

Parecia que tinham dado um nó na minha traqueia.

O pessoal da perícia trabalhava com cautela. O clique das câmeras era acompanhado pelos sussurros. Notei um grupo de detetives que havia se reunido ao redor de Jacob e Catherine. Ouvi os murmúrios deles: unhas, DNA. Eles se curvaram sobre Megan e viraram as mãos dela. Iluminaram a pele com luz ultravioleta. Um deles apontou para umas marcas.

Jacob se aproximou mais. Com cuidado, ele afastou o robe do corpo dela. Os detetives estremeceram.

Megan estava deitada em uma piscina de sangue fresco. Embora a pele estivesse pálida e limpa, por baixo da roupa ela tinha sido espancada, cortada, praticamente serrada. Fiquei tonta. Meus joelhos fraquejaram. Olhar fotos das vítimas era completamente diferente de ficar parada ao lado de um corpo que tinha acabado de perder a vida. A visão era aterrorizante e o fato de eu ter visto umas coisas bem feias antes não fez nenhuma diferença. Vi os lábios de Jacob se moverem, mas não ouvi nada. Parecia que o mundo estava parado, em silêncio absoluto.

Vi Catherine apontar o que parecia incisões a faca indo da virilha até o baixo-ventre. Havia cortes e talhos na parte interna de suas coxas também. Os cortes eram claramente visíveis, profundos e ainda sangravam.

Catherine ouvia com atenção o relato do homem mais velho. Inclinei a cabeça na direção deles, mas só captei umas poucas palavras "nas últimas três horas". Concluí que o homem era um legista e que estava tentando estimar a hora da morte.

Um dos peritos extraiu um objeto reluzente da barriga de Megan. Colin o colocou em um saquinho de evidência esterilizado e o entregou a Jacob, que o passou a outro perito que guardou o objeto na caixa. Eles se moviam ao redor, observando, e apontaram a luz ultravioleta para as marcas nas coxas de Megan. Parecia que ninguém emitia um ai.

Em seguida, os detetives recuaram ao mesmo tempo. Dois homens de jaleco branco chegaram com uma maca. Eles ergueram Megan, colocaram a menina em um saco para cadáver e o fecharam.

Minhas pernas me fizeram recuar, como se tivessem vontade própria, como se estivessem separadas de mim. Eu senti a extensão da maldade humana crepitar no meu corpo. Eu me curvei e me recostei na mureta de pedra ao lado da igreja, descarreguei tudo o que estava no meu estômago.

Alguém segurou o meu cabelo.

— Sam. — A voz profunda de Jacob penetrou a minha consciência.
— Imaginei que seria demais.

Limpei os cantos da boca e tentei respirar fundo. Eu me ergui, me virei e olhei dentro de seus olhos.

— Estou bem — falei.

Jacob limpou o canto do meu olho com o dedo, deve ter havido lágrimas.

— Vi muitas cenas de crime na minha vida. Essa foi uma das mais difíceis para mim também. Vamos lá, vou arranjar alguém para te levar para casa.

— Não — deixei escapar. — Estou bem.

— Estamos nos preparando para ir à delegacia. Os pais já foram notificados, e a polícia os levará para identificar o corpo. Preciso estar lá quando eles chegarem e conversar com eles antes que façam uma declaração para a imprensa.

— Se estiver tudo bem, gostaria de ir contigo.

Ele considerou o que eu disse. Não havia nada mais a adicionar, e eu certamente não ia contar a ele sobre a menina vulnerável e delicada que vim a conhecer. Sobre o brilhantismo que havia identificado nos argumentos um tanto quanto filosóficos que lhe ocupavam a mente brilhante. Sobre o espírito meio travesso que inspirou pegadinhas impressionantes. Sobre a pessoa afetuosa, sincera e aberta que era Megan Wilson.

— Onde estão Catherine e Colin? — perguntei.

Ele demorou para responder.

— Já foram. Eles não te viram. Estamos correndo contra o tempo. Eu preciso me concentrar.

Não precisei entender a última parte do que ele disse, mas quando fez sinal para eu ir junto, percebi que ele quis dizer que não poderia me dar atenção especial.

Não fiz perguntas. O que eu vi antes parecia se recusar a ficar marcado na minha mente, a memória estava escorrendo, tornando-se mais e mais vaga. Minha mente parecia uma peneira, meus pensamentos estavam rasos.

Jacob entrelaçou os dedos nos meus.

— Fale comigo, Sam.

— O que há para dizer? — Puxei a mão da dele.

— Para começar, o que está se passando pela sua cabeça? Qualquer coisa, só não fique quieta nem me trate como se eu fosse um estranho. — Ele tirou um maço de cigarro do bolso e tirou um de lá com os dentes.

Os quarteirões cheios de prédios e os postes passavam diante dos meus olhos como se fossem um espetáculo deslumbrante. Diziam que um raio não caía duas vezes no mesmo lugar. Os pais de Megan estavam a caminho da delegacia para identificar o corpo da filha. Há alguns anos, tinham perdido o filho. O seio familiar estava vazio da voz das crianças. A morte prevaleceu. Duas vezes.

A única pessoa com quem eu queria falar e contar o quanto estava triste era Robert.

— Nós não entendemos a vida, como poderíamos entender a morte? — disse Jacob. Parecia que ele estava falando comigo, mas, mais ainda, consigo mesmo. — Depois de quinze anos na polícia, a gente internaliza uma coisa: a loucura do mundo só fica pior, mais louca. Em cada caso em que há uma vítima, tenho vontade de entregar o meu cargo, digo a mim mesmo que é o fim, que é a última vez. E aí me lembro de que as pessoas estão contando comigo para prender esses filhos da mãe, que talvez exista a possibilidade de haver altruísmo, justiça ou Deus sabe o que mais. Esse pensamento me mantém nos trilhos.

Ele parou no estacionamento da delegacia.

O pai de Megan, acompanhado por policiais, tinha chegado logo antes de nós. Ele parecia menor. Era como se aquele homem alto e de ombros largos tivesse encolhido. Ele os seguiu com a cabeça baixa. A sra. Wilson não estava junto. Supus que seria demais para ela encarar, e esperei que tivesse alguém com ela em casa.

— Sam, eu preciso... — disse Jacob.

Eu o interrompi.

— Está tudo bem, pode ir.

Ele foi na direção do sr. Wilson, colocou a mão no ombro do homem e o conduziu até onde o corpo de Megan estava. Procurei por Catherine, Laurie ou Colin quando atravessei a MCU. Parecia que o destacamento havia dobrado.

— Conseguiu uma declaração antes de todo mundo?

Eu me virei quando ouvi a voz de Colin.

— Algo assim — falei, sem revelar nada. — Parece que nosso encontro vai começar com um café na cozinha da MCU — disse ele, sendo agradável. As palavras não disfarçaram o cansaço na sua voz. Andamos lado a lado.

— Horrível — disse ele, ao passar a mão pelo cabelo. — Vejo um novo ângulo na investigação agora. Um único assassino não poderia ter encenado algo assim sozinho, é a minha hipótese. É claro, estamos esperando Catherine analisar as evidências e nos apresentar um perfil do suspeito, ou suspeitos, e aí começaremos.

Ele preparou duas xícaras de café instantâneo.

— Eu senti como se estivesse em um filme de terror. E, acredite em mim, já vi uns assassinatos medonhos. A forma como o assassino, ou assassinos, plantou a boneca de plástico na barriga aberta dela é evidência de doença mental.

Eu não conseguia entender e processar o que ele estava dizendo.

— Espera... você disse que eles plantaram... — Não consegui terminar a frase. A náusea rastejou pela minha garganta.

— Sim, eles fizeram um corte profundo na barriga dela e colocaram uma boneca de plástico lá dentro. Os cantos dos olhos também foram cortados para parecer verterem lágrimas de sangue. E tenho certeza de que ficaremos sabendo mais sobre a tortura; o corpo está machucado e mostra sinais de violência significativa. Na parte interna das coxas dela, perto da virilha, riscaram uma palavra em latim, não faço ideia do que significa. Só posso imaginar o que o relatório do dr. Lock revelará.

Colin tirou o leite da geladeira. Perguntei quem era o dr. Lock.

— É o legista sênior daqui. Trabalha para nós há quase vinte anos, e não errou uma única vez. Um sujeito único aquele lá. — Colin me entregou o café. — No momento, o que sabemos com certeza, pelo que ele disse, é que ela sangrou até a morte.

O que Colin falou me massacrou. Lá no fundo, agradeci a ele, mas, para ser sincera, acreditei que esse jorro de detalhes era o jeito dele de tentar processar a informação.

E foi então que me ocorreu qual seria o destino das amigas de Megan: Kylie e Lauren.

— Sam, sinto muito. Estou falando sem pensar, não deveria ter dito nada.

— Eu aguento. Conte mais.

— Ainda não, daqui a algumas horas, as coisas parecerão diferentes, é vida que segue.

Qual é a dos detetives com essas frases motivadoras? A minha vontade era fugir para o banheiro, fechar a porta e chorar. Ir para alguma ilha deserta, no fim do mundo, um lugar em que o som afaga as árvores e as flores.

— Onde está a Catherine?

— Vamos ver se ela foi para a sala dela.

Presumi que Catherine havia se juntado ao dr. Lock no porão. Naquele momento ela surgiu no corredor. Pareceu surpresa ao me ver.

— Sammy — chamou.

Tentei manter uma fachada neutra, não demonstrar sentimentos; afinal de contas, Catherine me lia como a um livro.

— Oi, Catherine — respondi, baixinho. Quando me aproximei, ela fechou a pasta que segurava. — Me conta — pedi, ao apontar para o objeto.

Ela assentiu.

— Nada que eu possa te mostrar a essa altura. E, pode acreditar, você vai ficar bem melhor se não ver as fotos. — Aquilo provava que ela não tinha me visto na igreja, o que foi o melhor, porque não tinha intenção de contar para ela.

Catherine se virou para Colin.

— Quanto Torres acabar com o sr. Wilson, reúna todo mundo na sala de atualização. Com base nas descobertas preliminares, eu tenho uma boa direção para seguirmos, e quando o relatório do legista chegar, verificarei minhas suspeitas, mas já podemos começar.

Colin pediu licença e foi organizar as coisas na sala de reunião. Catherine e eu fomos para a sala dela.

— Sam, tenho alguns minutos. Vou te atualizar do que consegui entender até o momento. — Eu me sentei diante dela.

— Temos um caso que tem a intenção de enfatizar um ritual religioso. Não estarei exagerando se disser que são extremistas ou fanáticos religiosos. A essa altura, suponho que duas pessoas cometeram o crime. É claro, um é o planejador; o outro, o soldado ou executor. O "cérebro", como ele deve se ver, é um indivíduo complexo. É ostentador, extravagante e talvez tenha uma percepção complicada sobre religião. Essas são as características básicas.

Ela abriu a pasta, tirou de lá uma foto e a colocou diante de mim. Era das coxas de Megan. Não havia dúvida de que as letras que haviam sido riscadas na carne dela formavam uma palavra.

Tentei pronunciá-la em voz alta:

— CASTITAS.

Catherine aprovou.

— Isso mesmo. Não faço ideia da razão para essa palavra ter sido escolhida especificamente para ela, "castidade". Mas quando vemos sinais claros profundamente associados com o cristianismo, fica óbvio para mim que precisamos cavar nessa direção. Sabe, se anda como um pato e grasna como um pato... Sam, preciso ir. A gente se fala, mas, pelo que vejo, não poderemos nos encontrar hoje, de novo.

Ela guardou a foto na pasta e suspirou.

— As pessoas encontram formas criativas para se expressar. Que Deus nos ajude. — A menção a Deus foi feita entre dentes. Creio que Catherine estivesse ciente, porque ela sorriu para mim. Era o mecanismo de defesa dela, como eu bem sabia: o cinismo.

Eu a abracei, saí e fui para a sala de Jacob. Eu me deixei entrar, fechei a porta e liguei para Robert.

Com a voz embargada, contei a ele tudo o que tinha acontecido, em detalhes. Eu conseguia sentir que ele ouvia com atenção. Como sempre, ele assumiu o papel de guia, de mentor. Ele me pediu para esperar até o fim do dia para processar as emoções.

— Encare isso como faria para aliviar as coisas que estão te incomodando: tristeza, dor.

Ele se apressou ao expor para mim o lado prático da minha situação, dando ênfase ao fato de que eu tinha conseguido uma oportunidade incrível para cobrir uma história que chamaria a atenção pública por pelo menos alguns dias. Robert sabia que meu mecanismo de defesa estava ligado. Uma abordagem intransigente para o trabalho em que não havia espaço para escrúpulos ou reservas.

Pensei em Jacob, no quanto queria que ele me abraçasse, que me dissesse que salvaria as outras duas meninas que estavam por aí, morrendo de medo. Eu me sentei no sofá da sala dele.

— Ei. — Uma mão afagou o meu cabelo. Abri os olhos e encontrei seu rosto bonito. Por um segundo, tive a sensação de que nada havia acontecido, que foi só um pesadelo e que agora eu estava acordada. Ele segurou o meu rosto com ambas as mãos.

— Estamos divulgando a declaração para a imprensa. A comoção por aqui... acabou vazando e as vans de transmissão apareceram. Pegue um café e vá lá para fora pela entrada lateral. Junte-se aos outros repórteres. Depois que fizermos a declaração formal, vou te passar os detalhes que podem ser publicados.

— Obrigada — falei.

Eu queria contar sobre os diários. Muito. Eu o abracei, e ele me apertou com força.

O comissário Thomas Brown saiu para falar com a imprensa que lotava a frente da delegacia. Ele anunciou oficialmente a morte de Megan. Dezenas de jornalistas, repórteres de TV e fotógrafos quase se pisotearam para ter uma boa foto ou fazer uma pergunta. Quando Brown terminou a declaração, ele se virou e entrou no prédio.

Eu me afastei da multidão para que pudesse ouvir minha conversa com Walter. Mandei para ele a declaração formal para ser publicada imediatamente. Ele me pediu para ir para a redação e enviar para ele um artigo descrevendo a atmosfera e o humor geral.

Consegui pegar um táxi, e o motorista fez a bondade de me esperar enquanto eu corria até o apartamento para pegar as minhas coisas. Escovei os dentes bem rapidinho, peguei o notebook e saí.

Na redação, ninguém reparou a minha entrada. O toque dos telefones e as conversas agitadas entre os jornalistas geravam um burburinho bem alto; os gritos de Josh se infiltravam através da comoção. Fui até a minha mesa e coloquei os fones; estava na minha própria bolha agora. Três horas depois, enviei o artigo e saí como se nunca estivesse estado ali.

Da rua, liguei para Catherine. Ela atendeu só para dizer que não poderia falar e que retornaria quando tivesse acabado; o relatório completo da necropsia havia acabado de chegar à sua mesa, disse ela. Eu sabia o quanto era significativo, agora ela precisaria completar o perfil dos suspeitos.

Eu me uni à multidão caminhando pelas calçadas estreitas. Esperava acalmar a onda de adrenalina fluindo pelas minhas veias. Os eventos recentes sufocavam o meu cérebro. O pensamento aterrorizante do que poderia estar prestes a acontecer com Lauren e Kylie não parava de surgir. Eu me senti compelida a voltar aos diários. Gail também me preocupava. Ela corria perigo? Estava tudo ficando mais e mais preocupante. Meu telefone tocou.

— Sam Redfield — falei.

— Você foi embora sem dar tchau. — Reconheci a voz.

— O dever me chamou — respondi, e me encostei em um poste. A essa altura, pensei, ele é uma distração do que era realmente importante para mim: o trabalho.

— Preciso te ver essa noite.

— Melhor não.

— Você não pode fugir. Precisamos conversar.

— Deixa disso. Foi só um lance, sem futuro nenhum. Eu moro em outra cidade, a centenas de quilômetros daqui. Por que tentar?

Eu quis voltar atrás naquele exato momento. Ele desarmava qualquer tentativa que eu fazia de pensar ou me expressar com clareza, e não gostava disso, para dizer o mínimo.

— Tudo bem — disse Jacob, curto e grosso. Então desligou.

Suspirei. Acendi um cigarro, ignorando os olhares desaprovadores dos nova-iorquinos que passavam. Eu estava fumando em uma área para não fumantes.

— Vai tomar no... — resmunguei para mim mesma. Joguei o cigarro fora, atravessei a rua movimentada e fui até a cafeteria da esquina.

A hostess logo me levou para uma mesa e me entregou o cardápio.

— Você está sozinha? — perguntou. Assenti e pedi a senha do Wi-Fi. Ela me passou e saiu, abrindo espaço para a garçonete. A mulher pegou o meu pedido: rabanada e um *latte* bem grande.

Pesquisei a palavra castidade. O primeiro site retornou basicamente valores cristãos. Rolei a tela e parei no título: *Reino do Paraíso*. Um artigo escrito por um professor de teologia que se concentrava nas virtudes celestiais do cristianismo ortodoxo. Eu o li com cuidado. Ao fim do artigo havia uma tabela na qual as sete virtudes celestiais eram comparadas aos sete pecados capitais.

A palavra *castitas*, do latim, foi definida como bravura, ousadia, adotar a moralidade em sua totalidade e alcançar a pureza através da educação e do desenvolvimento pessoal. Tentei entender como o significado do ideal religioso poderia se conectar a Megan, à exibição de seu corpo ou o das outras vítimas ou aos sequestradores.

Religião e suas crenças ortodoxas evocaram uma velha memória.

— Sua avó e seu avô são crentes fervorosos. Morávamos em um pequeno agrupamento o qual, hoje posso dizer, adotava muito mais as práticas de uma seita que as de uma comunidade.

Robert compartilhou um dos mais secretos aspectos da história da família da minha mãe, algo de que ela se recusava a falar. Quando eu perguntava sobre meus avós, os pais dela, ela sempre desconversava e usava a mesma frase: "Eu te conto quando você for mais velha". O rosto dela não esboçava reação. Mas meus pais desapareceram, e eu ainda me lembrava da terrível sensação de desapego que senti quando criança. Queria me agarrar à imagem de uma família que, aos poucos, desaparecera do meu mundo.

Robert, também, não estava muito disposto a me contar de suas raízes, mas insisti. Devo ter causado um estardalhaço, porque um dia ele se sentou comigo e contou a história toda.

— Sua mãe e eu éramos novinhos demais para entender a insanidade envolvida no fanatismo. Não conhecíamos nada além daquilo e tínhamos que viver conforme os decretos e leis estritas que uniam a comunidade, de acordo com a forma como o sacerdote entendia os preceitos da religião. Eram restrições em cima de restrições e muito pouca liberdade para nos expressar, isso se houvesse alguma. Nós fomos forçados a nos subjugar. O dia a dia girava em torno dos ditos da igreja. Não tínhamos autorização para sermos crianças. Na verdade, não tínhamos autorização para ser gente. Precisávamos atender à definição de "servos de Deus".

"Quando entrei na adolescência eu servi, assim como boa parte dos meninos da comunidade, como coroinha. Certo dia, o assistente do padre tocou meus genitais. Fiquei aflito, pois sabia que era pecado. Você entende? Aquela foi a primeira coisa que surgiu na mente de um menino que tinha acabado de ser abusado sexualmente. Fiquei longe de casa. Andei por horas e horas. Caminhar me ajudou a entender. Algo dentro de mim tinha sido 'corrompido', até mesmo 'maculado', e comecei a me rebelar. Parte disso foi contar à minha mãe o que tinha acontecido. Talvez eu tenha esperado que ela fosse me apoiar, que ficaria chocada, que me protegeria. Talvez. Ela não acreditou em mim, e proclamou que eu era mentiroso e pecador.

"Parei de tentar competir com Jesus, eu sabia que não tinha a mínima chance nessa disputa contra eles. Fui excomungado depois de o padre declarar que eu tinha sido possuído por Satanás. Rachel, sua mãe, foi a única que acreditou em mim. À noite, depois de todo mundo dormir, ela ia para a minha cama, se deitava ao meu lado e nós dois olhávamos pela janela para a amplitude do céu e imaginávamos uma vida em outro planeta em que Deus fosse um avô muito gentil. Imaginávamos um lugar cheio de pinheiros e rios azuis com flores de todas as cores crescendo nas margens. Um lugar de liberdade, outro mundo bom.

"Ser excomungado nessas comunidades equivale a você deixar de existir. Rachel também foi proibida de falar comigo. Eu sabia que tinha apenas uma opção, e naquele ano fiz todo o possível para tirar notas bem altas para que pudesse ganhar uma bolsa de estudos para uma das universidades de Boston. Por sorte, eu consegui. Saí de casa e reneguei os meus pais. Para mim, eles se tornaram uma parte da história que se tornou cada vez mais distante. Consegui deixar uma carta para Rachel com o meu novo endereço, a qual, obviamente, ela teve que esconder. Além de frequentar a faculdade, trabalhei feito um cachorro em dois empregos até que comecei a trabalhar como investigador júnior em uma empresa importante.

"Certa noite, sua mãe apareceu na minha porta. Levou três dias para ela me encontrar, nesse meio-tempo, ela dormiu na rua. Ela falou que faria qualquer coisa, contanto que eu permitisse que ela ficasse comigo. Minha mãe queria casá-la com um viúvo vinte anos mais velho. Ela pegou dinheiro da carteira do meu pai e fugiu, feito uma ladra, na calada da noite. É claro que a recebi. Arranjei um trabalho temporário para ela, e a ajudei a se inscrever em uma universidade e a fazer o pedido da bolsa de estudos. Ela conheceu o seu pai na faculdade, como você já sabe, eles se casaram três anos depois, e você nasceu."

— A família de vocês nunca tentou entrar em contato?

Robert balançou a cabeça.

— Uma vez que você foi embora, é esquecido. É um herege, não há como voltar. Nunca mais tocamos no assunto.

Voltei ao presente e continuei a ler o artigo. Eu queria ver quem era o autor. O nome dele era River Cyrus, professor da Universidade Columbia. Pesquisei mais informações.

O professor era um especialista mundialmente conhecido que pesquisava a fé e seus símbolos em religiões monoteístas. Entrei no site da universidade e liguei para o departamento de Teologia. Expliquei para a secretária que era jornalista e que precisava me encontrar com o professor com urgência. Ela respondeu que ficaria feliz em ajudar, mas ele estava de atestado e que só voltaria ao trabalho no começo da semana seguinte.

Pedi para que ela passasse meu nome e meu telefone para ele, e que por favor dissesse que era literalmente uma questão de vida ou morte.

Liguei para Jacob. Catherine ainda não havia retornado a minha ligação, e queria contar a ele da minha pesquisa e o que descobri. Eu tinha certeza de que ajudaria na investigação.

— Sam — disse ele, com voz hostil.

— Espero não estar atrapalhando, mas encontrei algo que pode ser significante.

— Estou ouvindo — respondeu ele.

— A palavra castidade em latim denota um importante valor cristão. É a primeira das sete virtudes celestiais. Não sei se encontraremos uma conexão direta entre religião e os assassinos de Megan, mas isso me fez pensar em outra direção, o que, na minha opinião, vale a pena verificar. Eu até entrei em contato com um professor de teologia da Columbia que pode me explicar algumas coisas, mas ele está doente. Estava pensando que se você estiver na delegacia, talvez possa entrar em contato com ele... o homem com certeza vai retornar a sua ligação.

— Agradeço seu esforço. Vamos nos debruçar no perfil que Catherine formou. Ela está nos apontando na direção de seitas que envolvem ritos satânicos ou grupos subversivos com pautas políticas, e não a setores religiosos cristãos. De acordo com ela, aquilo foi feito para nos enganar.

— Tudo bem, ela é a especialista. No que me diz respeito, são apenas conjecturas. Não é a minha intenção desperdiçar mais do seu tempo, sei que vocês estão ocupados e...

— Eu estou ocupado. Se você acabou, preciso voltar ao trabalho — respondeu ele, indo direto ao ponto. Então se despediu e desligou. Senti meu coração estremecer, abaixei a cabeça entre as mãos sobre a mesa, bem lá no meio da cafeteria lotada.

Meu telefone tocou, e eu atendi sem nem olhar o identificador de chamadas.

— Você parece cansada, não dormiu essa noite?

— Oi, Robert. Não, faz quase um dia que não durmo. Mas estou indo para casa agora. — Deixei dinheiro na mesa, juntei as minhas coisas e saí de lá.

— Você está me deixando preocupado, Sam, acho que está ligada demais a esse caso e às meninas sobre as quais está lendo nos diários. Você precisa entregá-los à polícia. Já pensou no que pode acontecer se alguém descobre que você está com eles? E não estou falando só da polícia. Olhe o que aconteceu com Megan; o quanto você estava perturbada essa manhã. Estou preocupado contigo. Parece que estamos enfrentando mentes muito inteligentes.

— E ainda...

— Bem, você não é perfiladora, não vai entender — Robert me interrompeu.

Ele estava certo. Eu não poderia entender o que havia por trás da análise de perfil. Perfiladores eram treinados para ver além do visível. Muito, muito além.

— Mais cedo, fiz uma breve investigação que me levou a pensar que isso tem a ver com a externalização das sete virtudes celestiais do cristianismo. A castidade é a primeira delas. Catherine estava muito ocupada, então abordei o assunto quando falei com o chefe Torres, da MCU. Ele nem deu ouvidos ao que eu tinha a dizer. Não sei no que estava pensado.

— Exatamente — respondeu Robert, brusco. — Em que você estava pensando ao agir com tanta arrogância? Catherine é uma das melhores perfiladoras do mundo, e você tem a coragem de lançar ideias vagas que, como se vê, enfraquecem ou contradizem as suas conclusões? Eu faria igualzinho a ele. O homem parece ser um cara sério que tem uma cabeça boa.

— Muito obrigada pela parte que me toca — respondo, sarcástica.

— Pode parar, Samantha, o que você fez não foi certo. E, além do mais, ainda não me contou o que pretende fazer. Não me jogue para escanteio, e não me faça contar a Catherine sobre os diários, porque não vou nem pensar duas vezes antes de fazer isso, para o seu próprio bem.

— Não se atreva. Você sabe o quanto é difícil para mim quebrar uma promessa. Preciso fazer o necessário sem que você passe por cima de mim. É claro que cometi um erro, o que não entendo é porque você está tão bravo.

— Eu sei. Isso vem da necessidade constante que sinto de te proteger. — Ele deu ênfase a cada palavra, então adicionou: — Preciso desligar, tenho algo importante a fazer. Você vai ficar bem, meu bem?

— Cem por cento, desde que você pare de se preocupar.

— Diga ao papa para parar de acreditar em Deus, e vejo o que acontece primeiro.

Eu sorrio. Ele estava certo.

Ao chegar ao apartamento, me deitei na cama e dormi com a roupa do corpo. Quando acordei quatro horas depois, me arrastei para o banheiro. Depois de secar o cabelo, vesti roupas quentes e confortáveis, meias de lã e botas, e fui ao mercado. A comida que Catherine tinha deixado no apartamento acabou. Eu me lembrava do mercadinho no bairro, ficava perto dali.

Comprei tudo o que não precisava ser cozinhado e que tinha poucas chances de desandar. Esquentar coisas no micro-ondas era o único esforço culinário que estava disposta a fazer. E eu sabia escolher besteira para comer. Enchi duas sacolas e voltei para o apartamento. Pensei ter ouvido passos às minhas costas. Me virei, não havia ninguém. A rua estava deserta.

O frio extremo obrigou todo mundo a ficar em casa. Eu odiava meus ataques de paranoia, ainda mais quando eram desencadeados pelo escuro. Apertei o passo.

Cheguei ao prédio e agarrei a maçaneta para abrir a porta. Perdi o controle de uma das sacolas, e ela virou. Tudo o que havia lá se espalhou aos meus pés.

Merda. Eu me agachei para pegar as compras. O som de uma ambulância e das sirenes dos bombeiros passaram às minhas costas. Olhei para lá, me perguntando que catástrofe eles tinham ido atender.

Depois de eles estarem bem longe, notei um homem de pé na esquina, olhando direto para mim.

O medo se arrastou pelas minhas veias. Até agora, pensei estar imaginando coisas. Mas não mais. Era o mesmo cara, o "capuz". Ele se afastou da esquina e começou a atravessar a rua.

Agarrei a maçaneta e abri a porta. Meu fôlego estava agitado; meu coração tinha disparado. Pressionei o botão do elevador sem parar, e quando a porta abriu, entrei correndo e pressionei o botão de "fechar".

— Por favor, fecha, por favor.

Um braço longo deslizou entre as portas e as abriu. Eu gritei.

Jacob.

Curvei a cabeça, tentando recuperar o fôlego e me acalmar.

— Sam? — O elevador começou a subir. Jacob segurou o meu rosto.

Coloquei os sacos no chão e me pressionei nele, agarrando o seu casaco, recusando-me a soltar.

— O que aconteceu? — perguntou ele, preocupado.

Não respondi. Enterrei o rosto em seu peito. A percepção de que não estava mais em perigo relaxou o meu corpo tenso.

— Você está aqui — sussurrei.

— Não tinha como eu não vir — falou ele, e roçou a bochecha na minha.

Eu me agarrei a ele como se minha vida dependesse disso. Fiquei alarmada com a força das minhas emoções. O elevador parou, Jacob pegou as sacolas e entramos no meu apartamento.

Ele colocou tudo no balcão e olhou lá dentro.

— Nutella — anunciou. Ele tirou outro item. — E macarrão de micro-ondas — continuou, me provocando, com um sorriso largo no rosto. — Jujuba sem açúcar, geleia de cereja, cereal, você comprou alguma comida?

— Engraçadinho, não sou exigente com as besteiras que eu como, desde que sejam gostosas. Mas parece que você tem bastante problema com isso.

Ele se virou para mim, me colocou no balcão, passou as mãos ao meu redor e me abraçou pela cintura, me puxando para mais perto.

— Por que você não pega algumas coisas e a gente vai para o meu apartamento? Cozinho algo comestível para a gente em vez desse monte de besteira. Eu te garanto que vai ser nutritivo e delicioso.

— Você cozinha, Torres? — Eu ri. E o imaginei ao fogão.

— Faço um monte de coisas das quais você não faz ideia. Estou até disposto a te demonstrar algumas delas aqui e agora.

Ele me beijou. Com vontade. Fiquei tonta. O homem aprofundou o beijo e então soltou a minha boca. Deu um tapinha na minha coxa e falou:

— Vá pegar o seu casaco e o que mais precisar. A gente está de saída.

Jacob morava em um loft no norte do Brooklyn. Ele me disse no caminho que não teria condições de pagar por algo parecido em Manhattan. A decoração do lugar combinava com ele: masculina, dominante, rústica. Móveis de madeira em tons quentes e vigas de ferro. Tapetes de lã cobriam o chão de concreto e havia uma lareira moderna em uma das paredes. Era um espaço aberto, exceto pelo banheiro.

Sorri; aprovando o estilo dele. Era interessante ver Jacob em casa, sem máscaras e inibições. Ele pegou duas garrafas de cerveja na geladeira e entregou uma para mim.

— Sinta-se em casa. Tire os sapatos, já que já está vestida para a ocasião. — Ele estava se referindo ao moletom que eu estava usando. O homem abriu um sorriso travesso. Minhas bochechas pareciam que iam queimar quando seus olhos traçaram os contornos do meu corpo. Eu conseguia sentir a minha pele reagir ao homem mesmo que ele não estivesse me tocando.

— Como você encontrou esse lugar?

Ele foi até a lareira e acendeu o fogo.

— Era um quartel de bombeiros antigo. Há uns dez anos, estava andando por aqui e vi que o prédio estava à venda. Uma das minhas irmãs trabalha em um banco no setor de hipotecas, ela me ajudou a conseguir um empréstimo, e compramos o prédio juntos. Olhando em retrospecto, foi um investimento excelente. A gente aluga o andar de baixo para ajudar na hipoteca, e eu moro aqui. Muitos investidores já nos ofereceram quatro vezes o valor que pagamos.

As palavras dele foram reconfortantes. Que sensação estranha. Eu estava aflita por ter que entrar em um assunto do qual não sabia, então me concentrei no que tínhamos em comum.

— Houve algum avanço no caso desde essa tarde?

Ele ficou sério.

— A última coisa de que quero falar com você é sobre trabalho. Preciso relaxar. Por que não se acomoda enquanto eu começo o jantar?

— Posso ajudar?

Ele balançou a cabeça e arregaçou as mangas.

— Você é minha convidada. Tire os sapatos e se aconchegue. — Ele me lançou um olhar cheio de intenções. Eu me senti desejada. E envergonhada.

Deitei no tapete de lã e apoiei a cabeça em uma das almofadas fofinhas espalhadas perto da lareira. Uma canção antiga preencheu o ambiente. Tanita Tikaram, reconheci a voz profunda cantando um hit dos anos 80 que minha mãe amava. Fechei os olhos e deixei as palavras se afundarem na minha memória.

More than a twist in my sobriety... mais do que uma falha do meu julgamento, sussurrei quando senti o corpo de Jacob pairar acima de mim.

— O jantar pode esperar.

As mãos dele rastejaram por baixo da minha blusa, e ele a tirou. Em seguida foi a vez da minha calça.

— Você vai passar a noite comigo? — murmurou ele.

— É tudo o que eu quero, Jacob — sussurrei.

Ele tocou minha pele com os lábios, incendiando-a. Eles vagaram devagar desde o meu maxilar até o meu pescoço, e de lá seguiram para o meu seio, que ele chupou com vontade. Choraminguei quando seus braços agarram a minha bunda e me ergueram em sua direção, atraindo a inclinação da minha paixão para a sua boca.

— Jacob — gemi. A língua dele se enfiou entre as dobras do meu sexo, sugando de levinho, depois penetrando mais e mais forte, e então lambendo com carinho.

Nada em Jacob era delicado. Eu adorava a forma como ele assumia o controle do meu corpo. Segurei a sua mão, implorando para ele me deixar gozar. Quando seu dedo se aproximou do meu ânus, recuei.

— Aí não — falei, gemendo.

— Em toda parte, Sam. Seu corpo é meu, agora — disse ele, convicto, e penetrou o dedo em mim com cuidado enquanto acariciava o meu sexo pulsante com a língua, me torturando com o prazer. A sensação de preenchimento era nova, excitante e sensual, e senti como se não pudesse suportar mais. Eu não conseguia me controlar, meu clímax galopou com uma força que nunca vi antes.

— Eu vou gozar — gemi. Ele abriu a outra mão na minha barriga, me segurando enquanto me remexia sob sua boca competente. Gozei, com tudo, arquejando.

— Sam, você toma anticoncepcional?

Consegui a proeza de assentir.

— Quero entrar em você, sem barreiras, meus exames estão em dia.

Eu confiava nele. Eu disse que também fazia exames regularmente e que nunca transei com ninguém sem camisinha. Mas com ele, eu queria. Ele arremeteu em mim. Nós dois gritamos. Senti-lo dentro de mim, sobre mim, me tocando, era uma sensação que ia além das palavras. Eu o beijei. Meus braços se curvaram ao redor do seu pescoço, e senti meu próprio gosto nele.

— Eu vou gozar de novo, Deus.

Jacob olhou dentro dos meus olhos.

— Porra, é bom demais estar dentro de você, vou gozar. — Ele devorou os meus lábios, absorvendo meus gemidos, gemendo de prazer. Cheguei ao orgasmo quando ele jogou a cabeça para trás e se derramou em mim com um rugido. O homem desabou sobre mim e envolveu meu corpo com o seu.

A Quatro Mãos

Afaguei sua cabeça enquanto ele se apoiava na base do meu pescoço. Depois de recuperarmos o fôlego, Jacob se levantou, vestiu a calça e sorriu ao me ver esparramada no chão.

Ele tirou da geladeira dois bifes, minibatatas, vagem e salada verde. Eu estava feliz. Fiquei deitada lá por mais vinte minutos, fascinada com os movimentos dele. Quando me juntei a ele na cozinha, me sentei à ilha e o observei se dividir entre as panelas que começavam a ferver e a frigideira que sibilava ao toque da carne.

— Eu não consigo fazer nem uma omelete. Você é um chefe de verdade comparado a mim; estou com inveja.

— Quando a gente cresce com cinco irmãs que te mimam e uma mãe superansiosa, aprende que não há escolha senão aprender. Quando cheguei aos vinte e tantos anos, percebi que teria que ensinar a mim mesmo, do contrário continuaria sendo acossado para encontrar uma esposa para tomar conta de mim. Tenho trinta e sete anos, Sam. Minha carreira se tornou o centro da minha vida. Precisei aprender as coisas por conta própria. Olhe só você, um exemplo perfeito de alguém que se recusa a aprender.

Joguei um tomate cereja nele.

— Para — gritei quando ele me pegou no colo, me jogou por cima do ombro e bateu na minha bunda.

Jacob cozinhava muito bem. Nós comemos, e elogiei os seus talentos. Bebemos uma garrafa de vinho. E conversamos. O tempo passou. Fiquei absorvida pelas histórias sobre a família dele, ouvi, e senti inveja. Percebi o quanto era sozinha quando criança. O quanto faltava no meu mundo em que havia apenas Catherine e Robert.

Jacob me puxou na sua direção. Ele entendia. Afinal de contas, ele sabia minha história por causa do meu arquivo.

— Você é maravilhoso, Jacob, suas histórias são tocantes, é só isso.

Ele ergueu meu queixo com o dedo.

E nós nos beijamos, profundamente.

19

Eu me aconcheguei sob os cobertores de lã e me refastelei na maciez dos lençóis de seda. Estendi a mão, procurando o corpo de Jacob, ansiando que ele me envolvesse em seus braços. Ele não estava lá, mas ouvi uma batida leve e rítmica. Me ergui e protegi os olhos da luz brilhante da manhã.

A visão de Jacob correndo na esteira e usando nada além do short de corrida fez o meu coração titubear. O rosto dele focava a janela, os olhos estavam estreitados. O suor pingava de sua testa e caía nas bochechas que foram acentuadas pela mandíbula cerrada; as veias em seu pescoço estavam protuberantes. O torso musculoso subia e descia em sincronia com suas pernas e braços longos. Meus olhos vagaram para a barriga tanquinho, e de lá para a tatuagem de touro que parecia mover os chifres a cada movimento de sua pélvis. Lambi os lábios. Ele parecia tão sedutor. Imaginei seu short caindo no chão. Ansiei por ele.

Como se lesse minha mente, ele se virou e prendeu o meu olhar. Senti minhas bochechas queimarem. Os cantos de sua boca se abriram em um sorriso.

Senti uma fisgada de prazer entre as coxas. Eu as cerrei com força. Encarei-o e o vi pressionar o botão para reduzir a velocidade. Tive a sensação de que ele entedia o que eu queria.

Enquanto estava completamente imersa nele, meu telefone tocou. Estava na cômoda ao lado da cama. Atendi, e quando ouvi a voz de Michael, por instinto, cobri o bocal. Eu me levantei, envolvi o cobertor ao redor do meu corpo e fui para a janela, com as costas para Jacob.

— Bom dia — respondi, com um sussurro.

— Eu te acordei? — perguntou ele, e esperou pela minha resposta. Não dei uma. Ouvi um estampido às minhas costas. Me virei e vi Jacob dobrando a esteira.

— Onde você está? Ouvi um barulho alto.

— Não — respondi.

— O que você quer dizer com "não"?

— Você não me acordou, foi o que você perguntou.

Michael ficou calado.

— Eu perguntei do barulho. Parece que você está concentrada em outra coisa.

— Estou prestando plena atenção em você. O barulho deve ter vindo do apartamento ao lado.

— Liguei para ver se você estava bem. Fiquei sabendo da menina sequestrada e se bem te conheço, está trabalhando feito louca e mal dormindo.

As palavras dele, principalmente a menção de que me conhecia, me fizeram refletir. Ele achava mesmo que sabia quem eu era? Ou era só fingimento? Eu me senti me encolher por dentro. Passei a noite com um homem que desejava e do outro lado da linha estava outro homem que confiava em mim e se preocupava por eu estar trabalhando demais. Precisava ter uma conversa com ele e contar a verdade de que não via as coisas do mesmo jeito que ele, e que não estávamos em um relacionamento.

— Sam, você pretende continuar sem dizer nada? — Ele estava irritado.

— Sei que você deve estar cansado de me ouvir dizer que vou te retornar, mas eu pretendia ligar. Michael, acho que é hora de a gente falar de nós dois.

Ele soltou um suspiro alto e expressivo.

— Pensei que tivéssemos falado de nós dois aqui em Boston. Algo mudou, consigo sentir. Mas me diz, Sam, o que preciso fazer para conseguir uma reação sua. Falamos de compromisso e você ficou assustada?

— Não é isso — suspirei.

— Agora não, Sam! Você não vai se afastar de novo. Não vamos ter essa conversa agora, e com certeza não por telefone. Quando nos virmos, a gente conversa. Até lá, quero que você saiba que não pretendo desistir sem lutar. Tenho que ir, a gente se fala. — Ele pareceu determinado.

— Se cuida — falei, e fui sincera.

Ele desligou.

Eu não o tratei com a sinceridade e a justiça que ele merecia, e me senti péssima.

— Ligação importante? — perguntou Jacob. Percebi que ele deve ter ouvido partes da conversa.

— Era o Michael. — Senti que precisava ser sincera com ele. Já estava escondendo coisas o bastante.

— Quem o Michael é para você, Sam? E por que tenho a impressão de que as coisas entre vocês são mais complicadas do que você deu a entender?

— Eu o conheci há alguns meses, na MCU de Boston, para onde ele foi transferido de Nova York. Nós viramos amigos, e o relacionamento foi se desenvolvendo. Eu jamais concordei em me comprometer e...

— Volte um segundo, você disse que o conheceu quando ele foi transferido de Nova York para Boston, e que ele trabalha na Crimes Graves? Você está falando do Michael Ross?

Os olhos de Jacob se arregalaram.

Assenti. Eu não entendia como era possível Jacob saber o sobrenome de Michael. Foi então que eu percebi... antes de sair de Boston, Michael pediu que eu mandasse um oi para o pessoal de Nova York, o que significava que...

— Nós trabalhamos juntos — disse Jacob, e pôs fim à conversa.

Ele se virou, entrou no banheiro e bateu a porta. Eu me sentei na cama. *Você é tão idiota*, repreendi a mim mesma, como pode ter deixado passar os meandros da situação?

Abri a porta do banheiro e entrei no chuveiro com ele. Jacob inclinou a cabeça para trás quando toquei suas costas e passei os braços pela sua cintura.

— Eu não liguei os pontos. Não tinha ideia de que vocês se conheciam. — Ele segurou os meus pulsos e me virou para ficar diante dele.

— Você está brincando com fogo, e sabe o que acontece quando se brinca com fogo. Embora não seja amigo de Michael, somos colegas. Agora vai ficar na minha cabeça que você transou com alguém que eu conheço. E, para coroar, saber que você estava traindo o cara, e comigo, ainda por cima.

— E você chegou a essa conclusão baseado nas poucas palavras que ouviu, sem saber todos os fatos? Um cara esperto como você, Jacob? Não se sinta mal, vou te ajudar a limpar a sua consciência, pelo menos pelo bem da integridade que você deseja para si. Antes de vir para Nova York, Michael me pediu para transformar o nosso relacionamento casual em algo exclusivo. Eu não consegui decidir, não importa as razões. Agora, ele está sendo possessivo, e você acha que sou a vilã. Por quê?

— Porque você passou duas noites íntimas comigo. E não está sendo sincera com ele. — Ele olhou dentro dos meus olhos.

— Como você bem sabe, não tinha nenhuma intenção de te encontrar. Fomos ambos levados pelo calor do momento.

— Isso não muda nada. Você deveria ter dito a ele — pontuou ele, sério, e se aproximou mais.

Eu me recostei na parede de vidro.

— Vai para o inferno você e essa sua arrogância. Acha mesmo que pretendia me apaixonar por você? — As palavras escaparam da minha boca tão rápido que fiquei chocada com a confissão.

— Sam — sussurrou Jacob, e aninhou os dedos no meu cabelo. Ele inclinou a cabeça e encostou a testa na minha.

— Faça amor comigo — implorei.

Ele me beijou com vontade e não respondeu com palavras, eu as senti verter dele.

— Surgiu um problema no trabalho, e eu tenho que ir. Por que não vem comigo e, se quiser, poderemos comer algo depois que eu terminar — sugeriu Jacob enquanto me vestia. Trabalhar no fim de semana era rotina para policiais e jornalistas.

Fomos até a delegacia. Enquanto estacionávamos, decidimos que não entraríamos juntos. Esperei por ele perto da entrada. Pelo canto do olho, tive um vislumbre de alguém: Laurie. Engoli em seco quando ela me encarou e veio na minha direção.

— Eu posso explicar — falei.

Ela ergueu a mão para me impedir.

— Não é necessário. Só saiba que ele só quer te comer, desde que conheci Torres, nunca o vi se relacionando com ninguém.

— Você está certa. — Laurie me lançou um olhar enviesado. — Não significa nada. Estou indo embora mesmo. E aí você o terá de volta.

— Isso mesmo — respondeu ela, e acendeu um cigarro. Fiz o mesmo e caminhamos na direção do fumódromo. — Então, ele é tão bom quanto parece?

— Super na média — falei, indiferente, e puxei uma boa tragada do cigarro.

Laurie deixou escapar uma risada breve e ansiosa.

— Até parece — diz ela. — Você ficou com o cara, mas não vou deixar que estrague a minha fantasia.

Torci para que minha expressão não revelasse nada.

— A gente se vê lá dentro — disse ela ao jogar o cigarro fora e sair.

A mulher era uma figura. Admirei sua habilidade de absorver o que tinha visto e até mesmo de se referir à toda a situação com bom-humor. Senti muito pela dor que devo ter causado nela.

Na sala dele, Jacob falava com Colin e Derek, acenando com os braços no ar. Mantive distância. Perguntei a um policial onde poderia encontrar a Catherine Rhodes. Ele disse que ela estava na sala dela. Agradeci a ele enquanto Colin e Derek saíam da sala e ficaram me encarando, surpresos por me ver.

— Você está aqui também? — perguntou Colin. Apontei para a sala de Catherine. — Aceita tomar um café com a gente? Vamos lá do outro lado da rua.

Me convinha. Saímos da delegacia e enquanto caminhávamos, Colin me contou que o suspeito havia sido liberado sob fiança. Levaram 24 horas para encontrá-lo depois que o cara escapou da boate. Eu sabia que ele se referia a Joel.

— Vocês o prenderam?

— Nós o prendemos depois de uma busca extensa. No fim das contas, ele estava escondido no depósito de bebidas da boate. O próprio dono disse que o viu nas imagens do sistema de segurança. Verificamos. Não há nada que possamos fazer, ele tem um álibi sólido que, de acordo com a linha do tempo do legista, isenta o cara de todas as acusações de assassinato. E, para começar, ele não tinha um motivo. Ficamos sem nada.

Derek entrou para pegar os cafés. Colin e eu ficamos parados na área de fumantes e acendemos um cigarro. Ele deixou claro que o que estava me contando era confidencial, e continuou:

— Perguntamos por que ele fugiu. E ele confessou que conhecia as meninas e que tinha saído com elas algumas vezes depois de ter arranjado identidade falsa para cada uma. Ele disse que ficou com medo. Em pânico. Conseguimos um mandato. Eu o conduzi para interrogatório. Senti que ele escondia algo. Tentei afligi-lo com imagens de vocês dois na boate cheirando cocaína. Disse que se a gente fizesse um teste toxicológico, entraríamos com uma acusação de posse e consumo de drogas perigosas. E então, do nada, e sem ele ter feito uma única ligação, um advogado aparece, um figurão de Nova York, e o libera sob fiança. Quando contei a Torres, ele ficou puto, porque voltamos à estaca zero.

Eu sabia que precisava dar um jeito de dar a Jacob a informação que tinha. Meu dilema moral estava se tornando um fardo muito mais pesado. Os diários continham evidência de que Joel havia transado com Lauren. Como resultado, ele poderia ser acusado, porque a menina era menor de idade, apesar de a relação ter sido consensual.

Agora, não só estava escondendo evidências, como também atrapalhando a investigação. Mesmo se entregasse os diários para Catherine, ela teria que divulgá-los, e não só extrair informações de lá, e se não entregasse...

os detetives não poderiam seguir adiante com a prisão de Joel. Infelizmente, achava que nem mesmo Catherine seria capaz de me proteger, ela não conseguiria esconder de Torres como teve acesso a eles.

Eu tremia, e quando Colin passou o braço pelo meu ombro, saí da minha bolha. Quando ele me perguntou baixinho se eu estava com frio, fiquei um pouco envergonhada e dei alguns passos para trás. Senti alívio quando vi Derek sair da cafeteria com os copos na mão.

— O de cima é seu, Sam, forte com um pouco de leite. — Agradeci a ele. Colin pegou o dele, e nós três voltamos para a delegacia.

Eu sabia que tinha que falar com Robert. Precisava que ele me ajudasse a sair dessa sinuca de bico que eu mesma causei. Me virei para a sala de Catherine. Fechei a porta. Ela afastou o olhar do arquivo sobre sua mesa e se levantou. Nós nos abraçamos.

— Você tem algo a me dizer, garota — pontuou ela, com voz confiante, como se soubesse. Balancei a cabeça. — Tem certeza? Nem sobre Jacob, com quem está saindo?

— Como você chegou a essa conclusão? — Fiquei impressionada. Ela tinha nos visto juntos?

— Faça-me o favor, Sam, é tão fácil para mim ler você. Vi a forma como olha para ele, e o homem te come com os olhos. Você sabe que sou uma mulher bastante perceptiva. — Ela riu.

— Você está imaginando coisas. — Me remexi no assento. Catherine sabia que eu estava envolvida com o Michael e não queria que ela pensasse mal de mim, para além do que estava prestes a descobrir depois que eu falasse com Robert.

— Tudo bem — respondeu ela, duvidosa —, quando você estiver pronta, sabe que pode falar comigo. — Com uma péssima noção de oportunidade, Jacob abriu a porta e pediu para falar comigo. Vi Catherine curvar a cabeça, disfarçando um sorriso.

— Me ligue de noite e a gente pode sair para comer. Isso se eu conseguir a proeza de me livrar desse lugar.

— Ela sabe sobre nós; e já, já vai contar para o Robert. Você sabia que eles são um casal? — perguntei ao seguirmos para a sala dele.

Jacob fechou a porta e respondeu:

— Ela está supondo. E faz alguma diferença?

Eu não tinha ideia do que ele quis dizer. A pergunta foi estranha. Por que, bem, fazia?

— Decidimos apelar para a população para nos ajudar a localizar a van azul. Estamos montando uma linha direta.

— Você quer que eu publique o apelo?

— Quero. Também vou te passar o número da linha direta. Sam, ao que tudo indica, vou ficar preso aqui. — Ele esfregou o queixo, parecendo incomodado. Eu não queria atrapalhar ninguém.

— Eu já vou. Talvez você possa aparecer mais tarde? Peço algo para comermos e a gente pode assistir a um filme. — A expressão dele congelou.

— Ao que tudo indica, vou estar ocupado — respondeu ele, conciso.

Estava tudo acabado?

20

— Como eu vou sair dessa, Robert? — Eu andava para lá e para cá no apartamento minúsculo. — Joel não usou a ligação a que tinha direito, e de repente um figurão da advocacia de algum escritório de prestígio aparece e o libera sob fiança. Quem poderia ter sabido que ele estava preso e enviou alguém para representá-lo a Deus sabe o custo? O cara trabalhava em dois lugares e mal consegue pagar o aluguel; ele não tem condições de arcar com uma despesa dessa. Algo está cheirando muito mal.

— Talvez tenha sido os donos da boate em que ele trabalha. Só estou pensando na possibilidade. Você mesma disse que ele estava escondido no depósito e que o dono confirmou a história. Como você pode ter certeza, Sam? São especulações. Não é o primeiro caso em que vi advogados aparecerem bem a tempo para liberar os suspeitos.

— É, acho que sim. É por isso que a minha posse dos diários não pode mais ser considerada como retenção de evidências. Já adicionei desarticulação da investigação à minha lista de problemas. Se os detetives tivessem os diários, Joel poderia ter sido acusado de estupro presumido. Sua ideia de entregá-los a Catherine pode encrencá-la por minha causa. As mãos dela estariam atadas. Como você poderia protegê-la? Ela teria que explicar como os conseguiu. E você sabe que sem eles não há evidência. — Senti a ansiedade se arrastar pelo meu corpo.

— Você precisa se acalmar. Não consigo pensar com clareza quando estou tenso e estressado. Você está nos arrastando para uma situação para a qual não consigo encontrar uma saída. Eu te avisei, mais de uma vez. Onde você traça a linha vermelha, Sam, a que fica entre o que é permitido e o proibido? — Robert desligou. Ele estava bravo, e eu não tive nem a chance de responder à pergunta.

Fumei um cigarro atrás do outro, tentando pensar em algumas soluções criativas. Cogitei falar com Anna e contar os novos desdobramentos do caso. Contar o que os diários da filha dela trouxeram à tona. Mas aí talvez me encrencasse com Jacob, se Anna decidisse abordar a divisão e ficar mais envolvida no problema da prisão de Joel, a pessoa que tirou a inocência da filha dela... e aí eu não teria conseguido nada.

Eu odiava a sensação de ter tantos pensamentos correndo frenéticos pelo meu cérebro, isso me fazia ter dificuldade para alcançá-los. Eu precisava me ocupar com alguma coisa, com qualquer coisa.

Liguei para Walter. Falamos de como publicaríamos a abertura da linha direta e optamos por uma faixa colorida na manchete da primeira página. Walter perguntou como eu estava e me elogiou pelo meu trabalho. Se ele soubesse o que sua repórter sênior tinha feito para conseguir informações, ele me chutaria, para escanteio. Eu nem me atrevia a imaginar o cenário. Meu trabalho como jornalista era a minha estabilidade e havia se tornado o centro da minha vida. Eu amava o mundo do jornalismo.

Eu me sentei na cama. Senti algo debaixo do edredom; os diários estavam espalhados lá.

> A Gail é uma ridícula. Ela foi com "J" depois de ele ter oferecido a ela carona para casa sem nem me perguntar se estava tudo bem por mim. Ele colocou a mão na lombar dela e ela sorriu quando eles se afastaram. Eu estava com ciúmes. Megan, Kylie e eu caminhamos os dois quarteirões do parque em direção à nossa casa.
>
> Ninguém deu a entender que estava desconfiada de que havia algo estranho rolando. Gail e "J" até mesmo se comunicavam com uma linguagem particular a qual não entendíamos. Mal fazia uma semana desde que contei para ela o quanto estava apaixonada por ele e que havia transado com ele. Como ela poderia fazer isso comigo? Amanhã depois da escola, vou tirar satisfações com a Gail. Quero que ela diga, na minha cara, se há algo rolando entre eles. Então, por favor, Deus, espero estar errada. Do contrário, jamais a perdoarei. Jamais.

Fechei o diário.

Joel sabia o endereço de Gail. Calcei os sapatos e tranquei a porta.

Caminhei por mais de duas horas para arejar os pensamentos. Parei em um dos parques do bairro. Me sentei no balanço e impulsionei as pernas para trás e para frente.

— Mamãe, me empurra com mais força, eu quero voar alto.
Minha mãe riu atrás de mim.
— Prepare-se, vou te puxar para trás. — Ela contou até três antes de empurrar o balanço. Eu amava a sensação de voar.
— Passarinho à solta — disse meu pai, e sorriu com apreensão. Ele estava na minha frente e seus braços estavam estendidos para me pegar no caso de eu cair.
Terminamos o passeio na sorveteria perto do parque. Dividimos uma pilha de panquecas cobertas com xarope de bordo, sorvete de banana e uma montanha de chantili.

A corrente de ferro rangeu. Me levantei e comecei o trajeto de volta ao apartamento.
Depois de um banho quente, vesti uma camisola de seda e sequei o cabelo na frente do espelho. Desliguei o secador, certa de ter ouvido uma batida à porta. Olhei pelo olho-mágico.
Jacob.
Ficamos de frente um para o outro. Os olhos dele tinham uma inquietude que eu não tinha visto antes. Fiquei com medo. Ele deu um passo na minha direção.
Fechei os olhos quando ele bateu a porta e ficou o mais próximo de mim quanto era possível. Sua mão deslizou pelas minhas costas, e ele sussurrou:
— Eu preciso de você.

Tentei empurrá-lo e olhar dentro de seus olhos furtivos. Eu queria entender por que ele parecia tão perturbado. Algo aconteceu com a investigação?

Ele veio, apesar de mais cedo ter rejeitado a minha oferta.

Jacob tirou o casaco e atacou a minha boca com um beijo ardente e molhado. Meu corpo se submeteu quando ele me ergueu e nos levou até o sofá, onde montei em seu colo.

— Eu preciso... — ele começou a dizer, mas eu precisei colar os lábios nos dele e calar a sua voz.

A luxúria tomou conta.

As mãos dele deslizaram por baixo da coberta, puxando-a e expondo meu corpo nu. Jacob suspirou ao me ver. Ele ergueu a bunda e me deixou tirar a sua calça e a boxer, em seguida me penetrou de uma vez só. Havia uma urgência inexplicável, como se ambos estivéssemos tateando no escuro, tentando entender o que realmente queríamos e de que precisávamos. Tentamos nos separar, mas não conseguimos.

— O que você está fazendo comigo? — Suas palavras rebentaram em um gemido gutural quando ele foi ainda mais fundo dentro de mim.

Segurei seus ombros e movi a pélvis, ele agarrou a minha cintura e os dedos cravaram na minha pele quando ele estocou. Seus lábios se repartiram ligeiramente, e os olhos verdes como bolinhas de gude estavam vidrados de desejo. Seus braços me envolveram e meus seios pressionaram o seu peito quando ele me puxou para si.

Gozamos juntos, foi intenso. Nossa respiração estava profunda e arfante.

Jacob virou o meu corpo sobre o sofá e se deitou sobre mim. Ele beijou meu pescoço, minha boca, meu queixo.

— Eu agi feito um babaca hoje. Me deixe te compensar. Janta comigo?

Ele afagou o meu cabelo.

Sorri para provocá-lo.

— Está frio lá fora. Além disso, já comemos a sobremesa, e foi maravilhoso.

Jacob riu.

— Não sei você, mas meu apetite só aumentou. — Dei um tapinha em seu ombro em resposta à sua sutil oferta para mais sexo.

— Cigarro? — ofereci. Ele se levantou e me puxou junto.

— Você gosta de comida asiática? Conheço um lugar muito gostoso e que faz entrega.

— Me dê só um minuto. Eu já volto.

Corri até o banheiro para me lavar. Vesti o roupão e fui até a área do quarto para pegar uma calcinha, foi quando vi os diários espalhados na cama.

Entrei em pânico.

Olhei para trás.

Se Jacob os visse, perceberia o que eram? O nome de Lauren e o ano estavam escritos em letras garrafais logo na capa.

Ele estava olhando pela janela grande da cozinha enquanto falava ao telefone, pedindo comida. Me aproveitei da situação, empilhei os cadernos e os escondi debaixo da cama.

Ele se virou na minha direção e desligou. Fui direto para os seus braços. Percebi o quanto temia perdê-lo. Se ele descobrisse sobre os diários, daria o fora imediatamente, disso eu não tinha dúvida.

— Vinho?

— Eu gostaria de algo mais forte, se você tiver alguma coisa.

Jacob se sentou na cadeira perto do balcão da cozinha e me observou servir duas doses de uísque. Abri a janela quando ele acendeu um cigarro e o entregou a mim, em seguida acendeu um para si, soprando nuvens serpenteantes de fumaça.

Eu amava observá-lo tragar o cigarro. Era parte de sua sensualidade devastadora.

Ele puxou a cadeira e estendeu a mão, sinalizando para eu me sentar. Minhas pernas roçaram as dele. Bebericamos o uísque. Parecia que não sabíamos como começar a conversa. Então ele me fez uma pergunta inesperada.

— Por que você escolheu se tornar jornalista e não uma perfiladora?

— E por que não? — respondi, o que gerou uma centelha de diversão em seus olhos. — Certo, vou responder à sua pergunta sob a condição de que não tente me analisar.

O sorriso dele se alargou. Jacob virou a bebida em um único gole e se serviu de mais.

— Não posso prometer nada, afinal de contas, sou um investigador profissional. — Eu não sabia se ele estava falando sério ou se estava tirando uma com a minha cara.

— Quando cheguei a uma certa idade, depois de muito pensar no que queria da vida, precisei tomar uma decisão. Robert e Catherine insistiram para que eu estudasse criminologia e me especializasse em perfis, para unir forças e seguir com o legado dos dois.

"Senti que precisava de uma saída. Passei a maior parte da adolescência com eles e absorvi um pouco do mundo do crime e como entendê-lo. Estudei comunicação e jornalismo. Sabia que os estava decepcionando, mas fiz isso por mim mesma.

"Depois que me formei, como repórter, fui arrastada para o mundo do crime. O impulso para resolver 'mistérios' não sumia. E talvez, talvez houvesse algo mais. Talvez não pudesse me permitir viver em um mundo que não tentasse corrigir os malfeitos, o que facilitava a aceitação da perda. Para os outros. Para mim... já era tarde demais, já estava perdida."

Ele assentiu.

— Uma doença familiar. Eu sofro do mesmo sintoma.

— E você? O que te fez seguir por esse caminho?

Ele deu de ombros.

— Acho que o ambiente em que cresci. Somos o que somos, não há como fugir disso. — Senti como se tivesse mais, muito mais do que ele estava dizendo.

O entregador chegou, e Torres lhe deu uma gorjeta generosa. Fiquei maravilhada ao ver que ele se sentia à vontade para abrir armários e procurar por pratos e talheres na cozinha minúscula. Ele não achou nada. Eu me levantei e abri a gaveta inferior na parte de baixo do balcão.

— Quem guarda os pratos na última gaveta? Eles devem ficar no alto, acessíveis. — Revirei os olhos para ele, que riu, colocou os pratos na mesa de centro na área da sala e se acomodou no tapete. Ele abriu as caixas e encheu os pratos. Rolinho primavera, carne xadrez com ervilhas tortas mergulhadas em molho shoyo e arroz aromatizado.

— E quanto aos relacionamentos? Por que não se casou? Não é o sonho de todas as mulheres?

Olhei para ele.

— Eu poderia te fazer a mesma pergunta, ainda mais na sua idade *avançada*, chefe.

— *Touché*, mas, ainda assim... me conta.

— Não quero continuidade. Não há muitos homens que aceitem isso. O assunto surge e é sempre um problema em cada relacionamento sério.

Ele apoiou o garfo no prato e olhou para mim.

— Eu pedi para você não me analisar.

— E não vou. Eu só quero conhecer você e saber se é essa a razão para você não se comprometer com o Michael.

— Não. — Rilhei os dentes e comecei a me levantar quando ele segurou o meu pulso, me forçando a me sentar.

Ele estava decidido.

— Então por quê?

— Por que está insistindo em saber? Qual é a diferença?

— Hoje de manhã, você disse que estava apaixonada por mim, e agora entendo, pelo que você está dizendo, que não está interessada em um relacionamento. É meio que contraditório da sua parte, não?

As palavras dele me abalaram.

— E por que você está sozinho, Jacob?

— É questão de escolha. Ao contrário de você, não faço declarações grandiosas.

— Você deixou bem claro que não sente o mesmo que eu quando se recusou a dizer algo. Só deixa para lá, não há necessidade de complicar as coisas.

Fiquei de pé e pus o prato na pia. Jacob se levantou e ficou parado atrás de mim. Sua bochecha tocou a minha quando ele apoiou o queixo no meu ombro.

— Não faço ideia de como me sinto, mas sei que não consigo ficar longe de você. Isso é importante para mim, Sam.

Suspirei.

— Acho que é melhor você ir, Jacob, a gente só vai arranjar problema, e, de qualquer forma, em breve vou voltar para Boston.

— Não me afaste — o tom dele foi incisivo —, quero você, preciso de você. Perto. — Eu me virei em seus braços. — Eu preciso de você. — Ele segurou o meu rosto. — Me deixe ficar.

21

Minha pele formigou quando Jacob puxou o cobertor que cobria o meu corpo nu, afagou meus cabelos e traçou o contorno do meu rosto com os dedos. Abri meus olhos sonolentos, tentando ajustá-los à luz brilhante da manhã.

— Bom dia, macaquinha — disse ele, conforme me aconchegava em seu corpo quente.

— Você é muito mau, chefe Torres. — Suspirei. Estava exausta. — Não posso acreditar que você me arrastou para o seu apartamento à uma da manhã. Eu poderia ter dormido mais duas horas se tivesse ficado na minha própria cama.

O sorriso de Jacob se alargou na base do meu pescoço, a barba por fazer das suas bochechas roçaram a pele delicada conforme ele trilhava beijos para cima e para baixo, para cima e para baixo.

— É verdade, mas se tivesse te deixado sozinha, como teria adorado o seu corpo e feito o que bem quisesses? Até onde me lembro, não saiu reclamação nenhuma dessa sua boca deliciosa, só gemidos de prazer. Talvez você precise de um lembrete?

Ele deu um tapa de brincadeira na minha bunda. Eu soltei um gritinho. O olhar dele me fez me sentir desejada. Cutuquei o seu ombro.

— É melhor eu dar um jeito de me livrar de você; o preço é alto demais, e o cansaço é constante.

— Ok, mas antes de me chutar... — Ele me virou de costas e capturou meu corpo sob o seu. Estendeu meus braços acima da minha cabeça e agarrou os meus pulsos. — Preciso me perder em você mais uma vez — disse ele, e me teve de novo.

— Te vejo hoje à noite? — perguntou Jacob no caminho para me deixar na redação.

— Nós nos veremos antes disso, no funeral da Megan.

— Não vamos conseguir interagir um com o outro. Minha equipe fará a segurança da cerimônia, a imprensa estará por toda a parte, o que é problemático. — Jacob se fundiu no tráfego, parou na calçada e colocou a mão na minha coxa. Com uma voz superficial e sedutora, ele falou: — Hoje mais tarde, serei todo seu. — Acariciei o seu rosto, mas pelo canto do olho tive um vislumbre de um homem passando por nós.

Eu me virei. Um sujeito familiar estava caminhando cheio de determinação em direção ao prédio do *The Daily News*. Seria ele? Jacob virou a cabeça também. O homem olhou direto para nós.

Michael.

Quando ele chegou a Nova York? E por que não me informou de antemão?

Jacob se afastou de mim.

— Vá falar com ele — disse o detetive, irritado.

— Jacob, eu cuido desse assunto. Não poderia discutir isso ao telefone, não é um jeito decente de terminar um relacionamento. — Toquei no braço dele, que chacoalhou o meu toque.

— O que você está fazendo não é decente, Sam. Saia do carro, por favor, estou com pressa para chegar ao trabalho. — Ele encarou o para-brisa; sua mandíbula estava retesada.

Percebi que tentar me explicar seria inútil. Saí e ouvi os pneus do carro cantarem quando ele arrancou.

— Michael — chamei, correndo atrás dele, que se aproximava da entrada. Ele veio na minha direção e passou os braços ao meu redor.

Congelei quando ele falou:

— Vim passar alguns dias com você. — Fiquei com raiva de mim mesma por dar falsas esperanças a ele, e também fiquei muita brava com ele por simplesmente aparecer sem falar nada.

— O que você está fazendo aqui, Michael?

Ele me soltou e olhou para mim.

— Eu esperava uma recepção diferente. Tive a sensação...

— O que você quer dizer? — Michael não veio para Nova York só para me ver, havia uma razão para isso, e eu descobriria qual era.

— Não assim, não agora — disse ele. Seus olhos vagaram pelas pessoas entrando e saindo do prédio. Reconheci algumas delas da redação.

— Tenho um dia bastante ocupado pela frente. Vai ter que esperar até de noite. Se você tivesse me consultado antes de vir, teria dito que não seria uma boa hora.

— Quando seu tio me disse que você estava criando um rebuliço, senti que ele estava insinuando alguma coisa. Você quer me contar o que é, Sam?

Comecei a ligar os pontos: Catherine contou a Robert que tinha me visto com Jacob e ele, por sua vez, deu sinais a Michael que o deixou desconfiado. Robert gostava de Michael, ele o conheceu através da MCU de Boston, e quando contei que tínhamos começado a sair, ele ficou muito satisfeito. Com sua concisão de sempre, foi como se aprovasse o relacionamento quando dissera: "O Michael é um cara legal."

— Michael, eu sinto muito, estou sob muita pressão. A tarefa que me deram é complicada demais. Esse caso está me tirando do prumo. Você me pegou de surpresa, e eu não reajo bem ao inesperado.

Ele colocou os dedos sobre os meus lábios.

— Sei que você está tentando. — As palavras foram evidência da sua rara habilidade de se controlar, ele me aceitava como eu era.

Passei os braços ao redor de seu pescoço.

— O funeral é hoje, e devo ir lá para cobrir a ocasião e enviar um artigo para o jornal mais tarde. Quando eu terminar, a gente se encontra para jantar e conversar, tudo bem?

— Você não tem carro, me deixe te levar até lá.

— Tudo bem, preciso cuidar de algo urgente lá em cima, a gente se encontra aqui às onze.

Ele afagou minha bochecha.

— Vou dar um pulo lá na delegacia em que costumava trabalhar, falar oi para os meus amigos. Até daqui a pouco.

Eu engoli em seco. O pensamento dele e Jacob se encontrando era perturbador. Muito mesmo.

Eu me senti mal. Muito, muito, mal.

Michael foi embora. Eu o observei se afastar e meu coração se apertou.

— Raios me partam — resmunguei.

A última pessoa que eu queria ver depois do incidente com Jacob e Michael era Josh, mas tinha que fazer isso. Recebi uma mensagem de Walter através da qual concluí que não tinha escolha. Bati na porta do escritório dele.

— Entra.

Entrei e fechei a porta às minhas costas. Fiquei de frente para ele. Josh se reclinou em sua cadeira executiva e bateu a ponta da caneta no dente. O som era irritante.

— Olha só você, uma profissional de primeira linha que não fez questão de chegar na hora.

Olhei o relógio; estava quinze minutos atrasada. Os lábios finos dele se ergueram em um sorriso sarcástico.

— Sinto muito, mas me deixe tomar só mais dois minutos do seu tempo. — Ele tirou a caneta da boca e se levantou da cadeira.

— Estou ocupado. O que você quer?

— Eu agradeceria muito se nos permitisse usar os fotógrafos da cerimônia e do funeral. Vamos dar crédito a eles.

Ele riu como se eu tivesse contado uma piada, uma piada muito engraçada.

— Preste atenção ao que está acontecendo aqui, Redfield. Quando você chegou a Nova York, deixei bem claro o quanto era importante que houvesse cooperação entre nós, *quid pro quo*, minha querida. — Fiquei irritada com a tentativa dele de me colocar no meu lugar por não concordar em dividir com ele as minhas descobertas, mas fiquei quieta. Não tinha escolha. — Diga ao Walter para me ligar e a gente resolve tudo.

Claro que ele dificultaria muito para mim. Agarrei a maçaneta. Eu estava de saída.

— Posso te oferecer uma carona com a minha equipe se você não tiver como chegar lá. Para você não dizer que não sou generoso. — Se a situação fosse diferente, eu daria uma nele que o deixaria desnorteado.

— Está tudo bem — respondi, educada.

Ele riu alto.

— Tenho certeza de que sim.

Filho da puta, xinguei ao fechar a porta e passar pela área de trabalho a caminho dos elevadores. Liguei para Walter. Não consegui me controlar e explodi:

— Ele é um egocêntrico de proporções ultrajantes.

Ele permaneceu indiferente.

— Políticas internas. Eu vou ligar para ele.

Suspirei.

— Por que você me mandou falar com ele, para início de conversa?

A resposta de Walter foi reservada, como se ele estivesse me passando um sermão quanto aos fatos da vida.

— Você precisa aprender a ter atitudes políticas, Sam. Essa não vai ser a sua única cobertura fora de Boston. Você vai conhecer milhares de sujeitos iguais ao Josh, e nem sempre estarei disponível para ir a seu socorro. Se quiser jogar na liga profissional, vai precisar entender que quem atravessa primeiro a linha de chegada é a estrela. Não procure generosidade e graciosidade em homens como ele. Me deixe esclarecer as coisas com Josh. Por ora, espero o seu artigo na minha mesa às cinco.

— Você quis dizer e-mail?

— Semântica, pare de bancar a espertinha, mocinha, você entendeu. Sorri.

— Muito bem, senhor, cinco em ponto.

Decidi dar uma olhada em algo que ainda estava na minha lista: a fantasia que as meninas usavam quando foram sequestradas. Reconsiderei quais eram as chances de a MCU não ter investigado esse assunto por todos os ângulos e preferi deixar para lá. Atravessei a rua para pegar um café, fiquei parada em uma longa fila e mandei mensagem para Jacob.

> Fiquei tão surpresa quanto você por ver o Michael. Pedi a ele para adiar a nossa conversa até de noite. Podemos nos encontrar depois?

Esperei pela resposta. Nesse meio-tempo, o barista me entregou um copo de café fumegante. Saí da cafeteria e voltei para a entrada do prédio para esperar por Michael. Eu estava andando para lá e para cá, pensando em ligar para Jacob, mas me controlei. Do pouco que vim a conhecer tanto ele quanto o seu temperamento, era melhor deixar que ele ligasse. Ele leria minha mensagem e me daria uma chance justa de me explicar, tinha certeza disso.

Uma hora e cinco cigarros depois, estava incomodada com o fato de ele não ter respondido minha mensagem. Eu podia ver, pelos sinais no aplicativo, que ele havia lido.

Michael chegou adiantado. Fomos para o cemitério. Tentei falar de qualquer coisa que não fosse nós dois. Mas ele queria chegar à razão para ter vindo para Nova York: nós. Pressionei a sua mão como se implorasse para ele deixar o assunto para mais tarde. Ele entendeu e se segurou, mas a forma como se sentou erguido no assento indicava o quanto ele estava tenso. Eu sabia que não seria fácil para nenhum de nós.

O portão do cemitério apareceu na nossa frente. Meu corpo se retesou.

Desespero e ansiedade me oprimiam. Perdas e despedidas eram uma porta que eu havia trancado há muitos, e insuportáveis, anos.

Restrições temporárias de tráfego eram evidentes nas redondezas. Uma longa fila de carros se arrastava à nossa frente. Vans de transmissão, carros da imprensa, todos cortaram caminho até a entrada. Michael colocou o giroflex no teto e ligou a sirene. Fomos pela lateral e paramos perto de uma barreira humana formada por policiais. Um guarda de trânsito nos deixou passar e sinalizou o local em que deveríamos estacionar.

Os amigos e a família de Megan deveriam chegar da igreja onde a cerimônia foi realizada, e não ficava longe do cemitério.

Saímos do carro, atravessamos o estacionamento e caminhamos ao longo das trilhas. Olhei para as lápides silenciosas: nomes e mais nomes. Senti inveja das pedras que incorporavam um lugar para lembrar e comungar com os mortos. Minha perda não tinha nome, nem identidade, nem lugar. Eram mantidas em celas da minha memória, onde construí um memorial abstrato e intangível para eles. O desaparecimento deles havia se tornado uma realidade insuportável para mim. Michael passou o braço pelo meu ombro.

— Você está bem? — perguntou ele, baixinho. Alguns paparazzi que passaram por nós começaram a armar os tripés em locais diferentes e em pontos adjacentes.

— Você está quieta. O que se passa nessa sua cabeça?

— Estou me perguntando se há algo mais por aqui, ou se simplesmente acreditamos em algo que não existe.

Apontei para o céu acinzentado. Estávamos debaixo de uma árvore verde e cheia de galhos. Primeiro chegaram os carregadores de caixão e, atrás deles, o sr. e a sra. Williams. Estavam de mãos dadas. Os rostos sérios estavam secos, sem lágrimas. Muitos vinham atrás em procissão, com a cabeça baixa. Adolescentes caminhavam ao lado dos pais.

O caixão foi baixado à cova. O choro angustiado da sra. Wilson rompeu o ar. Olhei para a multidão e tive um vislumbre da srta. Leary, a diretora da escola, assoando o nariz. Em seguida notei um jovem de terno preto e óculos escuros. O perfil dele era familiar.

Joel.

Segui o seu olhar. Mesmo com óculos, podia dizer que ele estava olhando para Gail, quem, ao que deu a entender, o reconheceu. O garoto tinha coragem, pensei. É claro que não poderia abordá-lo com todos os detetives e policiais ao redor.

A multidão começou a se dispersar. Não desviei os olhos de Joel. Eu o vi passar pela srta. Leary; eles cruzaram olhares, em seguida o cara enfiou algo no bolso do casaco dela. Parecia um bilhete.

— Você viu aquilo? — perguntei a Michael, com voz apropriadamente baixa.

— Vi o quê?

— Pensei ter visto algo, talvez esteja enganada.

Esperava que alguém da MCU tivesse notado. De repente, compreendi: Joel e a diretora da escola se conheciam. Mas como? Minha mente deu voltas. Eu não conseguia afastar o olhar deles.

— O que está acontecendo com você? — perguntou Michael. Ele notou meu comportamento incomum.

Percebi que precisava manter a expressão calma. Ele era detetive, logo descobriria que eu estava escondendo algo e começaria a me interrogar. Vi Gail cair nos braços do pai. Eu não queria que ela me notasse. Eu me virei para Michael.

— Vamos, por favor. Não posso ficar aqui.

Antes de entrar no carro, ergui a cabeça e vi Jacob e Colin conversando. Jacob me viu e manteve os olhos fixos em mim até os pais de Megan se aproximarem deles. Pensei em abordá-los e contar o que eu tinha acabado de testemunhar, mas Gail e os pais também estavam indo até ele.

Entrei no carro. Me reclinei e fechei os olhos.

Scientist do Coldplay tocava no rádio. A letra da música se encaixava bem com a situação.

Michael me deixou no *The Daily News* e pediu para eu ligar quando acabasse. Aflita com tudo o que acontecera, lutei para escrever o artigo. Walter ligou às seis, querendo saber, aos berros, por que a matéria não tinha chegado. Enviei depois de uma revisão apressada e liguei para Michael.

— Sério? Pensei que a gente combinasse, Sam. — Michael ergueu a taça de vinho e tomou tudo em um único gole.

— Sinto muito. — Larguei o garfo, não conseguia comer nada.
— É o Torres? — perguntou ele, com tom de acusação.
— O que te levou a essa conclusão?
— Um palpite não muito descabido. Ele não parou de olhar para você durante todo o funeral, os olhos dele iam de você para mim o tempo todo. Não entendo por que não disse nada, nós conversamos várias vezes.
— Queria conversar pessoalmente, e não que você descobrisse desse jeito. Você não dava ouvidos quando eu dizia que precisava de espaço e que não estava pronta para me comprometer. Não sou do tipo que se envolve em relacionamentos de longa duração.

A expressão de Michael deixou transparecer derrota.

— Você sabe que isso não tem a mínima chance. Você é praticamente incapaz de se envolver em um relacionamento normal, que dirá um a distância. — As palavras doeram, mas sabia que ele estava magoado. — Não crie expectativas com Torres. Ele não pode te dar o que você precisa de verdade.
— Que é?
— Estabilidade, não um parceiro casual.
— É isso que você não entende, Michael, me dou muito bem com parceiros assim. Eles vão embora e não fico esperando por eles quando não voltam.

Ele se sentou na cadeira ao meu lado.

— Tire um tempo para você. Quando você voltar, a gente...

Ergui a mão na frente dele.

— Não dificulte as coisas ainda mais. A gente pode manter a amizade, se você quiser.

Michael ficou calado. Eu podia ver que ele estava sofrendo. Ficamos em silêncio. Ele terminou de comer, pagou e se levantou para ir embora. Quando ele se abaixou para me beijar a bochecha, senti uma pontada de tristeza. Eu gostava dele. Muito.

Fiquei e bebi mais vinho. Eu sabia que tinha que ver Jacob apesar de ele não ter respondido à minha mensagem, e decidi ir até a casa dele.

A corrida até o Brooklyn pareceu levar uma eternidade. Quando o táxi parou na frente do prédio dele, paguei e saí. Subi as escadas até o segundo andar e bati na imensa porta de madeira, primeiro de leve, depois mais forte. Ele abriu a porta, sua postura transmitia hostilidade.

— O que você está fazendo aqui, Sam? — perguntou ele, com a voz fria e sucinta.

— Podemos conversar?

O silêncio do homem falou volumes quando ele não se apressou para me responder, e um arrepio desceu pelas minhas costas.

— É melhor você ir, não vejo razão — disse ele, e recuou para fechar a porta.

Eu a segurei.

— Eu mereço uma chance de me explicar.

— Não quero ouvir o que você tem a dizer, Sam. No que me diz respeito, pessoas como você, que contam histórias e que enganam todos ao seu redor, não são dignas de confiança. Não vou ser joguete seu.

A porta bateu na minha cara.

Fiquei em choque.

As lágrimas escorreram pelas minhas bochechas.

22

Crises de choro e pesadelos. Eu mal tinha dormido quando por fim me levantei de manhã bem cedinho.

Tomei um banho, enrolei o cabelo molhado na toalha, um roupão ao redor do corpo e fui para a cozinha fazer café. Acendi um cigarro. Abri uma fresta da janela, e o vento gelado anunciou que seria outro dia invernal em Nova York.

Por mais que sentisse saudade de Boston e de Robert, estava preocupada com Joe. Tomara que ele tivesse encontrado um lugar quente para passar os dias congelantes, que estivesse comendo e não deitado em algum banco na rua.

Beberiquei o café e comecei a traçar planos para o resto do dia. Primeiro, queria conseguir informações sobre Joel Fine e decidi ligar para o meu informante em Boston para que fizesse perguntas sobre ele.

James me devia um favor. Eu não gostava de contatá-lo. Ele era um ser desprezível de boca suja, mas quando precisava saber de alguém, era a ele que eu procurava. Um hacker, ex-presidiário, que tentou voltar aos trilhos, e entre outras coisas, tinha organizado uma rede de contatos tanto com jornais quanto com a polícia. Ele ajudava a ambos em troca de pagamento.

— Oi, James, embora eu tenha certeza de que você não está com saudade de mim, estou ligando para pedir um favor. — James riu. A voz dele estava rouca.

— São sete da manhã, srta. jornalista sagaz, posso perguntar o que te arrancou da cama a essa hora? Porque se você estivesse comigo... tenho certeza de que encontraria um jeito bem criativo de te manter aconchegada debaixo das cobertas.

Eu não estava nem aí por ter acordado o cara.

— Mas é claro que sim. Eu vou adorar ouvir tudo isso outra hora, mas, por enquanto, estou sem tempo. Você vai me ajudar ou não?

Ele soltou um suspiro carregado.

— Você é difícil de conquistar, Sam, fico de pau duro só de pensar no que sonho em fazer com você, docinho. Nesse meio-tempo, serei bonzinho e vou me controlar. Do que você precisa?

— Ele se chama Joel Fine, e preciso de tudo o que você conseguir descobrir sobre ele, incluindo coisas que ele tentou enterrar, que manteve em segredo ou encobriu. Prometo que se você cavar bastante e descobrir fatos suculentos, vai receber de mim a ligação com que tem sonhado.

Eu sabia que ele era um merdinha, mas ninguém cavava informações confidenciais melhor que ele. O cara respirou fundo.

— Só coisa suculenta e molhadinha para você, você é uma filha da puta difícil.

Ele me dava nojo.

— Vai valer a pena, prometo — respondi com falsa confiança.

— Só me deixa anotar o nome do cara. Qual você disse que era? Joel o quê?

— Fine.

— Me manda uma mensagem com o seu e-mail, e assim que conseguir o que você precisa, eu envio. — E desligou.

Liguei para Torres e caí na caixa de mensagem. Tentei de novo e o ouvi me desligar. Ele estava bloqueando as minhas ligações. Vesti um jeans desbotado, suéter cinza de caxemira e envolvi um longo cachecol de lã no pescoço. Prendi meu cabelo úmido em um coque bagunçado, peguei a bolsa e o casaco no sofá e fechei a porta ao sair. Depois de duas semanas em Nova York, ainda não tinha me acostumado ao fato de que dependia de táxi para me deslocar. Fiquei vinte minutos na calçada. O frio enregelante se infiltrava através das minhas roupas quentes. Quando um táxi finalmente parou, entrei e logo pedi ao motorista para aumentar o aquecedor. Meus dedos estavam dormentes, assim como meu nariz e bochechas. Percebi que o motorista estava esperando que eu dissesse o destino; delegacia, falei.

O táxi parou. Pedi o recibo e corri até a entrada.

— Jacob Torres, por favor.

O policial olhou meu documento, depois para mim.

— Vou ligar e avisar que você está aqui.

Frustrada, soltei um suspiro profundo quando notei uma mulher vindo na minha direção.

— Laurie! — gritei.

Ela parou de olhar para o celular e me viu. Algo na forma como ela me olhou me disse que a mulher não estava feliz em me ver. Ela fez sinal para o policial e falou:

— Charlie, pode permitir a entrada dela.

Fui até ela.

— Então, o que você fez com o Torres? Eu não o vejo irritado assim desde... — ela resmungou alguma coisa e me encarou — sempre.

— Por que você acha que tem a ver comigo? Talvez ele só esteja tendo um dia ruim.

— Ah, não, não me venha com essa. Parece que vocês dois passaram por um liquidificador, e já que conheço o meu chefe... para mim é óbvio que a culpa é sua.

Eu não sabia se ela estava falando sério ou se fazendo piada, então fiquei parada.

— Laurie, onde ele está? Preciso muito mesmo falar com ele.

— Tentou o celular? — O telefone dela apitou, alertando-a da chegada de uma mensagem. Ela olhou para o aparelho. — Na verdade, se você veio até aqui, só significa uma coisa: ele não está te atendendo. — Ela sorriu.

— Tudo bem, Laurie, não fui uma boa amiga para você, sou uma cretina distante e irritei o Torres. Feliz? Agora, por favor, me diga onde consigo encontrar o homem. Tenho informações importantes sobre a investigação que preciso passar para ele.

Ela pareceu tão satisfeita consigo mesma. Mas, ao mesmo tempo, sabia que ela era profissional demais para ignorar o que eu estava dizendo.

— Ele saiu com a equipe. Um chamado sobre o veículo dos sequestradores. Um cara passeando com o cachorro perto de um armazém deserto na área do Bronx notou uma van azul de aparência suspeita e prestou queixa. Depois que o carro da patrulha local chegou ao lugar, eles nos contataram.

Fiquei calada. Algo nela havia derretido, e ela passou o braço ao redor dos meus ombros.

— Você pode esperar por ele aqui, Sam. Vem. Eu estava prestes a me fazer uma xícara de café.

Eu a observei servir açúcar para nós duas. Meu telefone apitou, anunciando a chegada de um e-mail. Presumi que fosse um dos que eu estava esperando. Olhei para a tela. James trabalhava rápido.

— Lauren, acabei de receber um e-mail importante. Vamos marcar uma data para a gente sair, só nós, meninas, e deixar tudo nos trilhos?

Ela me entregou a xícara.

— Aqui, leve com você. Vou esperar você ligar. Como eu disse, você é a única amiga que tenho, por ora, pelo menos. — Ela sorriu e eu a beijei na bochecha.

— Por ora — repeti.

Beberiquei o café ao sair, o sabor era horrível. Turvo, forte e doce demais. Entornei tudo na lixeira mais próxima, saí do prédio e fui até a cafeteria em que Colin e Derek tinham me levado. Estava lotada. Eu me sentei à ponta do balcão. Enquanto esperava as coisas se acalmarem, li o que James mandou.

Joel Fine
Nasceu em 1995, em Gales do Sul, Reino Unido. Pais: Johanna Tomlison Fine, dona de casa, e Arnold Fine, trabalha na indústria carvoeira. O casal tem dois filhos: Joel e Senna. Formação em socioeconomia. Fala galês e inglês.
O pai, Arnold, foi preso algumas vezes por embriaguez e violência doméstica contra a esposa e os filhos. Há registros hospitalares que incluem ossos quebrados.
Aos vinte e três, a mãe foi diagnosticada com depressão, ela já tinha dois filhos.
Ao longo dos anos, e nas vezes em que a mãe foi internada em um hospital psiquiátrico, as crianças foram colocadas em lares temporários pelo serviço de assistência social que atestaram que o pai não tinha condições de cuidar delas.
Ainda jovem, foi avaliado que Joel tinha uma inteligência relativamente alta para sua faixa etária. Ele era um aluno excelente e foi recomendado para instituições para crianças superdotadas. Enquanto crescia, ele se envolveu em brigas de rua e foi preso uma vez por uso de entorpecentes. A ficha policial foi apagada por ele ser menor na época.
Ele recebeu bolsa de estudos completa em uma faculdade em Londres e morava no dormitório.
Nessa época, foi registrada queixa contra ele por agredir um menor e suspeita de pedofilia. O caso foi arquivado por falta de evidências. Ele se formou com honras e os professores o recomendaram para uma bolsa de estudos de pós-graduação na Faculdade de Belas Artes em Nova York.

Ele recebeu visto de permanência nos EUA até 2019.
Ele começou a estudar e, ao mesmo tempo, a trabalhar como garçom. Ele morava no dormitório.
No fim de 2015, várias queixas foram registradas contra ele por assédio sexual. A faculdade revogou sua bolsa de estudos e foi acordado que ele deixaria a instituição.
Desde então, ele mora em Lower East Side em Manhattan com dois colegas de quarto.
Inúmeras queixas foram arquivadas contra ele por contravenções de uso de drogas e violência nas ruas. A cada vez que ele era preso, era liberado sob fiança por uma pessoa desconhecida.
No momento, ganha a vida com trabalhos estranhos.
Há um mês, renovou o passaporte na Embaixada Britânica. Algumas transferências de US$ 2.000,00 foram feitas para a sua conta bancária.

— Deseja pedir? — perguntou o jovem atrás do balcão.
— Café pingado para viagem. — Tirei cinco dólares da carteira e paguei.
Para mim, o que se destacava eram os recursos financeiros de Joel. Meus pensamentos deram voltas. Alguém tinha transferido dinheiro para ele, e o cara renovou o passaporte, um advogado apareceu do nada depois de ele ter sido preso e o liberou sob fiança, talvez essas coisas estivessem conectadas?
Talvez ele estivesse envolvido no sequestro e havia gente poderosa por trás ajudando-o a escapar? O que eu vi no funeral ainda me incomodava. Eu tinha a sensação de que talvez algo maior que a soma das partes estava bem diante de mim, e não conseguia encaixar as peças.
Eu precisava falar com Jacob. Pretendia contar para ele que meu informante de Boston tinha me colocado em contato com um informante local, e que pedi para que ele seguisse Joel e que o cara o viu com Gail. Isso seria aviso suficiente. O mais importante era que a polícia protegesse Gail, eu temia pela vida dela.
— Torres. — Sua voz estava seca. Ele me tratou como se eu fosse uma estranha.
— Jacob, a gente precisa se encontrar, tenho informações importantes para te passar.
— Quem te passou?
— Um informante cujo nome não posso revelar.

— Não tenho a mínima intenção de desperdiçar tempo com um informante desconhecido e suas informações vagas. No momento, centenas de ligações chegam à linha direta, e noventa e nove por cento são inúteis. O que eu não posso verificar... passo adiante.

— Jacob, escuta, é informação confiável e...

Ele me cortou e perguntou, abrupto:

— Você pode apoiá-la com evidências?

— Ainda não, você vai ter que acreditar na minha palavra.

— Muito engraçado, acreditar na sua palavra? Essa é a última coisa que vou fazer. Sam, fique longe da investigação, entendido? — Ele desligou. Bati o pé, e um grito frustrado queimou dentro de mim.

Agora, Catherine era a única pessoa que poderia salvar o meu rabo nessa história. Eu pretendia ligar para ela e contar tudo. Desse jeito, não seria capaz de me arrepender de nada e, não menos importante, a informação, que eu escondia, estaria disponível para eles. O segredo de esconder evidências dos detetives, da unidade, de Catherine e de Jacob era um fardo insuportável.

— Minha querida, não me mate, por favor, mas preciso ser breve. Voltamos há pouco e está uma loucura aqui. O veículo dos sequestradores foi encontrado e as coisas podem começar a evoluir, considerando o que a perícia encontrou na cena. Mesmo que nada tenha sido encontrado na van, do lado de fora, no chão do armazém, havia traços de sangue seco. Suspeitamos que as meninas foram mantidas lá por um tempo, não sabemos por quanto, nem se foram abusadas e então levadas para outro lugar.

Eu senti urgência de dizer a ela o que eu sabia.

— Estou em maus lençóis — falei.

Eu podia dizer pelo seu silêncio que ela ficou muito preocupada.

— Não há com o que se preocupar. O que quis dizer é que eu cometi alguns erros, e não sei o que fazer. Tentei contar para Torres, mas ele se recusou a ouvir. Por favor, diga a ele o que estou prestes a te falar. Não tenho dúvidas de que quando ele ouvir da sua boca, levará a sério. No funeral de Megan, vi Joel Fine passar um bilhete para a srta. Leary, a diretora da escola. Ele o colocou no bolso do casaco dela e eles trocaram olhares que deram a entender que se conheciam. Catherine, vale a pena verificar. Algo não cheira bem. Se você precisar de mim, como testemunha ocular, eu aceito.

— Problemático, Sam, é evidência circunstancial que precisa passar por um processo complicado para se tornar prova. Vai se tornar um disse-me-disse inútil se não houver confirmação da evidência.

— Catherine, não descarte a informação assim tão rápido; você me conhece. Usei um informante para verificar o cara. Ele tem um passado complicado. Violação, prisão, assédio e queixas foram silenciadas. Descobri que dinheiro está sendo transferido para a conta dele, e que ele renovou o passaporte. É possível que ele esteja armando a fuga; Torres precisa saber.

— Sam, você sabe que a informação que acabou de me passar não é o suficiente para irmos atrás de um juiz e pedir um mandado de prisão para ele ou para a diretora. Você sabe muito bem que as conexões que fez entre as peças são hipóteses. Um minuto atrás, você disse que estava em maus lençóis, há algo mais que você não está me contando? Algo mais concreto que possamos usar?

Na verdade, o que Catherine estava me dizendo era que o que eu tinha em mente era baseado em fundamentos insuficientes. Fiquei com medo de contar sobre os diários.

— Desculpa se eu te fiz desperdiçar tempo, pensei que tivesse algo sólido aqui.

— Sammy, escuta, vou passar para o Torres o que você me disse, e deixar que ele decida o que fazer com a informação.

Percebi que eu havia chegado ao ponto em que não poderia validar nada sem os diários, que revelariam o quadro completo.

Eu queria falar com ele e sabia que essa estava longe de ser a hora certa, a divisão estava pegando fogo com a nova evidência e a pressa de tirar o melhor da situação.

Era como se os meus dedos discassem o número dele sem nem perceber.

— Cacete, Torres, pelo menos me dê uma chance de me explicar, é só o que eu peço.

23

Enviei por mensagem para Jacob o endereço da cafeteria. Minha mente girava com pensamentos sobre o caso e sobre o fato de que a investigação havia mudado de direção depois que encontraram a van, e eu não poderia ignorar essas coisas. Mas havia uma dor surda no meu peito da qual não conseguia me livrar.

Eu queria Jacob.

Eu desejava o corpo dele.

Eu havia me apaixonado por ele.

Pela primeira vez, entendi do que se tratava o anseio sobre o qual li nos romances, o tipo de anseio que fazia parte do relacionamento dos meus pais. Esses novos sentimentos afetavam a minha conduta. Eles me distraíam do que até o momento havia sido o foco principal da minha vida: minha carreira. Também os mantras que eu recitava para mim mesma, dia e noite, não se aplicavam no que dizia respeito a ele: não se apegue, proteja seu coração, permaneça leal a si mesma e, novamente, carreira, carreira, carreira... E onde estou agora?

Vinte minutos se passaram desde que olhei para o relógio. Uma sineta tocou, anunciando a chegada de um novo cliente, eu sabia que era Jacob. Podia sentir sua presença. Sua sombra pairou sobre mim quando ele, de propósito, permaneceu de pé.

— Quanto tempo isso vai levar? Eu te disse que não estou interessado em informações de fontes que não conheço. Aprenda a desistir.

Ergui a mão diante dele e me levantei. As pessoas da mesa ao lado nos encararam com curiosidade. Vesti o casaco e deixei dinheiro na mesa. Saí de lá, e Jacob me seguiu até entrarmos em um beco ali perto. Eu me virei para encará-lo, assim poderia sentir o aroma almiscarado e fresco do seu perfume; o que mais parecia um afrodisíaco entorpecente.

— Não me afaste, Jacob. Me deixa te contar o que aconteceu com Michael ontem.

— Não quero saber, Sam. Meus olhos não me enganaram lá no funeral e, a meu ver, isso foi o bastante.

— Você não perde tempo para saltar para conclusões, mas não é nada do que está pensando.

Eu não conseguia suportar o fato de que não havia conseguido transpor os muros que ele tinha construído ao seu redor. Ele ficou parado lá, sem se mover, com a mandíbula cerrada e expressão constrita e hesitante.

— Tenho um milhão de coisas de que cuidar. Se eu soubesse onde essa conversa ia dar, não teria nem aparecido. Vim dizer para você ficar longe da minha divisão e... — Ele parou de falar quando me aproximei. Eu conseguia ver a artéria pulsando com rapidez no seu pescoço. Queria tocá-lo, afagar a sua face, só de pensar naquilo fiquei meio enlouquecida.

— Sai — ele deu a ordem.

Bufei.

— Nós dois sabemos o que está te chateando de verdade, então não me diga que você apareceu aqui só para me dizer o que poderia ter enviado por mensagem. Não negue o que está rolando entre nós, ainda mais porque é você que sempre fala de integridade e sinceridade. Seja verdadeiro e assuma a responsabilidade do que sente por mim.

Ele se inclinou na minha direção, seu olhar penetrou os meus olhos. A ruguinha entre suas sobrancelhas se aprofundou. Ele estava furioso.

— Você não sabe de nada — disse ele, entre dentes. — Não suponha que pode decidir por mim o que sinto depois de nosso breve tempo juntos. Particularmente porque é você que não consegue encarar sentimentos reais e vai procurar conforto nos braços de outro homem.

— Para! O que havia com Michael acabou no dia que eu e você nos reencontramos. Mesmo que negasse e me recusasse a reconhecer o que sentia, eu queria você. Era inevitável nós ficarmos juntos. Você vê o fato de eu estar confusa como imoral? O que nisso você acha imperdoável? Alguns dias atrás, você me pediu para te dar uma chance, agora é a minha vez de fazer a mesma coisa.

Olhei para ele e vi que seus olhos tempestuosos estavam cheios de paixão, vulnerabilidade e até mesmo confusão. Eu sabia que estava quase lá. Peguei sua mão e a coloquei sobre meu coração.

— Com você eu sinto, Jacob. De verdade. Você faz comigo o que ninguém nunca conseguiu antes.

Ele me amordaçou com o olhar e se inclinou para frente. Nossos lábios mal se tocaram, e seu fôlego quente encontrou o meu.

— Eu te disse, Sam, não estou interessado em um relacionamento com você e isso também se aplica à investigação. Fique longe e pare de se agarrar à minha unidade. Essa é a última vez que vou dizer.

Ele estava tendo problemas para se concentrar. De um jeito que me surpreendeu, senti a necessidade de magoá-lo também.

— Sua atitude é errada não apenas quanto a mim, no âmbito pessoal, mas também quanto ao lado profissional da situação, que é tão importante para você. É verdade que não sou detetive nem perfiladora, mas como jornalista consigo informações que vocês do sistema não são capazes de acessar. Então talvez você devesse ensinar a si mesmo a confiar nos outros e, pode acreditar, sua investigação vai sair ganhando. Eu não tenho a mínima intenção de me afastar da investigação, tenho um trabalho a fazer. Engula, não vou a lugar nenhum.

— Sua desgraçada.

Não percebi que ele havia se movido até que senti minhas costas na parede de tijolinhos. O peso do seu corpo me pressionava. O peito dele arfou; os olhos fitaram os meus. Abri a boca para falar, mas logo a fechei. Ele ficou daquele jeito por uns bons segundos, então, de forma abrupta, se afastou, deu meia-volta e saiu andando.

Fiquei abalada, quis apagar a rejeição dele. Estava explodindo de raiva. Jacob me largou ali sem nem ao menos me ouvir. Minha mente entrou na defensiva: o foco saltou de um pensamento a outro. A pressão por causa do trabalho também me atingiu. Eu sabia que precisava conseguir informações novas, notícias fresquinhas. Walter tinha deixado bem claro na nossa conversa no dia anterior. A pessoa em quem eu estava pensando era Colin. Sabia que ele me ajudaria, pelo menos até descobrir que Torres estava tentando me manter longe da unidade. Eu me lembrei de como ele tinha me tratado, dos flertes. Decidi tirar vantagem disso antes que Jacob o atualizasse sobre mim. Eu estava procurando uma forma de me fazer me sentir melhor e não me importei se o usaria para conseguir o que queria. Liguei para ele.

— Olha, se eu soubesse que você ligaria... teria gravado a conversa para documentar que era você que estava tentando me pegar. — Colin tinha um senso de humor sagaz. E embora eu estivesse muito para baixo, ele me fez rir.

— Tudo bem? — Eu pretendia sondar o humor dele e do que estava acontecendo ao seu redor.

— Pressão inacreditável, como sempre, só que dessa vez há um motivo. Finalmente algo que parece um grande avanço.

— Estou sempre disponível para te dar ouvidos.

Ele riu.

— Se você não fosse jornalista, talvez acreditasse. Apesar do fato de ser extraoficial, não tenho problemas de falar com você, ainda mais porque o chefe confia na sua pessoa.

O que significava que Jacob ainda não havia comunicado a Colin a sua decisão de me manter afastada da divisão. Eu queria arrancar dele o máximo de informação possível, e saber o rumo que tomariam com a investigação.

— Laurie me contou que você veio fazer uma visita, uma pena eu não ter te visto. Suponho que você saiba que encontramos o veículo do sequestro — ele meio que afirmou, meio que perguntou.

— Catherine analisou o perfil dos suspeitos de novo. Entre as evidências coletadas no carro havia um pedaço de tecido preto que combina com o das batinas dos padres. Depois de encontrar o primeiro corpo, o de Megan, na entrada da igreja, Catherine descartou a linha anterior de ser alguma seita, e explicou que ela agora dedicaria a atenção à instituição religiosa central: a igreja. Ainda estamos esperando ordens mais explícitas.

Algo não encaixava.

— Eu adoraria continuar conversando, mas preciso desligar. Por que a gente não se encontra essa noite, você e eu, para uma bebida?

Pensei no que ele disse e no que não estava batendo.

— Sam, interessada?

Preocupada, respondi que sim.

— Eu te pego às oito — diz Colin, e desliga.

Só então percebi que eu tinha aceitado sair com ele em um encontro. Quis ligar de volta e cancelar, mas me lembrei do que estava me incomodando. Colin havia mencionado o pedaço de tecido preto que a perícia tinha achado. No vídeo do sequestro, um dos sequestradores usava uma batina, e por isso era um erro interpretar o que foi encontrado na van como razão para mudar o perfil e o rumo da investigação. Eu não conseguia entender a razão para eles não terem notado isso. Por que ninguém se lembrava de onde aquilo havia saído? Por que não estavam fazendo a conexão? O que estava acontecendo?

Embora Jacob tenha basicamente me banido da unidade, corri até a delegacia para tentar falar com Catherine e dizer que ela estava cometendo um erro. Eu tinha certeza de que ela me ouviria. Seria a pressão que a fez deixar passar a conexão entre o vídeo e o tecido encontrado na van?

Dez minutos depois, eu cheguei.

Derek estava saindo das portas automáticas e sorriu ao me ver. Pedi a ele para sinalizar para o policial me deixar entrar.

A delegacia estava vazia. Todo o pessoal parecia ter saído.

A porta de Jacob estava aberta, e ele me viu assim que saiu. Apressou-se na minha direção, parecendo ameaçador.

— Eu não fui claro mais cedo?

— Vim ver a Catherine — disse, indo direto ao ponto.

Ele me pegou pelo cotovelo e me puxou atrás de si até a saída de emergência. Quando ela se fechou às nossas costas, ele explodiu:

— O que você quer?

Onde estava o homem protetor, o homem que havia adorado o meu corpo? O homem que sussurrou no meu ouvido o quanto me queria, que me fez sentir um anseio tão intenso que eu nunca havia experimentado? Aquele homem foi substituído pelo chefe durão e impiedoso.

— Está tão desesperada assim por mim, Sam? Vou te dar o que você está querendo.

Seu corpo pressionou no meu, suas mãos seguraram o meu rosto quando ele praticamente atacou a minha boca. Tentei resistir. Ergui as mãos até o seu peito para empurrá-lo, mas ele era mais forte. Seu toque, doloroso. Percebi que era proposital. Que ele estava fazendo questão de me fazer me sentir como se eu não tivesse valor. Suas mãos invadiram meu corpo quando ele agarrou minha cintura à força e se esfregou em mim; eu não conseguia me mover. Uma mão agarrou os meus seios e os afagaram. Ele estava sendo cruel. Eu estava queimando de vergonha. Consegui virar o rosto.

— O que você está fazendo? O que deu em você, Jacob?

Ele me ignorou. Seus dedos se atrapalharam dentro do meu jeans e me apalparam.

— Pare de falar! Cala a boca, Sam.

Os lábios dele engoliram os meus, e enquanto eu resistia ao beijo violento, seus dedos me penetraram. Consegui agarrar o braço dele e cravei as unhas lá. Ele se afastou.

— Eu deveria te erguer e te comer até você gozar? Ou você prefere que o Colin faça isso essa noite?

Seus olhos estavam descontrolados de raiva. Percebi que Colin deve ter ido se gabar do nosso encontro.

Eu não conseguia entender, apesar de ter me aberto para ele e sido completamente sincera quanto à minha devoção, as circunstâncias evoluíram e pareciam provar a ele o exato oposto.

Meu celular tocava sem parar, ignorei.

Falei, dando ênfase a cada palavra:

— Conversei com ele por telefone, e fiquei preocupada com outra coisa quando ele me chamou para sair. Não estava prestando atenção... então aceitei.

— Não quero te dar ouvidos, ainda mais à luz do seu discurso anterior. Como eu deveria interpretar sua conversa com Colin? Você conseguiu informações com ele e aceitou sair com o cara um minuto depois de ter me dito que sou eu quem te faz sentir, e depois de dizer que nunca sentiu o que sente comigo com outra pessoa. Você mente mal pra cacete, Sam. Quem de nós não encara os próprios sentimentos, responsabilidades e sinceridade? Quem?

Os gritos dele ecoaram pelas escadas. Senti algo se avolumar na minha garganta.

— Eu te juro que você está...

Meu telefone tocou de novo. Eu sabia que se era a mesma pessoa insistindo, a razão era urgente. Tirei o aparelho do bolso do casaco: cinco chamadas perdidas de Robert.

Decidi ignorar quando o telefone tocou de novo. Agora não havia dúvida de que o que Robert queria falar comigo era urgente. Eu me afastei de Jacob.

— Robert, me dê alguns minutos e já te retorno.

Mas fiquei na linha quando ele continuou a falar. Ele tentou manter o tom calmo quando deu a notícia de que Holmes, meu gato, havia desaparecido do hotel para animais na noite anterior e não havia retornado. Atônita, cobri a boca com a mão direita enquanto tentava puxar a maçaneta da porta com a esquerda.

Jacob a segurou fechada. Eu o empurrei e me virei para as escadas. Consegui escapulir por debaixo de seu braço quando ele tentou me agarrar, e desci pelas escadas até o primeiro andar.

Saí pela porta lateral e corri para fora enquanto gritava ao telefone com Robert:

— Estou indo, estou indo.

24

O voo que Robert reservou para mim com tão pouca antecedência não me deu tempo de passar no meu apartamento e vestir uma roupa mais quente. Peguei o notebook que eu usava para trabalhar, e tinha comigo a bolsa na qual mantinha os documentos de que precisaria para passar pela segurança. Eu sempre me certificava de ter todas as credenciais de que precisava no caso de ter que sair do estado a qualquer momento. Da delegacia, peguei um táxi direto para o aeroporto e voei até Boston.

Robert estava esperando por mim e, depois de nove dias fora, fiquei animada por vê-lo. Eu o abracei.

— Não se preocupe, Samantha, tenho certeza de que encontraremos o Holmes. Gatos sempre voltam para casa, igual à família — disse ele, com a voz calma.

Eu quis que ele engolisse o que tinha dito.

— A família nem sempre volta para casa — corrigi, e ele ficou sério.

Robert me segurou pelos ombros. Senti seus olhos penetrarem a minha alma.

— Sinto muito, você entendeu o que eu quis dizer — frisou ele.

Fomos em direção à saída, e eu parecia uma criança perdida, totalmente indefesa. Queria que ele acalmasse o meu coração agitado.

— E se algo aconteceu com ele? Ele já sobreviveu a muitas coisas mais do que um gato comum, ele está velho e cansado, e não é esperto o bastante para encontrar o caminho de casa. Ou talvez ele esteja machucado e caído por aí, em algum lugar, esperando por mim. E se alguém o levar para casa e eu nunca mais o ver? Preciso encontrá-lo. Eu cometi um erro. Droga. Só tenho a mim mesma para culpar.

Robert me segurou pelo cotovelo e me conduziu até o carro. Com a outra mão, ele puxou o casaco sobre nossa cabeça, protegendo-nos da chuva.

— Esqueci a sombrinha no carro — disse ele, e apertou o passo conforme a chuva forte batia no chão.

Entramos no carro e fechamos as portas. Ele se virou para mim e falou:
— Pare de se culpar, Sam, vai ficar tudo bem.

Esse "vai ficar tudo bem" me transportou para dezenove anos atrás, para o dia em que os meus pais não voltaram para casa depois de Robert ter ido procurar por eles na América do Sul. Estávamos no mesmo lugar: o aeroporto de Boston. A mesma impotência, as mesmas perguntas a responder, as mesmas palavras terríveis.

— Vai ficar tudo bem? — resmunguei para ele. Na verdade, tudo estava seguindo o caminho oposto.

Robert tentou sair com o carro. A tempestade estava forte. Os limpadores de para-brisa mal conseguiam afastar a chuva; era difícil ver adiante. Ele dirigiu com cuidado.

Pedi para ele me levar para casa. Sugeri que Holmes talvez tivesse ido para lá em vez de para o hotelzinho.

Ele discordou de mim e disse que o lugar não ficava longe da minha casa. Sugeriu que fôssemos para o lugar de onde ele havia desaparecido. Não tentei convencê-lo; já tive discussões o bastante por hoje. Acendi um cigarro e abri a janela.

Robert olhou para mim.
— Acenda um para o seu tio também.

Enfiei a mão na bolsa e entreguei a ele o cigarro que eu já havia acendido. Peguei meu telefone. Ele tinha sido desligado durante o voo. Eu o liguei. Havia duas mensagens na tela pelas quais passei os olhos rapidamente. A última era de Jacob.

> Tentei ligar. Está na caixa-postal, Sam. Quero saber o que aconteceu. Me deixa saber se você está bem.

Havia preocupação ali? Considerando o comportamento dele mais cedo, não quis me deixar enganar. Minha raiva se avolumou. Ele devia estar pensando que eu tinha recebido alguma informação sensacionalista que tinha a ver com meu trabalho ou com a investigação.

Li a mensagem três vezes antes de responder:

> Não sou mais preocupação sua, Jacob. O que acontecer comigo não tem nada a ver contigo e, acredite em mim, vou ficar longe, exatamente como você mandou.

INBAL ELMOZNINO

Enfiei o telefone na bolsa sem esperar a resposta dele. Era absurdo o homem demonstrar preocupação, ainda mais levando em conta que há poucas horas ele havia me ameaçado daquele jeito e me afastado. Minha tentativa de parar de pensar nele foi em vão. Minhas entranhas pinicaram, e eu senti náusea. Não havia nada que eu pudesse fazer, nenhum lugar para me esconder de mim e dos meus sentimentos.

Chegamos ao hotelzinho uma hora depois. O gerente e a recepcionista nos receberam e nos levaram até o escritório. Discutimos o que poderia ser feito. Pela forma como eles falavam, ficou óbvio que estavam preocupados com a própria reputação; falaram da forma como o hotel operava e enfatizaram o cuidado minucioso que tinha com os animais sob sua responsabilidade. Declararam repetidas vezes que nunca tiveram um caso de animal desaparecido e que não se esqueceram de fechar a gaiola de Holmes, que havia um vigia noturno que garantia que todos os animais estivessem sãos e salvos na gaiola.

Eu não tinha a mínima paciência com aquele tipo de conversa.

— E, ainda assim, apesar de todo o profissionalismo e responsabilidade dos quais tanto se orgulham, ele sumiu — falei, firme.

Um silêncio nervoso se assentou. Robert me pediu para aguardá-lo na sala de espera; ele havia notado a minha impaciência. Eu conseguia vê-los conversar através da repartição de vidro.

Robert saiu e fechou a porta. Ele me acompanhou até o lado de fora, abriu a sombrinha e a segurou sobre a minha cabeça. Corremos até o carro. A tempestade ficou mais forte. No caminho para a minha casa, observei a cidade chuvosa. Me fez sentir saudade de Nova York e do homem que não estava me esperando lá. Robert tentou me fazer me sentir melhor e disse que eles haviam garantido fazer tudo que pudessem para encontrar Holmes. Eles enviariam avisos para os canis públicos e abrigos e hoteizinhos privados e postariam no site designado para localizar animais desaparecidos. Se Holmes voltasse para lá, informariam a Robert imediatamente.

— Eu te entendo, Sam, sei o quanto Holmes significa para você, mas precisa se controlar e agir com educação.

— Eu não quis ser grossa, Robert, mas é fácil para você falar. Eu queria ver você agir com tanta contenção se o seu amado Sherlock tivesse desaparecido. Não me peça para me acalmar, eles são um bando de idiotas irresponsáveis. E pensar que paguei uma fortuna porque achei que cuidariam dele como eu. Não se pode confiar em ninguém. Eu vivo me dizendo para deixar para lá, para confiar nas pessoas, sentir, me abrir e parar de ter medo, e aí eu acabo magoada porque o mundo é um filho da puta.

— Tenho a sensação de que não estamos falando do seu gato.

Chegamos a Beacon Hill. Ele parou o carro, desligou a ignição e se virou para mim. Eu não poderia lidar com o que ele queria me perguntar nem responder o que ele queria. Saí do carro e bati a porta. Saltei os degraus até a entrada da minha casa, mas quando escorreguei no concreto molhado, Robert estava lá para me pegar. Ele me apanhou por trás. Nós entramos.

Peguei duas toalhas no banheiro e entreguei uma a ele.

— Sam, sei que talvez esse não seja o melhor momento de falar das outras coisas que estão te incomodando, já que você está preocupada com Holmes. Tente ter uma boa noite de sono, e a gente se encontra amanhã para conversar. Há coisas que precisam ser ditas.

— Qual é, Robert, quando foi que algo te impediu de dizer exatamente o que você quer? Por que não ir direto ao ponto, sem ficar lançando indiretas. Você sabe muito bem que não existe isso de hora certa, tem sempre alguma coisa acontecendo.

Ele tirou o casaco, o pendurou e se sentou.

Servi conhaque em dois copos e entreguei um a ele. Tirei os sapatos, me acomodei ao seu lado e puxei os pés para o sofá enquanto o encarava. Robert abriu um sorriso largo. Seus olhos se encheram com uma suavidade paternal que eu não via há anos.

— Você parece uma garotinha sentada assim. Me lembrou da época em que passávamos as tardes juntos e eu te contava histórias que inventava sobre criminosos. Você era a garotinha mais curiosa que conhecia, e havia uma fagulha especial em seus olhos. Você sempre vai ser a minha garotinha, Sam.

Engoli o choro. Eu parecia me afogar nas lembranças que Robert tinha de nós, ainda mais porque ele nunca falava do passado.

— Você está muito emotivo hoje. — Ele afagou minha bochecha em uma rara demonstração de afeto. — De repente ficou todo sentimental comigo. Não esperava que eu fosse deixar passar, né?

— As pessoas mudam — disse ele, sério.

Eu me levantei e pensei naquelas palavras incomuns vindas da parte dele.

— Na verdade, não. As pessoas não tendem a mudar tanto, você me ensinou isso, lembra?

— Lembro, era o que eu pensava até recentemente. Olhe só você, por exemplo. Foi viajar e, em menos duas semanas, algo em você mudou.

— Como assim?

— Não sei dizer o que exatamente. Creio que tenha algo a ver com o seu novo cara, o Jacob Torres. Catherine me contou sobre ele. — A menção do nome dele enviou uma fisgada dolorosa e inesperada pelo meu corpo.

— Se é para sermos sinceros, então aquele showzinho que você armou para cima de mim com Michael foi desnecessário. Da próxima vez que tomar a iniciativa de interferir na minha vida amorosa, seria melhor me consultar primeiro.

— Eu estava preocupado contigo — disse ele, em um tom que colocava fim ao assunto.

— E aí você mandou Michael para Nova York para me emboscar? Eu tenho 31 anos, Robert. Tenho maturidade o suficiente para decidir com quem vou para a cama. Me liberte de sob as suas asas, e confie que vou tomar as decisões certas mesmo que você ache que eu não tenha o melhor dos julgamentos.

— Sam. — Ele bateu o copo na mesa de madeira. — Dessa vez vou ignorar o que acabou de sair da sua boca, e vou fazer isso só porque você está abalada. Eu sei como sua lógica funciona. Seu comportamento irresponsável e imprudente pode te magoar tanto a curto quanto a longo prazo. Você tem me mantido acordado à noite e estou sempre preocupado com você.

— Tenho a sensação de que não estamos mais falando de Jacob — rebati.

Ele estava com raiva.

— Quando Michael me contou que encontrou um sem-teto no seu apartamento, e que você tinha dado uma chave a ele, quase tive um troço. A gente pode ajudar o próximo, ser generoso, mas confiar às cegas em pessoas que mal conhece... você enlouqueceu?

"Estamos falando da forma como você lida com as coisas fora do jornal. Seus informantes são criminosos perigosos, Sam. Até o momento, nunca te falei nada porque entendia que era parte da sua carreira, mas isso acaba aqui. Isso sem mencionar o que você fez em Nova York quando escondeu evidências e atrapalhou uma investigação de sequestro e assassinato ainda em curso. Há uma forma, mesmo para jornalistas intrépidos, de alcançar objetivos sem cometer suicídio a cada oportunidade. Onde estão as drogas dos diários? Já pensou no que fazer com eles? Pretende entregá-los a Catherine ou a Jacob?"

Meus ombros caíram.

— Pensei que seria melhor conversarmos amanhã, mas já que você começou, vai ouvir o que tenho a dizer e fazer o que eu disser, Sam, porque essa história não pode continuar assim, a não ser que você esteja querendo cavar a própria cova. — A agressividade dele me surpreendeu.

"Sim, é a minha intenção te deixar em choque. É claro que você está encrencada, e detesto o fato de não ter nenhum controle sobre a situação, de não poder te ajudar. Catherine é a única que pode, ainda mais porque ela está trabalhando com a divisão. Você vai voltar para Nova York e entregar os diários a ela, e não quero nem saber o que você prometeu para a mãe, cuja própria angústia te deixou encrencada. Creia em mim, ninguém vai dar a mínima quando você for parar na cadeia por causa das suas ações ou se, que Deus não permita, algo em que não quero nem pensar acontecer com você."

— Não posso, sinto muito.

— Pare de insistir, você não tem escolha. Vou te dar dois dias para encontrar outra solução e se não fizer nada... vou colocar a boca no trombone.

Fiquei parada olhando para ele.

— Você não está falando sério.

— Vou sempre tentar impedir que você faça coisas que podem não só destruir seu futuro profissional como também que podem colocar sua vida em perigo. Ponto. Já não sofri perdas o bastante nesta família?

As palavras dele me abalaram. Robert engoliu o resto da bebida. Eu soube que tinha sido derrotada.

— Vou contar para Catherine — falei e nos servi outra dose.

Durante as duas horas seguintes, despejei tudo o que sabia sobre o caso. Costurei as coisas conforme elas saíam da minha cabeça. Contei a ele o que tinha descoberto sobre Joel e a diretora e, por fim, sobre Gail e meu medo de a vida dela estar em perigo. Senti como se um fardo pesado tivesse sido tirado dos meus ombros, mesmo quando Robert esfregou os olhos e me repreendeu.

— O que você se tornou? Perfiladora? Detetive? O quê? Você não tem fatos nem evidências, mas ainda consigo ver que você não evitou juntar as coisas em cenários imaginários. Se sua história estivesse completa e fosse coerente, eu entenderia, mas você só está lançando uma informação atrás da outra. Está declarando que Catherine, que Jacob, que a MCU de Nova York, que todo mundo, menos você, não está vendo as coisas direito. Como algo pode ser feito com o que você está dizendo? Você está se escutando?

Eu me senti minúscula; ele estava certo. Quando pensava nas poucas informações que tinha, concluía que as havia tecido em uma tapeçaria bem-acabada, mas quando as dizia em voz alta, mesmo eu percebia o quão frágil ela era.

— Eu te amo, Sammy, e te acho incrível. Mas tenho que confessar que dessa vez você passou do limite, e estou decepcionado. Espero que você saiba como se desvencilhar dessa armadilha em que se enfiou, e que eu não tenha que fazer isso por você. Como você mesma disse: você não é mais criança. Aja como alguém da sua idade e assuma a responsabilidade pelos seus atos. E tome cuidado. O mundo é muito cruel, a idade da inocência já passou há muito tempo.

Eu o acompanhei até a porta e ele me puxou para perto.

— Não se preocupe com o sem-teto. Volte ao trabalho. Serei seus olhos aqui, prometo.

Ele vestiu o casaco e ajustou o colarinho. Eu não esperava que ele fosse agir de outra forma. Ao mesmo tempo, Robert parecia diferente, e eu não sabia dizer a razão.

Ele saiu para a tempestade.

E a minha casa me abraçou como se fosse uma velha amiga.

25

— Pelo que ouço você ainda está trabalhando? — O som de vozes me disse que Catherine ainda estava na sala dela.

A mulher riu, como se achasse graça.

— E quando eu não estou trabalhando? Sim, estou aqui ainda. Tirei vantagem de um intervalo entre uma reunião e a atualização do caso para ver como você está. Robert falou comigo ainda há pouco e me contou que você voltou para Boston porque Holmes desapareceu. Sam, sei o quanto você é apegada a ele. Espero que o achem, meu bem. Estou ouvindo água correr. Onde você está?

Envolta em uma toalha, me sentei na beirada da banheira, esperando que ela enchesse.

— No banho, meus músculos estão tensos por causa do estresse e do voo.

— Quando você voltar para Nova York, a gente vai a uma spa, conheço um ótimo.

— Você não tem tempo para tomar um café comigo, e quer me levar a um spa? Ah, Catherine, fala sério.

— Sammy, você está bem? Estou muito preocupada. Vamos deixar as brincadeiras de lado.

Durante a conversa, ouvi o alerta de mensagem no meu telefone. Eu o tirei da orelha para ver quem era.

Jacob.

> Pelo que entendi, você está em Boston?

Pensei comigo mesma que talvez Jacob estivesse perto de Catherine e ouviu a conversa. Pensei se responderia ou não. Decidi que uma resposta cínica se encaixaria bem.

> Estou vendo que sua atenção dividida é excelente.

Digitei, e quase esqueci que Catherine esperava por mim do outro lado da linha.

— Catherine, no momento estou bastante preocupada. Vou ver como vou acordar amanhã e torcer para que não enlouqueça.

— Tente dormir cedo para evitar pensar demais, e a gente conversa amanhã, meu amor.

Outra mensagem de Jacob.

> Eu vejo e escuto tudo, Sam.

A tempestade se enfurecia lá fora, mas ela estava dentro de mim também.

> Experimentei em primeira mão hoje; vi e ouvi o lobo selvagem dentro de você.

Um calafrio me percorreu. Eu sabia que Jacob havia lido o que escrevi e que não responderia mais. Meus instintos geralmente eram impecáveis. Eu odiava a sensação de precisar dele. Se isso fosse amor, não queria mais essa coisa. Me fazia me sentir exposta e vulnerável.

Encarei o meu telefone quando me lembrei de que Colin e eu tínhamos um encontro. Enviei uma breve mensagem para ele, informando do que aconteceu e que sentia muito por ter demorado tanto a entrar em contato com ele. No fim das contas, e sem ter nada com isso, ele acabou no meio do fogo-cruzado entre Jacob e eu.

Mergulhei o corpo na água quente e deixei meus pensamentos vagarem para os artigos em que pretendia trabalhar. A noite se arrastava. E eu estava exausta.

Me sequei e vesti um pijama quentinho. Decidi não jantar e circulei pela casa pondo em prática meu ritual noturno: me certifiquei de que portas e janelas estivessem trancadas e desliguei as luzes do primeiro piso, menos a que sempre deixava acesa na cozinha. Me arrastei lá para cima e acendi a luz do corredor que levava ao meu quarto. Eu me sentei na cama e acendi os abajures.

Um raio cruzou o céu, seguido pelo retumbar pavoroso do trovão. Saltei da cama e fui até a janela. O que vi era tanto magnífico quanto aterrorizante.

Puxei as cortinas escuras para ter uma boa noite de sono. Deslizei o corpo sob a roupa de cama macia, configurei o despertador para a manhã seguinte e coloquei o celular ao lado do travesseiro. Minhas pálpebras estavam pesadas e não demorou muito para cair em um sono profundo.

Eu não fazia ideia de quanto tempo havia passado. Um instinto súbito me forçou a abrir os olhos.

Eu estava envolta em escuridão.

Me sentei e agarrei a cabeceira.

Fui assolada pelo medo. Meu coração estava disparado. Terror noturno.

Com as mãos trêmulas, eu mal consegui acender a luz. Nada. A energia havia acabado. Senti um desconforto no estômago e a adrenalina saltou pelo meu corpo em ondas velozes. Eu estava em pânico.

Uma luz ofuscante. Uma rajada de vento estranha soprou o meu cabelo. Virei a cabeça na direção de onde vinha o vento. As cortinas foram puxadas para o lado, e as janelas estavam abertas.

Um grito agudo e involuntário escapou de minha garganta quando outro trovão explodiu. Apanhei o telefone e pressionei as teclas. Outro raio, depois um trovão. Larguei o celular, que caiu no chão. A tela acendeu.

— Sam, Sam. — Uma voz sussurrada surgiu no silêncio. Agarrei os lençóis.

Acorde, é só um sonho, foi a ordem que dei a mim mesma. *Foco! Não deixe a voz assustar você.*

Ouvi passos leves.

— Quem está aí? Quem está no meu quarto? — Minha garganta estava seca, e minha boca aberta em um grito silencioso. Eu estava sem ar. Meu corpo começou a tremer. Fechei os olhos com força e balancei a cabeça, rogando para acordar.

— O pesadelo vai sumir já, já — disse a mim mesma, em voz alta —, o sol vai nascer a qualquer momento.

— A cama está se mexendo? Não estou alucinando, ela está se mexendo! Ouvi um grito e percebi que veio de dentro de mim. Alguém tocou o meu pé, massageando-os com os dedos.

Ouvi a voz chamar o meu nome de novo.

Abri os olhos, sobrepujada pela angústia. No momento, nem sequer conseguia tentar me acalmar, nem usar a voz da razão para falar comigo mesma.

Senti algo atravessar o quarto rapidamente.

Congelei.

Eu não estava sozinha; havia alguém ali comigo. Aquilo era verdade.

Raios reluziram na janela, iluminando a forma escura parada aos pés da cama.

Trovão e escuridão.

O homem diante de mim vestia uma longa capa preta com um capuz largo que lhe escondia a face. Algo no corpo dele refletia a luz: uma cruz presa a uma corrente ao redor de seu pescoço.

Minhas mãos cerraram em punhos e as unhas cravaram as palmas suadas, arrancando sangue. Ao sentir a dor embotada, soube com certeza que não era um pesadelo. Oculto pela escuridão, ele ficou imóvel, me observando. Sem dizer uma palavra.

Eu nunca cheguei a pensar em como morreria. Se tivesse feito isso, jamais teria imaginado, nem nos meus sonhos mais delirantes, um momento assim.

O quarto estava preenchido pelo breu profundo da noite. Eu conseguia sentir o homem parado a alguns passos de mim. Ele tinha vindo me tirar a vida. Eu sentia o cheiro de seu corpo que exalava suor e perfume.

Não afastei o olhar. Meu medo e minha aflição se tornaram um apelo, uma oração: *faça acabar rápido, sem estupro nem tortura. Me dê uma morte indolor.* O cântico silencioso mais parecia um mantra perdido. *Por que ele não está fazendo nada? Por que não me mata logo com um golpe na cabeça? Com um corte preciso em uma artéria importante para que eu sangre até a morte?*

De repente, a janela bateu.

Eu me abracei. Meu rosto estava molhado, e suor frio encharcava a raiz do meu cabelo.

Outro raio me forçou a me concentrar. Consegui vê-lo, agitando rapidamente os braços.

Os passos se aproximaram.

Agora eu preferia o escuro. Eu não tinha nenhum desejo de encarar o terror.

Um som de vidro estilhaçando clamou nos meus ouvidos.

Minha respiração acelerada logo causou uma sensação de sufocamento ao redor do meu pescoço, e lutei para respirar. Meu peito subia e descia, implorando oxigênio.

Eu sabia que estava acabado. Eu sentia que estava espiralando em direção ao fim.

Caindo.

Silêncio.

Silêncio perfeito.

Eu estava flutuando para longe.

Algo pressionava em mim, apertando as minhas costelas.

Flashes de luz. Vozes. Passos correndo.

Mão me atingindo. Meu nome sendo chamado sem parar.

— Sam, Sam, onde está a luz de emergência?

O som era familiar. Braços fortes me seguraram.

O tapa na bochecha me forçou a abrir os olhos e um raio de luz da lanterna iluminou o rosto e o corpo de Michael. Como ele chegou aqui? Por que ele está sacudindo o meu corpo? O que aconteceu comigo?

— Sam, Sam. — Ouvi sua voz claramente.

Joguei os braços ao redor de seu pescoço. Me agarrando a ele, enterrei o rosto em seu peito e comecei a chorar.

— Michael — falei, repetidas vezes. Ele se curvou sobre mim e apoiou o queixo na minha cabeça. Seus braços me seguravam, me embalavam, e seu corpo parecia querer prover ao meu algo conhecido. Ele só me soltou quando parei de tremer e de chorar. — Você está bem, querida, a pessoa que estava aqui escapou. Estou aqui contigo.

E, ao mesmo tempo, eu o ouvi dizer:

— Estou aqui com ela, Jacob. Tudo bem, quando ela conseguir falar.

Nada fazia sentindo.

Nem o tempo, nem o lugar, nem as pessoas ao meu redor, apenas as luzes que se acenderam.

26

Michael caminhava para lá e para cá, em seguida se ajoelhou diante de mim.

— Pense, Sam, tente se lembrar do que aconteceu.

Abracei os joelhos e me balancei para frente e para trás.

— Eu não me lembro de nada.

A perícia e os detetives passaram o pente-fino na minha casa, buscando rastros, mesmo o mais ínfimo: solas de sapato, digitais ou qualquer outra descoberta que pudesse dar uma pista do que aconteceu. Para mim, eles mais pareciam frutos da minha imaginação. Michael notou.

— Não preste atenção neles, concentre-se. Vamos tentar reconstruir o que aconteceu. Você foi dormir e?

Não respondi.

— Por que foi tão urgente você contar a Jacob que a minha casa tinha sido invadida?

— Não importa, Jacob não é importante no momento.

— Importa, Michael. Sou eu quem vai decidir o que ele sabe e o que não sabe, sem você comunicar a ele pelas minhas costas. O que foi? Agora vocês são amigos?

— Você não se lembra de ligar para ele?

— Quando?

— Parece que você pressionou as teclas do seu celular no meio de tudo. Foi Jacob quem ligou para o polícia, e depois para mim. Ele ainda estava na linha quando entramos e ouviu o que estava acontecendo.

Eu odiava me sentir sufocada.

— Você precisa tentar se lembrar do que aconteceu no seu quarto. Está muito claro para a gente que a pessoa que invadiu não queria roubar nada. A casa está intocada, e as suas coisas, no devido lugar. Suspeitamos que ele, o intruso, veio ao seu quarto por um motivo em particular e não teve tempo o bastante para fazer o que pretendia. Quem sabe o que poderia ter acontecido se Jacob não tivesse agido rápido? Alguém estava te seguindo, Sam, e se você não nos disser nada, pode acontecer de novo.

— Estava um breu. Entrei em pânico. Acho que ele estava de preto, não tenho certeza, o cara se moveu rápido e aí acho que desmaiei.

Se eu contasse a Michael que vi uma capa preta e um crucifixo prateado ele acharia que eu estava alucinando. Robert tinha dito mais cedo que eu estava imaginando cenários, e pensei que realmente fosse o caso. Eu não sabia mais o que na minha memória era verdadeiro e o que havia imaginado.

— Onde ela está? — Robert veio na minha direção, mas parou para falar com os detetives, sendo implacável com as perguntas. Então ele se jogou no sofá e me puxou para os seus braços quentes.

Um dos detetives se aproximou de Michael e passou um relatório preliminar.

— A janela do quarto bateu por causa do vento e o vidro quebrou. O meliante não passou por ela, mas pela porta da frente. Não há sinais de invasão, então podemos concluir que ele tinha a chave.

Michael olhou para mim quando Robert falou:

— Tem uma chave no vaso azul perto da porta, Michael e eu sabemos dela. — Michael assentiu. Robert continuou com voz firme: — O seu semteto também sabe da chave?

Eu me sentei ereta.

— Não se atreva a envolvê-lo nisso, Robert, Joe jamais viria aqui para me machucar.

Robert assentiu.

— Tudo aponta para o fato de que alguém entrou na sua casa usando uma chave. Não fui eu, e não foi o Michael. Pense, Sam, está bastante óbvio.

Percebi que era melhor eu não entrar em um longo debate com Robert ou Michael, com certeza não diante dos investigadores ainda circulando pela casa. Tentei invocar um tom calmo e disse:

— É descuido apontar para o óbvio, você me ensinou esse princípio básico, Robert. Não adianta entrar em uma busca frenética por Joe. É possível que outras pessoas tenham notado a chave escondida. E, enfim, não me esforcei para disfarçar que ela estava lá.

Michael ergueu as mãos.

— Sei que não é fácil para você aceitar a suspeita que Robert está levantando aqui, mas sou obrigado a concordar com ele. Precisamos localizar o Joe e interrogá-lo, descobrir onde ele estava na hora da invasão. Se ele tiver um álibi, não vai ter nenhum problema, certo? Quanto você realmente sabe ou pensa que sabe sobre ele, Sam?

— O bastante, e com certeza mais do que vocês — estourei, e me levantei.

Desviei o olhar de Michael para Robert e de volta para ele, então disse baixinho:

— Assunto encerrado.

Fui até a cozinha pegar um copo de água. Michael me seguiu.

— Me deixa te levar para a minha casa. Você não pode ficar aqui. — Ele afagou o meu rosto.

— Prefiro ficar — respondi.

— Você não vai ficar nem mais um minuto aqui. — Robert entrou atrás de nós. Pelo olhar e a postura dele, sabia que ele não daria o braço a torcer. — Pegue o que precisar, e vamos.

Fui para o quarto. Michael foi junto. Arrumei algumas coisas em uma bolsa de viagem que pretendia levar para Nova York, e quando terminei, Michael me ajudou a fechá-la.

— Sam, estou com saudade — disse ele, e puxou meu rosto para si. Eu me virei, evitando o toque dos seus lábios. Me despedi dele com um abraço e prometi manter contato. Ele ficou para trás com os detetives, e Robert pediu a ele para nos manter atualizados quanto aos desdobramentos.

O percurso foi feito em silêncio. Fiquei feliz por isso. Meus pensamentos estavam dispersos. Robert parecia concentrado.

Quando entramos na casa dele, seu cachorro, Sherlock, pulou em mim. Robert passou por nós e colocou a minha bolsa no braço da poltrona da sala. Sherlock continuou me lambendo.

— Esse lugar é tão seu quanto meu, Sammy. — Assenti. — Você aceita uma bebida quente? Chá ou chocolate, qual você prefere?

— Talvez de manhã, preciso descansar a cabeça.

— Venha. — Ele pegou a minha bolsa e percorreu o corredor até o meu antigo quarto. Ele colocou a bolsa na cama. Agora conseguia absorver o velho calor familiar.

— Vá dormir, te acordo de manhã. — Ele saiu e fechou a porta.

Eu me deitei na cama, com o celular na mão. Hesitei, mas por fim disquei o número dele.

— Sam. — A voz de Jacob soou rouca quando ele atendeu.

Silêncio.

— Eu não conseguia voltar a dormir — disse ele, e senti que ele estava se impedindo de continuar. Minha necessidade de contar sobre os momentos de terror, de me agarrar a ele, superou todo o resto.

— Jacob, eu estava apavorada e... — murmurei, e lágrimas embargaram minha garganta. As emoções estavam me massacrando. E o medo. Um terror não resolvido.

— Eu te ouvir gritar. Enlouqueci quando você gritou tão alto e não podia fazer nada para te ajudar. — Ele parou. Eu conseguia sentir em cada osso do meu corpo a impotência que ele experimentou.

— Eu não fazia ideia de que tinha ligado para você. Michael me contou depois que você chamou a polícia. Obrigada.

— Eles chegaram a tempo, e sou grato por isso. Michael me garantiu que me manteria atualizado e me disse que você não se lembra de tudo.

— Eu o vi. — As palavras escapolem da minha boca, e eu mordo o lábio. Nenhum de nós diz uma única palavra.

Jacob foi o primeiro a romper o silêncio.

— Sam, me deixe entender direito. Você o viu e não disse a ninguém? Por quê?

Agora, quando ele estava do outro lado da linha, e eu no quarto em que cresci, depois de ter me acalmado, comecei a ver tudo com mais clareza, como se tudo tivesse se recalibrado em uma lógica nova e organizada. Percebi que estava escondendo coisas para evitar que me dissessem que não poderia continuar com o meu trabalho por causa do fator perigo. Ficou óbvio para mim que eles bloqueariam meu caminho para me proteger. Os três homens ao meu redor: Robert, Michael e Jacob me manteriam longe do meu objetivo. Robert já tinha me feito prometer que contaria a Catherine o que sabia, e se eu contasse a verdade a Jacob, ele também dificultaria as coisas para mim? Eu queria contar a ele sobre o "encapuzado" me seguindo em Nova York.

— É a primeira vez, não é? — meio perguntando, meio declarando.

— Por que dizer algo assim? — Tentei desviar a atenção dele do perigo ou do perigo hipotético que talvez estivesse correndo, para abrandar a gravidade e a importância da coisa. As engrenagens giravam na minha cabeça enquanto tentava improvisar uma resposta convincente. Eu conseguia senti-lo ler a minha mente.

— Não tente negar, Sam. Passei horas lutando com o que está acontecendo, particularmente a razão para as coisas estarem acontecendo. Eu me lembrei daquele dia no elevador quando você deixou suas compras caírem e ficou branca feito um papel. Você estava sendo seguida? Me fale a verdade.

— Estava.

Ele xingou.

— Entre no primeiro voo para Nova York e me informe a hora do pouso. Vou te pegar no aeroporto. A gente vai conversar, e você não vai esconder mais nada de mim. Tenho certeza de que o caso que estamos investigando aqui, o das meninas sequestradas, tem relação com o que aconteceu na sua casa.

Apesar do quanto queria que ele se preocupasse comigo, esse não era o ponto. A investigação era mais importante para ele do que todo o resto.

— Jacob, não quero que você vá. Obrigada pelo que fez até o momento. Catherine vai me pegar. Não se preocupe, ainda te devo uma.

— Você não me deve nada, Sam. Por favor, me escuta, é crucial.

Eu esperava ter respondido com calma, apesar de sentir meu coração se partindo, desmoronando.

— Sei que é importante para você. É o caso o que importa, e vou te passar todas as informações relevantes. Depois disso... não quero mais saber de você.

Desliguei. Jacob tentou retornar duas vezes. Ignorei e coloquei o celular no silencioso. A fadiga tomou conta de mim.

— Vou pousar ao meio-dia. — Bocejei.

Catherine tentou me passar calma, mas conseguia sentir a angústia na voz dela, que falou rápido:

— Não saia do terminal. Eu vou entrar e te escoltar. — Eu conseguia dizer o quanto ela estava aflita. A superproteção que ela e Robert tinham por mim não ajudava em nada.

— Não comece você também, Catherine. Você, de todas as pessoas, é a voz da razão. Vou chegar em plena luz do dia e estarei rodeada por milhares de pessoas no aeroporto. Pode parar.

— Sua habilidade para lidar com as coisas me surpreende, Sam. Ninguém teria saído de casa depois de experimentar algo tão traumático.

— Não esqueça que não é a minha primeira vez, Catherine. Você sabe bem que enfrentei desafios significantes no passado. Verdade seja dita, dessa vez as coisas foram um pouco longe demais, para dizer o mínimo.

— Eu sei. E pensar que poderia ter terminado de outro jeito. Graças a Deus, eles chegaram a tempo. Não me culpe por estar preocupada, minha imaginação desenfreada não descansa enquanto, ao mesmo tempo, dou o meu melhor para parecer composta.

— Se isso for verdade, então pensamos igual. Veja você, por exemplo, com tudo o que precisa enfrentar no seu dia a dia e ainda consegue manter a perspectiva. Escolhemos profissões arriscadas; ambas pagamos o preço de um jeito ou de outro. Ontem à noite, fui eu. — Eu quis encerrar a conversa: — Catherine, já basta ter Robert e Michael no meu pé. Vou entrar no avião. A gente se fala.

— Tudo bem — disse ela, e desliguei o telefone.

— Oi, senhorita, A36, por favor. — A comissária de bordo me direcionou ao assento.

Percorri o corredor estreito e me sentei. Dois jovens se aproximaram, buscando os próprios assentos. Um me encarou enquanto o amigo lambia os lábios. Senti um arrepio percorrer o meu corpo quando eles não tiraram os olhos de mim.

Por que eles estavam me encarando? Eu me virei, e meus olhos captaram um vislumbre do homem sentado do outro lado do corredor. Ele sorriu, me encolhi. Abaixei a cabeça. Pessoas, todas pareciam uma ameaça para mim. Eu sabia que a essa altura precisava evitar imaginar cenários que poderiam se transformar em paranoia.

O espaço era confinado, e eu não tinha para onde escapar. Tentei me concentrar na comissária fazendo as demonstrações de segurança enquanto o avião se preparava para decolar. Eu me forcei a remexer a bolsa do assento na minha frente. Encontrei revistas que falavam de culinária, moda, arquitetura e sociedade. Coloquei-as no colo e comecei a passar os artigos, focando nos itens que pareciam interessantes.

"Sex and the City: o mundo real."

A manchete despertou minha curiosidade. Comecei a ler, o artigo era envolvente. Incluía uma investigação minuciosa sobre o mundo do sexo em Nova York. Com rostos disfarçados e pseudônimos, os entrevistados falavam de sua vida sexual pouco convencional, não necessariamente com parceiros fixos, mas com solteiros, divorciados e casais com gosto similar e selvagem que queria extrapolar os limites da fantasia. A vasta seleção de clubes de sexo, sejam exclusivos sejam clandestinos, refletia a preferência sexual de seus clientes, e alguns até mesmo falavam da inclinação bizarra pelo mundo do sadomasoquismo.

Minha curiosidade foi aguçada. Fiquei surpresa com as demonstrações realistas: dominação-submissão, mestres e escravos, e os acessórios para criar um ambiente adequado. Olhei para as fotografias no artigo exibindo sem censura posições sexuais estranhas. Em uma delas havia um close de um açoite: um chicote de couro que era para causar pouca dor. Uma delicada mão feminina o segurava. Notei a abotoadura incomum na manga da blusa da mulher. Eu sabia ter visto aquilo antes. Onde? Em quem? Não conseguia me lembrar. A comissária anunciou que pousaríamos em breve. Voltei a olhar para a foto, verificando primeiro para ver se alguém estava me observando, arranquei a página, dobrei e guardei no bolso do casaco.

Saí do avião. Catherine esperava por mim. Seu abraço, como sempre, foi caloroso.

— Feliz por ver que você chegou inteira, meu amor.

Apoiei a cabeça em seu ombro.

— Estou cansada. Preciso demais de um cigarro e de um café. — Eu sabia que Catherine concordaria. Nós partilhávamos do amor por essas toxinas.

— Olha — começou ela ao nos apressarmos para o carro, cada uma com um café quente na mão —, essa noite vou te levar para sair. Acho que vai ser melhor se você não ficar sozinha, você precisa de uma boa distração.

Acenei, dispensando a sugestão.

— Tenho trabalho a fazer, e estou exausta demais para sair. Vou ficar bem, pare de se preocupar. Se quiser, pode passar lá no apartamento para pizza e cerveja, e a gente pode ver um filme.

Ela estalou a língua.

— Você não vai escapar dessa. Se eu vou sofrer, você também vai. A gente vai sair e pronto. O evento que tenho essa noite é obrigatório e, para a sua sorte, meu parceiro mora em outra cidade. — Ela dá uma piscadinha e uma boa tragada no cigarro. — Além do que, vai ser bom para você sair. Vá para casa, descanse, e te pego às oito. Vista algo legal. Você vai me agradecer.

— Sim, claro — falei, e sorri.

Robert ligou. A chamada foi para o viva-voz, e falamos juntas com ele. Não havia novidades sobre o Holmes, o que me deixou muito triste.

Ele nos contou que Michael arranjou alguém para arrumar a janela do meu quarto. Agradeci a ele pela preocupação e por cuidar das coisas. Catherine disse a Robert que a gente ia sair essa noite, e percebi que eles já haviam planejado aquilo. Revirei os olhos, e Catherine me bateu de levinho no braço, sorrindo em seguida.

Ela me deixou na frente do prédio e partiu.

Uma luz cinzenta se infiltrava através de uma das janelas grandes do apartamento. Tirei o casaco e o coloquei nas costas do sofá. Tirei as botas, rastejei até a cama e mantive o telefone desligado. Pela primeira vez, me permiti aquele privilégio; precisava descansar.

Abri os olhos às cinco da tarde. Eu tinha duas horas para me preparar para sair com Catherine. Tirei os diários de debaixo da cama. Pretendia falar com ela sobre eles e entregá-los essa noite, conforme tinha combinado com Robert. Queria repassá-los mais uma vez. Saí da cama, coloquei-os no balcão da cozinha, me servi uma taça de vinho tinto, acendi um cigarro e voltei ao ponto em que tinha parado da última vez.

Lauren escreveu que confrontou Gail durante as férias, sobre ela estar envolvida com Joel, e que ela tinha certeza de que a menina estava escondendo um monte de coisa dela. Como melhor amiga, ela deveria ter deixado para lá e levado os sentimentos dela em consideração. Lauren destacou que Gail fez tudo o que podia para evitar responder às suas perguntas e que quando o sinal tocou, ela correu para a aula.

Naquele momento, me levantei e tirei do bolso do casaco o artigo que havia arrancado da revista.

— Eu sabia que tinha visto essas abotoaduras antes — falei em voz alta.

Voltei a olhar para a foto, o símbolo estranho gravado lá chamou a minha atenção.

Encarei a foto. Não havia como negar. Eu tinha visto as mesmas abotoaduras nas mangas da diretora Leary.

Eu me assustei com a batida alta à porta.

— Só um segundo — gritei ao juntar os diários e enfiá-los na gaveta da cozinha. Olhei pelo olho-mágico. — Quem é? — Ergui a voz quando vi o capacete preto.

— Encomenda para a senhorita.

— Quem enviou? — Depois de ontem à noite, fiquei desconfiada. Eu não correria riscos e estava tomando bastante cuidado.

— Catherine Rhodes.

Abri a porta.

O rapaz me entregou um pacote e apontou para o lugar em que deveria assinar. Agradeci e fechei a porta. Li o cartão preso lá.

> Não consegui resistir e precisei comprá-lo. Use-o esta noite.

Tirei a tampa da caixa. Vermelho-berrante brilhava lá de dentro. Com cuidado, peguei o vestido longo e impressionante feito de um tecido diáfano. Eu nunca usava cores vibrantes, e Catherine sabia; ela conhecia a mim e ao meu gosto conservador no que dizia respeito a roupas. Fiquei surpresa pela iniciativa, e grata pela boa intenção dela. Eu sabia que ela estava tentando me animar, mas também supus que ela estava certa: não tinha nada ali que fosse apropriado para usar na ocasião.

Olhei o relógio, faltava menos de uma hora para ela chegar. Coloquei o vestido na cama e fui tomar banho. Eu não queria pensar. Precisava clarear a cabeça, e sair com Catherine começou a parecer uma bênção, mesmo não tendo ideia de para onde estávamos indo. Supus que seria um desses eventos dos quais ela sempre era a convidada de honra.

Sequei o cabelo formando cachos naturais, apliquei o rímel para acentuar meus olhos cinzentos, batom nude e coloquei brincos de diamantes. O vestido era extravagante, para o meu gosto. Ainda assim, fiquei surpresa com a forma como ele abraçava o meu corpo, como se tivesse sido feito sob medida. Na frente, o decote era profundo e acentuava minha clavícula, e atrás... minhas costas estavam praticamente expostas por completo. Sandálias de salto com tiras finas arremaravam o modelito. Guardei tudo o que precisava em uma bolsa de festa e envolvi uma longa pashmina na parte superior do corpo. Eu estava dez minutos atrasada.

Catherine suspirou de satisfação quando entrei no carro.

— Você está incrível. Robert não vai acreditar que você colocou o vestido, pode apostar. — Ela deu uma risadinha no assento.

Eu ri.

— Nem eu consigo. Sério, Catherine, um vestido vermelho?

Ela sorriu.

— Mostra originalidade também fora do trabalho. Solte o cabelo e a si mesma. Um pouco de cor, como todo o resto, é um gosto adquirido. Tire vantagem das vezes que pode se sobressair com elas. Você é jovem. Não pode saber o que o amanhã reserva e se vai conseguir uma segunda chance.

Um flashback da noite anterior validou o que ela disse. Catherine se inclinou para mim, segurou meu queixo e me olhou dentro dos olhos.

— Você sabe que precisa expurgar tudo isso. Se não falar do que aconteceu, vai continuar te assombrando.

— Não há nada a dizer, te deixei me colocar em um vestido, você conseguiu o que queria. Agora me diz, para onde vamos?

Ela se afastou do meio-fio e se juntou ao tráfego. Acendi um cigarro.

— Sendo sincera, fiquei surpresa — disse ela, indiferente, ao me olhar de soslaio.

— Como assim? — perguntei ao passar o cigarro para ela.

— Pensei que nos encontraríamos lá, e quando você aceitou o meu convite... — Ela murmurou algo consigo mesma.

— Não entendi.

— Quanto tempo mais esse fingimento ridículo vai durar? Estou falando de você e do Torres.

Eu me remexi no assento.

— O que tem ele?

— Cada coisinha, cada gesto, mesmos pensamentos correndo pela sua cabeça, eu vejo tudo. Esqueceu com quem está falando, Sam? Você passou mais da metade da vida ao meu lado, e estou completamente ciente do que está se passando contigo. Por exemplo, no momento, você está mordendo o interior da bochecha, um sinal claro de que você está aflita. Pare de graça e comece a falar, o que está rolando entre vocês?

— Nada.

Ela pegou no meu ponto fraco.

Ao perceber que Torres estaria no evento, considerei fingir uma dor de cabeça súbita, e pedir a Catherine para me levar de volta para o apartamento, onde poderia me esconder.

— Parece que minha visão biônica enfraqueceu. Eu tinha certeza de que ele era a sua criptonita, ainda mais depois que você largou o Michael.

— Você e o Robert não param de fofocar nunca? — Rangi os dentes, e uma gargalhada vigorosa emergiu da garganta de Catherine.

— Qual é, Sammy, eu não preciso do Robert, sou mulher. Notei vocês trocando olhares, e ficou óbvio para mim que tudo o mais ao redor de vocês não existia.

— Podemos mudar de assunto? Não quero falar dele. Não com você, nem com o Robert, nem com ninguém. Acabou. A gente transou uma vez, fim de papo.

— Uma vez? — Ela soou duvidosa.

— Tudo bem, algumas vezes, satisfeita? Não vai a lugar nenhum; a gente não combina.

— E o que te faz pensar isso?

— Meu Jesus Cristo, Catherine, dá para você deixar para lá? Era para eu estar me divertindo e não pensando, lembra? Não foi você quem sugeriu uma noite para relaxar? Parece estar virando o exato oposto.

— E você consegue relaxar de verdade? Baixar a guarda e se abrir? Sentir a que os seres humanos devem aspirar para sobreviver nessa merda de mundo?

— Esclareça, por favor. — Eu rio. Ela estaciona e se vira para mim.

— O amor, minha querida. Já passou da hora de eu dizer em voz alta, a coisa de que você tem fugido desde criança. O eixo da história humana se revolve em torno do amor. Ao longo do tempo foram tecidas histórias sobre pessoas que partiram para a guerra, mataram e morreram por ele. Você merece amar e ser amada, se pelo menos se permitir. Derrube essas paredes que criou em torno de si mesma e pare de afogar a vida em trabalho.

Creia em mim, você não quer chegar à meia idade e descobrir que a vida passou sem você nem perceber. Não seja como eu e Robert, a vida passou e a gente nem viu, você entende?

Minha risada não é feliz.

— Se o Torres é idiota ao ponto de não ver o quanto você é maravilhosa e especial, ele não te merece. — Ela me puxa para si e me abraça.

— Estou perdidamente apaixonada por ele — sussurro em seu pescoço.

— Eu sei, criança — diz ela, e afaga meu cabelo. — Vamos mostrar a ele o que está perdendo. Se acha que comprei esse vestido a troco de nada, é melhor pensar duas vezes.

Senti meus olhos arderem. Eu me afastei dela.

— O que eu virei?

— Você está apaixonada, é uma reação clássica. — Ela dá uma piscadinha.

O salão estava na penumbra. Com a pouca luz, mal conseguia ver que estava lotado. A recepcionista nos informou que perdemos as boas-vindas, e corremos para a nossa mesa. Nós nos sentamos. Pelo canto do olho, vi o comissário Brown, quem me cumprimentou com um aceno de cabeça. Catherine se desculpou pela interrupção e cumprimentou nossos colegas de mesa com um olá. Um homem com uma cabeleira branca estava de pé no palco, dando um discurso.

Catherine se inclinou para mim.

— O evento de hoje é em honra do chefe de polícia que está se aposentando; aquele é o substituto dele. Pessoas importantes vieram de todo o país para homenageá-los, assim como o prefeito de Nova York, um senador eleito pelo estado e sua comitiva.

O discurso acabou, e a audiência aplaudiu.

O mestre de cerimônias anunciou que as portas estavam prestes a se abrir e que os presentes estavam convidados a seguir para o salão ao lado e curtir a festa. As luzes se acenderam.

Examinei as mesas. Meus olhos pousaram na silhueta de um homem, ele sorriu. A mulher ao seu lado sussurrou algo em seu ouvido. Não consegui afastar o olhar da imagem diante de mim. Ferroadas de ciúme marcaram linhas longas e sinuosas por todo o meu corpo. Ela descansou a cabeça no ombro dele, e a mão dele lhe afagava a bochecha. Mordi o lábio. Linhas horizontais cruzaram meus braços e minhas pernas, traçando um mapa para o tesouro perdido. Jacob virou a cabeça, nossos olhares se fixaram por um bom tempo. Eu me virei.

— Bebida. — Catherine me entregou uma taça de champanhe e seguiu o meu olhar. Ela os viu. — Ele não consegue parar de te olhar, e não importa ela estar se jogando em cima dele. Nós vamos nos levantar daqui a um minuto e ir para o salão ao lado. Não posso ir embora agora. Me dê uma hora só para que notem a minha presença, e aí a gente vai.

Bebi o champanhe em um único gole. Catherine me serviu outro.

Circulamos pela sala para evitar nos deparar com Jacob e a acompanhante. A atmosfera ficou mais íntima, e a iluminação escassa lançou sombras na parede. Fiquei aliviada quando percebi que não estaria exposta. Apenas a pista de dança e o palco eram iluminados.

Catherine se misturou à multidão, parando para cumprimentar conhecidos. Fiz sinal dizendo que a esperaria no bar, ela acenou.

Tonta de champanhe, o salão me pareceu surreal. Os casais na pista de dança se moviam em câmera lenta. Alicia Keys cantava *If I Ain't Got You*. Senti como se minha própria presença estivesse desaparecendo, elevando-se ao teto, buscando um espaço solitário. As migalhas da minha consciência se reduziram ao que parecia uma morte torturante.

O barman apareceu, e pedi um uísque. Engoli na esperança de que o álcool aliviasse o que estava experimentando em um patamar completamente distinto. Muito, muito, muito distante.

Ouvi uma canção ao fundo. A letra ecoava em meus ouvidos.

Senti uma mão no meu ombro e meus olhos se abriram; não notei que os havia fechado. Um sorriso largo e caloroso se espalhou pelo rosto de Colin.

— Você me deixou muito preocupado.

Soube na mesma hora ao que ele se referiu: à noite anterior. Sua preocupação era fofa e comovente. Beijei sua bochecha quando ele pegou a minha mão.

— Obrigada.

— Não agradeça, dance comigo.

Tentei sorrir, e escolhi minhas palavras com cuidado, para não ferir seus sentimentos.

— Outra hora, prometo.

Ele se aproximou mais. Sua energia sexual me deixou sem graça.

— Quando você vai me dar uma chance justa, Sam? — sussurrou ele. Eu não podia responder; não sabia o que dizer.

A mão de um homem pousou no ombro dele, soou como um golpe. Assustou a nós dois; Colin virou a cabeça.

Jacob.

Eu me aprumei, como se em posição de sentido.

— Sam — disse ele, reconhecendo minha presença. Assenti, tendo o cuidado de não olhar para ele. — Você sumiu como se houvesse um alvo nas suas costas — Jacob disse a Colin.

— Você me conhece, chefe, quando vejo algo que quero... vou atrás.

— Ambos sabemos que você pode errar se a mira não estiver boa. — Jacob não deixaria que Colin se safasse.

Ele riu.

— Depende do quanto você é focado e determinado.

Senti estar presa no meio de uma batalha carregada de testosterona.

Sem saber a que Jacob se propunha, senti seu olhar em mim, e o fitei. Seus olhos percorreram o meu corpo como se determinados a me seduzir. Ele se aproximou e apoiou a mão nas minhas costas nuas. Colin não notou. Senti como se ele estivesse declarando sua posse sobre mim, e não consegui acreditar na audácia daquele homem... um que veio com outra mulher. Eu não podia ficar analisando cada segundo. Meus pensamentos berravam dentro da minha cabeça, implorando para que eu os ordenasse em uma sequência lógica. Mas minha pele contava outra história, uma de anseio, de desejo. E de insulto, ciúme. Perda.

— Veronica, que prazer te ver de novo — disse Colin, animado.

Os dois se abraçaram com carinho e conversaram como velhos amigos. Ficou claro que ela e Jacob tinham um passado e, obviamente, um presente. Mantive o torpor que me protegia de reconhecer coisas de que não queria saber.

Jacob se inclinou para mim e disse baixinho:

— Eu te liguei sem parar hoje. Pensei que poderíamos conversar antes do evento dessa noite.

Preferi ficar calada. De propósito, desviei o olhar para Veronica. Ao notar, ele falou:

— Veronica é...

Eu o interrompi.

— Não quero saber, Jacob. O que precisava ser dito já foi dito.

— Você não entende, quero que a gente converse. Agora.

— É um pedido ou uma ordem, chefe?

— Vai testar a minha paciência, Sam? Anda logo.

Eu não disse nada, o que foi proposital, e então, bem devagar e com bastante clareza, respondi:

— Você e a sua paciência podem ir para o quinto dos infernos.

Ele segurou meu braço com força. E eu emiti um aviso:

— Tire as mãos de mim antes que eu grite e arme um escândalo que vai matar tanto você quanto seus colegas de vergonha. Ao contrário de você, não ligo para o que essas pessoas pensam de mim.

— Vá em frente — disse ele, exagerando na confiança. A resposta não foi a que eu esperava.

Ele teve a coragem de sorrir. Um sorrisinho. Envolvente. Seu rosto se aproximou do meu até eu conseguir sentir seu fôlego enviar arrepios pelo meu corpo. A brisa suave cintilou disparos dentro de mim.

— Não faça ameaças que não vai cumprir. E jamais pense que me conhece. Você não faz ideia de quem sou, de qual é a minha posição ou a forma como cheguei até aqui. Nada me causa vergonha, Sam. — O rosto se aproximou de mim, e eu conseguia ver seus lábios se movendo. — E se digo que exijo conversar com você…

— O quê? O que você vai fazer exatamente?

— Vai em frente e veja.

Senti que caí em uma armadilha.

— Você não vale a pena.

Eu me levantei e comecei a me afastar. Suas passadas me acompanharam.

— Deixe-a em paz. — Ouvi a voz de Catherine.

De uma só vez, nós dois nos viramos para ela.

— Jacob, você está chamando atenção desnecessária. Este não é o lugar para esse tipo de discussão.

— Catherine, por favor, não interfira em coisas que não têm a ver com você.

Aproveitei a discussão dos dois para escapulir para o corredor que levava aos banheiros.

— Sam — ele chamou às minhas costas, apertando o passo. O homem me agarrou pelos ombros e me virou. — O que aconteceu? Quero entender por que você está se comportando assim.

— Me deixe em paz — falei, quase me sufocando.

Ele apertou minha cintura com mais força. Seu corpo em forma irradiava uma presença torturante. Ele parecia protetor, próximo, seu coração batia, ele era amado. E estava muito, muito, muito distante.

— Seu filho da puta, você não tem limite? Você veio com outra mulher. Respeite a ela e a mim e fique longe!

Ele me puxou para si e me deu um abraço gigantesco. Maior que eu, maior que o salão, maior que o universo.

— Ela é minha irmã — sussurrou ele no meu ouvido.

Seu coração bateu com o meu. Muito, muito perto.

28

— Sam. — Ele sussurrou o meu nome.

— Você tinha razão ontem quando falou que eu não estava assumindo a responsabilidade, nem encarando meus sentimentos — respondi — infelizmente, se surge algo que vai ser benéfico para mim, salto à oportunidade sem nem pensar no preço de trair meus princípios. Não reconheço a mulher que no momento está no meu corpo falando contigo. Ao longo das últimas duas horas, ela se tornou fraca, dependente e dramática, porque, pela primeira vez na vida, ela foi tentada a se apaixonar por um homem que está muito acima dos seus padrões morais. Ela não sou eu. Quando eu voltar a aprontar, vou decepcionar você, porque é o que faço, Jacob, fujo antes que alguém perceba quem sou de verdade. Por fim, esse homem me abandonará por iniciativa própria.

Começo a me afastar dele.

Saio para a rua. Ele não me segue conforme esperava. Acendo um cigarro com as mãos trêmulas. Ligo para Catherine, mas ela não atende. Consigo ouvir passos às minhas costas.

— Importa-se se me juntar a você? — Era Veronica, irmã de Jacob. — Sinto saudade de Nova York. Há algo verdadeiro aqui apesar das arestas, o que é o oposto de Los Angeles, que é toda plástica e superficial.

Por que tive a impressão de que ela não estava falando das diferenças entre as cidades?

— Eu me chamo Veronica, não fomos formalmente apresentadas. — Ela estendeu a mão.

— Sam. — Estendi a mão e ela deu um aperto forte e caloroso.

— Meu irmão nunca agiu assim por causa de mulher, ainda mais em público, muito menos diante dos colegas. Faça o cara suar; está operando milagres.

Contra a minha vontade, sinto um sorriso escapar de meus lábios, pensei que ela fosse brigar comigo por causa do meu comportamento. Veronica já estava com um sorriso largo no rosto. Olhei para ela e percebi o quanto fui cega. Se tivesse me permitido olhar em seus olhos, teria visto que os dois eram parentes.

Ela riu.

— Você é bem falante, né?

— Fui mal-educada; quero me desc...

— Nem pense em pedir desculpas pelo que sente. — Ela ficou séria. — Você está falando com uma porto-riquenha. Somos campeãs em melodrama, ainda mais quando o amor está envolvido. Você vê novela? — Ela deu uma piscadinha, e não pude evitar notar o calor se espalhando pelo meu corpo. Veronica era calma e divertida e, em poucos minutos, tirou a tristeza de dentro de mim.

— Pronta? — Jacob veio na nossa direção.

— Quer saber, irmãozinho? Acho que vou voltar a pé para o hotel, é pertinho daqui. Por que você não leva a Sam para casa?

— Que bobagem. Espere dois minutos e eu trago o carro.

— *Mi amore* — ela falou com ele em espanhol. — Poupe sua teimosia para quando ela for necessária.

Eu logo intervi.

— Veronica, obrigada. Eu vim com a Catherine e ela vai me levar para casa. Já, já ela sai.

A mulher assentiu.

— Foi um prazer, Sam.

Ela se inclinou na minha direção e deu um beijo leve na minha bochecha. O aroma do seu perfume era tão maravilhoso quanto ela. Veronica era uma lufada de ar fresco. A mulher abraçou Jacob.

— A gente se vê amanhã à noite lá na mãe — disse ela, e saiu andando toda graciosa sobre seus saltos agulha.

Éramos só nós dois de novo.

— Me deixa te levar.

Balancei a cabeça e voltei a ligar para Catherine.

— Sei que prometi que escaparíamos assim que desse, mas tem colegas aqui que não vejo há anos, e estão insistindo para eu ficar. Me dê mais uma hora, entre e fique comigo.

— Não se preocupe, eu pego um táxi — respondi e desliguei.

O carro de Jacob parou na calçada. Ele saiu e ficou diante de mim.

— Eu te ofereci uma carona, não um casamento. Está frio aqui fora, vamos.

Não havia um táxi a vista, então não discuti.

INBAL ELMOZNINO

Fire Meet Gasoline da Sia tocava nos alto-falantes.

A letra circulava ao nosso redor, e era como se ela acendesse rajadas de energia entre nós. Jacob pegou a minha mão quando eu estava prestes a desligar o rádio. Seu toque era mágico.

O trajeto se passou com a gente tentando ignorar um ao outro.

Quando chegamos, agradeci a ele e saí. Assim que entrei no elevador, Jacob apareceu, e as portas se fecharam antes de eu ter a chance de mantê-las abertas.

— Jacob, vá embora — insisti.

Ele se virou e prendeu o corpo ao meu.

— Vou depois de ter certeza de que você está dentro do seu apartamento e em segurança.

— Não quero você no meu apartamento — deixei escapar.

Ele fitou o meu rosto, então empurrou meu corpo para a parede do elevador. Suas mãos agarraram minha cintura, seus dedos cravaram na minha pele. Sua boca estava a um fôlego dos meus lábios. E eu, atormentada pela proximidade que fez ondas latejantes de desejo percorrerem o meu corpo. Abri a boca para reclamar quando ele a cobriu com a mão.

— Você não tem noção do quanto quero tirar esse vestido de você, rasgar sua calcinha e te comer com tanta força até te fazer gritar. Estou cuidando de você. Entendeu? Cala a boca e pare de lutar comigo.

O elevador parou, e ele me soltou. A ausência do seu toque fez a minha pele se sentir abandonada. Ele me deixou sair primeiro e ficou parado atrás de mim quando destranquei a porta do apartamento.

Abri espaço para ele entrar no espaço mal iluminado. Fiquei parada perto da porta, segurando-a aberta. Assim que terminou de verificar o apartamento, ele se aproximou de mim.

— Não tem ninguém espreitando no escuro, você já pode ir.

Eu não poderia resistir.

A porta bateu, e antes que desse por mim, ele estava ao meu lado de novo.

— Ontem à noite foi um inferno. Eu te ouvi, aterrorizada, sozinha no seu quarto em Boston, no escuro. Seu desamparo, o meu desamparo, foi desesperador. Seus gritos, ainda consigo ouvi-los. Pensar que não estava lá para te proteger me levou à loucura, eu... — Seus braços me puxaram em seu abraço. — Eu não consigo, sinto que... — Ele arfou. O homem estava com dificuldade de dizer o que queria e se afastou.

— Vá para o inferno, Jacob, não vou deixar que você me quebre em milhões de pedaços de novo.

Os olhos dele estavam fechados com força. Ele parecia estar travando uma dura batalha dentro de si. Quando os abriu, pude ver o quanto ficaram descontrolados com a paixão.

Jacob atacou a minha boca. Suas mãos seguraram meu rosto. O arroubo foi imbatível. Línguas se entrelaçaram. Seu lábio sangrou quando o mordi, minha boca absorveu o gemido que escapou de sua garganta. Ele tirou o meu vestido pela cabeça e quando minha pele foi revelada, seus dedos cravaram na minha carne. Gemi.

Minhas mãos agarraram a sua nuca quando aprofundei o beijo. Percebi que havíamos nos movido quando fui jogada na cama. Jacob pousou em cima de mim e arrancou a camisa, expondo o torso. Ouvi minha calcinha ser rasgada e seus dedos acariciaram a minha boceta, que já estava molhada. Os meus cravaram em seus braços quando ele estocou os dele dentro de mim.

— Jacob — gemi.

— Abra os olhos, Sam, quero que você olhe para mim. — Ele abriu a calça, libertou o pau e arremeteu com força. Nós dois gritamos.

— Consegue sentir, Sam? — ele clamou. Eu gemi de dor e prazer. Ele não tinha me dado a chance de me acostumar com seu tamanho quando começou a estocar impiedosamente. Fechei os olhos, não consegui conter o que sentia, a loucura que havia nos tomado. — Vê o que você faz comigo? Igual a você, sinto algo que é maior que eu.

Abri os olhos, seu olhar penetrante se fixou no meu, me puxando para ele. Puxei sua boca para a minha e o beijei como nunca a ninguém antes, como se eu não pudesse me fartar. Eu queria mais. Mais fundo. Mais forte. Um só corpo.

— Jacob — gritei quando senti o orgasmo se aproximar. — Eu sou sua, eu sou sua.

Gozei com vontade. Latejei ao redor dele, que jogou a cabeça para trás e gozou com um grunhido alto, derramando seu líquido quente dentro de mim. Lágrimas escorreram pelas minhas bochechas.

— Fico tocado quando você chora. — Ele beija meus olhos.

— É você. — Seguro seu rosto e sussurro — fogo encontra gasolina.

29

Tateei pelo corpo de Jacob. Com as pálpebras pesadas, eu o vi de pé perto da janela da cozinha, encarando a escuridão. Fui até ele, caminhando descalça pelo piso de madeira. Envolvi os braços ao seu redor e senti seus músculos relaxarem sob meu toque.

— O que está te mantendo acordado? — sussurrei em sua pele. Com carinho, ele afagou meu punho e me virou para ficar de frente para ele.

— Volte a dormir, estarei bem aqui — sussurrou, e me beijou a testa. Espalhei beijinhos pelo seu maxilar, me agarrando a ele com força.

— Jacob, por favor, me diz o que está te incomodando, não me exclua.

— Não sei por onde começar.

Afastei as mãos e me sentei em uma das banquetas. Dei um tapinha na que estava ao meu lado.

— Senta. — Ele assentiu e riu.

— Alguém já disse que você é teimosa feito uma mula?

— Parece que não somos tão diferentes como você pensava, *Toro*.

— Do que você me chamou?

Inclinei a cabeça e ri. Pela primeira vez, revelei o apelido que inventei para ele.

— Na nossa primeira noite, lá no bar, você causou uma impressão e tanto em mim, e já que eu não sabia o nome do homem misterioso — apontei para os chifres tatuados na sua pélvis —, *Toro*.

Ele sorriu, arrogante.

— Parece que deixei uma marca, ou foi meu *"Toro"* que fez isso por mim. — Ele apontou para o pênis. Fiz careta para ele, que riu.

— Homens e seu pau... inseparáveis. Que relacionamento simbiótico. Sinto que estou segurando vela. Devo ir lá para fora e deixar os dois sozinhos?

Ele me pegou pela cintura e me carregou como se eu fosse uma boneca de trapo.

— Confesse que não conseguia parar de pensar em mim.

Caí na gargalhada quando seus dedos pressionaram a minha barriga.

— Você é doido, nós vamos cair.

Jacob se levantou e envolveu minhas pernas ao seu redor.

— Jacob Torres — exigi —, me ponha no chão agora mesmo. Você não pode evitar a minha pergunta. E por mais que fazer sexo com você soe tentador... — Eu parei de falar, deslizei de cima dele e consegui me desvencilhar.

Espalhei velas pela área da sala. Em seguida fui até a cozinha pegar duas taças e uma garrafa de vinho. Coloquei tudo no balcão.

— Abra o vinho, vou me envolver no lençol — falei, provocante, enquanto deslizava os dedos pelos seus ombros.

— Você é uma verdadeira *femme fatale*. Tomara que esteja ciente de que vai pagar caro por me rejeitar.

Ele riu, e abriu a janela só um pouquinho para acender um cigarro. Quando voltou e se sentou, me entregou uma taça e nós brindamos.

— Por que não começamos com você? — perguntou ele, e deu uma tragada forte no cigarro. Seus lábios carnudos envolveram o filtro. Ele sorriu quando me pegou o encarando soprar a fumaça.

Dei de ombros.

— Boa tentativa de desviar a atenção de você, usando esses encantos exagerados. Espero que saiba que sou inteligente demais para cair nessa armadilha, chefe. Vamos começar com você.

Ele girou o vinho na taça e voltou o olhar de novo para a janela.

— Estou sendo muito pressionado pelos meus superiores. Nunca conduzi uma investigação em que não conseguimos fazer qualquer progresso. A pessoa que está por trás do sequestro e do assassinato é sofisticada o bastante para estar sempre um passo à nossa frente. Ele ou eles estão nos fazendo correr em direções diferentes sem conseguir fazer qualquer progresso. Nossos detetives são enviados para investigar tendo como base o perfil criado conforme as evidências da cena do crime, e voltam com descobertas vagas, nada do que já não sabíamos. Os suspeitos presos tinham álibi e foram soltos. Nenhuma pista chega, nenhuma. E essa história com você, Sam, me preocupa, não parece se encaixar.

Ele bebe um pouco de vinho e olha direto para mim.

— Como assim?

— Sou investigador há anos. Já passei por dezenas de casos complicados, e cada vez que alguém foi seguido... havia uma razão.

O medo estava começando a abrir buracos minúsculos dentro de mim. O que aconteceria se Jacob descobrisse o que eu escondi e ainda estava escondendo? Nosso futuro de repente pareceu muito frágil.

— Sam, se há algo que você não me contou...

— Tipo o quê? — Interrompi sua pergunta com uma voz solene, capturada na teia de mentiras que ficava cada vez mais complexa.

Pigarreei. Estava óbvio que ele abordaria o assunto, mas não imaginei que ia querer falar da noite passada nesse momento em particular. Comecei a conhecê-lo, e o homem não deixava nada passar. Ele notou meu corpo ficar tenso e pegou a minha mão, envolvendo-a em calor.

— Precisamos descobrir quem estava te seguindo e por que, Sam — disse ele, baixinho. Assenti e entrelacei nossos dedos, encorajando-me a me abrir.

— Não são muitas pessoas que sabem que desde criança tenho um medo tremendo do escuro. Praticamente uma fobia. Depois que meus pais sumiram, comecei a ter pesadelos. Eu sonhava que eles estavam perdidos e não conseguiam encontrar o caminho de casa. Ou que alguém os havia trancado em um armário escuro e que estavam gritando e batendo para que os deixassem sair. Eu acordava chorando, chamando pelos meus pais. Era Robert quem aparecia.

— Sam, isso é horrível. Não sei o que dizer.

— Foi há muito tempo, e estou te contando para introduzir o fato de que comecei um ritual noturno que faço sempre antes de ir para a cama. Não durmo antes de ter certeza de que tranquei portas e janelas e de que há algumas luzes noturnas acesas. Um instinto me desperta, mesmo quando estou profundamente adormecida, se de repente eu ficar na completa escuridão.

Jacob acendeu um cigarro e voltou a encher a minha taça.

— Eu estava exausta e adormeci de imediato. Acordei no breu completo. Pensei que a tempestade tivesse causado a queda da energia e entrei em pânico. Mas aí senti o vento no meu rosto e percebi que a janela estava aberta. Meu telefone sempre fica do meu lado, então tentei acender a lanterna dele. Quando o aparelho caiu, a tela acendeu. Por um breve segundo, notei algo se mover rápido perto de mim. O som de um sussurro me fez perceber que não estava sozinha.

Estava difícil me concentrar. Era como se as palavras se atropelassem, trazendo de volta os momentos de terror.

— Congelei quando senti o toque dos dedos dele esvoaçarem nos meus pés. Relampejou, e o céu se acendeu, foi assim que consegui discernir o homem parado lá na frente. Ele olhou para mim. Não consegui ver o rosto dele, porque estava coberto por um capuz preto; havia uma corrente com uma cruz pendendo de seu pescoço. Ele moveu as mãos em um gesto ameaçador, e perdi o controle. Não lembro do que aconteceu depois. Acordei nos braços de Michael. — Eu estava respirando com dificuldade.

"Ontem de manhã, depois do meu voo, liguei para o Colin. Eu queria uma atualização. Ele me contou do pedaço de tecido preto que foi encontrado perto da van da fuga, e disse que combinava com o material das batinas dos padres e que Catherine havia construído um novo perfil e enviou vocês por um novo caminho, agora concentrado na convencional instituição papal. Pensei que vocês estivessem cometendo um erro, que não estivessem fazendo as conexões certas, porque no vídeo do sistema de segurança da escola, um dos sequestradores estava usando uma fantasia de padre que incluía uma capa. Mas depois do que passei ontem à noite, e após ver a batina e a cruz, não tenho certeza se o traje tem algo a ver com a doutrina religiosa; talvez os sequestradores só estejam pregando peças."

— Ao que adiciono o que você me contou da pessoa te seguindo, o "encapuzado" — disse ele.

— É só um palpite, não tenho certeza.

— Palpite? Quantas vezes? Quantas vezes aconteceu desde que você chegou a Nova York?

— Teve um homem que me seguiu por alguns metros, aí Colin apareceu e o cara sumiu. A segunda vez foi vaga... depois que você me deixou perto da igreja em que o corpo de Megan foi encontrado, alguém correndo deu um encontrão em mim, e eu caí. Ele não parou, mas consegui ver que ele estava vestido do mesmo jeito. Duvidei de mim mesma. Pensei que não era possível ser a mesma pessoa.

— O quê? — Jacob ergueu a voz, me interrompendo. — Você viu um homem de capuz correndo perto da cena do crime e não informou? Sem falar alguém que você suspeitava que podia estar te seguindo. — Ele se levantou e deu um passo para trás, passando os dedos pelos cabelos.

— Eu não disse nada porque não tinha certeza, ainda não tenho. A terceira vez, da qual você sabe, foi na noite que você apareceu e me encontrou no elevador, aflita. Ele estava do outro lado da rua, me observando, e tinha começado a vir na minha direção.

— E você não achou que deveria dizer alguma coisa, contar que estava sendo seguida, Sam? Você vai me enlouquecer.

— Jacob, eu sou jornalista. Muitas coisas aconteceram comigo ao longo dos meus dez anos de carreira, e que não foram menos perigosas. Não há razão para temer pela minha vida sendo que não tinha cem por cento de certeza que alguém estava me seguindo para início de conversa.

— Cem por cento? Você está esperando certeza? — O maxilar dele retesou, e eu podia dizer que o homem estava tentando não explodir.

— Em outros tempos, quando pensei ter certeza de que algo estava acontecendo ou prestes a acontecer, disseram que era paranoia, nada mais. Sou uma repórter que investiga crimes, as pessoas com quem lido não são bem o tipinho Wall Street com quem vocês estão acostumados, espero que você entenda.

— Uma investigação inteira pode depender de algo como o que você está me dizendo agora. Pode ser que haja algum outro detalhe de que você saiba, mas de que não está ciente, e essa é a razão para você estar sendo seguida e por terem invadido sua casa em Boston.

Ele se sentou de novo e segurou meu rosto com a palma das mãos.

— Estou preocupado com você, Sam, e considerando te pôr sob proteção. Você não pode sair por aí como se nada estivesse acontecendo, e preciso ter a capacidade de te defender. Você e eu não somos iguais. Sou treinado. Tenho ferramentas para lidar com situações que podem causar ameaça à vida, tenho porte de arma.

— Não me trate como se eu fosse criança, Jacob. A razão para não ter contado a Michael sobre o que vi na noite da invasão foi precisamente esse tipo de reação. Você não vai me dar proteção policial, nem me restringir, e nem tente encontrar lógica por trás da forma como me movo e faço o meu trabalho. Jornalistas precisam de coragem para publicar suas histórias. Ponto.

Jacob se encolheu no assento.

— Aí você esconde a verdade de todo mundo e não denuncia a ameaça imediata à sua vida. Segue como sempre enquanto carrega o fardo de medos e segredos só para evitar ser criticada e se esquivar das tentativas de impedirem que você aja de forma impulsiva e irresponsável. Belo método esse seu, Sam. Qualquer coisa para conseguir o furo, o artigo, a pauta. Com certeza são bem mais importantes que a sua vida. É o lema sob o qual você vive? E eu ainda nem fiz a pergunta mais importante: por quê? Você chegou a considerar que talvez eles estejam te sentindo farejando o cangote deles, e que estão por aí à solta, querendo dar cabo de você? Tentou entender o que está escondido no seu subconsciente, o que é isso que eles pensam que você sabe?

O que ele disse me atingiu com força. Tentei me levantar, mas ele colocou a mão no meu ombro e praticamente me forçou a me sentar de novo.

— Mesmo se você estiver certo... não vou abrir mão da história, é o meu trabalho. Entendo que há riscos envolvidos. Você não pode me passar um sermão sendo que me conhece há apenas duas semanas. Nem presumir que entende pelo que estou passando, muito menos analisar meus métodos de trabalho. Que arrogância a sua.

— Você não está lendo o cenário direito, e está confundindo arrogância com preocupação. E a sua família? Seus amigos? As pessoas que te amam? Se descobrirem os perigos a que você está exposta e o fato de que andou escondendo tudo isso, tenho certeza de que terão uma reação parecida. Como esperava que eu reagisse? Que eu fosse complacente? Você ainda não entendeu que me preocupo com você?

— Robert e Catherine são meus parceiros, minha família e meus amigos. Eu conto a eles, mas, no todo, tento poupá-los dos detalhes sórdidos. Não tenho outros relacionamentos. Então, veja bem, não tenho bem um dilema. Eu me certifico de não ficar com alguém por muito tempo para que não façam perguntas como as que você está fazendo. Pare de me analisar. E, já que abordou o assunto, em que o seu comportamento difere do meu? Se eu não tivesse tentado extrair de você o que estava te incomodando, você teria me contado por contra própria? Ou preciso te lembrar que você tentou me calar e me falou para ir dormir.

A expressão dele ficou pétrea. Ele assentiu e soltou a minha mão. Eu estava tão ocupada o atacando e me defendendo que, sem nem perceber, apontei o quanto ele era insignificante na minha vida. O que, obviamente, não era verdade. Fiquei presa a um diálogo impossível. Queria poder contar a verdade. Desatar os nós, a teia de segredos. Eu estava com medo de perdê-lo.

Jacob me olhou.

— Já deixei bem claro que não sou mais uma das suas conquistas. Quanto tempo vai levar para você me superar, Sam, e partir para o próximo alvo?

Estendi os braços para abraçá-lo. Ele recuou. Persisti. Me levantei e pressionei o corpo no dele.

— Você vai ter que me ajudar, Jacob, estou acostumada a trabalhar sozinha, a pensar sozinha. A ficar sozinha. Você vai ter que me permitir cometer erros, igual agora.

Seus braços se apertaram em torno da minha cintura.

— Está pedindo ajuda a um lobo solitário?

Sorrio para ele.

— Seremos uma alcateia de dois. — Eu o queria perto. — Me ame, Jacob.

— Não há nada que eu queira mais. — Ele acariciou a minha nuca e me beijou forte e profundamente. Em seguida puxou o lençol, me virou e suas mãos agarraram o balcão quando ele me arrebatou.

Rápido.

Forte.

Frenético.

— Está indo embora? — perguntei com a voz sonolenta, assim que o vi se vestir. Ergui a cabeça e ele se curvou sobre mim. Seus lábios tocaram de leve a minha testa.

— A divisão ligou. Preciso ir para lá imediatamente, e quero passar em casa para me trocar. Volte a dormir, você solta uns barulhinhos muito fofos quando faz isso.

Fiz careta.

— Eu não estava sonhando com você. — Rolei de bruços.

— Até parece. Eu te ouvi. — Ele riu e deu um tapa na minha bunda nua. Gemi e me virei para olhá-lo. Ele abriu um sorriso sedutor e me mandou levantar para trancar a porta assim que saísse.

Escovei os dentes, me servi um café e me sentei para conversar com Robert e ver se havia notícias de Holmes. Fiquei arrasada quando soube que não havia nenhuma. Meus olhos arderam; estava com medo de nunca mais vê-lo. Liguei para Michael para agradecer o que ele tinha feito na outra noite e por ele ter cuidado da mudança das trancas e do conserto da janela.

— Você merece, linda — disse ele com devoção sincera.

— Eu te devo uma, você é um bom amigo, Michael.

— Eu queria ser mais para você, sabe, talvez...

— Talvez — digo, mas só para não ferir os sentimentos dele. O cara era um bom amigo de verdade. Desligamos com a promessa de que eu retornaria em breve.

Jacob ligou.

— Esqueceu alguma coisa?

— De dizer que já quero voltar para você.

— Não há nada que eu queria mais — repeti o que ele falou na noite anterior.

— Excelente — disse ele, e desligou.

Balancei a cabeça e ri.

Meu *Toro*.

30

— Eu só preciso de alguns minutos dessa vez, nada mais.
— Senhorita, o professor Cyrus não pode te atender...
Interrompi a tentativa da secretária de me dispensar de novo.
— Tente passar minha ligação para ele, por favor.
— Espera — disse ela, e a música tocou na linha.

Acendi um cigarro, o quarto da manhã, enquanto me repreendia por ter prometido que pegaria leve. Eu estava convencida de que Nova York e suas restrições ao fumo me fariam manter a promessa. E aqui estava eu: uma chaminé.

— Professor River Cyrus na linha.

Eu tinha acabado de tomar um gole de café e quase cuspi tudo quando ouvi a voz dele.

— Professor, obrigada por me atender. Eu me chamo Samantha Redfield e sou a jornalista de Boston que está cobrindo o caso Noite de Halloween. — Adotei o nome que a mídia estava usando para se referir ao caso.
— Tenho acompanhado a história de perto, como a maioria do país. Como posso ajudar?
— Durante a investigação, valores do cristianismo foram descobertos. Estou tentando entendê-los para a história que estou escrevendo.
— Srta. Redfield, adoraria ajudar, mas você me pegou em uma hora ruim; estou prestes a ir para a Europa. Tente marcar um horário com a minha secretária para depois do meu retorno. Se estiver com o prazo apertando, posso pedir a um dos meus alunos da pós-graduação para te ajudar e te passar as informações necessárias.

Precisei improvisar ali na hora para convencê-lo a me encontrar imediatamente.

— Professor, não fui completamente sincera com o senhor. Não é só uma matéria. Quando o caso começou, eu o estava cobrindo de dentro da MCU, como repórter exclusiva. Depois que passei a mergulhar nos detalhes e levantar dúvidas quanto à direção que a investigação estava tomando, minha entrada na divisão foi barrada. Agora estou sendo seguida e minha casa foi invadida. Não tenho ideia do que pode acontecer comigo amanhã, e a vida das outras duas meninas sequestradas ainda correm perigo. Uma quarta, amiga delas, também corre o risco de ser sequestrada. Não confio em ninguém, e não tenho com quem me consultar. Por favor, me ajude, dez minutos do seu tempo, nada mais.

— Você conhece o Café 1668 em Tribeca?

— Não, mas posso encontrá-lo.

— Esteja lá em quarenta minutos. Vou passar lá para pegar o café que eles moem especialmente para mim. É a sua única oportunidade, srta. Redfield. Não se atrase.

— Como vou identificar o senhor?

— Você vai, pode acreditar. — E desligou.

Saltei do assento, ainda digerindo que tinha conseguido convencê-lo. Eu me vesti em tempo recorde, peguei minhas anotações, o notebook, e saí.

Acabou que o café em Greenwich ficava a cinco minutos do meu apartamento. No táxi, usei os dedos para pentear o cabelo e prendê-lo em um coque bagunçado; queria parecer o mais respeitável possível. Me sentei em uma mesa de canto, observando a porta em expectativa. Vinte minutos depois, um homem com uma cabeleira cacheada grisalha nas laterais entrou, os grandes olhos azuis olhavam ao redor através das lentes dos óculos. Ele usava calça social azul e paletó cinza-escuro. Sua aparência gritava "professor distraído" e todos os clichês que vinham com ela. Ele tirou os óculos de armação grossa e os limpou com um lenço que pegou no bolso. Quando voltou a colocá-los, sorriu, apanhou dois pacotes com o garçom e colocou as notas no balcão. Ele estava certo, era impossível não reconhecê-lo. Acenei para ele, que se aproximou da minha mesa.

— Srta. Redfield? — Assenti. Ele abriu um sorriso largo que lhe iluminou o rosto. Trocamos um aperto de mão. Ele se sentou de frente para mim e acenou para a garçonete. — Um expresso para mim, e para a dama... — Ele olhou para mim.

— Café com leite quente, por favor.

Ele riu.

— Estamos em uma cafeteria que vende as melhores marcas de todo o mundo, e vai pedir café comum?

Dou de ombros o sorriso.

— Sou uma moça simples. — Os maneirismos disseram que ele estava à vontade.

— Vamos lá, srta. Redfield, fale comigo. Só aterrorizo meus alunos, e dentro dos limites da universidade, devo adicionar.

— Vou compartilhar informações confidenciais com o senhor, e peço que as guarde para si até a polícia decidir divulgá-las, e se chegarem a divulgar.

— Devidamente entendido — respondeu ele.

Descrevi a cena do assassinato de Megan. Falei da posição do corpo e expliquei que a palavra *castitas* havia sido entalhada entre as coxas dela.

— Parece um desacato a um rito religioso ou um espetáculo de exibicionismo — falei. — Com base nas descobertas, foi elaborado o perfil criminal, e os investigadores foram direcionados a explorar seitas e comunidades de fanáticos religiosos. Mas depois que encontraram um tecido que é típico da roupa dos clérigos, o perfil mudou e a divisão agora está se concentrando em estabelecimentos religiosos normais.

A expressão dele continuou focada. Eu sabia que o homem havia entendido a atmosfera sombria indicada pelas minhas palavras.

— Interessante. A meu ver, a posição do corpo é um espetáculo exibicionista. Ao mesmo tempo, devo enfatizar que o que vou dizer é baseado em um evento único. Para dizer algo mais preciso, é necessário que haja um padrão recorrente ou similar. — Ele parou de falar quando a garçonete nos trouxe o café.

"Vou explicar, com a esperança de não simplificar demais as coisas, não apenas devido à falta de tempo, mas também porque não quero nem considerar um cenário diferente e não menos terrível. *Castitas* é uma das boas virtudes. Entende o rumo que estou tomando?"

Eu sabia o nome e as definições das virtudes, e era importante para mim seguir com cuidado a linha de raciocínio dele.

— Se outra menina sequestrada for assassinada de acordo com o padrão que você descreveu, a tese que estou pondo na espera por ora pode ser uma opção. Creio que estejamos falando de um assassino, ou assassinos, que tem horror à religião ou que talvez tenha sofrido duras coerções religiosas durante a infância, e estão tentando passar uma mensagem simbólica sobre a crueldade da religião, a ironia da religião, na verdade... a falta de base da religião. E não o que o perfil da polícia parece sugerir: que os assassinos estão relacionados com o cerne do sistema religioso.

A hipótese dele era fascinante. Coerente de muitas formas, mas contraditória em certos pontos. Por exemplo, uma mensagem rebelde contra a fé certamente viria de dentro de um ambiente religioso normativo. Claro, não havia falta de casos em que padres cometiam crimes hediondos.

— Se você tivesse trazido fotos, talvez eu pudesse ser mais útil. De qualquer forma, espero que você esteja errada, porque o cenário alternativo é horrendo.

"Resumindo, posso dizer que, baseado no que me disse, estamos enfrentando um assassino, ou assassinos, em série que não vai parar até profanar as sete virtudes. E já que, a essa altura, o que estou dizendo são só palpites delirantes, vamos tentar pensar bem das pessoas neste mundo."

Ele bebericou o café, endireitou as costas e falou:

— Sinto muito por ter que pôr fim à nossa reunião, mas preciso seguir com o meu dia.

— Professor, se não se importar, tenho só mais uma pergunta. Já se deparou com algo semelhante? No sistema religioso ou em seitas fanáticas?

— Apesar das vezes em que tive certeza de que vi ou ouvi de tudo, a depravação da mente humana sempre vem à tona de uma forma ou de outra. O caso que você me apresentou não me lembra de nada similar. Mas se houver algum desdobramento, se mais evidências forem coletadas, pode me ligar. Pode me ver como alguém que está disposto a ajudar, e, sinto muito dizer, não apenas por obrigação moral, mas também por curiosidade humana básica. — Ele sorriu de novo, e seu rosto se iluminou. Ele tirou um cartão do bolso. Eu agradeci pelo encontro.

Depois que o homem foi embora, fiquei aliviada por ele estar indo para a Europa e que as chances de que ele pudesse falar do caso ou da nossa conversa fossem praticamente nulas. Fiquei lá pensando sobre o que faria com a hipótese do professor. Eu não poderia ir a Jacob e contar tudo, porque ele descobriria que compartilhei informações que a polícia estava guardando do público. O beco sem saída se tornou uma parte inseparável dos meus pensamentos.

Senti que precisava relaxar as mãos cerradas, o corpo tenso e a mente revolta. Álcool seria a solução perfeita, se não fosse de manhã. Minha mente dava voltas: a hipótese do professor Cyrus sobre os assassinos e o rumo da investigação; Holmes; a invasão e o perseguidor... todas preocupações constantes. Eu queria abandonar essa melancolia em que estava me afundando e, pelo menos durante o fim de semana, abrandar essa sensação esmagadora e incômoda, refrescar cada célula do meu corpo. Queria começar a semana energizada e renovada.

Eu invejava as mulheres que encontravam alívio fazendo compras. Eu me perguntava se algum dia seria capaz de ser uma delas. Apenas por um dia.

Decidi passear por Tribeca. Achei o lugar interessante. Olhei vitrines na área das butiques. O cheiro de pão assando me enfeitiçou quando entrei em uma pequena padaria. Estava lotada. A proprietária atrás de um balcão de vidro, embalava caixas coloridas preenchidas com bolos e tortinhas que os clientes haviam escolhido. Esperei pacientemente na fila.

— E para você, doce ou salgado?

— Os dois. — Sorri e apontei para uma tortinha que parecia uma quiche.

— Quiche de alho-poró com queijo manchego curado. Escolha excelente. — Ela colocou na caixa junto com duas bombas de chocolate cobertas de caramelo e a torta de espinafre com queijo de cabra que havia pedido. Adicionei a garrafa de vinho que ela recomendou.

— Uma experiência culinária — disse ela, e me entregou a sacola com a logo da loja.

Invejei a paixão com que ela falou sobre comida. Seres humanos sentiam paixão por coisas tangíveis, enquanto eu precisava de adrenalina para me sentir viva.

A cerca de um quarteirão de lá, parei na frente de uma loja de lingerie que exibia a arte da sedução. O modelo era vanguardista, destacado em um tom resplandecente de vermelho. Fiquei curiosa e entrei. A vendedora examinou meu corpo da cabeça aos pés e, com confiança, falou:

— Alguém novo?

— Oi? — O comentário dela me pegou de surpresa.

Ela soltou uma risada meiga e foi como se seu charme tivesse explodido de suas bochechas. Ela me fez responder com franqueza:

— Um homem novo na minha vida.

Ela deu uma piscadinha.

— Vamos achar o jeito perfeito de surpreendê-lo.

Ela me levou até o provador que tinha um espelho imenso e uma poltrona de veludo vermelho. Eu me sentei. Ela sumiu atrás das cortinas e voltou trazendo dois conjuntos de lingerie. O primeiro era preto e feito de renda delicada, quase transparente, e combinava com as meias de cano longo do mesmo material e com acabamento em renda. O segundo conjunto era prateado e vinha com ligas bordadas com pérolas minúsculas. Ela me deu privacidade. Tirei a roupa e experimentei o conjunto preto. Gostei do que vi. Aquela era eu? Corei.

— Mesmo sem ver o segundo no seu corpo... leve o preto, para garantir.

Tive um sobressalto quando a cabeça dela apareceu por detrás das cortinas. Peguei a blusa na cadeira e a segurei junto ao corpo.

— Não se esconda. Seu corpo é sexy. Se eu tivesse o que você tem... sairia por aí só de calcinha e sutiã, abriria mão das roupas. — Ela abriu um sorriso travesso.

— Vou levar — falei, determinada.

— Uma decisão excelente e muito sensual.

Ela saiu satisfeita do provador. Eu queria ser ousada com o homem por quem estava apaixonada. Tirei o telefone da bolsa, fiquei de frente para o espelho e me inclinei um pouco para o lado, revelando, na pose sedutora, a parte do meu traseiro que saía da calcinha em miniatura que tinha acabado de comprar. Tirei uma foto, digitei uma mensagem e enviei para Jacob antes de mudar de ideia.

> Toro, espero que isso te faça galopar de volta e sem demora.

Em seguida me vesti, saí do provador e coloquei os itens sobre o balcão. A vendedora me entregou uma sacola de compras e, brincalhona, comentou:

— Faça bom uso.

Ri, paguei e fui embora.

Jacob não respondeu a mensagem. Eu não sabia o que pensar. Comecei a duvidar do que tinha feito, murmurei um xingamento criativo direcionado a mim mesma e outro, não menos criativo, para ele. Senti a autoconfiança começar a escorrer do meu corpo, sendo pisoteada pelos meus pés. O telefone tocou, eu o peguei, e o nome de Laurie apareceu na tela. Fiquei decepcionada.

— Tenho uma hora para matar antes de voltar a trabalhar esse fim de semana, quer almoçar comigo? — Olhei para a sacola da padaria e decidi guardar para mais tarde; de qualquer forma, Jacob tinha sido convidado para um jantar de família.

— Claro — respondi, e passei para ela o endereço da rua em que eu estava.

— Estou a caminho — ela falou, e desligou.

— Você está esperando uma ligação? — perguntou Laurie entre mordidas, me olhando com curiosidade.

Eu me remexi, desconfortável. Ela me pegou verificando o telefone sem parar. Eu havia deixado o aparelho sobre a mesa. Espetei um pedaço de batata com o garfo e evitei olhar para ela.

— Vai ficar calada a refeição toda? Juro, se fosse para ficar entediada, poderia ter ficado na minha sala. Com ou sem você, é a mesma coisa.

— Sou uma péssima companhia esses dias. Por que não me conta as novidades? O que fez hoje na delegacia?

Ela riu e cruzou os braços.

— Não é possível que espere que eu fale do caso com você.

Sorri.

— Não diga que não tentei.

Ela brandiu o garfo no ar, direcionando-o para mim em uma estocada fingida.

— Eu sei o que você está fazendo, e dessa vez não vou te deixar mudar de assunto. Desembucha, e justifique eu ter te convidado para almoçar.

— Se contar para alguém o que estou prestes a dizer, vou falar que é mentira.

— Prometo.

— Mandei uma foto minha usando calcinha fio-dental para o cara com quem estou saindo, e ele não respondeu.

— É de morrer de vergonha, sem dúvida — resmungou ela.

— Você sem dúvida é ótima para animar a pessoa que acabou de te falar que ela fez papel de boba.

Ela ignorou de propósito o meu comentário e riu.

— O cara? — Ela estava sondando.

— Não é o Torres — respondi na mesma hora.

Ela resmungou de boca cheia:

— Então não importa.

Mordi o lábio, mas não consegui ignorar.

— O que você ia dizer? — Tentei soar desinteressada.

— O chefe estava sentado do meu lado, encarando o telefone, e aí ficou tenso. Achei que tivesse a ver com você. Mas você está dizendo que não tem, então...

Enterrei o rosto nas mãos. Podia sentir as bochechas queimando.

— Eu estou com tanta vergonha.

— Dá para você se acalmar? Não sei por que ele não respondeu, já que está preocupado com você a solta por aí, ainda mais depois do que aconteceu em Boston.

— Como você sabe do que aconteceu em Boston?

Agora foi a vez dela de ficar desconfortável.

— Eu ouvi Catherine e ele conversando. E para ser sincera, Sam, eles estão certos. Você precisa ficar longe do caso.

— Não comece você também. — Largo os talheres e faço sinal para a garçonete trazer a conta. — Vocês todos estão planejando se dividir em turnos para ficar de olho em mim? Foi por isso que você me chamou para almoçar?

— Não seja ridícula. Torres não faz ideia desse almoço. Vim porque sou sua amiga, ou pelo menos tento ser. Amigos não são para isso? Para cuidar um do outro?

Eu me recostei.

— Acho que sim. — Nós nos olhamos. — Pretendo seguir com o meu trabalho, apesar de tudo o que aconteceu.

Ela assentiu.

Laurie me deu carona até o apartamento. Prometi que iria com ela a um show.

Ela apertou minha mão antes de eu sair do carro e falou:

— Tenha cuidado ao cruzar linhas perigosas.

31

— Você não deveria estar em um jantar? — perguntei quando vi Jacob de pé na porta do meu apartamento.

— Vista-se, você vai comigo.

— De jeito nenhum.

— Sam — disse ele, pronto para a briga.

— Jacob. — Eu não era menos insistente. — Não preciso de um guarda-costas.

Eu podia sentir um pouco de raiva se infiltrando na minha voz. Ele ignorou de propósito o que eu disse e se moveu para mais perto de mim.

— Belas boas-vindas — disse ele, e abriu um sorriso travesso.

— Você está sexy demais. — Olhei para ele, que usava jeans desbotado de cintura baixa, camisa azul-clara e casaco de lã tweed. Seu carisma tinha um poder hipnótico com o qual eu não conseguia me acostumar. Precisei me segurar para não tocá-lo.

— Eu não ganho um beijo? — perguntou ele, me provocando. Seus olhos verde-esmeralda viajaram pelo meu corpo e rosto. Eu estava envolta por um robe de seda que cobria a lingerie que havia comprado de manhã. Eu tinha decidido experimentá-la uma vez mais depois de tomar um longo banho quente, mesmo tendo decidido devolvê-la.

— Você não pode abrir a porta vestida assim. — Ele se pressionou em mim. Seu aroma inebriante se arrastou pelo meu nariz e seu olhar intenso prendeu o meu. — O que você está fazendo é injusto. — Uma risada breve escapou dos lábios dele.

— Planejei ficar brava contigo por não ter respondido a minha mensagem, e aqui está você, tirando vantagem do impacto fatal que tem sobre mim quando está todo arrumado, tentador, e eu...

Ele colocou o dedo sobre os meus lábios enquanto os dele tremulavam no meu pescoço. Jacob abaixou a voz:

— Hoje de manhã, seus virtuosos talentos quase me mandaram para o

CTI depois de, todo inocente, ter aberto a foto que você mandou, no meio de uma reunião urgente com o comissário e mais vinte oficiais da polícia. Precisei tirar a camisa de dentro da calça tamanha a ereção que eu tive, igualzinho a um adolescente.

Abri um sorriso tímido e o empurrei de levinho.

— Se você não parar de me seduzir... vai acabar atrasado, e não sei se sua mãe vai ficar muito satisfeita comigo se descobrir que fui a causa.

— Vamos comigo.

Balancei a cabeça.

— Sem problema, a gente passa a noite aqui. Vou só avisar a minha mãe que você recusou o convite dela.

— Não se atreva a me fazer virar a vilã dessa história. — Aponto o dedo para ele. Ele tira o celular do bolso e disca. Tento tomar o aparelho de sua mão.

— Posso garantir que minha mãe vai usar isso contra você. Imagina só impedir o filho dela de ir a um banquete de família que levou um tempão para ficar pronto.

— Pode parar com a criancice — protestei, ao tentar agarrar o braço dele.

A mãe atendeu.

Ficamos quietos conforme a ouvíamos chamar o nome dele, e de novo. Jacob riu.

— Mãe, olha, nós...

Cobri a boca dele, impedindo-o de dizer o que pretendia, e sussurrei que iria. Pela primeira vez na vida, senti uma necessidade desesperada de impressionar alguém que jamais imaginei que conheceria.

— A gente vai levar uma hora para chegar aí. A Sam está agradecendo o convite e se arrumando o mais rápido que consegue.

— Fico feliz por ela ter aceitado vir, estamos esperando vocês. — Ouvi a mãe dele dizer do outro lado da linha.

Ele sorriu.

Eu fiz careta.

— Você teria recusado se eu tivesse te convidado mais cedo... não me deixou escolha senão te emboscar. E pode tirar da sua cabeça que pretendo ser seu guarda-costas, embora não possa negar que fico mais calmo quando você está comigo e não sozinha neste apartamento.

Peguei no closet um vestido preto que ia até os joelhos e sapatos de salto. Tirei o robe.

— Santo Deus, mulher, você está tentando me matar por vingança? — Ele estava atrás de mim. Jacob puxou minha cintura para si e sua mão afagou a minha pele. Seus dedos vibraram sobre minha bunda nua, que só tinha a tirinha de renda da calcinha cobrindo-a.

— Suas curvas vão me levar à loucura. Você faz ideia do quanto é gostosa? — Ele respirava com dificuldade, e o pau duro roçava no meu traseiro. — Depois do jantar, vou te levar para a minha casa e te dar muito prazer enquanto estiver usando só esse salto alto.

Ele me virou, segurou minha nuca e tomou posse da minha boca com um beijo profundo.

— Se a gente não tivesse que sair em breve, largaria o pouco do controle que ainda tenho. — Nós nos afastamos com relutância. Me vesti e saí.

— Que alívio. — Ele sorriu quando fizemos o retorno. — Finalmente vão ter algo em que se concentrar além de mim.

Fiquei tensa.

— Você está me lançando aos leões?

— Leoas, querida, cinco irmãs e uma mãe.

— Tudo bem. Se é esse o caso, vou ter que encontrar um macho protetor que não seja você. Seu pai está disponível?

Seu sorriso sumiu, e ele virou a cabeça para a janela.

— Infelizmente, não. Ele não está mais conosco.

Fiquei surpresa que em todas as nossas conversas, Jacob jamais mencionou o pai, ainda mais considerando tudo o que contei sobre o meu. Afaguei seu braço com sincera empatia.

— Está tudo bem, Sam, já me acostumei com o fato de ele não estar por aqui, e não sinto a falta dele.

— Não é algo fácil de se dizer, Jacob.

— Eu sei, e a última coisa que quero no momento é falar daquele homem.

Repeti o que ele disse na minha cabeça; *aquele homem*, era assim que ele chamava o pai. Não pude deixar de tentar entender por que se referia ao sujeito de forma tão desprendida.

— Estou ouvindo as engrenagens girarem na sua cabeça. Deixe essa história para lá. Seu plano de se esquivar do interrogatório das mulheres da família Torres está arruinado. Pense em outra coisa, faltam poucos minutos para chegarmos lá.

— Fico feliz por ver que um de nós está se divertindo.

— Pode parar. Elas vão amar você, ainda mais a minha irmã Anita. — Uma gargalhada estrondosa o fez sacudir os ombros.

— Eu não deveria ter cedido à sua chantagem. Sou péssima com pessoas, e sempre consegui escapar de eventos de família.

— Estou maravilhado por ser o seu primeiro, e espero que este não te deixe traumatizada.

— Acho que não estou me sentindo muito bem. Me leva para casa, por favor.

Ele parou de rir.

Sua mão entrelaçou a minha.

— Chegamos. Tarde demais para mudar de ideia. Confio em você; e sei que vai se sair bem.

Ele estacionou. O bom humor do homem teria sido contagioso se não estivesse tão nervosa. Acendi um cigarro e fiquei na calçada. Jacob deu a volta no carro depois de tirar uma bolsa de mercado do banco de trás, se inclinou na minha direção e me beijou.

— Não precisa ficar aflita, só estava brincando. — Ele tirou o cigarro da minha boca, esmagou-o com o calcanhar e pegou o meu braço.

O rosto da mãe de Jacob se iluminou quando ela abriu a porta.

— *Mi vida* — exclamou ela, animada, e o envolveu em um abraço maternal. Ele a beijou nas bochechas.

— Mãe, essa é Samantha Redfield. — Havia um quê de orgulho na voz dele. Meu coração acelerou.

— Pode me chamar de Sam, por favor. — Estendi a mão para apertar a dela, mas a mulher me puxou para um abraço caloroso.

— Estou tão feliz por você ter vindo — disse ela. Meus olhos marejaram. Temi que ela fosse notar o quanto fiquei tocada; e ela notou e afagou minha bochecha com carinho.

Jacob não estava brincando quando disse que um banquete esperava por nós. Entramos no evento. A casa estava cheia. Eu me senti me encolher de vergonha quando todo mundo parou o que fazia e se concentrou em mim. Apertei a mão de Jacob, e ele murmurou:

— Você vai tirar um osso do lugar!

— Sam. — Ouvi meu nome, e vi Veronica vir na minha direção. — Que bom que você veio, estava torcendo para que nos encontrássemos de novo. — Ela deu um beijo em mim e um no irmão. — Jacob, vou roubá-la — anunciou.

Relutante, soltei a mão de Jacob e a segui. A mulher me apresentou às irmãs:

— Sophia, Beatrice, Teresa, Anita, essa é a Sam do Jacob. — Elas me rodearam, e eu apertei a mão de cada uma. Sophia me pegou pelo braço.

— Vamos para a cozinha — ela deu a ordem. Todas a seguiram.

— Não a perturbem demais — gritou Jacob, e riu quando viu a minha cara.

Duas taças de vinho depois, eu estava relaxada. Ri quando me contaram histórias suculentas sobre a infância de Jacob. Contei para elas como nos conhecemos, e deixei de fora os detalhes picantes. As irmãs dele eram brilhantes e inteligentes, igual a ele. Fiquei impressionada quando elas contaram o que faziam. Acontece que eram todas muito bem-sucedidas, cada uma do próprio jeito. Anita, no entanto, era distante e mal falou comigo. Parecia que de todas as irmãs, ela era a mais próxima dele.

Antes de nos sentarmos na longa mesa de jantar, olhei ao redor. As paredes eram pintadas em tons de amarelo; as cadeiras, estofadas com um tecido rosa-choque. A casa era simples e alegre, igual à mulher que tinha aberto a porta. Notei que não havia nada que remetesse ao sr. Torres... nem mesmo uma única foto em toda a sala de estar.

O jantar trouxe os aromas e sabores da cozinha porto-riquenha. Dois homens apareceram com uma enorme panela de paella e a colocaram no meio da mesa. O prato era rico em cores de vegetais cortados em tiras, frutos do mar e o famoso dourado-do-mar. Havia outra bandeja carregada com banana da terra frita e uma travessa de formato elíptico que continha salada de espinafre com aroma cítrico guarnecida com nozes e queijo. Jacob me serviu uma porção de tudo.

— Vejo que está sobrevivendo — sussurrou ele no meu ouvido. Meio altinha, sorri.

— Você me fez sentir medo sem motivo nenhum, e vai pagar por isso. A comida da sua mãe é fantástica. — Minha boca se encheu com sabores explodindo um atrás do outro.

Jacob riu e falou algo em espanhol para a mãe. Ela sorriu para mim e ergueu a taça em minha honra. Eu me senti querida.

— Essa noite, quando você me levar para a sua cama, vou te fazer falar comigo em espanhol.

A mão dele foi para debaixo da mesa e acariciou a minha coxa.

— Vou fazer muito mais do que falar com você em espanhol. Estou louco por você, *mi amor*.

Os olhos dele brilharam, e eu o quis. Quando o jantar terminou, ajudei a limpar a mesa, mesmo a mãe dele insistindo para que eu relaxasse.

A verdadeira comemoração começou quando a irmã dele convocou todo mundo para se levantar e dançar à voz do cantor colombiano Maluma, cuja canção *Chantaje*, com a participação de Shakira, se transformou em hit global. Jacob tentou me fazer dançar com ele. Recusei terminantemente. Fui resgatada por Anita que o pegou pela mão e insistiu para que dançasse com ela. A mulher me lançou um sorriso caloroso. Soube que consegui a aprovação dela para sair com seu irmão. Olhei para os dois. Ele sabia mover o corpo em perfeita sintonia com a música, emanando sensualidade a cada passo. Com cada rebolar de pélvis, dava para sentir o ritmo inebriante circulando em suas veias. A forma como ele segurava a parceira nos braços musculosos, conduzindo os passos com confiança, me fez sonhar ser a mulher em seus braços.

Meu bom humor começou a sumir e foi substituído pela melancolia. A intensa ausência da família que uma vez foi minha começou a se infiltrar nos meus ossos. Se eu não fosse lá para fora por alguns minutos, não seria capaz de me impedir de chorar na frente de todas essas pessoas. Escapuli para o que parecia ser o quintal dos fundos, sem ninguém notar. Consegui pegar o casaco e, sob a luz fraca do poste, vi um balanço. Vesti o casaco e me sentei lá. Fechei os olhos. Estava determinada a me livrar da inveja se construindo dentro de mim. O que Jacob tinha... eu havia perdido há muito tempo. E embora todo mundo tenha sido legal comigo, nem suspeitavam que estar com eles só intensificava a solidão que eu sentia.

O balanço se moveu de levinho. Abri os olhos e encarei o cascalho lá embaixo. Jacob se sentou ao meu lado e segurou a minha corrente como se pedindo que eu o olhasse.

— O que foi, minha linda?

— Sua família é incrível. Obrigada por me trazer — respondi.

Ele me puxou para si, me abraçando como se soubesse o que eu estava sentindo. E embora tivesse tentado muito não chorar, um soluço escapuliu. Ele afagou meu cabelo.

— Você é maravilhosa e especial, e é minha. — Jacob me afastou um pouco e secou as lágrimas das minhas bochechas.

— Vamos — disse ele. Tentei sorrir, não queria decepcioná-lo.

— Eu só esqueci como era ter a família por perto. Essa noite trouxe velhas lembranças de volta, não é nada de mais.

Ele me beijou com carinho e falou:

— Estamos indo, independentemente disso.

Peguei a sua mão e fomos lá para dentro para nos despedir.

Apoiei a cabeça em seu ombro durante o trajeto. Quando chegamos, ele me prendeu à parede.

— Fico aos pedaços quando te vejo sofrer. Me diz, do que você precisa?
— De você, Jacob, preciso de você. Eu te amo e te odeio.

Ele atacou a minha boca e me levou para a cama.

Jacob fez amor comigo. Me fez gritar o seu nome repetidas vezes quando gozei, e confessou seu amor por mim em espanhol quando sussurrou *"Te amo"* com sua voz profunda.

32

O fim de semana passou.

A segunda-feira nos cumprimentou com um clima tempestuoso. A caminho da delegacia, Jacob me deixou na entrada do prédio. A gente mal conseguiu se largar depois de um beijo longo e cheio de mãos e a promessa de nos falarmos durante o dia. Eu estava intoxicada pela euforia dos amantes, mas, ao mesmo tempo, uma sensação de mau agouro se infiltrou em mim assim que abri a porta do apartamento. Ela se assentou na boca do meu estômago, mirando o peito. Eu a sufoquei.

Preparei um café e me sentei ao balcão. Encarei a chuva de açoite atingindo o vidro da janela. Precisava escrever um artigo e enviá-lo para Boston, mas não sabia do que falaria, já que não havia novidades no caso. Me lembrei do artigo que arranquei da revista do avião, e fui pegá-lo na gaveta da cozinha.

Os diários de Lauren olharam para mim. Desdobrei o papel. Planejava tentar contatar a autora e descobrir em quais dos clubes de sexo que ela menciona que foi tirada a fotografia com as abotoaduras da srta. Leary.

Meu telefone tocou. Colin.

— Oi — falei, esperando que ele sentisse o quanto gosto dele só pelo meu tom de voz.

— Oi. Pensei em irmos tomar um café, se você não estiver muito ocupada. Não se esqueça de que você me deve uma.

Ele estava me provocando.

Percebi que essa seria uma oportunidade para me atualizar quanto ao que estava acontecendo na divisão. Decidi tirar vantagem sem nem pensar duas vezes. Talvez Colin seria a pessoa a me prover uma pauta para o meu próximo artigo. Combinamos de ele me pegar daqui a meia hora.

Tomei um banho rápido, vesti um jeans justo, uma blusa de frio preta que deixava os ombros à mostra e botas até os joelhos. Deixei o cabelo desarrumado do jeito que estava. Passei maquiagem, guardei o artigo da revista na bolsa e saí.

— Que bom ver você — disse Colin ao me dar um beijinho na bochecha. — Você está com cara de quem precisa urgente de um café, e eu conheço o lugar certo.

— Não é um jeito ruim de dizer a uma garota que ela não está no seu melhor e ainda é politicamente correto.

Ele sorriu.

— Fico feliz por você concordar.

Dou um tapa no ombro dele.

— Como foi o fim de semana?

— Trabalhei, dormi, trabalhei. Eu estava de plantão.

— Algo novo no caso?

— Sam, qual é, me deixe me iludir um pouquinho. — Ele virou aquele sorriso encantador para mim. — Vamos começar com um café e algo doce antes de você me atacar.

Eu ri.

— Quero bolo também, e uma explicação detalhada de por que você está sozinho.

— Você entendeu bem.

Entramos em um restaurante cujas paredes estavam abarrotadas de itens de colecionador. Eu ri.

— Que lugar é esse?

Colin disse que a torta de maçã caseira deles era incomparável e que o atraía de volta de tempos em tempos. Nós nos sentamos em uma das mesas, pedimos duas fatias de torta e dois cafés.

— Como passou o fim de semana? Sozinha na cidade grande?

Eu odiava que as mentiras escapulissem com tão pouco esforço.

— Tive um encontro com a minha cama e com a televisão esses últimos três dias. Você está evitando responder o que te perguntei mais cedo ao telefone?

Ele colocou o café sobre a mesa e olhou para mim.

— Passei seis anos em um relacionamento, e por ela não suportar o fato de nunca estar por perto e que era mais devotado ao trabalho que a ela, terminamos. Nada de mais, na verdade, é basicamente o padrão para o pessoal da divisão.

Eu entendia muito bem o que ele estava dizendo. Pessoas como Colin e eu, que viviam e respiravam seus trabalhos exigentes, tinham sucesso na carreira, mas, sem dúvida nenhuma, fracassavam nos relacionamentos que tentavam formar.

— Há alguma razão em particular para você ter trabalhado esse fim de semana?

Uma fagulha travessa lhe iluminou os olhos.

— Plantão, horas extras, alertas e uma garota que se recusa a sair comigo. Muitas razões.

Ele falou em tom de brincadeira. Mas havia verdade em suas palavras. Eu sabia que ele estava esperando por uma reação séria de minha parte, e senti que precisava me explicar sem revelar a verdade.

— Colin, não estou disponível. Voltei a me relacionar com alguém com quem tive algo dois anos atrás. Nós nos reencontramos aqui em Nova York e estamos nos reconectando.

— É sério o relacionamento de vocês? — Havia decepção na voz dele.

— Espero que sim — respondi, breve, e fiquei feliz por ter conseguido soar plausível.

— Um cara de sorte esse seu. — Ele afastou o olhar e não disse nada. Então, de repente, disparou, bem alto: — Jesus Cristo. — Ele coçou o queixo.

Coloquei a mão sobre a dele.

— O que é, Colin?

— Juro que essa investigação está começando a mexer comigo, e já vi uma coisa ou outra ao longo da minha carreira. — Ele apontou para a bonequinha pendendo da parede, com os olhos movendo de um lado para o outro.

— Ela é meio assustadora, mas...? — Ergui a sobrancelha.

— Sexta-feira, chegou um envelope endereçado ao chefe da MCU, com o nome dele escrito com marcador vermelho. É claro que nós o escaneamos e quando foi confirmado que não continha substâncias perigosas, Torres ligou para irmos à sala dele e abrimos. Havia um pen drive lá dentro. Nós o levamos para a TI, para Laurie. Ela abriu o arquivo e quando assistimos ao vídeo que havia lá, percebemos que tinha ligação com o sequestro. Àquela altura, o chefe havia chamado o comissário. Laurie já havia começado as análises para verificar a autenticidade, para ver se o conteúdo havia sido photoshopado ou editado. Resumindo, para dar credibilidade à evidência. Catherine expressou as próprias dúvidas quanto à genuinidade dele. Afirmou que o padrão de enviar esse tipo de arquivo não combinava com um perfil que tem um cenário religioso como fundo, e que, na opinião dela, alguém estava brincando com a polícia, talvez algum esquisitão querendo causar estardalhaço. Mesmo assim, decidimos investigar.

Giro as pontas do cabelo entre os dedos, em suspense. Ele não havia me dito o que estava na fita.

— Aquela boneca... — Ele olhou para ela de novo. — No vídeo há uma sala com quatro cadeiras de madeira que parecem ter sido tiradas de uma igreja, porque há cruzes entalhadas no respaldar. Fotos de Lauren, Kylie e Megan foram colocadas em três delas, e na quarta havia uma boneca branca de plástico com um ponto de interrogação desenhado com marcador vermelho.

Eu fiquei impressionada. No momento em que ele mencionou a cadeira com a boneca, o nome dela ecoou na minha cabeça.

Gail. Gail. Gail.

Eu entendi a ameaça implícita. O medo de que Gail pudesse ser sequestrada me aterrorizou.

Um conflito imenso surgiu dentro de mim: não poderia dizer nada a Jacob por causa dos diários escondidos, e também por causa de Colin... não deveríamos nem ter nos encontrado, para início de conversa, e ele estava compartilhando informação confidencial comigo. No entanto, parecia que a vida dessa menina estava em perigo. Minhas pernas tremeram sob a mesa; não podia mais ficar calada. Pensei em como contaria a Colin o que sabia, mas sem revelar certas coisas, para que ele pudesse verificar.

Colin estremeceu e parou de olhar para a boneca. Continuamos a conversar como se nada tivesse acontecido. Terminei o café e a torta, e tive o cuidado de demonstrar animação com a última. Queria que aquela reunião terminasse e, ao mesmo tempo, não queria magoar os sentimentos dele ou lhe dar a sensação de que estava tirando vantagem. Quinze minutos depois, Colin pediu a conta para a garçonete, e nos preparamos para sair. Pedi uma carona até a redação. No trajeto, ele disse, com voz carregada, que algo no aspecto religioso do caso o incomodava. Já que ele era um homem de fé, as explicações dadas para o que tinha acontecido até então não foram novidade nenhuma para ele.

— Em que você está pensando? — Ele olhou para mim.

Movi a cabeça.

— Eu me lembrei de uma coisa. Da vez que você me pegou perto da escola das meninas, lembra? Pensei que houvesse uma conexão entre o que você me disse mais cedo e outra coisa, mas deixa. É só um palpite bem louco que não tem nada com nada.

Você precisa soar mais convincente, a voz na minha cabeça falou.

— E? — perguntou Colin, esperando que eu continuasse.

— Quando estive na escola, circulei um pouco pelo pátio na hora do recreio. Falei com alguns alunos e, nas conversas, entendi que as meninas sequestradas tinham uma quarta amiga próxima chamada Gail.

Colin lançou um olhar duro e sombrio para mim. Ele ligou a sirene e acelerou até parar na frente do prédio. Tentei manter o tom despreocupado, mesmo sabendo que a informação que estava compartilhando com ele era vital.

— Falei com ela por alguns minutos, e tive a impressão de que ela sabia de coisas que está escondendo porque está com medo.

Ele pressionou a minha mão.

— Obrigado, Sam, vou garantir que essa informação seja passada adiante, suspeito que colocaremos a menina sob proteção policial.

Assenti, aliviada. Dei um beijo na bochecha dele, saí para a chuva e corri para o lobby abafado.

Trinta minutos se passaram até eu receber a ligação que estava esperando.

— Você arrancou informação não autorizada de Colin apesar de eu ter te avisado, com todas as palavras, para você ficar longe da MCU e do pessoal. Não se atreva a usar a informação nos seus artigos, entendeu? — Jacob gritou para mim.

Meu sangue começou a ferver, mas não poderia jogar a culpa em Colin.

— Dei ordens a Colin e ao resto da equipe para não falarem com você sobre a investigação. Deixei bem claro para eles que você não tem mais autorização para exclusivas. Acabou, Sam.

— Seu filho da puta arrogante — resmunguei, e não estava nem aí se ele tinha ouvido ou não. — Sem mim, você nunca teria essa informação, pelo menos agradeça.

— Não estou tratando sua informação de forma leviana. E a menina sem dúvida nenhuma será chamada para interrogatório e, de acordo com o que descobrirmos, decidiremos se daremos ou não proteção policial a ela.

Fiquei quieta.

— E talvez tenhamos descoberto a razão para você estar sendo seguida. Talvez tenha chegado perto demais do próximo alvo deles, já considerou? Fique longe. É a última vez que vou dizer isso.

— E se eu não ficar? — explodi.

— Não me teste, Sam. — Ele desligou.

O dia foi de mal a pior quando a jornalista se recusou a me dar mais informações sobre o clube de sexo. Eu me sentei à minha mesa, me perguntando o que fazer quando o nome de Walter apareceu na tela do meu telefone.

Ele disse um alô breve e distante e logo me repreendeu.

— Por que você não está mandando nada novo? Essa foi a razão para eu ter enviado a minha melhor repórter para Nova York, para início de conversa. Já estou recebendo reclamação da chefia.

— Eu sei.

— Sam, eu que estou levando a pior. No momento, a história ainda está bem quente, e você não está me enviando nada. Confiei em você quanto te mandei para aí, o que houve? Me diz o que está acontecendo.

— Não tem nada novo — respondi, com uma voz bem fraca.

— Não existe isso, encontre alguma coisa. Escreva sobre a atmosfera geral, me envie alguma coisa, você precisa ficar perto das manchetes.

— Tenho uma direção que vale a pena explorar, mas estou diante de uma parede que não consigo derrubar.

— Me conte.

Contei a ele sobre a diretora e o artigo sobre o clube de sexo e a conexão que pensei haver entre eles.

— Que notícia boa. — Ele soou animado. — E qual é o problema?

Contei a ele da jornalista que mantinha confidencialidade de suas informações e fontes. Ele me perguntou o nome dela e disse que sabia como convencê-la, que eu o esperasse retornar. O que aconteceu uma hora depois.

— Ela vai te passar as informações necessárias. Liguei para ela, ela está esperando.

— Como você conseguiu, caramba?

— Anos de experiência e uma troca de favores. É assim que funciona, garota.

Agradeci a ele, desliguei e liguei para a mulher. Ela me disse que antes de o artigo ser publicado, os donos dos clubes revelaram a sua identidade e descobriram que ela era repórter. Eles a ameaçaram para não mencionar o nome dos estabelecimentos e até mesmo parte do que ela havia testemunhado lá. Ela me avisou para eu não me identificar como repórter e para entrar usando nome falso, como uma convidada buscando novas experiências sexuais.

— Não faço ideia do que você está procurando, nem quero saber. Mas os caras que comandam o lugar... — ela parou por alguns segundos, então falou: — Não são moleza. Tome cuidado.

Agradeci depois que ela me passou o nome e o endereço do clube. Eu me forcei a memorizar o mantra de Walter: "Para as notícias que precisa dar, tenha coragem."

Saí do prédio depois de enviar um artigo relatando o humor geral conforme Walter havia sugerido. Antes de planejar como entraria na masmorra do sexo, precisava fazer uma coisa importante. Peguei um táxi até a casa de Lauren. Eu queria persuadir Anna a entregar os diários da filha para a polícia.

— Sam. — Ela me cumprimentou com um sorriso assim que abriu a porta e me recebeu com o mesmo calor da minha visita anterior.

— Sra. Browning, obrigada por aceitar me ver de novo com tão pouca antecedência. — Sorri para ela com gratidão e apertei a sua mão.

— Me chame de Anna, por favor, nós já nos conhecemos. — Ela me conduziu até a sala. Eu me sentei no sofá com a bolsa e o telefone ao meu lado.

— Você os leu, suponho — disse ela ao vir da cozinha com um bule de café fresco. Ela serviu, e eu falei que os li e que fiquei tocada.

— Sua filha é incrível, Anna. E depois que terminei de ler, e eu li esses diários algumas vezes, senti como se a conhecesse. Ela é uma menina brilhante e talentosa e eu... — Minha voz ficou embargada quando notei Anna chorando. Cobri sua mão com a minha. — Sei que a polícia está se esforçando para encontrá-la. Estou torcendo e orando por vocês. Não se passa um dia sem que eu pense nela. Mas há algo que você precisa saber e considerar. — Com tato, planejei como articular o que queria dizer. Eu só poderia torcer para que ela se convencesse. — Quando você me entregou os diários, deixou bem claro que queria que eu os lesse.

Ela assentiu e falou:

— O Senhor me deu o discernimento de entregá-los a você. Eu não estava destinada a lê-los.

— Sim, sim, me lembro do quanto você precisou de coragem para dizer isso. No entanto, no último diário, há informações a que a polícia precisa ter acesso, elas podem fazer a investigação avançar. Na verdade, podem até mesmo salvar vidas.

Na mesma hora, ela balançou a cabeça.

— Anna, me escute, Lauren escreveu no último diário sobre um homem com quem ela estava saindo. As amigas dela, Megan e Kylie, o conheciam. Até mesmo a amiga Gail estava em contato com ele, um relacionamento que pode colocar a menina em perigo. Se a polícia ler o que está escrito no diário, terá motivo para prendê-lo para interrogatório e também para encontrar os sequestradores. O tempo é vital, Anna, se dermos à polícia a vantagem de que precisam, serão capazes de salvar a vida das meninas...

Anna se levantou, como se para me silenciar.

— Srta. Redfield. — Ela usou o meu sobrenome e naquele momento soube que havia perdido uns bons pontos que havia ganhado com ela. — Minha filha não estava com homem nenhum. Ela foi criada a vida toda para entender e acreditar na santidade do matrimônio, para seguir os caminhos do Senhor e para salvaguardar a própria pureza. Você está tentando me dizer que a minha filha é uma pecadora. Sinto muito, srta. Redfield, você está errada. Sou eu quem conheço a filha que criei, e ela não tem conexão nenhuma com um homem mais velho que ela. Quero que me devolva os diários dentro de uma hora, e não se esqueça de que jurou que não os mencionaria para a polícia. Eu lhe rogo para que tome cuidado com os castigos de Deus.

Percebi que eu a havia transtornado.

Um homem apareceu na sala e colocou a mão no ombro dela. Presumi que fosse o sr. Browning, o pai de Lauren, que não estivera presente na minha última visita.

— Obrigada por vir. — Anna estendeu a mão. Eu a apertei sob o olhar severo do sr. Browning e me virei para sair.

Quando Anna abriu a porta para mim, ela se inclinou e sussurrou:

— Devolva-os, como eu disse. Estarei esperando. — E fechou a porta.

Saí de lá bem quando começava a escurecer. Chovia fraco. A teimosia e a rigidez da mulher eram ofensivas. Pensei na natureza humana e em como as pessoas estavam dispostas a ir à guerra por causa da verdade eterna e ainda serem cegas para a realidade cotidiana. Caminhei até conseguir pegar um táxi.

Encharcada, revirei a bolsa atrás da chave. Eu estava apertando o botão do elevador quando vi o aviso dizendo que ele estava em inspeção e que os moradores deveriam usar as escadas. Fiquei furiosa. Minhas roupas estavam coladas na minha pele e eu mal conseguia me mover, sem mencionar o frio que sentia. Mais três degraus até o terceiro andar... e a luz acabou. Saltei os dois degraus restantes e fiquei de frente para a minha porta, ofegante. Apoiei a mão lá para me equilibrar enquanto tentava enfiar a chave na fechadura. Eu a abri e entrei tropeçando. O apartamento estava aceso.

De joelhos, xinguei e levantei a cabeça. Me levou alguns segundos para registrar o que via. Algo no meu cérebro mandou meus membros se moverem para que eu pudesse escapar. Mas congelei. O apartamento estava o mais profundo caos.

Minhas roupas estavam espalhadas pelo chão junto com todos os meus pertences. Não ouvi nada fora do comum, e percebi que o invasor já havia saído. Eu me levantei. Senti uma dor forte. Os tacos do chão estavam cobertos por cacos de vidro. Olhei para a cozinha. Os armários e as gavetas tinham sido deixados abertos, alguns dos pratos estavam estilhaçados. Fui até lá. Eu sabia o que queria ver. Meu coração palpitou.

Os diários sumiram.

Pensei que eu fosse desabar na gaveta aberta. Me virei.

Na parede oposta, em vermelho brilhante, uma cadeira tinha sido desenhada com um imenso ponto de exclamação no respaldar. O que Colin disse mais cedo veio à tona: "Na quarta cadeira havia uma boneca com um ponto de interrogação desenhado nela." Encarei o vermelho berrante, sentindo um tremor incontrolável tomar o meu corpo. Até então, havia pensado que o ponto de interrogação indicava o perigo que Gail corria.

Estariam eles procurando por mim? Os músculos dos meus braços se retesaram, e eu sabia que, em situações como essa, precisava me manter ocupada. Não havia razão para ficar no apartamento, me enchendo de perguntas para as quais não tinha resposta. Decidi dar o fora de lá, e rápido. Ao lado do sofá, notei a bolsa que eu havia trazido de Boston e que ainda não tinha desfeito. Por sorte, não foi aberta. Eu a peguei e me virei para a porta.

Um par de braços fortes como aço me agarraram.

Eu gritei.

33

— Sam, é o Jacob. — Ele gritou no meu ouvido e sacudiu os meus ombros.

— Jacob? — repeti, aliviada, e meus joelhos fraquejaram. Ele me segurou e me sentou nas escadas.

— Quem quer que tenha sido escapou — murmurei, e enterrei o rosto no oco do seu peito. — Me dê um minuto. Estou bem.

Ele segurou o meu rosto e olhou para mim.

— A pessoa que está te seguindo conhece sua rotina, e você está bem com o quê? — Ele tirou o celular do bolso e discou. Eu o ouvi mandar a pessoa que atendeu vir ao meu endereço imediatamente.

— Não se mova — ele deu a ordem e se levantou. Jacob acendeu a luz das escadas e entrou no apartamento. Ouvi o vidro estilhaçado esmagar sob os pés dele. Ele fez outra ligação, dessa vez pedindo uma equipe de investigação e uma da perícia. Ele franziu a testa quando notou minha bolsa e a maleta no chão, e ficou furioso.

— Planejou escapar sem pedir ajuda e denunciar a invasão?

— Eu pretendia... eu...

Ele colocou um dedo sobre os meus lábios.

— Não consegue ver o que está escrito na parede? Literalmente. — Ele passou os dedos pelos meus cabelos, os nós estavam brancos, as mãos cerradas com força. — Por que você, Sam? Quem está te perseguindo?

Não respondi.

— Você está tremendo. — Jacob se ajoelhou diante de mim, tirou o casaco e me cobriu. Ele esfregou os meus braços.

— Como você chegou aqui?

— Liguei para você, e a mãe da Lauren atendeu ao seu telefone. Ela disse que você tinha esquecido o aparelho na casa dela. Sam, o que você foi fazer lá? — Meu telefone estava na mão dele. Jacob tentou capturar o meu olhar.

Tomei o aparelho e me forcei a focar a sujeira no chão.

— Assim que as equipes chegarem aqui, a gente vai lá fora, e você vai me contar tudo o que sabe, entendido? — Ele se levantou. Uma batida alta na porta me fez saltar. Ele estava além da raiva. Puxei o casaco dele sobre a cabeça e tentei me aquecer.

Jacob conduziu a equipe de investigadores pelo apartamento. Esperei por uma hora. Eles falaram o jargão profissional deles. Quando enfim consegui me levantar, entrei e fui até eles, que pararam de falar. O flash das câmeras me ofuscou; estavam fotografando o que havia sido pintado na parede. Os outros buscavam por digitais.

— Não toque em nada — um deles gritou para mim quando me viu entrar no banheiro.

— Só quero pegar minha maquiagem e os artigos de higiene pessoal.

Jacob assentiu.

— Tudo bem.

No caminho, tentei não pisar nas minhas coisas que estavam espalhadas ao redor.

O carro de Jacob parecia um pressurizador. Ele ligou o aquecedor e trancou as portas. Ativou a sirene e pisou fundo. A fúria silenciosa dele aumentava a tensão.

— Estou cada vez mais convencido de que há uma razão para você estar sendo ameaçada. — Ele estava furioso.

— Outra das suas conclusões?

— Você está testando a minha paciência, Sam.

— O que você quer, Jacob?

— A verdade. E eu quero saber, de uma vez por todas, o que está pegando aqui.

— Meu apartamento foi invadido. Eu estou molhada e exausta. Esses são os fatos. Além disso, não sei de nada.

— O que você estava querendo com a mãe da Lauren?

— Eu fui visitá-la.

— Vocês viraram amigas?

— Não é da sua conta.

— Qualquer coisa que tiver a ver com você e com a investigação é da minha conta — rugiu ele, coçando a barba por fazer.

Eu me recostei na janela e fechei os olhos. Não para ver, nem para pensar, mas para me controlar. Senti seu toque cálido quando ele pegou a minha mão e a apertou de levinho.

— Estou preocupado. Fale comigo, Sam.

Eu não podia contar sobre os diários que foram roubados do meu apartamento. Temia a reação dele. Se Jacob descobrisse o que eu estava escondendo dele e de sua equipe...

Ele saberia que uma evidência significativa tinha sido perdida, que eu atrapalhei a investigação. Tive outra oportunidade de confessar tudo, mas não a aproveitei. Agora era tarde demais. Eu sabia que só estava adiando o inevitável, a situação era explosiva, delicada. A mãe de Lauren ia querer saber por que não voltei com os diários, conforme o prometido. Como explicaria que a única coisa que ela possuía da filha tinha se perdido? Tinha sido roubada, desaparecido. Não importa para onde eu olhasse, só via um beco sem saída. Percebi que um labirinto tinha se formado ao meu redor, e estava se provando ser mais e mais difícil sair dele.

— Tudo virá à luz no final — disse Jacob, como se lesse a minha mente. — E quando isso acontece...

— Pode me deixar aqui. — Tentei soar composta quando passamos por um hotel, o que naquele momento parecia convidativo demais. Eu precisava de um lugar calmo. Precisava pensar no que fazer agora.

Ele seguiu caminho, me ignorando.

Jacob pisou nos freios e parou o carro, saiu, bateu a porta, pegou as minhas coisas no banco de trás e começou a se afastar. Saí do carro e gritei às suas costas conforme ele subia as escadas em direção ao seu apartamento.

O homem jogou as chaves no balcão da cozinha.

— Me leve embora daqui! — gritei.

Ele manteve a calma.

— Você vai ficar sob minha supervisão até me contar seu motivo para visitar a mãe da Lauren. Ou talvez prefira responder às minhas perguntas em uma sala de interrogatório?

— Você não pode me ameaçar nem me prender, Jacob.

— Farei o que for necessário para te proteger mesmo que isso me faça perder você. Vou ao promotor distrital e pedirei sigilo no caso todo, vou te manter tão longe de tudo que você não vai ser capaz de escrever uma única palavra para a porra do seu jornal. Abra a boca e comece a falar.

— Há códigos que não vou romper, nem agora, nem nunca, nem mesmo por você.

— O que você está tentando provar? — Ele parecia ameaçador ao se aproximar de mim. — Já parou para pensar que essa coisa toda envolve psicopatas que não vão pensar duas vezes antes de te matar? Você viu com seus próprios olhos a profanação da vida de uma menina de dezessete anos que teve o corpo fatiado. O que mais vai ter que acontecer para você largar de teimosia e perceber que precisa ficar longe de tudo isso?

— Há riscos que vêm com o meu trabalho. É um pacote. Estou ciente deles, e faço o necessário para conseguir informações e escrever uma história. O fato de estarmos dormindo juntos não te dá o direito de controlar a minha vida. Me deixe em paz, Jacob, dá um tempo.

— É muito conveniente para você me transformar em um homem das cavernas só porque fui treinado para ver o que você não pode nem imaginar. Não serei eu que ficarei calado em um canto, apoiando a sua tentativa de atingir o ápice profissional enquanto há uma ameaça muito real à sua vida. Farei o necessário para assegurar que eu nunca receba um chamado para uma cena de assassinato só para descobrir… que o corpo no saco é seu, entendeu?

Eu o encarei.

— Nesse caso, chegamos a um impasse. Porque me recuso a sequer imaginar uma situação na qual alguém venha bater na minha porta para me contar que o cara que está comigo foi morto ao perseguir algum criminoso ou no cumprimento do dever.

O corpo dele ficou tenso.

— Foda-se. Eu desisto. Amanhã você vai voltar para Boston. E se isso não acontecer, vou te prender. Encontrar um motivo para te indiciar é moleza se comparado a ter que enfrentar essa sua teimosia cega.

— Vai se foder.

Ele me deu as costas e atendeu uma ligação.

— Não se atreva a ir embora — ele deu a ordem, e as paredes sacudiram quando ele bateu a porta ao sair.

Eu não tinha tido a chance de me acalmar quando a tela do meu telefone acendeu. Era o Walter.

— A atmosfera da matéria que você enviou hoje não colou com os proprietários, e surgiu a preocupação quanto à sua performance. Você é uma jornalista experiente, Samantha, mas precisa saber que o Josh está fungando no nosso cangote, estamos conduzindo o show no território dele. O homem está tirando vantagem do fato de que você não está nos conseguindo as exclusivas de que precisamos e está tentando vender Bryce Walker, o repórter criminal mais experiente dele, para os diretores. O homem está dizendo que ele é o cara certo para o trabalho. E os editores estão comprando.

— Não vou deixar acontecer. Confie em mim, Walter, você sabe que estou atrás de algo novo. Falei com aquela repórter, e vou mover as minhas peças.

— Seu tempo acabou, Sam. — Eu conseguia imaginar a expressão dele desabando —, não tenho escolha a não ser te dar um prazo, e ele será amanhã. Não me decepcione.

Eu sabia que Walter não era de fazer ameaças vãs. Sabia que ele não seria capaz de me apoiar se os diretores o pressionassem.

Acendi um cigarro. Eu não sabia quanto tempo tinha, nem quando Jacob voltaria. Depois de um banho rápido, abri minha bolsa e improvisei uma roupa que me ajudaria a obter os resultados que eu esperava: um vestido sem alça que deixei bem curto ao enfiar parte da saia sob a cintura. Meias 5/8 com detalhe de renda, salto alto preto e um casaco até os joelhos que me cobriria por completo.

Deixei meu cabelo secar de uma forma meio selvagem. Apliquei sombra verde-escura para criar um esfumado que acentuava a cor dos meus olhos. Passei um batom vermelho e blush nas bochechas. Quase não reconheci a mulher refletida no espelho: ela parecia sedutora, quase uma puta.

Peguei o que precisava: celular, dinheiro, identidade falsa e o artigo que havia arrancado da revista; enfiei tudo no bolso do casaco. Pedi um táxi, enquanto esperava, procurei por uma chave reserva. Eu a encontrei pendurada em um gancho atrás da porta.

Eram nove e quinze quando cheguei ao clube de sexo. Eu esperava que o lugar estivesse aberto, mesmo ainda sendo cedo, e que eles fossem desleixados com a checagem de antecedentes, e que conseguisse entrar com a identidade falsa.

Fui até o subsolo. Entrei em um corredor estreito ao fim do qual havia dois seguranças de aparência abrutalhada usando ternos elegantes. Não havia dúvida para mim que alguém na masmorra se certificou de manter e cultivar um pouco de estilo.

— Boa noite, senhorita, está registrada como convidada ou é associada? — perguntou o mais alto, com educação. Ele tinha uma pasta com uma lista de nomes impressa.

— Nem associada nem convidada. — Sorri. A adrenalina disparou pelo meu corpo. — Eu queria ter um gostinho antes de entrar com o pedido para fazer parte do clube. Uma amiga fez a recomendação e falou muito bem do lugar.

— Entendo. Ficarei feliz em te dar um número para que consiga olhar o lugar e marcar um horário com um dos nossos representantes. Essa noite, o clube está aberto apenas para sócios.

Tirei uma nota de cem do bolso. Cheguei perto dele, esperando que ele notasse.

— Talvez isso ajude a te convencer a me deixar dar uma olhada.

A boca dele se esticou em um sorriso arrogante e ameaçador.

— Teria sido uma gentileza se você fosse uma sócia ativa.

Gentileza? Eram cem dólares. Percebi que as coisas não eram assim tão simples, e que obstáculos estavam começando a surgir.

— O que temos aqui? — Um homem com sotaque russo, muitíssimo bem-vestido, se juntou aos seguranças. De onde ele saiu? Olhei dentro de seus olhos incomuns: cada um de um tom diferente de azul. Estremeci quando ele me encarou com uma expressão fria como gelo. Ele me examinou da cabeça aos pés, como se avaliando a nova presa.

— Senhorita? — insistiu ele.

Eu me apresentei:

— Amanda Bryce.

— A srta. Bryce será minha convidada essa noite — declarou ele, categoricamente.

— É claro, sr. Ivanov. — O mais largo dos dois liberou a cordinha que ficava pendurada entre os dois postes e me deixou passar.

Uma vez li que se a gente saltar de um penhasco, estará morto enquanto o corpo ainda estiver pairando no ar, antes de atingir o chão. Eu não estava com medo, estava empolgada. O ar era límpido, e eu era a Sam livre de novo: sem inibições, sem limites. Não me atreveria a deixar os avisos de Jacob penetrarem e controlarem a minha mente, do contrário daria meia-volta e fugiria dali. O envolvimento, a obrigação que sentia para com ele, e com os eventos recentes, me impediram de fazer o meu trabalho de jornalista. Recebi um prazo, e não teria outra chance.

O desconhecido, cuja aparência denunciava perigo, colocou a mão na minha lombar ao me conduzir para dentro. A sensação foi de que formigas minúsculas estavam correndo para cima e para baixo nas minhas costas.

— Me conte o que uma mulher como você, srta. Bryce, espera encontrar aqui?

— Como falei para os guardas lá fora, uma amiga recomendou o lugar quando contei a ela que estava à procura de uma aventura sexual.

— Pelo que entendi, essa sua amiga é uma sócia? — Ele olhou para mim.

— É claro — respondi, mentindo.

— Vamos ao meu escritório primeiro para nos conhecermos antes de avançarmos mais, com a sua permissão.

Meu celular tocou. Eu o tirei do bolso do casaco. Um número desconhecido apareceu na tela, rejeitei a ligação.

— Sinto muito, sr. Ivanov, você estava dizendo...

Um sorriso malicioso se espalhou por seu rosto.

— Por aqui. — Ele segurou a porta para mim.

O escritório dele era decorado no estilo gótico. Um tapete verde-metálico com estampa de águias pretas, mobília de madeira pintada de preto com ornamentos em couro e metal dourado e imagens de animais em fundos metálicos. Um som monótono vinha do teto "vum, vum, vum". Olhei para lá, um ventilador girava. Senti um frio correr pelas minhas veias. Senti correntes ameaçadoras, e elas me deixaram nervosa.

— Me deixe pegar o seu casaco — disse o sr. Ivanov, demonstrando modos perfeitamente elegantes, mais apropriadas para um estabelecimento sofisticado do que para um clube de sexo. Mesmo fazendo esse gesto simples, ele soou ameaçador.

— Aceita uma bebida? Temos um bar completo, com qualquer coisa que quiser. Sente-se, por favor.

— Uma água, por favor. — Eu me sentei e mantive o telefone por perto. Ele riu.

— Você parece nervosa, srta. Bryce.

— Por favor, me chame de Amanda. E, sim, é a minha primeira vez.

— Sendo assim, posso te dizer que a gente não morde. — Ele riu com vontade, e eu tive que cooperar.

Olhei direto para ele e sorri, esperando que parecesse genuíno. Ele se serviu de um pouco de uísque em um copo azul de cristal e colocou uma garrafa de água e um copo vazio na minha frente.

A linha do escritório dele tocou. Ele pediu licença e atendeu.

— Entendo. Vou cuidar do assunto — disse ele, de forma breve, endurecendo a expressão. Agora, por qualquer que fosse a razão, o sotaque russo ficou mais intimidante que antes. Meu telefone tocou de novo, dessa vez rejeitei uma ligação de Catherine.

— Você está dizendo que uma amiga...

Eu sabia que tínhamos chegado um ponto crítico.

— Olivia Leary, ela é uma sócia registrada.

O homem ergueu as sobrancelhas e não disse nada. Minutos depois, e não antes de me examinar novamente, ele se levantou, deu a volta na mesa e se sentou lá na beirada, de frente para mim.

— Sr. Ivanov. — Eu me certifiquei de não perder o sorriso.

— Pode me chamar de Gregory. Estamos nos conhecendo, Amanda. De muitas formas.

Minha intuição piscou dentro de mim como um sinal de alerta. Meu telefone tocou de novo, e logo o silenciei.

Senti seu dedo correr pelo meu braço nu; fiquei apavorada.

Meu telefone continuou vibrando, e sem nem pensar, me levantei e atendi a ligação.

Uma fração de segundo antes de cair.

— Samantha. — Ouvi meu nome ser sussurrado do outro lado da linha.

34

Meu coração estava acelerado quando ouvi uma risada às minhas costas. Eu me virei quando ouvi "Samantha". A voz não vinha do meu telefone, mas do rosto divertido e malicioso de Gregory Ivanov. Foi o jeito dele de me deixar saber que eu tinha sido exposta.

— Garanto que minha vinda aqui não tem relação direta com o seu clube — falei rápido, dando passos largos para trás. Ele se aproximou.

Um sorriso cínico deformou os cantos de sua boca. Ele enfiou as mãos nos bolsos e estalou a língua.

— Eu esperaria mais sofisticação de uma jornalista ambiciosa. A indústria do sexo opera nas sombras. Acha mesmo que seríamos tão negligentes? — A pergunta retórica foi feita apenas para deixar bem claro o quanto ele estava pouco impressionado comigo.

— Um negócio multimilionário que envolve muita ilegalidade e que é um alvo cobiçado pela lei e outras partes. — Ele apontou para mim.

Eu sabia que o homem estava me contando tudo isso por uma razão.

— Temos algumas das tecnologias mais sofisticadas do mundo para validar a identidade de qualquer um que entre aqui, ainda mais quando a pessoa afirma ser outra. As câmeras lá fora transmitem dados para um computador com o mais avançado sistema de reconhecimento facial do mundo. Em questão de minutos, sabíamos quem você era, Samantha Redfield, mas, ainda assim, fiquei curioso com você. Eu queria saber por que veio aqui e, o mais importante, quem te mandou, já que, é claro, não foi a Olivia Leary. Ela não teria coragem de falar de nós com tanta irresponsabilidade, afinal de contas, a mulher ama a vida nova que demos a ela. Nós a libertamos da jaula das convenções em que vivia há não muito tempo e demos a ela a oportunidade de ser quem realmente é: uma escrava sexualmente dominada. Há regras que nenhum dos nossos membros quebraria, especialmente os regulares. Uma deslizada, e estão fora para sempre.

Ele fez uma pausa, para efeito dramático.

— E não só do clube. — Ivanov balançou a cabeça como se expressasse pena antecipada pelo futuro dos sócios condenados.

Olhei para ele, tentando medir a distância entre nós.

— Mesmo se conseguir passar por mim — disse ele, ao ler meus pensamentos —, vai se deparar com obstáculos lá fora.

— Me deixe ir, sr. Ivanov, você não é a razão para eu ter vindo aqui, para início de conversa. — Minha voz ficou embargada.

Gregory foi rápido como um raio ao agarrar meu cabelo com os dedos e puxar minha cabeça para o lado. O aperto ficou mais forte quando ele me jogou na parede. Eu conseguia sentir seu hálito no meu pescoço quando ele exigiu com voz contida:

— Me diga quem te enviou. Faça isso antes de eu trazer cinco caras aqui que vão foder cada buraco seu, e você vai gritar implorando para ter essa oportunidade de volta.

Eu não estava destinada a morrer ali. Ataquei seu rosto, cravando as unhas na sua pele, arranhando-o.

Profundamente.

— *Cyka blyat* — rosnou ele.

Ele me agarrou pela garganta.

— Eu te amo ainda mais agora. — A risada debochada dele explodiu de seu peito; saliva foi projetada para a minha cara. Eu me virei quando sua língua lambeu meu pescoço e sua mão se arrastou pela parte interna da minha coxa, perto da minha virilha. Fiquei enjoada, apavorada.

Lascas de madeira surgiram do nada e criaram uma nuvem de poeira. A voz familiar gritou:

— Afaste-se, saia da frente!

A porta explodiu aberta.

O aperto dele afrouxou. Eu me curvei, segurando a barriga, lutando para respirar, e ao mesmo tempo compreendi o que estava acontecendo bem na minha frente. Jacob estava algemando Gregory depois de ele ter sido jogado no chão. Colin e Derek estavam de pé ao lado do chefe. Ficou óbvio que estavam tentando acalmá-lo, impedindo que ele usasse força demais.

— Algeme todo mundo e leve para a delegacia. Cada um deles!

Jacob se ergueu e esquadrinhou a sala até os olhos se fixarem em mim. Eu podia jurar que vi o momento que sua preocupação se transformou em fúria. Colin veio até mim. Ele não falou nada, mas consegui sentir sua decepção. Ele fez sinal para que eu saísse com ele. Policiais uniformizados e detetives preencheram a sala.

— Eu vou pegar o depoimento dela — Jacob disse para Colin. Ele me acompanhou até o carro, me puxando pelo cotovelo. Como ele sabia onde me encontrar? Embora estivesse grata pela minha boa sorte, não consegui me segurar e perguntei: — Você estava me seguindo?

— Entre no carro — respondeu ele com uma expressão séria.

O cenário em que estávamos no momento se repetiu, duas vezes no mesmo dia.

— Entre e se sente — ele deu a ordem ao abrir a porta do apartamento.

— Se não se importar, vou ficar de pé. Não pretendo ficar muito tempo — protestei.

Ele cerrou os dentes.

— Eu não consigo entender como você sempre consegue ir longe demais.

— Pare e pense. Imagine que está com uma faca na garganta. Eles queriam dar a história para outra pessoa, eu não ia deixar acontecer.

— O que a masmorra tem a ver com a sua história?

Mordi o lábio. Entrei em pânico. Não disse nada.

— Então você saiu em uma missão suicida?

Sua testa franzida me disse que ele estava furioso e frustrado.

— Tenho duas meninas sequestradas para resgatar. E outra que obviamente está em perigo, assassinos que estão muito à minha frente, e antes que você saia por aí buscando sua próxima aventura sexual, quero que você me diga aqui e agora: o que o clube tem a ver com as meninas sequestradas? E não tente me fazer engolir uma historiazinha qualquer. Sam, eu posso...

— Por que te ajudaria? Você disse que eu estava procurando aventuras sexuais, então acho que me conhece o suficiente para chegar às próprias conclusões.

— Sério? — Ele foi até mim.

— Estou indo embora — falei, determinada, quando ele me pegou pelo braço e me virou. Meu rosto e meu corpo ficaram pressionados na porta, sob ele.

— Se tivesse me dito que estava interessada nessas coisas, teria te dado o que queria e te poupado de procurar por isso em uma merda de clube de sexo.

Um tapa forte e repentino pousou no meu traseiro. Eu gritei. Sabia que Jacob estava mudando de tática ao se transformar no cara mau, testando minha paciência, esperando que eu perdesse as estribeiras e, sem querer, desse a ele informações. Ele puxou meu vestido até a cintura e rasgou a minha calcinha; sua boca se prendeu à minha nuca.

— Jacob, qual é o seu problema? — Tentei sair de debaixo dele.

— Quer que eu te amarre antes de trepar com você?

Convoquei todas as minhas forças, me virei e bati nele.

— Você mandou me seguir. Se é tão esperto assim, por que não tenta descobrir por si mesmo?

— Fisicamente, ninguém da minha equipe estava te seguindo, nem mesmo eu. E não tenho outra forma de obter informações que nem sequer sabia que existiam. Quando descobri que você tinha deixado o celular na casa da mãe da Lauren, fui lá pegar e o devolvi para você. Foi quando fiz o download de um aplicativo de rastreamento. Nada mais. Eu nem me dei ao trabalho de esconder o fato. — O telefone dele tocou. — Coloque-o na sala de interrogatório; chego aí em breve. — Ele desligou e se virou para mim. — Fique aqui, não vou voltar essa noite.

Ele estava saindo quando se virou e falou:

— Eu te falei que não te entendo. Não sei se você é inconsequente, impulsiva ou descuidada, ou se gosta de sentir o perigo se esgueirando para a sua vida. Não sei se você gosta de se levar ao limite ou se adotou a percepção de vida de que as pessoas ao seu redor são ferramentas com o único propósito de servirem a você. Mas, hoje, pela primeira vez que me lembro, deixei meus sentimentos virem antes do profissionalismo e, pior ainda, da minha ética. Invadi um lugar com um contingente policial significativo e com detetives que, devido à pura devoção, aceitaram ir sem uma boa razão. Ainda vou ter que explicar a operação e mentir para explicar o que a motivou, tudo por causa de alguém de quem eu gosto, de alguém para cujas ações não consigo encontrar motivo nem lógica.

O fato de que ele não me olhou e não esperou pela minha resposta indicava o quanto o que aconteceu essa noite era um ponto sem volta para ele.

Jacob foi embora.

Pensei em ligar para Catherine e contar que estava indo para a casa dela.

Já era quase meia-noite. Enviei mensagem e esperei resposta. Não chegou. A única opção que eu tinha era ir para um hotel. E depois dos eventos de hoje, estava com medo de deixar um lugar conhecido, mesmo o lugar sendo o apartamento de Jacob, e passar a noite em um quarto de hotel. A adrenalina baixou e foi substituída por uma dor surda que enviou espasmos por todo o meu corpo. Eu queria lavar Ivanov de mim.

Debaixo da água quente do chuveiro, soube que tinha perdido. Jacob me encontrou em um clube de sexo perigoso e secreto. Os primeiros instantes quando ele não entendeu o que eu estava fazendo lá tinham que ser interpretados como uma busca por sexo, e se não tivesse deixado escapar que tinha a ver com o sequestro, ele provavelmente teria continuado pensando que era o caso.

De repente, consegui ver tudo através dos olhos dele: e não estava pegando bem para mim, nem um pouco. Mas, além disso, sabia até que ponto a ética de trabalho era uma parte substancial de quem Jacob era. Minar sua credibilidade e integridade inabaláveis era imperdoável. Nossos mundos colidiram. Ele não conseguiria aceitar o meu jeito e eu com certeza não abriria mão da minha independência.

Levou tempo para eu conseguir dormir. Lembro que de vez em quando toquei minhas bochechas molhadas. Exausta, fechei os olhos ali na cama dele, sentindo o cheiro de seu corpo.

O colchão se afundou ligeiramente ao meu lado.

Eu saltei, alarmada.

— Jacob — falei, aliviada ao descobrir que era ele. O homem não olhou para mim. Seus ombros estavam caídos e consegui sentir o cheiro do álcool no ar. Olhei para a janela, esperando encontrar a aurora. Senti como se estivéssemos nos tornando uma catástrofe, como um trem acelerando em direção a um acidente. Não conseguíamos ficar afastados.

Estendi a mão e afaguei sua bochecha quando ele se virou para mim.

— Eu quero te contar, e não sei por onde começar. — A fraqueza dele me derretia. Eu estava disposta a entregar o meu mundo para o homem ao menos me olhar com anseio, fazendo as pazes.

— Não fale, Sam. — Ele inclinou a cabeça e sussurrou perto dos meus lábios.

Duas batidas indicaram que ele havia tirado os sapatos. Ele desabotoou a blusa, tirou-a e puxou o cobertor por cima de mim. Seus dedos tatearam pelo laço do meu roupão. Ele o abriu e expôs o meu corpo nu. Sua mão acariciou minha pele, ateando fogo com seu toque mágico.

Seu efeito era letal. Fiquei consumida pelo desejo no momento que sua língua abriu caminho entre os meus lábios e girou ao redor da minha boca em uma dança apaixonada.

Seus dedos separaram as minhas dobras, invadindo o inchaço do meu prazer. Esfregando até me penetrar com força e os fluidos da minha paixão saírem com tudo. Gemi, e sua boca absorveu meus gemidos. Ele fez de novo.

— Vire-se — ele deu a ordem. Eu me virei de bruços. Ele me pôs de joelhos e me puxou para si, com minhas costas para ele. Jacob segurou meus seios, os dedos puxaram meu cabelo para longe da nuca, sua língua lambeu, os dentes morderam de levinho a pele nua enviando arrepios pela minha espinha.

— Jacob — gemi, quando seus dedos mágicos me fizeram gozar. Eu me contorci. De urgência, do quanto precisava desesperadamente dele.

— Preciso de você dentro de mim — roguei, descontrolada de desejo pelo seu pau ereto ainda trancado na calça, esfregando na minha bunda, pressionando-se lá, excitado. Eu latejava; agarrei a cabeceira quando ele se afastou. Ouvi uma gaveta abrir e fechar, em seguida Jacob se posicionou atrás de mim de novo, nu. Um líquido frio e suave tocou o meu ânus. O êxtase começou a se dissipar.

— Aí, não — sussurrei quando suas mãos rodearam a minha barriga e ele apertou com força.

— Eu vou devagar, não resista.

Ele começou a me massagear pela frente, e meu corpo se rendeu. Dor e prazer ao mesmo tempo... um tormento enquanto ele penetrava. Jacob se moveu devagar até me acostumar com a sua magnitude em um lugar que ninguém jamais teve autorização para entrar. Eu me apoiei nos antebraços conforme ele me estocava implacavelmente, perdi o controle e gritei.

— Se solte, Sam — rosnou ele ao envolver meu cabelo ao redor do punho, puxando a minha cabeça. Gozei, meu corpo tremeu com a força do clímax. Ergui o corpo e descansei a cabeça em seu ombro. Eu me virei para olhá-lo. Ele se apoderou dos meus lábios e os mordeu. E, em seguida, com um beijo, ele gozou com um gemido profundo, explodindo em ondas dentro de mim.

Desabamos; eu de bruços, ele em cima de mim, cobrindo-me com o corpo.

— Eu amo você — falei, para que ele conseguisse ouvir e saber, porque, apesar de tudo, meus sentimentos não mudaram.

— Eu sei — sussurrou ele em resposta.

Depois de tomarmos banho juntos, nós nos sentamos à ilha da cozinha, bebendo uísque. Fumei um cigarro.

Percebi o quanto o caso estava perturbando Jacob quando ele disse:

— O interrogatório preliminar de Gail foi frustrante, ela não falou nada. Não respondeu às perguntas. Com o apoio dos pais, negou conexão com qualquer das questões abordadas. Não havia nada que pudéssemos fazer. Por fim, decidi colocá-la sob vigilância, mas não vou conseguir manter isso por muito tempo sem uma base factual, qualquer razão que ela possa me dar.

A fragilidade, o desespero e o desamparo refletidos em seus olhos me derreteram. Olhar as coisas de acordo com o ponto de vista dele, com o desejo de proteger Gail e descarregar o peso do segredo me fizeram sucumbir. Peguei a bolsa e tirei de lá o artigo. Eu o abri diante dele e chamei sua atenção para as abotoaduras que reconheci como sendo de Olivia Leary, diretora da escola.

— Fui ao clube de sexo para tentar descobrir mais sobre ela — falei —, você precisa entender que assim como você se agarra à sua ética de trabalho, me dedico ao jornalismo investigativo. O tipo que revela coisas que são mantidas em segredo, o tipo que mantém a liberdade de expressão, o direito do público à informação, a democracia em seu melhor. Claro, às vezes nos veem como caçadores de escândalos, repórteres de tabloides, mas não me vejo assim. Não vejo meu trabalho assim. É uma parte tão significante de quem eu sou, que não posso desistir dele. É quem estou destinada a ser. Não posso parar de fazer o que faço, Jacob.

Olho para ele.

— Se você pudesse mudar sua perspectiva só um pouquinho, entenderia que nós dois operamos de modos diferentes, mas servimos ao mesmo propósito: revelar a verdade. Somos elos no processo de fazer justiça.

Enquanto eu falava, ele tomava sua bebida em silêncio, prestando bastante atenção ao que eu estava dizendo.

— Preciso te perguntar algo sobre um detalhe específico da investigação, já que já te contei sobre a diretora. Prometo não publicar nada do que você disser. Faz uns dias que passei informações para Catherine, de Joel e Olivia se encontrarem no funeral de Megan. Falei que vi Joel deslizar algo parecido com um bilhete no bolso dela. Isso levou vocês a algum lugar?

Jacob se virou. Eu não sabia como interpretar a reação. Vários segundos depois, ele voltou a olhar para mim, me observando como se considerasse se deveria ou não responder.

— Não nos aprofundamos. Esperamos até termos outras informações incriminadoras sobre Joel.

Eu podia dizer que ele queria dizer alguma coisa, perguntar algo que torci para que ele não perguntasse. Mas assim como eu era leal ao meu trabalho, não podia impedi-lo de imaginar.

— É tudo o que conseguiu?

Em nome da franqueza, da sinceridade e, mais que tudo, em reconhecimento de que chegamos a um beco sem saída e que a vida de pessoas corria perigo, assenti.

Juntei coragem para contar a ele que o que tinha sido roubado do meu apartamento foram os diários de Lauren, e que a mãe dela, Anna, os havia me emprestado temporariamente. Enfatizei a informação sobre o relacionamento, que incluía relações sexuais ilegais entre Joel e as duas meninas.

Ele ficou perplexo. Sua expressão refletia decepção sincera e, ao mesmo tempo, deixava bem claro que não conseguia suportar o que eu havia feito.

— Vidas estão em risco, e você escolheu manter uma promessa idiota para uma mãe que não pensa direito por causa da fé e da religião, e que está tentando proteger a integridade da filha? E as outras meninas? Como você pôde cooperar com tamanha injustiça, Sam? Como pôde concordar com algo assim? Estava disposta a ter sangue em suas mãos?

— Sinto muito — sussurrei.

Jacob era uma das únicas pessoas que eu conhecia que conseguia articular tão bem os meus pensamentos. O silêncio tenso entre nós ecoou com suas últimas palavras: sangue em suas mãos.

O telefone dele vibrou.

— Vista-se, você não vai ficar sozinha aqui — disse ele, ao desligar. E começou a se afastar. Eu o segui, e ele se virou.

— É a Kylie.

35

— Oi. — Atendi a ligação de Jacob.
— Queria verificar se você está bem depois...
— Do assassinato — completei sua sentença.
Jacob parecia exausto.
— Você já tem bastante coisa com que lidar, não precisa se preocupar comigo. Estou bem.
Tentei soar convincente. A cena do assassinato de Kylie me chocou até a alma, e a última coisa que queria era distraí-lo em um momento tão crítico. Ainda assim, fiquei tocada com a preocupação dele.
— Quando você voltar, vou pedir comida ou fazer alguma coisa, mesmo essa sendo a opção menos desejável. Só quero fazer algo por você.
— E eu quero que você fique em segurança, mesmo que longe e em outra cidade. — Tentei não me sentir insultada com a resposta dele.
— Eu preciso desligar, Sam. A gente se vê quando eu for para casa. — E desligou.
Uma batida soou à porta. Fui abri-la, e percebi o que Jacob tinha querido dizer ao falar "em segurança e longe daqui". Eu me vi encarando as duas pessoas mais próximas de mim nesse mundo: Robert e Catherine.
Robert entrou, me abraçou e me beijou. Catherine fez o mesmo.
— Eu amo vocês dois, mas dessa vez foram longe demais. Uniram-se ao Jacob, contra mim?
— Você não nos deixou escolha — disse Catherine, ao se sentar à ilha da cozinha.
— Café? — ofereci, embora não tivesse ideia de onde Jacob o guardava. Comecei a revirar os armários.
— Para mim, não. Preciso voltar à MCU o mais rápido possível. Dei uma escapada de meia hora.
Robert assentiu. A expressão dele estava séria.
— Você pode pelo menos fingir que está feliz em nos ver?

Coloquei as xícaras no balcão.

— Sempre fico feliz por ver vocês.

Catherine se aproximou de mim.

— Para uma mulher crescida e inteligente, você está se comportando feito uma adolescente rebelde. Eu trouxe Robert para cá, principalmente porque você anda evitando minhas ligações e porque descobri que o meu apartamento foi invadido, não só a sua casa em Boston. Não vou falar nada da sua visita ao clube de sexo, nem mesmo você consegue imaginar a comoção que causou.

Eu me virei para Robert.

— Meus ouvidos ainda estão zunindo por causa do seu esporro.

— Sam, não ignore o que estou dizendo. E sente-se, por favor.

A voz de Catherine estava séria. Fiz o que ela mandou.

— Hoje mais cedo, você estava com Jacob na cena do crime. Viu, com seus próprios olhos, a Kylie, uma menina que nem chegou aos dezessete anos, morta. Estou te dizendo, Sam, tome cuidado. Os eventos mais recentes indicam que você chegou perto, provavelmente perto demais. Estamos lidando com sujeitos complexos que estão um passo à frente das mentes mais brilhantes da força policial, e não temos pistas. Você está farejando e escavando, e estou preocupada contigo. O que quer que aconteça? Eles vão acabar te matando. Não pode continuar assim, meu amor. Você precisa recuar, é para sua própria segurança. O espetáculo de hoje foi único. Já vi muitos casos difíceis nos meus trinta anos de carreira, mas não igual...

Eu poderia ter me enganado e pensado que ela estava mais impressionada do que chocada.

Os murmúrios dos detetives e da perícia na cena do crime me assombravam como um zumbido irritante.

Jacob e eu estávamos no carro quando ele me disse que o assassinato havia acontecido perto do museu Cloisters, no norte de Manhattan, em uma colina com vista para o rio Hudson. Um dos guardas noturnos patrulhava a área quando avistou um corpo no meio do Fort Tryon Park, e chamou a polícia.

Quando chegamos lá, notei que a placa do museu direcionava para a exposição que mostrava a vida dos monges na Idade Média. Sobre o altar, Kylie foi encontrada jazendo de costas.

Atrás dela, cravadas em montes de terra, havia cruzes grandes de madeira. A menina vestia um hábito de freira: túnica preta e o véu branco cobrindo o cabelo. Eu conseguia imaginar o momento em que alguém daria um tapinha nas bochechas dela, que não tinham perdido o rubor mesmo sob a luz fraca, e ela acordaria de um sono pacífico. Mas o espírito da jovem havia sido extirpado.

Estava gelado ali. Não consegui impedir que lágrimas rolassem pelo meu rosto. Quis gritar que ninguém ali conhecia aquela menina como eu.

Os detalhes secos e dados sobre seu corpo orbitavam ao meu redor, e outra plaquinha com um número de série foi preso ao dedão bem-cuidado do pé da jovem. Flash de câmeras, luvas brancas, a bolsa. O saco de cadáver foi colocado na maca.

Horas se passaram; a aurora rompeu. Fiquei parada lá em silêncio até Jacob me acompanhar ao seu carro.

— O que você viu na cena não apontava o que encontramos na autópsia. — Catherine balançou a cabeça. — Kylie foi envenenada com Atropa Belladonna, também conhecida como "erva de bruxa". Uma poção letal é preparada com ela, e causa uma morte lenta e angustiante. Essa é a causa oficial da morte.

"O corpo foi cortado desde as costelas até o meio da barriga. Uma faca de serra foi usada para fazer as incisões triangulares, e outra lâmina, parecida com um bisturi, foi usada para entalhar a pele dela com as palavras: em nome do Pai, do Filho e do Espírito Santo. A Santíssima Trindade.

"As letras em sua pele ainda sangravam quando ela foi encontrada, então foi só depois que a pele foi limpa que conseguimos identificar o que estava escrito. Uma cruz de madeira foi colocada no meio do triângulo, e a palavra *temperare* escrita em letras maiúsculas está gravada lá. A palavra é uma representação de estabilidade, autocontrole, ascetismo e restrição.

"Quem está por trás desses assassinatos tem um deus próprio. Você precisa se afastar do caso. Não é um pedido nem uma solicitação. Está óbvio que se meteu em algo com que não é capaz de lidar." Ela pegou a bolsa e ficou de pé. "Eu tenho que ir. Conforme estiver minha programação, aviso quando pudermos nos encontrar."

Depois que Catherine foi embora, Robert e eu bebemos café. Em outra época e lugar, teria me sentido protegida quando ele pegou as minhas mãos, mas, em vez disso, me senti inquieta.

— Minha menina, não vou desistir do meu último familiar vivo. Deixa isso de lado, abra mão do trabalho jornalístico. Eu vim aqui para me certificar de que você faça suas malas e volte para Boston.

— Meu trabalho aqui ainda não terminou — falei, sem nem titubear.

— O que mais há para investigar? Me diz.

— Não me julgue, vou repassar minhas notas iniciais. Minha intuição me diz para verificar o Joel, e vou me concentrar nele.

— Você está ouvindo o que está dizendo? Se ele é o seu suspeito, você está se colocando em risco. Não vou permitir dessa vez. Você deveria ir ficar com a Catherine e se preparar para o seu voo.

— Robert, Catherine me disse que o pouco tempo que ela tem, usa para escrever o livro, como tenho certeza de que você sabe. Não tenho a intenção de incomodá-la. Vou ficar no Jacob. E como disse antes, meu trabalho aqui não terminou.

Ele se levantou e vestiu o casaco.

— Aonde você vai?

Eu podia dizer, pela forma como ele se movia, que estava bravo e chateado por eu não ter embarcado no plano que ele fez para mim.

— Robert? — chamei conforme ele seguia para a porta.

— A gente conversa essa noite — disse ele, e saiu.

Eu me recusava a encenar o drama que Robert e Catherine criaram ao meu redor. Precisava seguir adiante. A cena do crime apontava para outra virtude. Eu queria tentar falar com o professor ao telefone e contar para ele o que parecia o padrão recorrente que ele temia. Naquele momento, percebi que a missão dos assassinos não estava completa, que era só o meio do caminho: três meninas foram sequestradas; duas, assassinadas. Talvez haja mais quatro no radar dos sequestradores, uma para cada uma das sete virtudes.

O professor me atendeu no terceiro toque. Ele me contou mais sobre os desenhos e o que eles significavam. Ele me deu exemplos de desafios religiosos extremos desde o início dos tempos, no entanto, não concordou com o perfil que Catherine havia construído. O palpite dele era que crimes em série não eram praticados por pessoas de dentro de estabelecimentos religiosos. Ao mesmo tempo, não mencionou os poucos casos em que os religiosos, principalmente os padres, figuravam planejando e executando assassinatos em série.

A segunda opinião a que ele deu voz foi que já que os assassinatos não apontavam para pessoas de estabelecimentos religiosos, era possível que estivéssemos lidando com uma seita e não com a interpretação tradicional das virtudes do Cristianismo. Isso, no entanto, na opinião dele, ficava mais provável à medida que o caso se agravava.

A terceira possibilidade era que não estávamos lidando nem com um grupo nem com indivíduos de estabelecimentos religiosos, mas com psicopatas fazendo uso de símbolos religiosos para confundir a polícia.

Eu estava perdida. O que o professor tinha dito lançou meus pensamentos em muitas direções. Prometi a ele que o manteria atualizado quanto aos desdobramentos, e desligamos.

Liguei para Jacob. Quando ele não atendeu, decidi ir à MCU. Eu tinha que escrever um artigo sobre o assassinato e precisava de detalhes que só ele poderia aprovar para serem publicados.

Vesti o casaco de couro sobre o jeans skinny preto, calcei botas até os joelhos, peguei minha bolsa e o celular e saí. A primeira coisa que notei quando desci a rua foi que uma viatura estava parada não muito longe dali. Não a associei imediatamente a mim, mas quando entrei no táxi, percebi que estávamos sendo seguidos.

— Filho da puta — xinguei, e não me importei quando o motorista me encarou pelo retrovisor.

Jacob mandou me seguirem.

Quando chegamos à delegacia, liguei para ele, que autorizou a minha entrada. Fui direto para a sua sala e fechei a porta. Ele se levantou da cadeira e me abraçou. Retribuí o gesto e sussurrei:

— Você deu ordens para que me protegessem?

— A perícia entrou em contato, falando da invasão do seu apartamento. A letra na parede é idêntica em termos de cor e formato à que vimos no vídeo. Eu não tive escolha, você corre perigo.

Eu poderia ter me descontrolado por ele não ter me contato de antemão. Mas não me permiti. Eu precisava da ajuda dele, então deixei para lá. Por ora.

— Robert e Catherine se conformaram ontem. Na verdade, você já sabe disso.

Ele assentiu e afagou a minha bochecha. Nosso mundo, o meu e o dele, se resumia a esses momentos em que me afogava nele, me sentindo segura e amada. Mas o mundo lá fora não desaparecia por completo, e sempre dava as caras, perturbador e insistente, me avisando que outra coisa exigia a minha atenção.

— Sei que você está ocupado — falei —, não queria vir te atrapalhar, mas preciso de um favor.

Jacob se sentou.

— Preciso de uma foto exclusiva da cena do crime para o meu artigo.

Ele balançou a cabeça.

— Jacob, você sabe que se eu não enviar um artigo hoje, vou perder a minha cobertura exclusiva da história aqui em Nova York.

— Sinto muito. Você vai publicar as notícias como todo mundo e só depois das quatro da tarde, quando fizermos o comunicado público.

— Sei que a conversa que tivemos não significou nada para você.

— Não é verdade, Sam, longe disso. Só estou dizendo que existem prioridades, e a sua segurança é importantíssima para mim.

— Então é por isso que você, Catherine e Robert se juntaram para me deixar de fora, para me fazer voltar para Boston? Me dê algo exclusivo, algo que me fará me destacar, por favor.

— Desculpa, meu bem. A gente conversa quando eu chegar em casa, tenho que sair agora.

Eu me levantei, sem disfarçar a minha raiva. Ele segurou meu cotovelo de levinho.

— Sam, por favor, entenda.

Olhei para baixo. Eu estava tão furiosa que não conseguia nem olhar para ele.

Abri a porta da sala. Dois detetives passaram conduzindo um homem cujo perfil eu reconheci. Me virei para Jacob.

— Estou vendo que você usou parte da informação que te passei. Isso não é prova suficiente de que podemos trabalhar juntos?

Ele assentiu.

— A diretora Leary e Joel foram trazidos para interrogatório e negaram terminantemente que houvesse qualquer conexão entre eles. Nós os liberamos por falta de evidências.

Ele me lançou um olhar severo, como se me lembrando do beco sem saída que atingimos por causa do sumiço dos diários, por minha causa.

— Precisei liberá-los, Sam, não tínhamos razão para mantê-los sob custódia, como você bem sabe. Agora vou deixar bem claro, a informação que você me deu sobre o relacionamento íntimo entre Joel e as meninas foi negada, conforme esperado. Não posso fazer nada quanto a isso. E, não, não trabalhamos juntos. Somos os únicos investigando o caso, você é jornalista. Não fique no meu caminho.

Ele deu alguns passos na minha direção e ficou muito, muito perto.

— E não se atreva a chegar perto dele de novo.

— Não esquenta, chefe, para você não vai ser nada difícil descobrir o que ando fazendo, já que colocou gente para me seguir.

36

Acordei às sete da manhã, depois de ter ido dormir cedo na noite anterior, em uma tentativa de evitar ver Jacob quando ele chegasse do trabalho. Eu me vi dormindo em cima dele, com seus braços ao meu redor, me segurando bem perto.

— Aonde você está indo? — perguntou ele, com a voz rouca de sono, e me puxou de volta quando tentei me levantar.

— Eu apaguei do outro lado da cama. Algo deve estar te incomodando. Ouvi você chorar enquanto dormia. Você mencionou o nome da Kylie. O caso penetrou no seu subconsciente e está te afetando mais do que você imagina.

Eu me afastei.

— Vem cá, Sam, já deu dessa raiva.

Saí da cama, ignorando o pedido dele, e fui para o banheiro. Eu tinha que enviar um artigo hoje, e meu propósito mais premente era não perder a posição exclusiva que me deram. Eu ia para a redação. Também pretendia contatar Gail e convencê-la a me encontrar. Eu queria gravar a conversa, fazer a menina confessar o relacionamento com Joel. Dessa forma, atingiria dois objetivos: primeiro, fazer a investigação da polícia avançar e dar razão para prenderem Joel. Então, talvez seria perdoada por esconder evidência crucial: os diários. Segundo, dar ao jornal uma perspectiva única e original da investigação que me garantiria uma vantagem que não poderia ser ignorada.

Gail, é claro, não conseguia entender as consequências da sua recusa de falar. O fato de ela proteger Joel a colocava em perigo. O que o professor disse também continuava me incomodando. Seria possível que a vida de mais do que três meninas estivesse em jogo? Eu não conseguia imaginar uma situação em que simplesmente aceitaria as coisas conforme eram, e sem dúvida nenhuma não quando ainda havia muito que eu podia fazer.

O problema era que a polícia estava me seguindo. A essa altura, sabia que qualquer coisa que planejasse fazer dependeria da minha habilidade de me esquivar deles. Mas não tinha ideia nenhuma de como conseguir essa proeza.

Eu tinha terminado de lavar o cabelo quando Jacob se juntou a mim no chuveiro. Ele uniu o corpo ao meu, me tocando e acariciando. Notei o quanto ele estava excitado. Quando abri os olhos, ele me empurrou para o vidro do box e tentou me beijar. Virei o rosto.

— Sexo não vai consertar as coisas dessa vez — falei, mas ele se pressionou em mim.

— Não posso te deixar continuar com essa obsessão. Por quanto tempo mais você vai me punir por te proteger?

— Não estou te punindo. Estou com raiva, e com toda razão. Você simplesmente se recusa a entender que o meu trabalho é parecido com o seu. Já cansei de falar, mas você não dá ouvidos.

— Não vou mudar de ideia, Sam, aceita de uma vez.

Eu o encarei, escapuli de suas mãos e fechei a porta do box ao sair. Me envolvi na toalha e fui me vestir. Terminei a maquiagem, penteei o cabelo, guardei o notebook na bolsa e vesti o casaco e um cachecol quentinho.

— Vai tomar café comigo antes de escapar? — Jacob serviu café quente em duas xícaras, acendeu um cigarro e se sentou.

— Vou pegar um no caminho. — Fechei a porta ao sair.

Xinguei ao descer as escadas. Resmunguei até chegar à rua. Mais que tudo, estava irritada por ele estar agindo como sempre, mostrando indiferença para com os meus argumentos e para comigo. Vi a viatura me seguindo, arrastando-se ao acompanhar o ritmo de caminhada. Eu estava prestes a explodir, mas, em vez disso, tratei de me enfiar em um beco. Quando saí do outro lado, peguei um táxi e fui para a redação.

Quando o dia já começava ruim, a tendência era a coisa sair completamente do controle. E, claro, assim que entrei na redação, ouvi Josh chamar o meu nome. Ele estava com uma expressão satisfeita.

— Redfield? Se precisar de ajuda, Bryce Walker da seção de crimes ficará feliz em ajudar.

Não respondi, mas assenti para demonstrar o respeito que ele não merecia. Fui até a minha mesa. Peguei o jornal daquela manhã e me sentei à mesa. Como sempre, abri na seção de crimes. Logo reconheci os olhos refletidos para mim na fotografia. O traficante com quem encontrei na cafeteria quando cheguei a Nova York tinha sido assassinado. Eu me levantei para procurar pelo repórter que havia escrito a matéria. Me disseram que ele não tinha chegado ainda. Pedi o celular dele. Eu precisava de mais informações.

Repassei o encontro. Não conseguia deixar de imaginar se havia alguma conexão entre a morte dele e o caso das meninas sequestradas, embora parecesse improvável. Um número desconhecido apareceu na tela do meu celular. Atendi.

— Sammy, desculpa não ter ligado antes. Como você está?

Reconheci o tom barítono profundo.

— Joe, eu estava preocupada contigo. Onde você está?

— Passei aqui há alguns dias para tomar um banho e havia um monte de policiais do lado de fora da sua casa. Ouvi os vizinhos falarem de uma invasão quando você estava em casa. Fiquei muito preocupado, e não consegui encontrar uma forma de entrar em contato. Desapareci quando fiquei sabendo que os policiais estavam procurando por mim, fizeram perguntas lá no abrigo. Temi por você até que soube que você está bem. Sinto muito ter esperado tanto tempo, Sam.

— Não precisa se desculpar, Joe, você não tem nada a ver com o caso. A polícia pensou que você poderia estar envolvido, mas deixei bem claro que não era o caso. Deve ser por isso que estavam te procurando. Enfim, nesse meio-tempo, as fechaduras foram trocadas. Quando eu voltar para Boston, vou fazer uma cópia da chave para você. Tem para onde ir até lá?

— Estou bem, meu anjo, vê se se cuida.

— E você também. E arranje um abrigo para ficar, está bem frio.

Depois de desligarmos, ainda estava preocupada, mas fiquei aliviada por saber que a polícia havia conseguido encontrá-lo e que ele estava vivo e bem. Eu sabia bem que a vida dos moradores de rua em Boston não era simples, ainda mais no inverno.

O repórter que eu procurava chegou. Conversamos. Ele disse que pelo que ele havia conseguido descobrir através de um informante da Narcóticos, o assassinato estava ligado a um conflito entre duas gangues. Parecia que a morte do traficante tinha algo a ver com o seu interesse em uma droga em particular, bastante letal, com que a gangue dele não lidava.

Eu quase me engasguei. Estaria ele se referindo à sopro do diabo? Agradeci a ajuda, e quando ele perguntou por que estava interessada, falei que um amigo que trabalha comigo no jornal de Boston estava interessado no caso.

Tentei expandir o artigo sobre o assassinato de Kylie com pequenos detalhes de que só eu sabia. Walter não teria dificuldade para detectá-los. Era um truque bem antigo, pensei comigo mesma. Poucas horas haviam se passado desde que enviei o artigo, e fui embora.

Comprei o primeiro café do dia na Starbucks e parei em um canto em que era permitido fumar. Tremendo de frio, acendi um cigarro e dei uma tragada profunda. Eu estava esperando o intervalo do almoço da escola para ligar para Gail. Eu me lembrava da hora por causa da minha visita anterior ao local. Eu ainda tinha mais alguns minutos.

A menina não atendeu.

Enviei uma mensagem.

> Nós nos conhecemos na escola, eu te entreguei o meu cartão. Vamos conversar. Há algo sobre o J que quero te contar.

Por alguma razão, eu tinha certeza de que ela não havia se esquecido do nosso breve encontro. E sabia que o uso de J significaria algo para ela; afinal, era a letra que as meninas usavam, como um código, quando falavam de Joel. Se Gail estivesse apaixonada por ele, assim como Lauren havia sugerido no diário, era provável que ela fosse ficar feliz de falar dele comigo, como qualquer adolescente vivendo o primeiro amor.

Alguns minutos se passaram e ela respondeu com um emoji de riso. Eu não sabia como interpretar aquilo. Ela queria se encontrar e a carinha sorridente significava que ela estava feliz? Ou ela estava debochando de mim, sugerindo que eu não estava sendo sincera? A pergunta ficou sem resposta, já que ela não respondeu ao ponto de interrogação que enviei.

Meu telefone tocou.

Era Walter; tentei parecer animada.

— Samantha. — O tom dele foi desencorajador, para não mencionar que o uso do meu nome inteiro só podia significar más notícias. — Garota, não dá mais para financiar as suas exclusivas. A tarefa foi delegada para Bryce Walker da sede de Nova York. Volte para Boston, eu tenho outro trabalho para você.

Xinguei e bati o pé na calçada. O filho da puta do Josh já sabia quando cheguei à redação naquela manhã; por isso que agiu com tanta arrogância.

— Walter, me dê mais uma chance, estou muito perto de algo importante. Você vai cometer um erro enorme se passar a cobertura para outra pessoa. Há coisas de que só eu sei, tenho trabalhado no caso há quase três semanas, sem descanso.

— Eu te avisei. Não está nas minhas mãos, os diretores tomaram a decisão.

— Esses ingratos filhos de... Enquanto eu enviava notícias regularmente, eram só elogios, mas quando precisei de mais tempo, passaram adiante sem nem pensar duas vezes. É bom ver o quanto significo para eles. Pois informe a eles que a partir deste minuto, estou saindo de licença não remunerada.

— Sam, me escuta. Entendo a sua frustração. Já passei por isso mais de uma vez ao longo da minha carreira. Em um minuto você é a estrela, no seguinte, ninguém se lembra do seu nome. É assim o mundo das notícias, é como funciona. Não seja precipitada, preciso de você comigo. Quando voltar para Boston, vamos sentar e conversar, tirar conclusões e seguir em frente. Eu não sou o culp...

Eu o interrompi:

— Você desistiu de mim bem rapidinho — gritei e desliguei o telefone.

Peguei um táxi até a casa de Jacob. Fiquei magoada por todas as portas estarem se fechando para mim, e o pior é que quem as fechava eram aqueles a quem eu amava de verdade.

Peguei minhas coisas no apartamento de Jacob. Decidi passar a noite em um hotel. Eu não conseguia aceitar o fato de que se ele tivesse me ajudado, não teria perdido a minha posição exclusiva como correspondente especial do *Boston Daily* em Nova York.

Fiz uma reserva de duas noites no Time Hotel. Então desliguei meu telefone, mas não antes de notar que Jacob tinha tentado entrar em contato.

Quando cheguei ao meu quarto no quinto andar, desabei na cama king. Eu poderia ter passado a noite chorando por causa da minha frustração, mas me forcei a dormir, precisava descansar.

Quando acordei, não tinha noção de quantas horas haviam se passado. O quarto estava escuro, então saí correndo da cama para acender as luzes. Fiquei surpresa ao descobrir que havia dormido por cinco horas. Ainda eram oito da noite.

Liguei meu celular. Mensagens infinitas e ligações não atendidas de Jacob, Catherine e Robert, quem, pelo que pude ver, ainda estava em Nova York. Eu não queria retornar para nenhum deles, e ao mesmo tempo sentia uma vontade incontrolável de conversar, compartilhar, contar para alguém próximo o que eu estava passando. Liguei para Michael.

— Você me faz sorrir sempre que liga.

— Tem certeza? Porque tenho a sensação de que só ligo quando acontece alguma coisa. Não é muito justo com você, é?

Ele riu.

— O bastante.

— Por que você tem que ser tão legal? — suspirei.

— Assim você sabe o que está perdendo. Agora me diz, o que está pegando?

— Pararam de apoiar minha estadia em Nova York, perdi a exclusividade no caso do sequestro. Eu não podia enviar nada além do que a polícia permitia, então passaram a história para o repórter criminal da cidade. E para coroar, Robert, Catherine e Jacob acharam que seria melhor me afastar do caso, para minha proteção, claro, isso sem contar o detalhe de que há um policial me seguindo 24 horas por dia.

— A mim parece que você não está desistindo, tenho razão?

— É claro.

— Linda, como posso te ajudar a conseguir o que quer?

Contei a Michael tudo o que havia acontecido, desde o início do caso até os diários roubados. Passei a ele todos os detalhes sobre os assassinatos e do meu encontro com o professor e, sem isso, eu não tinha nada.

— Uma história e tanto, Sammy — disse ele assim que acabei.

— O que sugere que eu faça?

— Como detetive, seguiria a pista da diretora da escola. Acho que é melhor você entrar em contato com ela. Diga que você foi ao clube de sexo e descobriu coisas sobre a vida secreta dela. Fale que você quer informações sobre Joel. Não a chantageie explicitamente, assim ela não vai ter motivos para te processar, mas pressione-a, deixe a mulher saber que você tem o poder da informação. É a única forma que vejo para você fazer um avanço significativo.

— Preciso do celular dela.

— Me envie o nome completo dela, te consigo a informação em poucos minutos.

— Obrigada, Michael.

— Acredite em mim, Sam, se tivesse alguma chance contra ele, voltaria para Nova York e te sequestraria.

— Eu amo você também, só que de um jeito diferente.

— Eu sei. — E desligamos.

Ele me enviou mensagem com o número da srta. Leary. Sem nem hesitar, liguei para ela.

— Boa noite, srta. Leary. É a Samantha Redfield. Não sei se se lembra de mim.

— Você tem uma coragem e tanto, mocinha. Me ligar depois de inventar um monte de história e contar tudo para a polícia. Você imaginou coisas e quase me meteu em um problema sério. — Ela ergueu a voz, furiosa.

— Olivia — usei o primeiro nome dela, na esperança de que ela visse isso como sinal de que não estava nem aí para a raiva e as acusações dela —, essa não é uma chamada para saber como você está. Descobri coisas sobre como você leva a vida fora da sua escola respeitável. Preciso de informações que, em algum momento, você vai me prover.

— Você não sabe do que está falando, e não se atreva a me ligar de novo. Se fizer isso, vou ligar para a polícia e fazer uma queixa de assédio.

Ela desligou.

Eu liguei de novo.

Ela não atendeu.

Enviei uma mensagem na qual insinuei que como figura pública, a população tinha o direito de saber a forma como ela vivia a vida, e como jornalista, poderia fazer isso acontecer.

Olivia Leary não cedeu. Sua reputação refinada era uma fonte de coragem. Ou persistência. Ou teimosia.

Jacob ligou. Desliguei o telefone. Peguei uma garrafinha no frigobar e me larguei no assento de canto. Michael se comportava como um amigo confiável, dedicado e leal. Ele entendia as minhas necessidades, minha motivação, a mim. Ele confiava em mim e me encorajava. Com generosidade e gentileza. Um contraste com Jacob que estava determinado, como deixou transparecer em seu comportamento comigo e nos obstáculos que colocou no meu caminho, a não me ferir, mas com certeza não ajudaria nem apoiaria o que eu precisava fazer.

Ainda assim, minha conversa com Michael havia me incomodado. Eu estava tomando a decisão certa?

Deixei Michael, que era um amante fantástico e que se provou um amigo em quem podia confiar, com quem podia contar, e me apaixonei por um homem brilhante e dominador que me engoliu inteira com o amor que sentia por mim e, ao mesmo tempo, me restringiu de formas que não podia aceitar.

De que eu precisava? O que era bom para mim na vida real?

37

Acordei de madrugada, me sentindo desconectada. Me movi no piloto automático para evitar afundar em autopiedade e, às sete, tomei banho e me vesti. Tomei duas xícaras de café e saí.

Notei a viatura lá fora. Ainda me seguiam por toda a parte; o que significava que Jacob sabia onde eu estava. Mesmo no hotel.

Peguei um táxi até o apartamento de Catherine para arrumar o resto das minhas coisas e reservei uma passagem para voltar para Boston. Liguei o celular, e as mensagens apareceram uma atrás da outra. As duas últimas chegaram à meia-noite, enviadas por Jacob. Não as abri. Não tinha a intenção de encarar o que eu sentia por ele, do contrário, teria problemas para ir embora no dia seguinte.

Saí do apartamento com uma mala e uma bolsa tote que eu não conseguia fechar. Antes de trancar a porta, dei uma última olhada na tinta vermelha da parede.

No caminho para o hotel, roguei para que a pessoa por trás dessa malevolência satânica fosse capturada e que o caso terminasse com Gail a salvo e Lauren ainda viva.

Já no quarto do hotel, coloquei as bolsas em cima da cama e me sentei em uma poltrona. Deixei meu celular virado para baixo na mesinha ao lado. Ele vibrou e sacudiu o tampo de vidro. Atendi. Uma voz jovem e baixinha veio do outro lado da linha.

— Samantha Redfield?
— Sim — respondi.
— É a Gail.

Eu me sentei.

— O oficial que está me protegendo fica com meu telefone quando vou para a escola. Estou te ligando do número de uma amiga; estou no banheiro feminino. Não tenho muito tempo, preciso voltar para a aula. Você me mandou mensagem ontem, queria falar comigo sobre o J. Aconteceu alguma coisa com ele?

Conforme supus, mencionar J seria o suficiente para fazer Gail me retornar. Eu tinha certeza de que se a encontrasse, mesmo que por apenas uns poucos minutos, e contasse para ela o que li no diário de Lauren, incluindo o relacionamento íntimo dela com Joel, conseguiria uma confissão da menina. Eu planejava gravar a conversa. A negação dela seria vã ou pelo menos levantaria dúvida quanto à sua validade. Verdade seja dita, queria que ela limpasse a minha consciência por ter escondido os diários, mas, ao mesmo tempo, esperava evitar o que poderia ser o próximo sequestro e assassinato, se Joel estivesse mesmo diretamente envolvido no caso. E mesmo se não fosse o caso, ele merecia ir para trás das grades por fazer sexo com menores de idade. A relação, mesmo consensual, era um crime do qual não se era facilmente absolvido.

— Precisamos nos encontrar — sussurrou ela —, você se lembra de onde nos encontramos no pátio da escola da última vez que esteve lá?

— Sim, sim — respondi de imediato.

— Há uma pequena abertura na cerca, atrás de onde fica um estacionamento que chamamos de Jardim dos Fumantes. Vou te esperar no banco verde, no intervalo do terceiro tempo, daqui a duas horas. Preciso ir, alguém está batendo na porta.

Ela desligou.

Eu estava fazendo progresso. Me sentei em uma cafeteria não muito longe da escola, esperando que os policiais que estão me seguindo se cansassem de me observar por horas. Pouco antes das duas, várias viaturas passaram na rua, com as sirenes ligadas. Os policiais me seguindo atenderam ao chamado no rádio e se juntaram ao fluxo de viaturas acelerando por lá. Tomei vantagem da situação, atravessei a rua correndo e sumi em meio aos arbustos que rodeavam o Jardim dos Fumantes.

Sentada no banco verde, esperei por ela. A menina não apareceu, mas ninguém mais veio. Eu tinha a sensação de que havia algo errado. Me aproximei da escola. O pátio estava vazio e havia policiais entrando e saindo do prédio.

Um alerta de notícia apareceu na tela do meu telefone.

Uma personalidade importante havia sido morta a tiros em Nova York, o corpo foi encontrado na noite anterior no apartamento dela. Dois homens foram presos. Suspeitos. A polícia diz que foi feita uma conexão entre a pessoa morta e um clube de sexo frequentado por membros da comunidade empresarial da cidade. O pano de fundo da prisão foi uma briga entre a pessoa falecida e a gerência do clube.

Seria a srta. Leary? Uma sensação de urgência se avolumou dentro de mim. A polícia já devia ter encontrado o celular de Olivia e notado que eu tinha falado com ela na noite passada. Jacob ligaria os pontos. Agora percebi que a fila de viaturas estava seguindo para a escola, para se certificar de que os alunos estavam em segurança e para conduzir os interrogatórios necessários, embora fosse razoável presumir que o assassinato de Olivia nada tinha a ver com sua vida profissional. Ficou óbvio que Gail não poderia sair da escola para se encontrar comigo.

Saí correndo do parque. Queria sentir a monotonia comum do dia. Os policiais que estavam me seguindo subiam e desciam a rua correndo. Então um deles me viu, e pareceu muito zangado. Eu não podia nem reclamar.

Enquanto tentava organizar meus pensamentos, o nome de Anna apareceu no meu celular. Eu conseguia sentir os nós no meu estômago.

— Srta. Redfield, já faz dois dias desde que você disse que me devolveria os diários da minha filha.

Ela tinha razão, não sabia o que dizer. Como poderia dizer a essa mãe amorosa e aflita que o tesouro que ela havia confiado a mim havia desaparecido?

— Anna, por favor, preciso passar aí para conversarmos.

Ela merecia ouvir as notícias terríveis pessoalmente, não ao telefone.

— Venha amanhã de manhã. Estarei esperando.

— Combinado.

Nós nos despedimos e desligamos.

Outra ligação de Jacob.

Eu não poderia recusar.

— O que você está procurando na área da escola? Pare de brincar de esconde-esconde com os policiais vigiando você. Olivia Leary foi assassinada. Fique longe de todo mundo que está envolvido no caso, do contrário, vou ter que tomar medidas severas contra você.

Eu estava ruindo sob a culpa que se elevava dentro de mim. Não respondi.

— Sam — disse Jacob, baixinho. Eu sabia que ele estava tentando me acalmar. — Sam, quero conversar contigo. Te ligo mais tarde.

Eu não falei nada.

— Tudo bem? — Ele meio perguntou, meio afirmou.

— Tudo bem — sussurrei.

Horas se passaram. Era quase nove quando Jacob finalmente ligou. Ele insistiu para que nos encontrássemos em algum lugar que não fosse o apartamento dele, e me disse para ir para a mesma área em que ficava o bar em que nos conhecemos dois anos atrás.

Encerrar um ciclo? Para terminarmos?

Era razoável supor que essa seria a última vez que nos veríamos antes de eu voltar para Boston. Eu me senti imersa em uma nuvem de tristeza. Coloquei um vestido preto, prendi e soltei um cabelo um monte de vezes até deixar para lá, quase que no sentido metafórico. Eu estava chorando enquanto tentava passar a maquiagem. Tinha plena intenção de aparecer no meu melhor, mesmo sabendo que só dificultaria as coisas.

Fiquei grata pelo bar estar iluminado apenas pelas pequenas velas postas sobre as mesas. Jacob se levantou de seu assento no balcão.

— Obrigado por vir — disse ele, e esperou que me sentasse.

Quando ele pediu uma garrafa de Jameson e serviu ele mesmo, meus olhos se encheram de lágrimas.

— Dia difícil. — Ergui o copo como se brindasse com ele. O líquido ambarino queimou a minha garganta com uma sensação familiar.

— Olhe para mim, Sam. Vá em frente, fique brava, grite, xingue, mas diga alguma coisa. Qualquer coisa. Seu silêncio está acabando comigo.

Virei o corpo na direção dele. Seus dedos tocaram o meu queixo como se para alinhar meu olhar com o seu.

— Algo que eu disser vai ter importância? Vai mudar o que aconteceu entre nós? Quando ele não respondeu, adicionei: — É como tentar encontrar a posição certa na cama, não importa quantas vezes já virou. Você merece encontrar a posição que é certa para você. Uma zona de conforto. Não sou eu, não é de mim que você precisa. Eu não deveria ter vindo. Foi um erro.

Eu me levantei e me inclinei na direção do seu rosto bonito. Levei os lábios à sua bochecha quente e senti seu aroma masculino. Vesti o casaco. Jacob não tentou me impedir. Fui embora.

Eu estava de pé na calçada quando ele apareceu ao meu lado.

— Eu te levo.

— É melhor você não fazer isso, por favor.

— Nem adianta discutir, Sam. Vou pegar o carro. Espere aqui.

Ele não falou nada no caminho até o hotel, parecia imerso em pensamentos. A música de Sia, *Bird Set Free*, tocava no rádio. O que me fez ficar ainda mais amuada a cada quilômetro. Magoei a nós dois.

Em silêncio, ele me acompanhou até a porta. Eu a abri com o cartão-chave.

— Obrigada — falei e me virei para olhar para ele, para observá-lo, para gravar cada traço na minha memória.

Ele abaixou a cabeça, então ergueu os olhos para os meus e sem desviá-los, nem mesmo por um segundo, me empurrou para dentro. Ofegante, ele implorou para que lhe desse uma última noite. Seus lábios pairaram sobre os meus.

— Não vou permitir que você recuse — disse ele ao atacar a minha boca.

Jacob tirou o meu casaco. Ergui as mãos para a lateral do seu rosto e segurei.

Eu chorei.

Ele me carregou até a cama e me deitou, então ergueu o meu vestido, o tempo todo sussurrando palavras de amor. Suas mãos acariciaram meu corpo conforme ele me beijava profundamente, seus dedos me penetraram, enviando raios por todo o meu corpo. Gemendo, tirei a calça dele e implorei para que ele entrasse em mim.

Eu precisava senti-lo.

Fizemos amor até ficarmos exaustos e suados nos braços um do outro, recusando-nos a soltar.

Ergui a cabeça, desesperada por oxigênio. Nenhum ar. Entrei em pânico. O medo do abandono tomou conta de mim. Eu sabia que um banho quente ajudaria. Me levantei e fui para o banheiro, abri o registro e entrei, me esforçando muito para não chorar.

Quando Jacob apareceu, não consegui me segurar mais.

— Não consigo — falei em seu peito, e me agarrei a ele como se minha vida dependesse disso.

— Sam, me escuta. Não está acabado. Nós vamos dar um jeito. Eu amo você, e não consigo imaginar minha vida sem você nela — ele me abraçou —, você é a mulher certa para mim. Você é o meu lar.

38

— Quando seu voo sai?

Jacob me lembrou do que ambos temíamos. Ele me puxou para si, me sentou em seu colo e me embalou como se eu fosse um bebê.

— Às três — sussurrei em seu pescoço quente.

— Vou te buscar à uma.

Balancei a cabeça. Ainda havia algumas coisas que queria fazer antes de ir para o aeroporto das quais não queria que Jacob soubesse, para evitar outra briga.

— O jornal está pagando pela minha passagem. — Ele me deu um beijo forte e demorado.

— Cancela, passe o fim de semana comigo — ele praticamente implorou.

— Queria eu poder. Mas além de o trabalho não estar muito favorável para mim no momento, há o cara sem-teto e o meu gato. Ele ainda está desaparecido. Pensar que não o verei mais...

Fiquei de pé.

— Vou ficar com saudade. — Ele se levantou e me abraçou.

— Odeio despedidas — sussurrei.

Jacob colocou o casaco.

— Sem discussões, por favor, vou de táxi — falei ao acompanhá-lo até a porta.

Ele virou a cabeça, sorriu e falou:

— Teimosa feito uma mula. Você é impossível.

— Diga que me ama.

— Demais.

Nós nos abraçamos, forte e por um bom tempo. Eu o observei ir, desaparecendo no elevador.

Meu telefone tocou.

— Samantha Redfield — atendi.

— É a Gail, estou ligando do telefone do meu pai.

— Não fale nada. Eu vou te retornar. — Súbita e inexplicavelmente, tive a sensação de que talvez meu telefone estivesse grampeado. Eu não tinha tempo para pensar nas consequências das ligações que fiz ao longo dos últimos dias, Gail era mais importante.

— Rápido, antes que ele descubra — disse ela, e desligou.

Olhei para a linha fixa e considerei ligar para ela de lá, mas ouvi um barulho do lado de fora da minha porta. Eu a abri. No corredor, a camareira empurrava o carrinho na minha direção. Eu a chamei e pedi para ela vir ao meu quarto. A mulher me seguiu.

Lá dentro, tirei cinquenta dólares da carteira.

— Preciso de um grande favor — falei.

Ela me olhou com suspeita quando coloquei o dinheiro em sua mão.

— Seu telefone, preciso fazer uma ligação.

Ela apontou para o aparelho sobre a mesa. Balancei a cabeça.

— Não quero que meu marido descubra, ele vai desconfiar.

Ela tirou o celular do bolso e o substituiu pela nota.

— Volto em alguns minutos — falei, com o telefone na mão, e saí. Liguei para o número que Gail estava usando.

— Ontem não consegui sair por causa do que aconteceu com a srta. Leary. Eles nos mantiveram na sala até nossos pais virem nos buscar.

— Foi o que pensei — falei.

— Hoje, estou em casa, srta. Redfield. A aula foi suspensa. Pais e alunos vão ao funeral essa tarde.

— Gail, tome cuidado, e não se encontre mais com o Joel. Ele é perigoso.

— Por que você diria algo assim?

A dúvida no tom dela me incomodou. Muito.

— Gail, por favor, me prometa.

— Por quê? Eu não te conheço, você não me conhece. Tínhamos planos antes... — ela parou. A frase poderia ter terminado de várias formas, nenhuma era boa para ela.

— Não é verdade — falei, percebendo que não a tinha convencido e que ela ainda podia estar tentada a vê-lo.

— Eu o conheço melhor do que você imagina.

— Não acredito em você — respondeu ela, desafiadora.

— Gail, prometo que se você me encontrar por cinco minutos, vou te contar um segredo que só eu sei. Não é por mim. É por Lauren. A vida dela está em perigo.

A menina ficou calada.

— Quando é a mudança de turno da sua segurança?

— Daqui a duas horas — respondeu ela, confiante, e percebi que a menina andou acompanhando o horário deles. Pelo que vi do meu breve contato com ela, e do que li nos diários, Gail parecia uma jovem muito esperta que não tinha medo de se arriscar. Isso me deixou ainda mais aflita pelo bem-estar dela. Eu estava disposta a mentir e inventar histórias para que ela me encontrasse, até mesmo pagar o preço de tirar proveito da confiança que Jacob tinha em mim.

— Vou pular a janela do meu quarto e descer pela árvore.

— Tome cuidado, muito cuidado. Onde podemos nos encontrar? Algum lugar não muito distante para que você possa ir a pé. Não quero que você seja pega.

— Há uma pracinha perto da minha casa, aonde vou à noite para fumar.

Percebi que se ela conseguia escapulir sem que os pais ou a polícia reparassem, a segurança não era muito rígida. Jacob precisava saber. Se os adultos conseguissem internalizar o quanto os adolescentes podiam ser sofisticados e a profundidade em que mantinham os próprios segredos... muitas tragédias seriam evitadas. Eu mesma fui uma adolescente fora do comum, muitas vezes Robert e Catherine não conseguiam me compreender. Mesmo quando fiquei mais velha, até mesmo hoje em dia, havia coisas que jamais contaria a eles.

A camareira bateu na porta. Eu desliguei depois que Gail me passou a localização da praça. Abri a porta, devolvi o telefone dela e perguntei se havia uma saída que dava no estacionamento. Ela assentiu e apontou para o elevador de serviço que me levaria para a entrada dos funcionários. Pedi um táxi e disse para ele me pegar na saída dos fundos. Não podia me arriscar a aparecer na rua.

Embora estivesse convencida de que havia encontrado uma forma de me esquivar da polícia, envolvi um cachecol ao redor da cabeça. Levei um gravador pequeno comigo e deixei o telefone no quarto para despistar.

Eu me abaixei quando o taxista saiu do estacionamento e passou na frente da viatura lá fora. Vinte minutos depois, cheguei ao meu destino, uma vizinhança de prestígio nos arredores de Manhattan.

Entrei na pracinha. As três árvores já estavam nuas e o frio invernal preenchia o ar. Notei uma menina vindo na minha direção. Quando a vi na escola, ela pareceu mais madura. Agora parecia jovem, frágil. Ela usava moletom, tênis branco e casaco de lã rosa; tudo isso dava a ela uma aparência infantil. A menina não usava maquiagem, uma franja curta lhe cobria a testa e o cabelo estava preso em um coque no alto da cabeça. Nossos olhares se cruzaram.

Ela apontou para um banco abrigado entre os arbustos. Caminhei ao lado dela. Apertei o botão de gravar no dispositivo no meu bolso. Eu podia ver que ela estava nervosa, olhando para trás a cada poucos segundos. Sorri, tentando acalmá-la.

— Fico feliz por você ter vindo — falei.

Eu sentia muito por ela. Descobri muitas coisas sobre Gail ao ler os diários. Ela permaneceu distante e ressabiada. Eu me sentei e dei um tapinha no lugar ao meu lado no banco. Gail se acomodou.

Tirei dois cigarros do maço. Era imoral da minha parte deixar uma menor fumar, ainda assim, acendi um para ela na esperança de que pudesse aliviar sua ansiedade de alguma forma, e ajudar a formar confiança suficiente entre nós para que ela se abrisse.

— Você disse que tinha um segredo para me contar, srta. Redfield?

— Sam, por favor.

— Tudo bem — disse ela, ao soprar a fumaça do cigarro.

— Você sabia que Lauren escrevia em diários? E que fez isso por anos?

Ela me olhou com os olhos arregalados e balançou a cabeça.

— Anna, a mãe de Lauren, me entregou cinco deles alguns dias depois de as suas amigas serem sequestradas, para que eu a conhecesse melhor. Você aparece em cada um deles, Gail. Eu comecei a te conhecer por lá. Todas vocês, através dos olhos da Lauren. — Toquei a mão dela bem de leve.

— Lauren e eu éramos as mais próximas de nós quatro até... — Ela se calou.

— Sei que deve ser difícil para você confiar em mim, uma estranha que apareceu do nada, e jornalista, nada menos. Tenho certeza de que sente falta delas.

Ela virou a cabeça para o lado e eu notei uma lágrima.

— Muita — disse ela.

Passei o braço ao redor dos seus ombros.

— Gail — falei com ela com uma voz gentil e carinhosa. Pretendia confrontá-la com uma realidade que era diferente da que ela acreditava até aquele momento. Eu sabia que teria que estourar a bolha doce e irreal em que ela se rodeou: uma bolha de inocência, paixão e sonhos adolescentes.

— Joel é a razão para eu estar compartilhando o segredo dos diários de Lauren com você. Está ciente de que a polícia suspeita que ele está envolvido no caso? Lauren e ele tiveram um relacionamento, fizeram sexo, sexo entre um adulto e uma menor, você sabia disso? Li que você e Lauren se afastaram porque ela estava convencida de que você estava com ele também. Gail, ele tem 23 anos, não deveria ter tido relações com nenhuma de vocês. Sexo com menores de idade, mesmo quando consentido, é crime. Joel é um criminoso.

Ela se levantou. Seu rosto estava corado, e ela, prestes a explodir.

— A Lauren está mentindo! Eles não estavam juntos. Joel me disse que tinha sido um lance isolado, que ele me ama.

— Tudo bem, tudo bem — falei, tentando acalmá-la. Fiquei com medo de que ela fosse embora e entrasse em contato com Joel.

— Ele disse que você diria isso. — Ela pareceu me acusar, mas estava muito mais preocupada com o fato de que o que ela disse implicava que tinha falado com Joel sobre o nosso encontro.

— Gail, você contou a ele que iríamos nos encontrar?

— Joel é o único que está me dando apoio. Todo mundo está me pressionando. A polícia com os interrogatórios constantes, meus pais que não me deixam sair de casa, meus amigos me ignorando como se eu fosse a praga, para não dizer que minhas duas melhores amigas foram assassinadas, e você aparece aqui e me conta sobre Lauren e as mentiras que ela inventou sobre ser a pessoa mais próxima de mim. Você sabe que foi ela quem espalhou os boatos de que ela e Joel estavam juntos e até mesmo conseguiu convencer Megan e Kylie? O que você leu nos diários é o que ela mesma quer acreditar. Quando ela voltar, eu a forçarei a falar a verdade. Até lá, Joel e eu estaremos morando na Inglaterra. Você também vai descobrir que estava errada sobre ele e que ele não tem nada a ver com o caso.

— Eu sabia que poderia confiar em você — A voz de homem que soou às minhas costas tinha um sotaque britânico conhecido. Eu me virei.

O encapuzado.

Congelei.

E me engasguei; uma nuvem branca e espessa foi soprada no meu rosto.

— Gail, corra! — Era a droga. Sopro do diabo.

Meus olhos queimaram como se tivessem jogado ácido neles. Um homem alto, encorpado e musculoso se curvou sobre mim e tapou a minha boca com a mão. Os anéis nos seus dedos bateram nos meus dentes e cortaram os meus lábios, que sangraram. Pensei estar contorcendo meu corpo, tentando resistir. Pensei que estava esperneando. Pensei que meu corpo estivesse se debatendo, dificultando as coisas para ele. Seu braço se apertou ao redor da minha nuca, e notei seu sorriso largo e então a risada breve e seca. Totalmente consciente e sem conseguir me mover... o que li sobre a droga ecoava na minha cabeça.

Não havia escapatória.

A ponta dos dedos dos meus pés começou a queimar, conseguia sentir a queimação percorrer de um órgão a outro. Uma série de explosões no meu cérebro e uma queimação que ia mais e mais fundo.

Silêncio.

Minha língua ficou pesada e salivando. Lutei para respirar; lágrimas involuntárias arderam nas minhas pálpebras. Mas, ao mesmo tempo, minha consciência ficou muito mais focada.

Notei o movimento das folhas molhadas no caminho atrás de mim, vi o suor no rosto de Joel, conseguia ver cada músculo. Espiei a escuridão e ouvi o som do silêncio.

Paralisada.

Eu sabia que precisava fazer alguma coisa. Tentei usar as técnicas de autopersuasão que tinha aprendido para lidar com os ataques de ansiedade. Respire fundo, disse a mim mesma. Ordenei que meu cérebro saísse da posição curvada em que eu tinha caído, que movesse minhas pernas, que se levantasse.

Nada.

Minha consciência ficou ainda mais focada. A voz de Joel mandando me acalmar parecia um latido. O rosto de Lauren, Kylie e Megan apareceram diante dos meus olhos. Pareciam reais. Elas haviam passado pela mesma coisa.

Joel gritou para Gail abaixar a voz.

— Eu te avisei para não se encontrar com ela. A mulher é perigosa, ela ia te colocar contra mim. Ela queria escrever sobre nós dois naquele jornal nojento dela. Não vê que eu não tinha escolha? Você não quis que eu viesse contigo, né? Agora olha o que aconteceu.

Ouvi um gorgolejar, em seguida o som de sapatos se arrastando pela calçada.

— Sem complicações. Coloque essa desgraçada no carro, eu levo a garota.

Não consegui ver o outro cara, só ouvi a voz ameaçadora. Um celular tocou. Ouvi a voz de um homem do outro lado da linha.

— Missão cumprida — disse Joel.
Gail estava inconsciente. Talvez fosse melhor, pensei comigo mesma. Ela não sabia que estávamos perdidas.
Sequestradas.

39

— Acorda — sussurrou uma voz no meu ouvido esquerdo.

Abri os olhos. Notei duas meninas que pareciam familiares deitadas de cada lado meu. Nossos corpos foram virados de um lado para a outro, trombando-se. Percebi que estávamos nos movendo, talvez por alguma estrada de chão sinuosa. As curvas e os solavancos me deixaram nauseada.

— Você precisa abrir os olhos e se recompor antes que cheguemos ao lugar para onde estamos indo — disse a garota ao meu lado, afagando meu cabelo.

Pisquei.

Megan? Kylie? Hesitei quando reconheci o rosto delas das fotos. Elas sorriram.

Eu mal conseguia engolir. Como era possível? Elas estavam mortas. Algo assim não seria possível a não ser que eu também...

Meus olhos se fecharam contra a minha vontade.

— Eu estou morta?

— Não — respondeu Megan.

Meus olhos se moveram rapidamente entre elas. Meu cabelo se arrepiou. É assim que é quando a gente... Não era para ficarmos em paz? Ver um túnel? Caminhar em direção à luz branca?

Em vez disso, tudo o que sentia era que alguém havia chutado o meu corpo inteiro.

— Você está viva. — Megan riu.

Se estávamos vivas, se eu estava viva, como elas também estavam? Eu as vi mortas. Eu as vi assassinadas. Meus pensamentos davam voltas, dispersos.

Uma mão deu batidinhas no meu rosto.

— Estamos aqui com você, não tenha medo.

— Onde?

Kylie pareceu achar graça.

— Não é uma piada — eu as repreendi. Queria que elas fossem embora, ficar quieta por um instante, que me deixassem pensar racionalmente.

— Você precisa sair daqui, fugir — disse a mim mesma. As palavras pareciam certas e estranhas ao mesmo tempo.

Eu precisava encontrar um jeito de fugir do que parecia ser o porta-malas de um carro. Ir ao encontro de Jacob, de Catherine, de Robert, dizer a eles que alguém estava brincando com a polícia. Uma piada de muito mau gosto.

— Precisamos contar a eles que vocês estão vivas. Onde estão Lauren e Gail?

A gargalhada delas rolou pelo espaço lotado.

— Ei, você está sangrando. — Apontei para o rosto bonito de Megan. Ela assentiu concordando. Tentei erguer a cabeça, mas ela bateu no teto metálico do porta-malas. Eu me deitei de novo.

Megan ficou pálida. Seus olhos se encheram de líquido e lágrimas grossas de sangue escorreram por suas bochechas, formando uma linha vermelho-brilhante na pele clara. Puxei a manga da blusa e tentei limpar o sangue.

— Precisamos pedir ajuda — gritei para Kylie.

Umidade se espalhou pelas minhas costas. Eu me virei. Kylie estava nua e jatos de sangue jorravam de seu peito. Eu gritei.

Vozes monótonas se repetiram de novo e de novo.

Acorda. Acorda. Acorda.

Encarei a escuridão. Kylie e Megan haviam desaparecido, e com elas foram as vozes e os gritos. Agora sentia falta das duas. *Não me deixem sozinha*, implorei a elas.

Reuni forças o bastante para me sentar. Senti tudo ao meu redor girar. Vomitei no chão e em mim mesma, ofegando, tentei acalmar outra ânsia que subia pela minha garganta. Senti algo pesado me puxar para baixo. Tateei. Uma corrente pesada presa à algema no meu pulso e fixada à parede. Era tão curta que mal conseguia virar o corpo.

Minha cabeça latejava como se tivesse sido chutada. Gemi quando meus dedos tocaram o inchaço na minha bochecha e o corte. Sangue escorria pela minha bochecha. Gritei na escuridão, imaginando que as paredes de concreto absorveriam os gritos.

Imagens de Gail e do meu sequestro começaram a surgir.

Onde estava ela? A menina tinha sido assassinada? E onde estava Lauren? Talvez Gail fosse cúmplice de Joel? Lauren ainda estava viva? Eu seria a próxima? Eu não conseguia ordenar meus pensamentos, tudo estava fragmentado, minha mente tinha sido dividida em milhões de pedaços.

Estava falando comigo mesma.

Coerência. Sequência lógica.
Pense. Pense. Pense.

Estava presa na minha própria cabeça. Me forcei a me concentrar. Presumi que mesmo no escuro conseguiria identificar objetos, pontos de referência, coisas que me ajudariam a descobrir onde eu estava.

As paredes pareciam estar se fechando devagar ao meu redor e depois recuavam. Eu podia dizer que estava em um porão, mas sem janelas nem luz. Perdi a noção do tempo. Não sabia se era noite ou dia. Eu me senti ficar ofegante.

Eu me lembrava de ser sequestrada. Lembrava de ter pensado no sopro do diabo. Mas meu desmaio não estava ligado a isso. Eles bateram em mim e me drogaram com outras substâncias, tenho certeza. Membros pesados, o amargor na boca, a sonolência... boa noite Cinderela. Descobri e investiguei casos demais nos quais ela era usada. Conhecia muito bem os sintomas.

Subjugada aos caprichos dos meus sequestradores, esperei pelo retorno deles. Alguém viria, quis dizer a mim mesma. Era impossível que eles fossem me deixar ali para morrer sozinha.

E talvez fosse esse o plano.

Silêncio fatal.

Parecia que eu tinha desmaiado. O ranger das dobradiças da porta se abrindo e a luz despertaram meus sentidos. Pensei ter visto uma escadaria por trás da porta. Um vislumbre apressado confirmou que estava mesmo no porão. Também consegui ver alguns colchões espalhados pelo chão manchado.

A porta fechou.

Passos se aproximaram.

Meus olhos marejaram.

— Quem está aí?

Ouvi uma batida. Parecia que um saco de ossos havia sido jogado no chão, seguido por um suspiro, silêncio, como se nada tivesse acontecido.

— Lauren, Gail?

— Ela demorou para acordar. — Um homem riu.

— Demorou?

— Dois longos dias — respondeu ele, breve.

Eu conseguia sentir o hálito dele na minha pele. Percebi que ele havia se ajoelhado na minha frente. Tentei cobrir o rosto. Foi um erro. O movimento fez as algemas cravarem na minha pele, espalhando dor pelo meu corpo.

— Quem é você? — perguntei.

Pense.

De forma lógica.

Com eficiência.

Toquei o corte na minha bochecha. Mordi o lábio. A dor era insuportável.

— Você vai descobrir em breve. — A voz me deu calafrios. Ele me vendou. Eu não tinha percebido o quanto conseguia ver no escuro até que meus olhos foram cobertos. Era o tipo de escuridão que pregava peças na mente. Era um inferno.

Eu gritei.

— Calada. — Ele me deu um soco na boca do estômago.

Uma picada no meu braço. Tudo se tornou um borrão. Eu não conseguia falar. Ouvi o som de ferro sendo arrastado no chão. Meu corpo foi erguido; percebi que estava sendo carregada.

Uma luz piscava, verde e amarela. Tentei notar o que conseguia ver nos intervalos iluminados. Eu estava deitada em uma superfície macia. Meus músculos doíam. Eu estava usando roupas limpas. E, o mais importante, sem as algemas, eu não estava mais acorrentada à parede.

Ouvi choro, como se viesse de longe. Eu me virei e mal consegui ver um corpo todo encolhido no colchão. Embora fosse difícil me mover, me arrastei de barriga.

Era uma menina.

Lauren.

Sussurrei o nome dela, que abriu os olhos. Ela se contorceu.

— Lauren, fale comigo, por favor, como posso te ajudar? Lauren.

Ela murmurou alguma coisa, um som gorgolejado que veio de sua garganta.

Temi que ela fosse vomitar e se engasgar. Estiquei as pernas dela, virei seu rosto para baixo e abri a sua boca. Me deitei ao seu lado.

Eu não poderia oferecer compaixão nenhuma. Afaguei as bochechas e o cabelo dela, e chorei quando ela murmurou:

— Mamãe, mamãe, me desculpa.

— Ela te perdoa por tudo, ela ama você e está com muita saudade. Você é a coisa mais preciosa que ela tem. Ela prometeu que jamais pararia de te procurar.

Os lábios dela se entreabriram ligeiramente, ela estava tentando dizer alguma coisa. Aproximei a orelha de sua boca.

— Não deixe ele me levar.

O tempo passou. Parecia ter sido horas, então a porta se abriu e ouvi passos vindo na nossa direção. Eu estava protegendo Lauren com o corpo quando alguém me agarrou e me empurrou para o lado. Bati na parede.

— Sai — a voz do homem era fria.

Tentei segurar a perna dele, impedir que ele se aproximasse dela. Mas ela foi levada.

40

Quanto tempo havia passado?

Meu captor continuava indo e vindo. Ele pressionava o corpo no meu, enfiava uma agulha no meu braço e eu ficava atordoada. Descobri que havia algo estranho na inconsciência: é um estado de que você não está ciente. Você o experimenta como se fosse um desmaio, alguns segundos em branco. Você só sabe que a perdeu quando alguém lhe conta.

Aqui, não há ninguém para me contar. Estou morrendo de fome e de sede. O chão abaixo de mim parece sumir e reaparecer. As paredes se expandem e se estreitam, sussurrando. O teto parece deslizar na minha direção, rindo. Eu estava alucinando.

Eu estava enlouquecendo? Jacob apareceu diante dos meus olhos. Dolorosamente bonito, meu homem. Com voz lacônica, ele disse que tinha desistido, que não conseguia me encontrar, que precisava seguir para o próximo caso. Implorei que ele não perdesse as esperanças, que continuasse procurando por mim. Caí no choro, berrei, mas ele só ficou movendo a cabeça.

— Jacob. — Sorri para ele, sussurrando em seu ouvido: — Sinto saudade de todos os lugares a que nunca fomos, de todas as vezes que não fizemos amor, das nossas conversas na cama. Mas no instante que ele me abraçava apertado e curvava a cabeça para responder, amoroso e devotado, ouvia uma voz fria me repreender. Sempre a mesma voz.

— Falando com fantasmas? — Ouvi a voz seguida por uma gargalhada estrondosa. Sempre, sempre a gargalhada estrondosa.

Com frequência, ele erguia minha cabeça e vertia quantidades bizarras de água pela minha garganta, praticamente me sufocando. Ainda assim, engolia o máximo que conseguia. Eu não conseguia saber quanto tempo se passava entre as refeições. Comida? Devorei o alimento sólido direto de suas mãos. Ele me deu um tapa e ameaçou me matar de fome quando mordi os dedos dele sem querer.

— Lamba — rosnou ele —, sua língua é uma delícia em outros lugares também.

Fiquei enojada. Por mim mesma. Por ele. Mas não parei de lamber os bocados de comida que restaram em suas mãos ásperas.

Pus para fora o que estava no meu estômago em rajadas de vômito que espirraram em mim e nele.

— Filha da puta — o homem murmurou, e sumiu, então voltou, acendeu a luz e jogou água gelada sobre mim.

Eu estava com vergonha de admitir que qualquer comida que conseguia ingerir tinha me deixado mais forte.

— Limpe — ele deu a ordem ao jogar um trapo sobre o colchão.

A atividade física deixava minha mente mais afiada. Sentia que recuperava o sentido de ser humana; ela preenchia o meu corpo e clareava minha cabeça. Recuperava uma sensação de autocontrole e a habilidade de pensar e planejar. Momentos de esperança.

Ele era sádico. Eu sabia como Robert e Catherine construiriam o perfil dele: sádico, psicopata, sociopata. Eu sabia que poderia enfraquecê-lo ao manipular seu ego, minar a percepção que ele tinha de si mesmo como alguém maravilhoso, superior... quando na verdade ele nada mais era que um soldado, seguindo ordens, fazendo o trabalho sujo de outra pessoa. Eu sabia quais eram os pontos fracos, me lembrava muito bem deles: encha-o de lisonjas, diga o quanto ele é especial. Eu tinha uma vantagem. Fui uma boa aluna, aprendi bem demais os componentes mentais e o pensamento distorcido.

Esperava ficar de frente para ele, para mostrar minha submissão. Minha adoração.

— Eles te deixaram cuidar de duas garotas e de mim. Você deve ser especial, deve ter talentos extraordinários.

Notei um sorriso de autossatisfação se formar nos cantos dos seus lábios. E, ainda assim, ele não me disse para calar a boca. Era um início promissor.

— Escrevo sobre crimes; cobri muitos casos parecidos com esse. Mas você... você é diferente. Assumiu a responsabilidade de manter quatro reféns e tem feito o trabalho com diligência. É claro, somos importantes, por isso você se certificou de não nos machucar demais: comida, água, roupas limpas, colchão macio.

Ele ouviu com atenção. Não o notei resistir ao prazer que o tomou com o que eu disse.

— Espero que reconheçam o seu valor. Sua coragem, seu poder. Você é um excelente agente de campo.

Prendi o fôlego, esperando que as últimas palavras conduzissem a uma reação apropriada. Esse era um momento crucial. Eu precisava começar a gerar nele a ilusão de que ele tinha o poder para assumir o comando, para operar de modo independente, para fazer a coisa certa.

Tive um vislumbre dele assentindo. Respirei, aliviada.

— Só espero que você não acabe como os outros agentes de campo sobre os quais escrevi. Jogado em uma vala, afogado em um rio, sabe? Foram eles que assumiram os riscos e fizeram todo o trabalho sujo. Aposto que você é mais inteligente que o seu chefe.

Ele se remexeu onde estava. Eu havia despertado o desconforto nele.

— Sabe o que parece ultrajosamente injusto? — E comecei a acelerar o meu discurso. Isso tinha a intenção de confundir ou fazer o homem seguir em outra direção, de forma inconsciente, ao ponto em que ele filtraria minhas palavras, registrando apenas aquelas que estavam associadas ao seu mundo. — O fato de que você vai ser esquecido. Esse caso está criando um sem-fim de manchetes a o quê? Vinte dias?

Ele mordeu a isca.

— Vinte e três — o homem deixou escapar.

Fiz cálculos rápidos; estava ali há cinco dias. Não podia me permitir me prender a isso.

— Sério? — Eu esperava ter soado genuinamente surpresa.

— Que bom para você, parabéns. E é você quem está mantendo o burburinho, conseguiu fazer o país inteiro falar de você. É você quem está sempre um passo à frente da polícia, né? Claro, mas jamais vai conseguir reconhecimento. Nunca, eles nunca dão crédito aos agentes de campo. Quem vai se lembrar da forma incrível com que você conduziu a operação?

Ele cruzou os braços. Ficou óbvio que toquei em alguns pontos sensíveis. Era o momento crucial: ele poderia começar a falar comigo ou...

Ele dobrou os joelhos e prendeu meu rosto entre as coxas, me forçando a olhá-lo. Havia uma névoa sinistra em seus olhos pretos.

— Eu sou o assassino. Ninguém pode me ignorar. Você entende, sua vagabunda? Eles vão falar de mim, e não vão parar de falar de mim. Vou fazer história, é só questão de tempo.

Fingi considerar o que ele tinha dito, pelo menos era assim que eu esperava que ele interpretasse a minha expressão.

— Desculpa, mas não é a experiência que tenho. A história nos ensina que a memória é reservada para os líderes. Os executores, não importa o quanto sejam geniais, morrem e são esquecidos.

Falei genial para convencê-lo de que ainda apreciava a inteligência dele.

— Encare, o cabeça de lugar nenhum está disposto a abrir mão da glória por um mero soldado, por um facilitador... eles se livram da pessoa antes. Infelizmente, acho que o seu nome será enterrado com você na sua cova.

Mesmo através da máscara, consegui ver o maxilar dele cerrar. Ele me bateu com força, até parecer que minha cabeça ia cair do pescoço. Mas guardei silêncio, não podia deixar transparecer o medo que estava sentindo

Sequei o sangue escorrendo dos meus lábios.

— Entendo a sua raiva — falei, com bastante dificuldade. — Você não está disposto a entrar no jogo. Por que estaria? Tendo testemunhado a sua maestria, entendo completamente. Tenho uma proposta para te fazer. Vamos mostrar ao mundo o quanto você é excelente. Vamos escapar daqui, você e eu, e dentro de uma hora não haverá um único jornal ou canal de notícias que não vai querer conhecer você e a sua história. Você não só vai conseguir o que merece, ser o homem mais famoso dos Estados Unidos, mas será pago por isso também, tanto quanto pedir. E aí vai poder fugir, ir para onde quiser. Vai ter toda a glória e será lembrado para sempre. Eu mesma vou fazer uma entrevista exclusiva com você. Já tenho até a manchete: "Gênio do assassinato". Agora, se decidir não sair do país, tenho certeza de que vão te oferecer um acordo judicial que envolva liberdade condicional, uma nova identidade, tudo. Você estará seguro.

Falei com confiança, torcendo para que ele não fosse inteligente o bastante para perceber o que eu estava fazendo.

— Vou dizer que você me salvou. Vou contar como você orquestrou toda a operação, cada pessoa do mundo vai saber quem você é. Vai te admirar.

Ele não disse nada. Só olhou para o teto. Parecia estar considerando a minha proposta. Era a minha esperança.

— Quer que eu te conte o que fiz com a Lauren? — perguntou ele.

Ele havia matado a garota.

Mas pelo tom extasiado de sua voz, não podia dizer se ele estava tentando celebrar ou se era apenas a sua psicopatia.

— Eu a cortei do coração até o umbigo. Entalhei a palavras "caritas" nela e enterrei moedas antigas dentro dela.

Ele teve dificuldade para pronunciar a palavra em latim.

Ele parou de falar. Parecia que estava poupando um momento para saborear a lembrança.

— É a virtude da caridade, eu sei. Alguém separou um tempinho para me explicar, para me ensinar. Fico feliz por ser essa a virtude de Lauren. Ela foi muito generosa para mim. A pele branca, as mãos delicadas, até sua boceta estava molhada para mim.

Era isso. Ele disse. Mencionou o que eu não havia ousado pensar. Todas as vezes eu sabia que não tinha sido estuprada, mas duvidava que fosse o caso das meninas. Ele havia confirmado. Era um pensamento incompreensível. O rosto das meninas inundou minha mente. A inocência, a vitalidade, a beleza juvenil.

Ele continuou, sem notar que os meus olhos estavam fechados.

— Eu a estrangulei bem, bem devagar, mas soube o exato momento que aconteceu, quando a vida abandonou o seu corpo. Escolhemos a localização, um centro de distribuição de comida para pobres e sem-teto que funciona durante o dia. Eu a vesti com roupas simples e coloquei o corpo dela no balcão de serviço. Eu a fiz segurar um pão em uma mão e na outra algo que parecia uma taça de vinho. Coloquei sangue lá dentro. Que celebração eles fizeram disso. A polícia ficou muito puta. — Ele sorriu, o psicopata. Balbuciando e gaguejando e ainda horrível em suas descrições.

"Viu? Não preciso de você. As pessoas já sabem o quanto sou importante. Mais importante que você também. Sim, mais do que você. Já estão escrevendo sobre mim. E vão continuar escrevendo sobre mim. Sabe por quê? Porque da próxima vez vai ser o seu nome. Quando você morrer. E sabe quem vai te matar? Eu. Meu nome ainda vai continuar nas manchetes bem depois que o seu. Deve ser muito triste acabar na sarjeta, não é?"

Ele enfiou uma agulha no meu braço. E me perdi de novo.

Quando acordei, Gail estava deitada ao meu lado. Ela estava inconsciente, e esperei pelo que pareceu um bom tempo até ela acordar. Toquei seu rosto com gentileza, afastando as mechas de cabelo grudentas de sua testa.

Ela gritou. Foi ensurdecedor.

Falei baixinho com ela, tentando tirá-la da histeria.

A menina resmungou. Pelas frases fragmentadas, entendi que Joel havia sido morto a tiros diante de seus olhos enquanto tentava protegê-la do sequestrador sádico. Consegui entender que ela tinha sido torturada. Surrada, estuprada. As marcas nas pernas, os hematomas no rosto e o olhar em seus olhos: morto, perdido, refletindo sua desesperança.

Eu a segurei nos braços e a instruí a pensar em lugares e épocas em que tinha sido feliz. Senti o horror e o medo se dissiparem aos poucos. Ela me contou do seu amor por Joel, que ela e as meninas o conheceram na academia e que Lauren havia se apaixonado por ele. Ela descreveu a atração entre os dois, como mantiveram o relacionamento em segredo e as vezes em que estiveram juntos no apartamento dele. O quanto ela amava dormir na cama dele.

Com carinho, pedi que ela pensasse em coisas estranhas que podia ter ouvido lá.

— Algumas vezes, eu o ouvi falar no telefone com alguém, acho que era um detetive, ele tinha um nome estranho, como algo saído de um filme antigo.

Que esquisito. Muito. Será que um detetive da polícia estava envolvido no caso?

— Tente se lembrar — eu a encorajei.

Ela balançou a cabeça.

— Não consigo pensar mais — disse ela, e adormeceu.

Tentei protegê-la quando ele voltou, mas algo me atingiu na nuca. Os gritos dela encheram o espaço vazio.

— Eu não quero morrer. Eu não quero morrer.

41

Eu estava enlouquecendo?

Estive submersa aqui no silêncio por só Deus sabe quanto tempo. Estava lutando para ir à tona. Para flutuar. Algo ameaçava me afogar, eu não podia me entregar à corrente. Forcei meus olhos a se abrirem.

De longe, consegui ouvir o som de sua voz familiar, ela se espalhou como uma brisa suave pelos meus dedos. O toque, o cheiro. A linha de cabelos grisalhos, as têmporas, o terno bem cortado... mesmo a forma como ele se movia. A graciosidade, a tranquilidade, a forma como ele cruzava as pernas. Ele me olhou com aqueles olhos azul-safira.

E me sacudiu uma vez, e de novo.

Minha cabeça latejava. Senti meus olhos abrirem, absorvendo os fragmentos de uma alucinação.

Robert?

Impossível.

— Pare de falar, cala a boca! — gritei para a imagem difusa.

Você está em choque; é uma miragem. Meu subconsciente estava pregando peças em mim. Eu tinha certeza; ele estava me mostrando algo que não estava ali.

Uma memória de infância se formou na minha cabeça como se fosse uma peça mágica. Uma cena na qual uma foto dos meus pais sorrindo está pendurada na parede. Eu me lembrava dela. Minha primeira fotografia. Eu a tirei quando meu pai me ensinou a usar a câmera. O lugar estava como o imaginara ao longo dos anos, a casa iluminada com a luz da eterna felicidade. A casa de veraneio em Long Island, Greenport. Nossa casa. Minha mãe. Meu pai. E a garotinha deles.

Impossível. Eu estava alucinando.

— Você está sendo mal-educada. Não foi assim que eu te criei.

Robert continuou falando, me repreendendo. Eu estava determinada a ignorar a ilusão. Virei a cabeça, buscando o meu captor. Esperando ouvir a voz monótona me ridicularizando. Eu precisava dele, ele me ancorava à realidade.

Tentei me sentar. Minhas costas doíam por estar encurvada por tanto tempo. Meus músculos doíam, ardiam. Gemi.

A dor era real.

— Pare de resmungar, Samantha, é falta de educação. Fale com clareza.

Era fruto da minha imaginação; uma voz familiar se infiltrando no meu subconsciente. Fiquei impressionada com o poder da droga, ou eu estava enlouquecendo.

— Senti saudade de você. — Eu me ouvi dizer.

— Você não está imaginando coisas, Samantha. — A voz dele soou perto demais. Real demais.

— Onde você está? — Imaginei que tinha sussurrado, ou talvez gritado ou berrado. Conseguia sentir minhas cordas vocais queimando. Meus olhos ardiam.

— Você não nos deixou escolha — disse Robert, incisivo.

Ouvi um baque. Olhei para o lado e notei o jornal que havia sido jogado na mesa.

Meu captor não havia trazido jornal nos outros dias. Por que ele estava insistindo em usar o rosto de Robert?

Meu sequestrador, na imagem de Robert, abriu o jornal diante de mim. A primeira coisa que olhei foi a data, talvez para verificar se o que estava acontecendo era real, talvez por puro hábito. Mais dois dias haviam passado. Fazia uma semana desde que…

Senti como se a manchete tivesse saltado da página e me agredido.

QUARTA VÍTIMA ENCONTRADA MORTA

A vida da jornalista Samantha Redfield corre perigo

A morte de Gail eram letras e palavras reais, tangíveis.

Seus olhos capturaram os meus. Tão familiares. Os mesmos genes, dele e da minha mãe, os mesmos olhos só que agora não representavam calor, família, amor, mas sim, alienação, crueldade, algo distante.

A ilusão se desfez.

Era Robert diante de mim.

Eu sabia, mas não estava disposta a me render, a aceitar. Que outra explicação poderia haver para essa loucura?

— É claro, os psicopatas por trás disso tudo não te deixaram escolha, não é, Robert? Eles ameaçaram me matar e você cedeu. Me conte quem eles são. Estou implorando, não morra por minha causa. Fuja, Robert. Fuja agora, antes que eles voltem e nós dois acabemos mortos. Robert, por que você não está tentando se salvar? — implorei a ele, o homem que eu amava como um pai.

Robert apoiou os cotovelos na mesa e se inclinou para mim.

— Eu te contei da infância difícil que sua mãe e eu tivemos, a devoção extrema dos nossos pais ao Cristianismo. Desde o dia que saí de casa, não houve contato nenhum entre nós. Ao contrário de mim, sua mãe não perdeu as esperanças de fazer as pazes, ainda mais quando você nasceu. Mas quando não deu certo, ela também cortou os laços com eles.

"Há um ano, recebi uma ligação da minha mãe. Ela implorou para que eu fosse a Nova York para me encontrar com ela e o meu pai. Eles moravam no Maine. Eu me recusei e desliguei, mas ela não parava de ligar. Nunca atendi. Então ela me mandou uma carta explicando que a razão para eles quererem me encontrar era porque meu pai estava morrendo e que ele queria falar comigo uma última vez... para nos reconciliarmos, e ele garantir a sua ascensão ao paraíso. Pensei em ir, se não apenas para humilhá-los, para provar a eles que tudo com que se importaram todos esses anos era como eles se pareciam aos olhos do deus deles, que não tinha nada a ver com o nosso relacionamento. Meu pai precisava provar para o seu ídolo que ele tinha feito tudo o que podia para me levar de volta à fé. Eles também queriam te conhecer, e por fim ameaçaram ir direto a você.

"Foi quando tudo mudou. Aceitei me encontrar com eles apenas para mantê-los longe de você. Eu os encontrei em uma igreja. Meu pai estava com um tumor no cérebro, em estágio terminal. Ele salivava e murmurava as Escrituras Sagradas. Não consegui entender uma única palavra. Os dois tentaram me convencer a voltar para a igreja, para melhorar minha vida conforme os caminhos do Senhor. Argumentaram que, neste mundo, ser cristão era o único caminho para a salvação, e quem escolher o contrário jamais experimentará a vida após a morte.

"Uma coisa levou à outra, e antes que desse por mim, chegou a hora da missa. Minha mãe segurou o meu braço, praticamente me prendendo ali. Fiquei.

"Uma menina chamou a minha atenção. Mais tarde, descobri que ela se chamava Lauren. Percebi que, assim como eu, ela só estava lá por causa dos pais. Ela cantava no coral da igreja, mas seus olhos pareciam olhar além das paredes do lugar, havia um anseio lá de se libertar das amarras do rito religioso. Quando a missa acabou, me despedi dos meus pais sabendo que aquela seria a última vez que os veria.

"Saí e comecei a seguir a trilha. Notei a menina, Lauren, correndo e saltitando por lá. Ela estava indo na direção de uma árvore grande onde três meninas, suas amigas, esperavam por ela. Lauren desapareceu atrás do tronco largo. Quando voltei a ver as quatro, a garota estava com roupas diferentes das que usava na igreja. Agora ela estava vestida igual às amigas.

"Eu as segui e me esforcei para captar fragmentos da conversa sobre planos para aquela noite. Uma das meninas, Megan, se não estou enganado, como quem não quer nada, perguntou a Lauren se ela havia terminado de interpretar o papel de menina boa e honrada.

"Foi quando um impulso súbito me tomou, uma vontade de erradicar a injustiça e idiotice que afetava a alma, o espírito e o coração do ser humano por meio da religião, especialmente a cristã. Eu me vi canalizando o impulso para as quatro meninas que caminhavam na minha frente.

"Eu soube, naquele momento, que precisava fazer tudo ao meu alcance para criar um mundo melhor para a humanidade, especialmente para os jovens. Por que forçá-los a fingir, a ser alvo da graça de um deus que nem mesmo existe? De serem atados a restrições, leis e regras sem sentido. Por que e para quê?"

Robert me olhou como se esperasse o meu consentimento, meu apoio, minha compreensão. Eu não disse nada.

Ele se levantou e sacudiu os meus ombros como se fosse um homem louco e primitivo. Então sorriu.

— Essa é a vida, Samantha. Um homem escolhe um de dois caminhos possíveis: bem ou mal. Quando você era criança, a gente costumava brincar disso, lembra? Mesmo na época você sempre dizia que o bem sempre triunfa.

Quer comprovar sua teoria agora? Podemos jogar o jogo do destino, quem é o bom de nós dois.

Eu não conseguia assimilar a transformação dele. Não queria. Queria o meu tio, o homem que era a fundação emocional da minha existência. Olhei para ele, tentei apagar o que estava bem diante de mim, espalhar partículas do mal que tinha vindo descansar em seus ombros, para revelar Robert.

— Com medo? Por quê? O que você tem a perder? — O sorriso dele se alargou.

— Onde você está? — sussurrei. Eu conseguia sentir as lágrimas nos cantos dos meus olhos. Robert se inclinou para ligeiramente mais perto, seu indicador se aproximou do meu rosto, pronto para enxugar as lágrimas.

Por instinto, me virei. E ele recuou.

— Agora o assunto em questão — disse ele, ao caminhar pelo quarto.

— Vamos, vou te desafiar em um jogo. Pegue seu captor, por exemplo. Há nove meses, a polícia de Boston me pediu para construir o perfil de dois irmãos. Você vai se lembrar do caso em um segundo porque fez a cobertura para o jornal.

Tentei me lembrar do que ele estava falando.

— Dois irmãos, Damien e Tim, eram suspeitos de ter matado os pais. A MCU não conseguia determinar se eles haviam cometido o crime juntos ou se só um deles estava envolvido. Eu soube na mesma hora que Damien era o assassino. Ele era um psicopata sádico. Mas por precisar do rapaz, fiz uma proposta a ele. Vendi seu irmão para a polícia. Foi assim que comprei a lealdade dele para sempre.

"Aparentemente, deixei o cara mau se safar, né? Mas vejamos quem Damien é de verdade. O que há por trás de seu comportamento sádico e sociopata? Que tipo de educação ele recebeu? Pelas conversas que tivemos, fiquei sabendo que ele foi criado por pais instáveis, excêntricos, que não só o discriminavam, mas, dos dois irmãos, também abusavam dele física e psicologicamente. Ao contrário de Tim, Damien não passou pelo sistema educacional, e os pais diziam que ele era uma piada. Eles o deixavam dias a fio trancado no quarto. O pai, um sádico por próprio mérito, de vez em quando entrava lá e batia nele. A mãe acreditava que ele era prole de Satã, e com frequência articulava o que pensava serem as razões para ele ser uma criatura não humana.

"Os pais pertenciam à elite de Boston. Eram respeitados e vinham de família rica. Enviaram Tim para um colégio interno de prestígio, enquanto

Damien foi deixado lá para absorver a atitude e o comportamento tóxico deles por anos.

"Então, qual é bom e qual é mau, Samantha? Me diz, o que é justo? Dos dois irmãos, qual foi o que sofreu ao longo da vida? Eu não estava fazendo a coisa certa a dar a Damien a liberdade dele?"

Robert justificou o comportamento horroroso com termos filosóficos. Na verdade, foi ele quem me ensinou tudo sobre os psicopatas mais terríveis da história que estavam convencidos de que o que faziam servia a uma causa maior; servia à humanidade, para salvar a humanidade.

Eu me perguntei quanto e como tudo isso tinha acontecido. Como ele podia ter se transformado em alguém que não reconhecia sendo que estava tão perto de mim? Como pude deixar passar?

— Ao longo dos anos, você me ensinou que era inconcebível que qualquer um fizesse a própria lei. Que aceitar um único sistema era a base da nossa sociedade e a única forma de a justiça ser feita. Palavras suas.

Ele riu.

Eu chorei.

— Justiça. Acho que você ganhou o direito de ouvir a história por trás da morte de Gail. Envolve o verdadeiro significado de fazer justiça.

Robert se sentou, tirou um maço de cigarros do bolso da camisa e me ofereceu um. Balancei a cabeça. Ele acendeu o cigarro, tragou e segurou a fumaça, como se pausando para refletir profundamente sobre o que estava prestes a me contar.

— Gail era para ser a última a ser assassinada em Nova York. Ela deveria representar a virtude da diligência. Damien disse que ela era muito fraca, que não resistia, que ele a vestiu como se a vida estivesse sendo drenada lentamente dela. Eu tinha preparado para ela o uniforme da escola, e mandei que ele entalhasse a palavra *industria* na nuca dela. A exibição dela seria algo especial, fenomenal. Eu disse a ele para espetar uma caneta-tinteiro no cérebro dela, apoiar a cabeça dela lá, permitindo que o fluido cerebral vazasse. O corpo foi colocado sobre as páginas do Novo Testamento, e tudo isso, montado no meio de uma livraria antiga.

Eu não podia ceder à náusea revirando o meu estômago. Não agora. Não na frente dele. Eu não podia perder o controle.

— E quanto à justiça? Onde ela entra? — Eu esperava ter soado calma e composta. Foi algo que Robert também me ensinou. Quantas vezes ele não explicou que ao lidar com psicopatas, você entra em uma batalha entre mentes, igual a uma partida de xadrez? Quantas vezes ele não havia enfatizado que apenas argumentos lógicos, bem estruturados, poderia fazê-los cooperar?

— Não, minha querida, você está errada. Talvez tenha esquecido as regras do jogo. Você só pode apresentar um contra-argumento, uma contra afirmação. Nada de perguntas, pois elas são um ponto fraco do raciocínio, só servem para incentivar o debate. Essa é a sabedoria do jogo. Detetives trabalham desse jeito há anos.

Minha conversa com Gail ecoou na minha cabeça. Ela me disse que ouviu Joel falando com alguém da polícia cujo nome parecia ter saído de um filme antigo. De alguma forma, isso me lembrou de quando adotei o meu gato, foi Robert que me pediu para chamá-lo de Holmes, justificando que era um bom nome para combinar com o do cachorro dele, Sherlock. As peças do quebra-cabeças estavam começando a encaixar.

Robert leu a minha mente. Como sempre.

Não era aterrorizante descobrir que foi a mente impecável dele, da qual sempre senti tanto orgulho, que havia despistado a polícia, deixando-os tateando no escuro para pôr sentido no sequestro e nos assassinatos.

— Sim, Samantha, foi o nome que eu usei, Sherlock. Mas você está saindo dos trilhos, estamos no meio do nosso jogo.

Tudo estava se juntando na minha mente. Tinha que ter sido Robert quem organizou a invasão da minha casa em Boston. Devia ter sido ele que sequestrou o Holmes. Era a única possibilidade lógica. Por quê? Por quê? Por quê? A pergunta não parava de me torturar.

— Samantha, concentre-se. Você está prestes a perder sem nem mesmo tentar. Eu mereço pelo menos isso.

Eu não conseguia me concentrar. Minha mente corria em duas direções ao mesmo tempo: continuar montando o quebra-cabeças enquanto jogava como Robert. Mas como?

Ele me olhou, era como se lesse mesmo a minha mente. E riu.

— Essa vai ser a última vez que vou te deixar se safar. Vou te dar outro exemplo. Dessa vez, tenho certeza de que você vai pensar em um contra-argumento.

— O pai do seu amigo Jacob. Escuta só uma interessante história de bastidores sobre ele. Os pais do seu amante vieram de Porto Rico. A uma certa altura, o pai conseguiu, baseado sobretudo na própria ambição, se tornar parte do sistema político. Eu me esqueci de mencionar que ele lidava com contrabando ilegal de imigrantes? Então, sim, era isso que ele fazia.

"Resumindo, certo dia ele recebeu uma proposta de um dos partidos para legalizar a operação. Serviria bem aos interesses deles: um imigrante que havia se integrado muito bem à sociedade americana era uma oportunidade de atingir um novo eleitorado. A posição sênior que ofereceram a ele era para refletir o quanto os Estados Unidos eram receptivos e democráticos, uma terra de oportunidades para todos. Em troca, ele foi encarregado de reduzir a imigração ilegal.

"Agora ele era responsável por convencer imigrantes a entrar nos Estados Unidos por vias formais. É claro, isso limitou o número de imigrantes a umas poucas centenas. Ele era leal ao partido e levou o trabalho a sério, bem, até conhecer uma jovem cujo pedido para imigrar foi negado. Eles se apaixonaram loucamente. Então o homem tomou providências para conseguir um visto ilegal para ela e a colocou em um apartamento em outra cidade. O caso durou anos. Ele não se divorciou da esposa. Por meio das conexões, criou uma segunda identidade para si e levou uma vida dupla por mais de quinze anos até que, um dia, ambas as mulheres o forçaram a encarar a verdade. A família do seu parceiro foi prejudicada para sempre, Samantha. O que eles deveriam fazer em nome da justiça? Mais importante, o que você acha que eles fizeram? Eles o denunciaram para as autoridades como bígamo? Não. Tomaram providências na surdina, na própria família. Forçaram o homem a se divorciar, ir embora e nunca mais tentar contactá-los. Então, como o seu Jacob fica na pele fora da lei? Onde está a justiça, a coisa certa a fazer, nessa história?

"Percebo que essa história não tem relação direta com o nosso jogo, mas espero que você entenda as ramificações para Jacob. Ele não acredita em relacionamentos, seu namorado tem as próprias razões para continuar solteiro, não acredita no amor nem no casamento. Ele sabe jogar dos dois lados, é isso que faz dele um excelente detetive. Infelizmente para você, é também o que o leva a acreditar que você tem algo a ver com o caso do sequestro."

O ar abafado do lugar fazia ser difícil respirar.

— Nesse momento, Samantha, a polícia está conduzindo uma investigação completa sobre você. Afinal de contas, parece que todo mundo que entra em contato contigo acaba morto. Você seguiu a srta. Leary, e ela foi assassinada. Se encontrou com Joel, e ele desapareceu. Esteve com a Gail, e ela também morreu.

"Até onde Jacob sabe, você está profundamente envolvida no caso. Eis o seu sistema legal para você. Simples e eficiente? Não, na verdade, não.

Quando as coisas se viram contra você, dá para dizer, com sinceridade, que o sistema é perfeito?"

Será que Jacob, a pessoa que declarou seu amor por mim, que prometeu que encontraríamos um jeito de ficar juntos, que sussurrou no meu ouvido que eu era o seu lar, duvidava de mim? Ele me considerava uma suspeita? Ele estava conduzindo a investigação?

Eu precisava falar com um homem que eu não reconhecia mais. Fazer com que ele recuperasse o bom senso.

Ele não era um psicopata que chegava às manchetes; ele não era um criminoso que eu ficaria feliz de entrevistar. Era Robert. O meu Robert.

— Por favor, Robert, me deixa te ajudar. Para variar, serei a pessoa a cuidar de você. Você está doente. Meu querido, amoroso e piedoso tio jamais faria algo assim. Catherine e eu vamos te ajudar, te apoiar, ficar com você. Ela deve estar morrendo de preocupação. Me solte e a gente pode sair daqui. Eu vou ficar do seu lado aconteça o que acontecer, nós somos uma família. Não importa o que você fez. Prometo, Robert; você, Catherine e eu é tudo o que resta, nós não temos nem um túmulo para os meus pais, o sumiço deles permanecerá um mistério para sempre. Por favor, por favor, eu te imploro.

— O que é bem e o que é mal, Samantha? Estou te perguntando pela última vez.

Eu me recusava a jogar o jogo. Nenhuma resposta era certa, e qualquer coisa que eu dissesse seria refutada.

— Quando fui para a América do Sul procurar os seus pais, encontrei o corpo deles. Eu não quis te contar. Desaparecido ainda não é morto. Cuidei dos corpos, destruí qualquer evidência relacionada a eles. Você baseou a sua vida na sua sensibilidade à questão dos familiares desaparecidos. E é essa compaixão e compreensão que te levou ao jornalismo como repórter investigativa de assuntos criminais. Seu excelente trabalho ajudou muitas famílias. Então, Samantha, o que fiz foi bom ou ruim? Me diga.

— Você ganhou, Robert — falei, prometendo a mim mesma que não diria mais nada.

42

Ele tirou tudo de mim.

Quase.

Não vou permitir que ele me tire a liberdade de pensamento.

Pensei na vida que tive. Infância, adolescência, maturidade ao lado do meu amado tio. O homem sentado diante de mim. A pessoa que eu não reconhecia agora. Por dezenove anos, ele me criou, me educou e agora ele desejava destruir a minha própria essência. Quando foi que esse homem enlouquecido veio à tona, de onde ele saiu?

Eu amava e adorava Robert. Eu sabia que embora não tivesse seguido a carreira que ele queria para mim, ainda planejava ser a melhor no que fazia, em grande parte para ganhar a aprovação dele, para deixá-lo orgulhoso. Minha própria satisfação vinha depois. Eu o ouvia, obedecia, fazia o que ele pedia sem nunca duvidar. Ele me fez me sentir segura, ele era a minha âncora.

Ele continuou falando:

— Meu objetivo é mudar a percepção convencional, aquela que depende das normas socialmente aceitas. Quero fazer as pessoas abrirem os próprios olhos. A consciência as levará a percepções e a partir daí serão internalizadas. Geralmente, mudanças assim levam muitos anos. Mas você me conhece, Samantha, não sou um crente fervoroso nas revoluções perpetradas por um único agente. Precisei orquestrar o ponto de virada.

"As meninas que pagaram com a própria vida o preço da injustiça de séculos de religião e coerção serviram como símbolo no caminho do meu objetivo final. E não há nada que você possa fazer: os fins sempre justificarão os meios. Qual é o preço que pagaram se comparado ao significado que dei? Serão para sempre lembradas como pessoas que deram a vida pela revolução que libertou a humanidade. Liberdade verdadeira. Sei que é difícil para você ver agora, mas entenderá o seu papel na reforma que planejei. Uma reforma ou revolução de acordo com a qual o universo não mais precisará de recursos ideais de fé em um mundo ditado pelas leis de um deus fictício que dá a falsa esperança da vida após a morte. Ciência e pesquisa tomarão o lugar dele, que é o de direito delas, e serão elas que oferecerão a verdadeira realidade: uma era de esclarecimento está diante de nós, Samantha.

Ele tragou o cigarro e o jogou no chão sem apagá-lo.

Como ele foi capaz de ser tão amoroso, protetor e atencioso quando voltei a Boston depois que Holmes desapareceu, sendo que, na verdade, ele foi o responsável pelo desaparecimento do gato? E por que ele precisava criar uma situação na qual eu tinha que sair de Nova York e ir para casa? Enquanto parte de mim o ouvia, a outra tentava preencher as lacunas. Lutei para organizar os eventos em ordem cronológica.

A sabedoria da retrospectiva é duvidosa. Como uma enxurrada, todas as vezes que conversei com Robert se passaram pela minha cabeça, atualizei-o do que estava acontecendo e, pior, dividindo meus pensamentos sobre o caso com ele, os pontos que eu estava ligando, minhas suspeitas, minhas descobertas...

Os diários.

Os diários eram a chave. Robert tinha que estar com eles. E eu já estava ciente da sua habilidade requintada de criar cenários. Ele precisava criar um grandioso. O megaconcerto que ele conduzia.

— Está na hora, Samantha. Sugiro que aceite a realidade e se conforme com a derrota. A justiça está do meu lado, então...

Ele se empoleirou na beirada da mesa diante de mim e afagou a minha bochecha.

— Robert, espera. — Tentei sentar direito. Ele colocou o indicador nos meus lábios e me calou.

— Não se preocupe, minha querida, vou cuidar de você. Assim como garanti que o fizessem quando você foi mantida refém. Deve ter notado que ao contrário das outras meninas, você não foi violada. Pretendi que você representasse a virtude da justiça. Nada além do melhor para a minha sobrinha, você viu que é uma virtude celestial. Essa é a sua importância para mim. Vou te aplicar uma injeção para que você não sinta o seu corpo se contorcer quando o cianeto entrar em ação. — Ele tirou um saquinho minúsculo do bolso do casaco. Nele continha um único comprimido verde.

— Robert, por favor. — O horror da morte era real. Eu conseguia sentir os efeitos do comprimido, era como se meus pulmões tivessem entrado em colapso.

— Eu tenho um pedido.

Ele cruzou os braços e falou:

— Sou todo ouvidos.

— Quero orar antes de você me executar. Preciso que você me liberte por alguns minutos.

Os lábios dele se esticaram em um sorriso zombeteiro.

— Boa tentativa, minha querida, você jamais vai conseguir passar pela porta, nem por Damien nem por mim.

— Não é isso. Por favor, permita que eu tenha um último desejo.

Damien entrou. Ele segurava uma corda grossa. Dessa vez, não usava máscara. Foi a primeira oportunidade que tive de ver o meu captor. Para minha surpresa, ele tinha um rosto muito bonito. A pele era lisa, os malares altos, olhos claros. Qualquer um pensaria que ele era normal: vizinho, caixa de banco, dono de restaurante. Ele falou com Robert com reverência e disse a ele que havia enrolado o corpo de Joel em um tapete e colocado no porta-malas do carro; quando saísse, o jogaria em uma das pedreiras do caminho.

— Limpe a sua sujeira — Robert deu a ordem, e Damien assentiu.

O garoto se curvou sobre mim. Seguindo as ordens de Robert, ele me soltou. Eu me levantei, e um enjoo horroroso tomou conta de mim, ameaçando me derrubar. Segurei na mesa e empurrei a mão de Robert quando, em um gesto galante, ele se ofereceu para me equilibrar.

Eu tinha sido uma boa aluna ao longo dos anos, tanto dele quanto da minha profissão. Eu sabia que não havia como abalar Robert, de tirá-lo dessa complacência, ainda mais depois que ele legou a si aquela visão messiânica. Eu esperava, no entanto, que a minha oração agitasse algo nele, nem que fosse raiva. Eu estava solta, e qualquer coisa que prolongasse a disputa entre nós seria benéfico para mim.

Tomara que o ato religioso simbolizasse um paradoxo insuportável. Depois de expor seu manifesto de liberar as amarras da fé da sua "amada" sobrinha, depois de escolher a virtude da justiça para ela, ela mesma, conforme sua própria vontade, se ajoelharia e pediria piedade ao deus que ele desejava aniquilar.

Caí de joelhos e juntei as mãos.

— Perdoe-me, Pai, porque pequei. Sei que desobedeci Teus mandamentos e me distanciei de Ti, perdoe-me. Por favor, perdoe os meus pecados e me leve para perto de Ti antes de eu morrer, ouça minha oração. Aceito Jesus Cristo, nosso Salvador, como meu Senhor desde o dia do julgamento até a vinda do Reino...

Com voz indiferente, Robert deu a ordem a Damien:

— Amarre-a e amordace-a.

Lutei com Damien com a pouca força que ainda tinha e não parei de orar. Até mesmo ergui a voz quando meus braços foram torcidos e amarrados atrás das costas.

— Que o Espírito Santo me auxilie a obedecer-Te e a fazer o que queiras, mesmo na minha morte, é o que Te peço no nome do Senhor Jesus Cristo eu oro. Amém.

Fui empurrada para a cadeira e uma agulha foi espetada no meu braço.

— Robert — gritei sob a fita que mantinha meus lábios fechados —, sou a única parente viva que te resta.

— Você é inteligente, Samantha, mas eu sou mais, meu bem. Essa sua palhaçada não me deixa nada impressionado.

— Deixe comigo. Por favor, quero matá-la — pediu Damien.

Robert balançou a cabeça.

— Não.

Meus pés, que não estavam amarrados, chutaram a mesa, que caiu. Balançando descontroladamente, minha cadeira tombou para o lado.

— Pegue-a.

Chutei os joelhos de Damien e ele me deu um soco. Senti meu nariz sangrar. A droga começou a se espalhar pelo meu corpo. Me deixando pesada, nublando minhas vistas.

— Deus opera por meios misteriosos — disse Robert.

Ele se aproximou de mim, sorriu e beijou a minha bochecha. Então pegou a mesa, sentou-se nela e me fitou.

Damien me segurou. Ele puxou cerca de um terço da fita que tapava a minha boca, colocou os dedos lá e beliscou minha bochecha por dentro.

Senti como se eu fosse me engasgar. Senti o coração bater acelerado. Meus últimos momentos.

O comprimido foi colocado debaixo da minha língua. Fiz o possível para não o engolir. Torci para que a secura terrível da minha boca ajudasse e que o comprimido não dissolvesse.

Tiros?

Ele atirou em mim?

Sangue me cobria?

Damien no chão.

Robert segurando uma arma.

Ele decidiu me salvar?
Acho que ele está me carregando.
Acho que minha boca está aberta.
Estou ouvindo a voz dele?

43

Algo gelado pairava acima e tocava de levinho meus lábios queimados, umedecendo-os. Gotas de água deslizavam para a minha boca, escorrendo pela minha garganta e aliviando aquela sede horrorosa.

A consciência começou a retomar. Posicionando-se. Momentos de horror. Meu corpo tremia de frio ou estava com medo do que veria quando abrisse os olhos.

O toque de dedos no meu rosto. Balancei a cabeça.

— Não, não. — Eu implorava ou sussurrava?

— Sam — a voz rouca dele sussurrou. Expandiu minha percepção da realidade.

Agarrei os braços dele. Fortes. Eu me recusei a soltar, precisava da firmeza da sua pele, dos seus músculos, tangibilidade total.

A artéria no meu pescoço pulsou. Minhas têmporas latejaram. Meus músculos rugiam de dor.

Sons altos, agudos e acelerados me ensurdeceram.

— Sam, relaxa. Você está a salvo, meu amor, acabou.

Minha audição se aguçou. Passos rápidos, sapatos batendo no chão, uma porta se abrindo, batendo e abrindo de novo. Uma cacofonia. Não reconheci nenhum deles. O som que esperava ouvir estava longe de novo.

Lutei para abrir os olhos. Gestos borrados... apressados. Mãos tocando, braços se esticando. Várias pessoas falando de uma vez só. Eu me senti extremamente tonta e nauseada. O estômago embrulhou.

— Respire fundo — instruiu uma doce voz feminina. Uma máscara de oxigênio foi colocada no meu nariz.

Eu estou alucinando? Pessoas de jaleco branco me rodearam, curvavam-se sobre mim. Uma lanterna mirou direto nos meus olhos.

Ouvi meu nome ser chamado. Assenti quando me perguntaram se eu entendia o que diziam, mesmo estando confusa.

— Você está no hospital. Já faz dois dias.

O homem com a cabeleira grisalha estava falando.

— Desintoxicamos o seu corpo das substâncias que foram injetadas em você. Fizemos uma lavagem estomacal. Há alguns machucados e demos pontos nos cortes. Os hematomas vão sarar com o tempo.

Eu queria ser deixada em paz, que eles fossem embora. Busquei o rosto dele. Queria ter certeza de que tinha ouvido direito, que ele estava ali. Eu o queria ao meu lado. Eu queria...

Esquadrinhei os rostos ao meu redor até ver os olhos verdes hipnóticos. Agora pareciam vidrados, marejados. Me afoguei na sensibilidade e no temor que eles refletiam.

Meu coração desacelerou. Ele não parou de me olhar. Ele ficou comigo; seus braços estavam cruzados sobre o peito.

Jacob.

Ele parecia exausto, como se não dormisse há dias. A barba havia crescido e a camisa estava amarrotada.

Devagar, o quarto foi esvaziando. Os médicos e as enfermeiras foram embora. As cortinas foram fechadas. E só ficamos eu e ele.

Jacob se curvou e tirou a máscara de oxigênio. Então apoiou a testa na minha.

— Pensei que tivesse te perdido. Tive certeza de que você... — Ele soltou um suspiro cheio de significado.

— Eu te ouvi, Jacob, ouvi cada palavra que você disse. — Mesmo sedada, as palavras dele ecoaram na minha cabeça, o seu apelo: "Volte para mim, Sam, meu amor será seu para sempre."

Ainda não entendi por que ele estava me tratando com tanto carinho. Partes do que Robert disse vieram à tona, especialmente a que ele me explicou que Jacob me via como principal suspeita do caso.

E se ele estivesse por trás de alguma conspiração policial?

E se nos meus momentos de fraqueza e confusão ele tentasse me enganar para lhe dar informações? E se eles fossem cúmplices?

Desviei o olhar.

— Não se sinta obrigado a estar aqui comigo, ainda mais se suspeitava de mim.

O pensamento de que Jacob talvez me incriminasse assumiu. Ele se afastou um pouco, tentando alinhar o olhar com o meu.

— Olhe para mim. Do que você está falando, Sam? Você nunca foi um dos suspeitos.

Eu queria acreditar em cada palavra que saía de sua boca.

— Mas o Robert disse...

A lateral do colchão se afundou.

— Vamos falar dele no devido tempo — ele me interrompeu —, você passou por uma experiência traumática e precisa se concentrar em se recuperar, nada mais. Ele não é importante no momento.

— Por que Catherine não veio? Robert está sob custódia? Ela foi vê-lo? — Minha mente tentava juntar as peças. Vislumbres de tiros, sangue, vidro quebrado, braços me carregando. Eu tinha certeza de que reconheci o toque deles.

— Você estava lá?

Ele assentiu.

— O que aconteceu com o Robert, Jacob?

Ele esfregou a testa. Eu sabia que algo ruim tinha acontecido quando Jacob ficou em silêncio. Ouvi um resmungo baixinho e percebi que ele saiu de mim.

— Não, me diga que estou errada, por favor.

Jacob me puxou para os seus braços. Afundei o rosto em seu peito e ele me segurou para si.

— Houve uma troca de tiros. De início, pensamos que ele tinha sido atingido. Depois, descobrimos que Robert havia atirado em si mesmo e morrido na hora. Sinto muito, meu bem, por você ter que passar por isso na condição em que está. Como posso facilitar as coisas para você? Eu tiraria o seu sofrimento se pudesse.

Uma dor aguda percorreu o meu corpo. Saber que Robert havia se matado me fez me desligar.

Dormi aninhada nos braços de Jacob, enlutada pela morte de Robert, tentando compreender a perda do homem que era o centro do meu mundo. O homem que havia partido.

Rostos conhecidos rodeavam minha cama quando acordei. A mãe e as irmãs de Jacob foram me visitar e trouxeram sorrisos animados, flores e doces. Elas conversaram e tentei me concentrar no que diziam. Mas meus pensamentos vagaram, e a cada poucos minutos sentia como a perda estava abalando o meu próprio ser.

— Quer tomar um banho? — ofereceu Anita, a irmã mais nova de Jacob. Assenti, e ele sorriu agradecido para ela ao me pegar no colo. Fiquei envergonhada, insisti que conseguia andar, mas ele me ignorou e seguiu Anita até o banheiro. As irmãs o convenceram a ir para casa descansar e prometeram cuidar de mim até ele voltar.

— Ele está perdidamente apaixonado por você. Ficamos tão preocupadas com vocês dois na semana passada. Todas nos reunimos em Nova York até chegar as notícias de que você estava viva. Você é parte da nossa família, Sam.

Sem ter a intenção, as palavras de Anita me fizeram lembrar de Catherine e do fato de que ela não tinha vindo ao hospital. Ela deveria estar aqui comigo agora, tirando minha camisola, compartilhando o luto pela tragédia que havia se abatido sobre nós duas. Éramos as únicas que conseguiriam compreender aquilo de verdade, saber o que significava.

Ouvi Anita xingar um "filho da puta". Ela virou o rosto e os olhos marejaram. Entendi que meu corpo estava muito machucado, que era difícil de olhar. Eu não queria ver; uma breve olhada havia bastado. Os sinais da violência que Damien deixou em mim: hematomas enormes e pontos por toda a parte. Mas era das cicatrizes internas que eu precisava me recuperar.

Sentindo-me refrescada depois do banho, voltei para o quarto e subi na cama sem ajuda. Frederika, a mãe de Jacob, me serviu a canja que ela havia preparado para mim e implorou para que eu tentasse comer. O sabor na minha boca ainda era insosso.

Jacob voltou. Laurie e Colin vieram junto, mas mantive os olhos na porta, esperando que ela entrasse. Jacob olhou para mim, ele entendeu.

— Catherine...

— Está ocupada — respondeu Laurie. — Ela me pediu para te dizer que esteve aqui duas vezes, mas você estava dormindo. Ela vai ligar para Jacob mais tarde, de Boston, quando terminar os arranjos para o funeral.

— Obrigada. Não estou com o meu telefone, senão ligaria para ela.

— Incrível... que mundo injusto. Mesmo quando está um horror, a mulher ainda é perfeita.

Jacob olhou feio para Laurie, dizendo para ela deixar o sarcasmo de lado, e ela ergueu as mãos, rendendo-se. Sorri. Fiquei feliz por vê-la. Os olhos de Laurie brilharam quando ela se aproximou de mim e deitou a cabeça no meu ombro.

— Eu estava preocupada. E você está mesmo um horror — sussurrou ela. Passei o braço ao seu redor.

— Obrigada.

Colin sorriu um dos seus sorrisos encantadores e beijou a minha bochecha.

— Feliz por você estar viva, docinho — disse ele, e se sentou na lateral da cama. Eu me despedi da família de Jacob, e ele saiu para acompanhá-las.

— Viemos contra a vontade dele — disse Laurie, e os dois riram como crianças levadas.

— Ele disse que você precisava descansar, e que deveríamos te dar tempo — adicionou Colin.

— E vieram mesmo assim? Desobedeceram às ordens do chefe?

Eles assentiram, satisfeitos.

— Sentimos a obrigação de não esconder de você o quanto você o corrompeu.

Não entendi o que eles queriam dizer.

— Você não faz ideia do quanto ele ficou enlouquecido na semana que você desapareceu — disse Laurie. — Nenhum de nós teve permissão para sair da MCU. Quando descobrimos onde você estava, ele enviou helicópteros. Chegamos a campo com reforços, e assim que ele percebeu que o cara que tinha te amordaçado era uma ameaça para a sua vida, ele abriu fogo e o matou no local.

Colin assentiu.

— Em todos os anos que passei sob o comando dele, nunca o vi daquele jeito.

— Naquele momento, percebi que você era uma rival difícil de vencer — prosseguiu Laurie —, e que eu tinha perdido qualquer chance que poderia ter com ele. Colin também estava caidinho por você até que o salvei. — Ela deu uma piscadinha para o cara, que riu. — Ele percebeu que não tinha a mínima chance contigo, e me vi catando os pedacinhos que você deixou para trás, por tabela, fui forçada a dar uma chance a Colin e saí com ele. Controle de danos, mana. Sempre às suas ordens.

Caí na gargalhada, ela era tão perceptiva.

A porta abriu. Jacob ficou parado lá e nos olhou feio.

— Sam, você tem visita.

Era Walter, meu chefe de Boston.

Enquanto ele se aproximava, Laurie e Colin se levantaram e se despediram.

— A gente se vê, Sam — eles prometeram e foram embora. Jacob se sentou ao meu lado.

— Você causou um baita frenesi na imprensa, garota, no país inteiro. Melhore e leve a sua figura lamentável de volta ao trabalho. Todo mundo está esperando pela sua história, e não vou aceitar não como resposta. Voltei a fumar por sua causa, Samantha.

— Acho que ainda é cedo demais para falar de trabalho — disse Jacob, determinado, como se tentasse atrasar o momento em que eu teria que encarar o que me esperava lá fora.

Ele não entendia que no meu mundo, assim como no dele, não havia tempo para descansar e ponderar, sempre havia trabalho a fazer. E você o fazia, sem corpo mole. Do contrário, seria impossível se recuperar da realidade que não esperava policiais para investigar ou jornalistas para escrever. Me senti ligeiramente desconfortável, mas percebi que Jacob tinha dito aquilo por preocupação, não para controlar a minha vida. Não falei nada. Jacob e Walter podiam não saber que eu não tinha intenção de voltar a escrever depois de ter falhado como jornalista, e acabado sendo feita refém como consequência. Fui precipitada e negligente com o meu trabalho.

Walter começou a falar do que aconteceu desde que desapareci. Ele descreveu as principais reportagens que saíram. Depois de um tempo, ele se levantou e foi embora; estava quase na hora do voo de volta. Eu o abracei e prometi que o artigo que escreveria cobrindo a história toda seria a minha carta de demissão. Ele balançou a cabeça, e apertei a sua mão. Ele me desejou melhoras e me fez prometer que mandaria notícias.

— Você deve estar exausta. Por que não se deita um pouco enquanto vou pegar um café para a gente?

Uma batida à porta.

Michael.

— Ross, entre, como você está?

— Obrigado por ligar, Torres. Agora estou muito melhor, ao vê-la viva. Creio que devo agradecer a você.

Jacob deu um sorriso constrito quando eles trocaram um aperto de mãos.

— Fiz por ela, e para que eu pudesse continuar vivendo, Michael, não foi por você.

Jacob saiu do quarto e nos deixou a sós.

— Sinto muito, Michael, ele deve estar exausto e estressado. Tenho certeza de que não foi grosso de propósito.

Ele deu um aceno de desdém e me abraçou.

— Eu trabalhei com ele, Sam, o cara é um filho da puta, mas é sincero.

Eu me agarrei ao homem maravilhoso que era Michael, que aceitou continuar sendo um amigo verdadeiro, apesar de eu estar com Jacob.

— Você não tem ideia do quanto fiquei preocupado quando descobri que você tinha sido sequestrada. Te ver, te tocar, saber que você está viva e bem é importante demais para mim, em toda e qualquer situação. Fiquei sabendo do Robert. Sinto muito, querida. Sei que agora pode parecer ser o fim do mundo, mas ele estava doente, Sammy, como viu, e ele estava enfrentando uma vida infernal e aprisionada, não que seja de muito consolo. De qualquer forma, não consegui imaginar Robert se entregando.

A Quatro Mãos

321

Sequei uma lágrima.

— Você tem razão.

— Sei o quanto você é forte, Sam, sei que vai sobreviver. Não importa o que haja em seu futuro, você vai ficar bem e sempre poderá contar comigo. Sempre estarei aqui.

Afaguei o seu rosto.

Vi a tristeza refletida em seus olhos; eu sabia que ele me amava muito.

— No dia que você saiu do carro dele lá perto da redação, e vi a forma como o olhou, soube que tinha te perdido para sempre. Sei que você jamais olharia para mim daquele jeito. Com tanto amor. Torres é um cara decente. Você vai sempre poder contar com ele. É um consolo saber que te perdi para um cara desses.

Ele me beijou nos lábios, como se para validar nossa separação, e foi embora.

A noite chegou. Jacob se recusou a ir embora mesmo quando tentei convencê-lo. Ele se deitou ao meu lado, eu afaguei o seu rosto.

— Eu te devo um baita obrigada. Eu deveria ter te dado ouvidos. A culpa é minha.

Nós cruzamos olhares.

— Não vou deixar você se condenar nem se culpar pelo que aconteceu ou teria acontecido se você tivesse agido diferente. Eu também estava fechado para o que você estava tentando dizer. Se tivesse te dado ouvidos e dado o que você precisava, o desfecho teria sido diferente. Lutei contra o que sentia por você, não queria me comprometer, queria permanecer leal a mim mesmo. Eu deveria ter entendido que desde a primeira vez que te vi... fiquei perdidamente apaixonado. Pensei que fosse enlouquecer no dia que você foi sequestrada. Sam, eu te amo. Quero um futuro com você, quero continuidade.

Ele me beijou nos lábios.

— Não parei de pensar em você o tempo todo que fiquei lá. Você me deu um motivo para me agarrar à vida. Eu sou sua, Jacob.

— A história da minha família me obriga a ficar perto da minha mãe. Não posso suportar pensar em me afastar de você. Venha morar comigo, Sam.

Abri um sorriso tímido.

— É um sim?

— É um sim — respondi.

44

A manhã chegou. E se arrastou como se pretendesse chamar a minha atenção para a realidade que estava prestes a se abater sobre mim: hoje, amanhã, nos dias por vir. Por tanto tempo. Encarei os lábios em movimento do médico que entrou e saiu do meu quarto. Ouvi Jacob me dizer que a minha alta esperava por mim no posto da enfermagem e que precisava me vestir. Eu me vi calçar as botas, e ele pegou meu casaco e a bolsa. O dia estava claro e brilhante. Era só eu que sentia como se estivesse caminhando em uma bruma desconhecida?

Jacob deu uma olhada no celular.

— Teremos que encontrar uma saída alternativa — disse ele —, a imprensa está te esperando. Não quero que eles partam para cima de você.

Ele foi até a enfermeira e falou com ela, que assentiu e nos acompanhou por um momento, então deu as coordenadas para Jacob chegar à saída que levava direto ao estacionamento no subsolo. Notei cada detalhe. Eu sabia que estava caminhando com o meu homem, entendia isso. E, ainda assim, alguma força desconhecida insistia em me puxar para dentro, a sensação era de que era uma neblina forte.

Entramos no carro, e Jacob saiu para a rua. A luz forte do dia era estranha. Raios de sol cintilavam no para-brisa, e pela primeira vez me senti como se não pertencesse àquele lugar.

— Posso ir com você? Quero ir para a MCU contigo. Não acho que consigo ficar sozinha pelas próximas horas. Também vai ser uma oportunidade para eu dar os depoimentos de que você provavelmente precisa e preencher as lacunas quanto ao que aconteceu. Talvez o clima agitado de trabalho me traga familiaridade.

— Entendo, mas, ainda assim, que tal dar a si mesma tempo para recalibrar, Sam?

Não respondi. O que eu poderia dizer?

— A realidade vai ser a mesma podridão por mais alguns dias. E você vai ter que encará-la de um jeito ou de outro. Acho melhor não acelerar as coisas.

Balancei a cabeça.

Jacob não tentou me convencer. Ele ligou para Colin e avisou que estávamos indo.

As pessoas na MCU me receberam calorosamente. Laurie, Colin e Derek nos esperavam na entrada. Colin me entregou um café quente e me deu um tapinha no ombro. O cobertor de amizade era agradável. Muito. Ainda assim, algo me incomodava. Os olhos deles pareciam nos evitar, como se tentassem comunicar algo para Jacob. Eu estava certa? Eu estava sendo conduzida por eles, como grupo, pelo longo corredor da MCU? Paramos na frente de uma porta de cor clara. Jacob me virou para ficar de frente para ele e me segurou pelos ombros.

— Preciso que você seja forte, estarei ao seu lado o tempo todo.

Eu não entendi.

Entramos na sala onde as persianas estavam abaixadas. Jacob me pediu para olhar para frente; seu braço estava ao redor da minha cintura, os dedos o pressionavam com gentileza.

— Você pode ir embora quando quiser, Sam.

Outra luz acendeu. Mais brilhante, quase ofuscante. Além do vidro, eu vi. Vi o que estiveram escondendo de mim.

Uma mesa.

Duas cadeiras.

Não consegui respirar.

Uma mão segurando um cigarro, lábios tragando, depois se contorcendo em um sorriso constrito. Pernas algemadas.

E silêncio.

— Catherine?

Meus joelhos perderam a força.

Catherine.

— Sei que é um choque para você, e deve ser insuportável. Nós mesmos, MCU e alto comando, ficamos completamente atordoados. Por anos, Catherine foi uma colega e amiga próxima, uma parte inseparável da divisão.

"A sensação de traição foi insuportável, então posso imaginar pelo que você está passando, ainda mais por causa do histórico familiar de vocês.

"Sam, sei que não vai ser nenhum conforto para você, e não estou querendo fazer comparações, mas passei por algo parecido quando meu pai matou o ideal de família em que fui criado. Na verdade, ele fodeu com tudo. Parei de acreditar nas pessoas, especialmente em mulheres, talvez. Não quis mais saber de relacionamentos."

Eu só queria colocar a fúria para fora.

Descobrir sobre Catherine... ainda não conseguia assimilar.

Jacob colocou as mãos nos meus ombros.

— Não vou te deixar passar por isso sozinha; estou aqui.

Ele tentou me abraçar, eu me encolhi.

— Você não entende, não tenho mais ninguém.

Eu sabia que se ele me tocasse, mesmo que só um pouquinho, eu ruiria. Sequei as lágrimas das bochechas.

A compreensão do que havia se tornado uma realidade cruel e podre estava me devorando impiedosamente por dentro.

— Não me poupe, Jacob, quero saber tudo. Me conte o que você sabe sem deixar nada de fora.

Ele me puxou para si e nós dois nos sentamos no sofá do seu escritório.

— No dia que você deveria voltar a Boston, me arrependi de te deixar ir. Queria passar com você o tempo que ainda tinha aqui e depois te levar para o aeroporto para me despedir. Decidi voltar para o hotel para te pegar. Liguei, e você não atendeu. Pedi à recepcionista para ligar para o seu quarto, mas obviamente você já tinha saído. Laurie rastreou o seu celular e vimos que ele ainda estava no hotel. Aquilo não me acalmou, muito pelo contrário. Mandei sua equipe de segurança subir até o seu quarto para ter certeza de que você estava lá.

"Liguei para a recepção de novo e perguntei se você tinha feito check-out. Disseram que não, e que já tinha passado da hora. Ao mesmo tempo, os policiais reportaram que você não estava no quarto. Abriram a porta para eles, e ele notou que o seu telefone tinha sido deixado na mesa de cabeceira. Também havia uma atualização urgente da equipe de segurança de Gail, dizendo que ela havia desaparecido da casa dos pais. Comecei a suspeitar de que algo ruim havia acontecido com vocês duas."

— Não pare, por favor — falei quando notei que ele havia olhado para mim para avaliar se eu era capaz de ouvir mais.

— Na mesma hora, fui até a sala de Catherine, e a atualizei quanto ao sumiço de Gail e de que também não conseguia te encontrar. Se não tivesse aflito e enlouquecido de preocupação por você, talvez tivesse notado a reserva e o autocontrole incomuns dela. Catherine insistiu que não tínhamos nos aprofundado na direção a que ela havia nos conduzido: a instituição religiosa. Havia até mesmo um tom acusador na sua voz, como se sugerindo que o desaparecimento de Gail tivesse sido causado pela nossa negligência. Cara, ela sabia direitinho como me fazer me sentir culpado. A mulher exigiu que voltássemos e investigássemos, porque ela tinha certeza de que obteríamos resultados.

"O que ela disse depois foi o que me deixou extremamente apreensivo. Uma atriz excelente, essa mulher: olhou para baixo, falou baixinho, hesitou e, ao mesmo tempo, estava determinada.

"Ela disse que tinha a sensação de que talvez você estivesse envolvida. Ela viu que eu não podia nem começar a considerar a hipótese. Mas a mulher construiu bem a justificativa. Começou a explicar que depois de um exame mais completo, os sinais indicavam que algo em você não era "limpo" nem inocente.

"Ela mencionou que você se encontrou com Joel, e que logo depois disso ele desapareceu, mesmo estando sob vigilância. Enfatizou que depois que você agitou as coisas com a srta. Leary, a diretora, ela também desapareceu. Eu não conseguia ignorar o que ela dizia, embora estivesse claro para mim que era tudo circunstancial. Mas ela conseguiu mexer comigo, confesso."

Os dedos dele entrelaçaram os meus.

— Ouvir Catherine, que é como uma segunda mãe para você, dizer o que ela disse... foi como levar um soco inesperado no coração.

"Uma das principais razões pelas quais policiais, detetives e investigadores são afastados de casos em andamento é por causa do envolvimento pessoal com eles. Afeta o julgamento, a claridade de pensamento, prejudica o foco, a atenção a detalhes vitais. Meu envolvimento pessoal com você nublou minha habilidade de enxergar as coisas com clareza, do contrário eu teria pegado um ponto específico em que Catherine tocou sem querer."

— Qual foi? — perguntei, hesitante.

— Você vai entender. Me deixe continuar. Saímos da sede com uma equipe imensa para tentar refazer os seus passos. Nesse meio tempo, Laurie verificou as chamadas feitas e recebidas no seu telefone, no de Gail e no dos pais dela. Foi assim que descobrimos que havia ligações feitas pelo telefone do pai dela. Depois de localizarmos a camareira de quem você usou o telefone para fazer duas ligações, uma para o pai de Gail e a outra para a empresa de táxi, conseguimos construir uma sequência de eventos.

"A camareira nos contou como te ajudou a sair do hotel, e nos mostrou a saída. Localizamos o taxista, e ele nos levou até o lugar em que te deixou.

"Fizemos uma busca na praça perto da casa de Gail e um dos policiais encontrou o gravador que você tinha escondido entre as frestas do banco.

Depois de ouvir a gravação, não havia mais dúvida: vocês foram sequestradas juntas.

"Como sempre, em casos de sequestro, o tempo estava contra nós e estávamos correndo contra ele. Colocamos bloqueios, usamos helicópteros e despachamos grandes equipes de busca. Nada. Você sumiu sem deixar rastro."

Jacob se levantou, foi até a porta e a trancou. Ele abriu a janela e, apesar da proibição de fumar dentro da delegacia, ele acendeu um cigarro e o entregou a mim.

— Pouco mais de um dia depois de vocês terem sido sequestradas, o corpo de Lauren foi descoberto. Os voluntários do abrigo tiraram fotos e as venderam por alguns dólares. As redes sociais foram inundadas, e a imprensa caiu matando. A pressão foi catastrófica. A mãe de Lauren foi entrevistada. Ela acusou a jornalista a quem havia confiado os diários da filha depois, conforme ela declarou, de ter recebido um sinal de Deus. E agora a filha havia sido assassinada, e a única coisa que restava dela foi perdida para sempre. Eu estava encurralado. Meus supervisores invadiram a divisão, a imprensa se mobilizou e até mesmo o FBI começou a farejar.

"Convoquei a equipe principal. Queria que voltássemos ao início, talvez tivéssemos deixado passar alguma coisa. Catherine disse que apesar de ter conexão familiar com o caso, ela era obrigada a analisar as descobertas porque estava profundamente envolvida nele, sabia todos os detalhes muito bem, e só ela poderia nos aproximar da conclusão. Ela dividiu suas preocupações com o comissário e até envolveu Robert. Juntos, eles analisaram os eventos, relacionaram mudanças que ocorreram em você e se fixaram na sua impetuosidade e nos seus segredos. Catherine não parava de chamar atenção para os acontecimentos que apontavam o fato de que o seu envolvimento não era acidental.

"Ouvimos a gravação de novo. Ao contrário de Gail, que não parou de gritar, você não pronunciou uma única palavra e continuou indiferente. Pela gravação, não tinha como sabermos que você havia sido drogada, mas eu deveria ter levantado a possibilidade, afinal de contas, havia evidência de que as meninas sequestradas tinham sido drogadas. Mas a pressão... a pressão embota os sentidos.

"Ao meu redor, os superiores foram convencidos de que você desempenhou um papel fundamental no caso. Catherine explicou que as invasões e as pessoas seguindo você eram eventos encenados. Ela enfatizou que era razoável supor que você não agia sozinha, e que sua vinda para o departamento criou uma situação em que você estava ciente do que estávamos fazendo e te deu a oportunidade de ver as evidências, assim você não cometeria erros. Não foi fácil para mim encarar essa análise que encaixava cada peça do quebra-cabeça em seu devido lugar, e por outro lado... eu não tinha pistas nem respostas satisfatórias."

Fechei os olhos.

— Sam, eu sou humano. Ela conseguiu entrar na minha cabeça e brincar com ela. Não é surpreendente, a mulher é uma perfiladora talentosa. Conhece a MCU como a palma da mão.

Ele me puxou para si e me abraçou.

— Eu juro, Sam, tentei reconstruir nossas conversas. Passei horas andando atordoado, tentando me conformar com o que Catherine tinha dito. Eu me recusei a acreditar, lutei contra mim mesmo e contra ela. Voltei para a minha sala naquela noite, tranquei a porta e comecei a repassar o caso desde o início. Eu não conseguia aceitar as conclusões dela nem o conselho do comissário para me retirar do caso por causa do meu relacionamento com você.

"E foi quando percebi. Estava tão alto, tão claro, eu poderia ter me dado uma surra. Eu me lembrei do que Catherine tinha dito, na hora que estava distraído e não prestei a devida atenção. Como ela poderia saber que você e a Gail haviam se encontrado? Eu não contei a ela; o que disse foi que Gail tinha desaparecido e que eu não estava conseguindo falar com você, nada mais. Além do que, na hora que a atualizei, não tínhamos nem certeza de que o sumiço de vocês estava relacionado, porque ainda não tínhamos encontrado o gravador que você deixou na praça. Para ter certeza, repassei na minha cabeça várias vezes a ordem dos eventos. Não. Não havia como ela ter sabido que você e Gail se encontraram.

"A menos... eu liguei os pontos de um jeito diferente, e tudo começou a se encaixar. Eu me lembrei de uma das conversar que tivemos, em que você pediu a ela para passar as informações sobre a srta. Leary e o Joel, quando você me perguntou se a gente tinha ido atrás disso. Lembra?"

"Preciso te perguntar algo sobre um detalhe específico da investigação, já que já te contei sobre a diretora. Prometo não publicar nada do que você disser. Faz uns dias que passei informações para Catherine, de Joel e Olivia se encontrarem no funeral de Megan. Falei que vi Joel deslizar algo parecido com um bilhete no bolso dela. Isso levou vocês a algum lugar?"

"Não *nos aprofundamos. Esperamos até termos outras informações incriminadoras sobre Joel."*

— Sim, eu me lembro bem — confirmei.

— Catherine me disse que ia se encontrar com um velho amigo, um padre, para tentar descobrir quem seria a próxima vítima. Eu a encorajei a ir mais fundo no assunto.

"Foi a minha janela de oportunidade, e precisava correr. Na mesma hora, convoquei Colin, Derek e Laurie e contei as minhas suspeitas a eles, que concordaram comigo. Fui até o comissário e ele aceitou expedir um mandado de busca para a casa de Catherine e pôr alguém para segui-la, contanto que eu fosse rápido e fizesse tudo em segredo. A gente também grampeou a sala dela.

"Quando o corpo de Gail foi encontrado, a divisão parecia uma panela de pressão. A gente sabia que você seria a próxima. Tentei permanecer focado, pensar na direção que me levaria até você. E enquanto Colin, Derek e Catherine saíram para ver a cena do crime, Laurie e eu revistamos a casa dela. Instruí a equipe para deixar Catherine comandar o show. Eu sabia que quanto mais ela se sentisse como a estrela do caso e que estava no controle do desenrolar dos eventos, menos ciente ela estaria de nós. Revistamos o apartamento e as coisas dela. Encontrei um celular desligado. Eu o liguei e olhei os aplicativos. Não demorou muito para descobrir que o aparelho era usado para ela se comunicar com Robert, para atualizarem um ao outro dos desdobramentos. Também encontrei o vídeo que havia sido enviado para a MCU, o que tinha as cadeiras e a foto das meninas.

"Laurie decodificou as senhas do notebook e do computador dela e encontrou um arquivo criptografado em um deles. Ficamos bastante agitados quando descobrimos que ela tinha recebido uma ligação na sala dela e ela disse que estava a caminho.

"A equipe de vigilância a seguiu. Tomaram muito cuidado. Ninguém subestimava as habilidades dela. Quando a viram pegar a saída da cidade, decidi me juntar a eles. Deixei Laurie no apartamento. Atualizei o comissário e enviei um helicóptero com uma equipe de negociação. Laurie ligou e a notícia que ela nos passou era inacreditável.

"Por meses, Catherine esteve trabalhando em um manuscrito que ela esperava se tornar um best-seller logo que fosse publicado. Na apresentação, ela contava que seu objetivo era deixar uma marca, fazer a diferença. O plano dela e de Robert foi esmiuçado. Eles basearam a operação no recrutamento de criminosos que não tinham sido indiciados porque eles encobriram as investigações e incriminaram outros no lugar deles, tipo acusar Joel de ter relações sexuais com uma menor ou enquadrar o irmão de Damien. Ao mesmo tempo, eles os forçavam a cooperar, ameaçando-os com a perspectiva de uma longa sentença na prisão. Damien era soldado de Robert. Ele o conhecia de Boston através do assassinato dos pais dele, e fez um acordo com o cara em que indiciaria o irmão em vez dele. Esses fatos estavam escritos, preto no branco. No momento, estamos providenciando a soltura de Tim. Joel era o soldado de Catherine.

"Ele acabou na teia dela uma noite quando ela foi convidada para uma festa na casa de uma colega e Joel era o barman. Catherine encontrou o cara se pegando com a filha mais nova da anfitriã. A menina tinha dezesseis anos.

"Com o telefone, ela tirou uma foto dos dois e a usou contra ele mais tarde quando o forçou a ir trabalhar em uma academia como instrutor, um trabalho que ela mesma arranjou para ele. Foi assim que o cara conseguiu seduzir as quatro meninas, ele as convenceu de ir malhar na academia. Ela o instruiu a orquestrar um encontro ao acaso com elas e a tecer uma rede de mentiras em torno das garotas. A mulher prometeu que ele poderia fazer o que quisesse com elas sem precisar se preocupar com a condenação. Catherine deu a ordem para Joel seguir as meninas e ficar por dentro da rotina delas.

"Certo dia, enquanto Joel as esperava sair da escola, ele viu Olivia Leary, a diretora, e se lembrou dela do clube. Uma mulher que era a diretora de uma respeitável instituição educacional durante o dia e à noite se tornava uma escrava em um clube de sexo de prestígio.

"Ele contou para Catherine. A propósito, eles se comunicavam através de celulares pré-pagos. Na época, Joel não percebeu o quanto sua amizade com Olivia era significante, foi o fator principal que possibilitou Catherine a planejar o local do sequestro das meninas.

"Ela mandou Joel fotografar Olivia na boate para que ela tivesse evidências com as quais pudesse chantagear a diretora, se necessário. É claro, a srta. Leary cedeu às ameaças. Sabia que não tinha escolha senão cooperar; do contrário, Catherine vazaria as fotos, e a carreira da mulher iria pelo ralo. Ela nunca mais trabalharia em nenhuma instituição de ensino.

"Os detalhes foram combinados via mensagem de texto. Ela precisava colocar as meninas no comitê de decoração do Halloween e, no dia, mandá-las para o ginásio onde aconteceria o sequestro.

"Joel passou a informação que ele havia arrancado de Olivia, com o lugar exato da localização das câmeras do circuito interno e das portas de emergência. Catherine registrou os detalhes com a própria letra.

"Mas algo pareceu dar errado quando Gail não foi à aula naquele dia. Acontece que Joel tinha pedido para ela não ir. Ele prometeu que eles passariam o dia juntos. Para te dizer a verdade, acredito que ele se apaixonou por ela e pretendia fugir com a menina para a Inglaterra. Lembra do que você notou no vídeo? Que parecia que uma das meninas conhecia o sequestrador? Você estava certíssima. Elas conheciam Joel.

"Enfim, Olivia Leary não quis mais continuar cooperando; ela queria evitar que Gail fosse sequestrada. O bilhete, o que você viu Joel passar para ela no funeral, era uma mensagem escrita por Catherine, ameaçando-a de que se ela parasse de cooperar ou se atrevesse a sequer pensar em falar... eles a matariam. O bilhete foi encontrado na mesa da srta. Leary. Não havia digitais nele, mas depois encontramos uma foto dele no telefone que Catherine usava para se comunicar com Robert.

"Olivia Leary foi assassinada por Damien. Por termos descoberto o clube de sexo, Gregory, o proprietário, era o principal suspeito, mas em meio às centenas de evidências que encontramos no apartamento de Catherine, havia a desse assassinato. Olivia estava no caminho deles; estavam com medo de que ela falasse. Catherine analisou brilhantemente a desintegração gradual da força interior de Olivia, e pararam de confiar nela.

"Não foi o único assassinato em que estávamos errados quanto à identidade dos assassinos. Estou te falando isso porque você não deve saber, mas um traficante foi morto, e a Narcóticos tinha certeza de que ele foi assassinado por ter invadido o território de alguém. Mas ele também foi morto por Damien. Em um dos contatos entre Catherine e Robert, ele insistiu em atar aquela ponta solta. Ele a atualizou depois do assassinato."

Jacob notou que eu balancei a cabeça, como se concordasse. Ele me perguntou a razão. Contei que tinha me encontrado com o traficante logo que cheguei a Nova York, para descobrir o que pudesse sobre a sopro do diabo. Jacob ficou perplexo. Se eu não estivesse no estado em que me encontrava, com certeza seria o recipiente de um belo de um esporro.

A conversa sobre a droga me lembrou de que precisava perguntar a ele algo que vinha me intrigando.

— Jacob, como eles conseguiram salvar a minha vida? Tinha um comprimido de cianeto debaixo da minha língua. Não havia como sobreviver a isso.

— Cianeto? — Ele ficou surpreso.

Contei a ele o que aconteceu com Robert segundos antes de ele arrombar a porta.

— Não sei de nada quanto a isso. Nenhum dos médicos disse ter encontrado traços de cianeto, isso está claro. Havia outras drogas no seu estômago.

Não dissemos nada. Dava para ver que Jacob tentava se conter depois de ouvir o que eu falei do cianeto. Pedi para ele continuar.

— Entende agora? Robert e Catherine tinham a habilidade de operar em duas frentes ao mesmo tempo: na formal, com Robert como um perfilador experiente trabalhando na polícia de Boston, e ela como a única perfiladora trabalhando na MCU, aqui em Nova York. E a nível pessoal, isso serviu para colocarem o plano em prática, por baixo dos panos. Ambos tinham um poder fenomenal. Além do mais, não preciso te lembrar, os dois tinham recursos financeiros expressivos. Um monte de dinheiro foi depositado para Joel para que ele se sentisse em dívida e ameaçado. E, é claro, os depósitos eram feitos em dinheiro. Não fico surpreso por eles sempre estarem alguns passos à nossa frente.

"Ela e Robert decidiram de antemão quem seria sequestrado. E não eram quatro, e sim sete, o número de virtudes celestiais. Quatro em Nova York e mais três em Boston. Laurie me contou dos diagramas que foram esboçados usando um software gráfico que apresentava a localização e a posição dos corpos.

"O título do manuscrito era *A quatro mãos*. Uma referência aos dois pares de mãos, de Catherine e de Robert, que deixariam a marca deles na cultura humana, foi o que ela escreveu."

Eu não conseguia acreditar no nível de meticulosidade do plano. Mas o que me enlouqueceu de verdade foi a proximidade com que tudo isso aconteceu de mim, e mesmo assim não notei nada.

— Àquela altura, não poderíamos deixar Catherine escapar. Vimos que ela estava a caminho de Greenpoint, Long Island. Sabíamos que era uma cidade de veraneio e que ficava praticamente deserta no inverno. Foi como descobrimos que ela estava nos levando a Robert e a você. Alcancei Colin e Derek e quando a vimos perto de uma propriedade privada em que havia uma velha casa de madeira com uma trilha que levava até a estrutura, nós a deixamos sair do carro e só então a pegamos. Não demos chance de ela avisar Robert. Colin a algemou e a colocou no carro. Óbvio, ele pediu para eu esperar até os reforços chegarem, mas não consegui. Eu temia pela sua vida, temia muito. Eles se juntaram a mim quando invadimos o local. Pensei que fosse enlouquecer quando vi o filho da puta em cima de você e atirei sem nem pensar. O resto você já sabe.

Ele ficou em silêncio.

Eu não podia me mover. Jacob segurou o meu rosto com ambas as mãos.

— Sinto muito por ter duvidado de você, mesmo que apenas por uns poucos segundos, até eu cair em mim.

— Jacob, do que você está falando? Se há alguém que deveria pedir desculpas, esse alguém sou eu. Por não dar ouvidos aos seus avisos. Você me salvou da morte certa. Devo minha vida a você.

— Sam — disse ele baixinho, ao afagar o meu rosto. Eu conseguia ver o amor refletido em seu olhar.

— Me leve até ela.

— Acho que não é uma boa ideia.

— Jacob, por favor.

Ele se levantou e estendeu a mão.

45

— Vou estar do outro lado da janela, de olho em você. Colin estará do lado de fora da porta. Catherine está algemada.

Assenti brevemente. Estávamos parados diante da porta, atrás da qual Catherine esperava. Eu a atravessei e a fechei às minhas costas.

Eu me sentei na frente de Catherine. Sua expressão permaneceu inescrutável.

Ela olhou para mim, e eu para ela. A mulher esperou que eu dissesse algo. Eu me forcei a ficar calma. A demonstrar autocontrole.

Aquele mesmo sorriso torto que apareceu em seu rosto quando ela tragou o cigarro voltou agora.

Eu me curvei para frente. Não podia acreditar que estava diante da mulher que amei a minha vida toda, a quem admirava, e que simbolizava para mim a pedra angular do rejuvenescimento da nossa, a minha e de Robert, família: uma profissional exemplar, um modelo de feminilidade. E que ela era uma assassina em série. Uma sociopata. Como isso aconteceu?

— Por quê? — perguntei com o tom que esperei ser lacônico. Olhei dentro de seus olhos, nos mesmos em que uma vez vi refletidas compaixão e vitalidade. E agora... o quê?

— Oi, Sam — disse ela, com um tom alienado —, teria pensado que estaríamos lamentando a morte do homem único e especial com quem compartilhamos a vida, mas você não é parte disso. Consigo ver nos seus olhos que você não faz parte do luto. E, na verdade, você também não é uma parte nossa, não é?

"Você se lembra de quando nós, Robert e eu, pedimos a você que estudasse criminologia? E você seguiu outro caminho. No campo que escolheu, nunca notou que o mal vence. Não via o rosto de centenas de pais atormentados que descobriram que os filhos foram mortos por pedófilos, pervertidos, psicopatas, sociopatas e sádicos. Nunca ficou diante de mentes perversas ouvindo, diariamente, a alma doentia delas.

"Era fácil para você determinar o que era bom e o que era mau. Se ao menos tivesse se tornado perfiladora, como eu e meu amado Robert, entenderia o mundo imperfeito no qual vivemos, e como as coisas que vemos e ouvimos nos afetam. Quando estava em Boston, a linha tênue entre o certo e o errado ameaçou me derrubar. Mas o seu tio era sensível e astuto, e sabia que eu precisava criar um equilíbrio dentro de mim. Ele marcou uma consulta para mim com um psiquiatra e manteve a informação fora do meu registro médico. É claro, não conseguia me comprometer com a psicanálise a longo prazo. Ciência e química, como sempre, estavam disponíveis para nós. Comecei a tomar a medicação, mas esses comprimidos não apagam o fogo, só diminuem a chama.

Como eu posso ter sido tão cega? Não ter percebido o que se passava com pessoas que me eram tão queridas.

— Bastou. Robert não me deixaria cair. Ele sabia que eu continuaria a melhorar. Tantas conversas tivemos, mais profundas do que você pode imaginar. Acha que esse último caso foi o primeiro que planejei? É claro que não. Por anos, me afundei nos rascunhos de diagramas arquitetônicos como esses, e amava compartilhá-los com o homem que eu amava. Ele foi o único que notou minha genialidade escondida nos detalhes.

"Quando estava para ser promovida, o que envolvia a mudança para Nova York, pensei que uma porta estava se abrindo para mim para um novo mundo. Mas o que eu tinha vivido em Boston foi multiplicado por mil. Não posso jurar que tomava a medicação regularmente. A gente sabe que esses remédios entorpecem os sentidos, e não gostava dos efeitos colaterais.

"Creio que Robert te falou da infância dele, que também foi a da sua mãe. Ele também deve ter contado do encontro que teve com os pais há um ano. Ele foi me procurar logo que saiu da igreja. A memória está tão vívida. Eu abri a porta para ele, que entrou e se sentou na sala. Na mesma hora pude dizer que o meu mundo tinha se tornado o mundo dele. Ele me contou sobre as quatro meninas, especialmente sobre Lauren que ainda tão novinha precisava vestir uma máscara para jogar conforme as regras do mundo religioso. Ele passou bastante tempo falando disso. Das lacunas, da ideia de liberdade. E, sim, também do que havia sido varrido para debaixo do tapete.

"Ele concordou com o meu plano. Como era inteligente e bonito. Que perfeição. Quatro assassinatos em Nova York e três em Boston, meu soldado, o soldado dele. Eu aqui na polícia de Nova York protegendo a ele, e ele me protegeria em Boston. Genial, simplesmente fenomenal.

"Foi quando decidi escrever o meu livro, A quatro mãos. Para documentar a aclamação. Para mostrar o que ninguém mais se atreve a dizer em alto e bom som: não há boas virtudes. A religião cria uma ilusão que cega a humanidade, que continua a se agarrar a ela. A gente, Robert e eu, nunca nos amamos como nos amamos naquele ano. A sintonia entre nós foi perfeita."

A testa de Catherine encrespou, e sua boca estremeceu.

— E aí você apareceu! Achou mesmo que a gente fosse deixar você arruinar a nossa imortalidade? Quando você me ligou dizendo que tinha recebido a tarefa de fazer uma cobertura exclusiva do sequestro em Nova York, não gostei nada. Previ que você seria um obstáculo. Foi Robert quem sugeriu que te deixasse ficar no meu apartamento que, por coincidência, estava vago. Ele também sugeriu que te desse acesso à MCU, assim ficaríamos de olho em você. Eu poderia controlar o que você sabia, o que descobriria e o que publicaria. Mas, claro, você ferrou com tudo. Conseguiu acesso aos diários e começou a mergulhar neles. Felizmente para nós, você contou ao Robert o que tinha descoberto e o que achava, mas percebemos que esse seria só o início dos nossos problemas.

"Decidimos começar a minar a sua confiança. Colocamos Joel para te seguir. Esperávamos que você o notasse, que começasse a ficar aflita. Não se esqueça de que conhecemos os seus medos. Não fiquei surpresa por você continuar fazendo tudo do seu jeito, por ter tentado descobrir novas evidências. Afinal, você não se tornou uma jornalista talentosa a troco de nada. Você é teimosa, determinada, dedicada, até mesmo inteligente, eu diria. Não tão dotada quanto nós, você precisa admitir, mas é bastante afiada. Quando encontrou a nota fiscal no quarto de Megan e a entregou a Jacob, criou uma situação que levou a polícia a Joel. Fomos forçados a arranjar um advogado para ele, e o resto do plano ficou mais problemático quando a polícia decidiu manter o garoto sob vigilância.

"Depois do seu encontro com a diretora, e você provavelmente se lembra de que entrou em contato com ela, Jacob entrou na minha sala e declarou que você estava criando um caos. Como resultado da sua insistência de falar com a srta. Leary, a mulher o repreendeu, feio. Afinal de contas, ele havia dito para ela não falar com a imprensa. O homem deixou bem claro que estava me contando por consideração a mim, mas ele tinha toda a intenção de cortar você das suas fontes na MCU. Foi um alívio tremendo, por um lado. Mas, por outro, soubemos desde aquele instante que Robert teria que falar com você com frequência para descobrir o que você sabia e do que suspeitava.

"Ao mesmo tempo, Olivia Leary ficou nervosa e ligou para Joel. Ela contou sobre o encontro contigo e pediu que te mantivéssemos longe dela. Gail também, que até então era conhecida pela polícia como uma das amigas das meninas, falou com Joel e disse que uma jornalista havia aparecido na escola e que tinha tentado falar com ela.

"Ficou óbvio para nós que você estava se tornando uma pedra no sapato, e que precisávamos puxar as suas rédeas. Robert pediu que eu te desse tempo para pensar em uma solução. Ele me retornou e disse que exigiria que você entregasse os diários para mim, que me contasse o que havia dito para ele. E que eu te faria entender que você precisava se afastar da investigação e em troca não te entregaria por estar retendo evidências. Mas você pensou que era melhor que nós e não foi me procurar para entregar os diários. Sugeri que Robert pegasse Holmes, o que te faria ir embora de Nova York. Foi ele quem mandou Damien invadir a sua casa. A encenação foi planejada por mim."

O sorriso perverso se expandiu para uma expressão insuportável.

— Sabíamos que a aparição de Damien, o escuro, a roupa que ele vestia, tudo isso te atingiria no lugar certo: nos seus pontos fracos. Eu me lembro de como sorri para mim mesma quando pensei no quanto o clima cooperou com a gente, que o cosmos havia contribuído com uma tempestade para a ocasião.

"A gente também sabia da evolução do seu relacionamento com Jacob. Foi uma excelente oportunidade para provar a ele que sua vida estava em perigo, e Robert adicionou o toque com Michael. Relacionamentos antigos sempre são motivo de tensão entre casais.

"Dessa vez, devo confessar, você me deixou perplexa. Eu te peguei no aeroporto e você parecia mais forte que nunca. Foi uma senhora audácia. A invasão da casa em Boston não serviu de nada, ainda mais considerado que Robert notou que você não contou para ele os detalhes do que tinha acontecido naquela noite. Naquele momento você se tornou um problema ainda maior para nós. Robert enviou Damien de novo; a gente precisava dos diários. Como tenho certeza de que você percebeu, assumi para mim a responsabilidade de armar tudo: adicionei o grafite na parede, e sabia que o ponto de interrogação conectaria o vídeo a você, e que a MCU e Jacob entrariam em pânico de uma forma que seria benéfica para nós.

"As pessoas que miram certo conseguem ajuda de lugares inesperados. Com toda a sua determinação para manter seu posto como jornalista exclusiva, você não forneceu material. Robert sabia que o seu editor a faria voltar para Boston. E eu, daqui, manipulei Jacob bem discretamente ao explorar a preocupação que ele sentia por você. Tínhamos certeza de que você estava a poucas horas de ir para casa e deixar o caso, e nós, em paz.

"Sua visita ao clube de sexo selou o seu destino. Você pensou que era uma repórter investigativa? Ridículo. Se fosse tão genial quanto pensa, teria começado a desconfiar do que acontecia na sua própria casa, na sua família. E mesmo se fosse tarde demais, o fato de que isso jamais passou pela sua cabeça, que não nos sentiu... isso vai te atormentar pelo resto da vida. Você carregará a culpa por isso.

"Seu tio não queria que você fosse sexualmente abusada por Damien, quem, a propósito, não te torturou tanto assim. Ele também pediu minha permissão para dar a você o comprimido de cianeto antes de você se tornar a quinta exibição. O pedido dele não me surpreendeu. O sangue fala mais alto. O que eu não percebi foi que você era a fraqueza dele. Robert era um perfilador excepcional, e ele sabia como esconder o fato de mim.

"Você era a fraqueza dele. E custou a vida dele. Que desperdício. Que lástima. Você está sentada aqui graças à bondade que ele demonstrou a você: a vida dele pela sua."

Eu me levantei. Não conseguia continuar olhando nem ouvindo essa mulher. Eu me virei para a porta. Catherine não tentou me deter. Sem me virar para ela, falei:

— A única coisa pela qual sou grata é que não haverá continuidade para nenhum de vocês. Robert e você serão lembrados como assassinos brutais. O nome de vocês será apagado da face da terra. A eternidade não se lembrará de vocês.

EPÍLOGO

Cinco meses depois

— Fiz alguma coisa para te tirar da cama tão cedo?

Envolvi os braços ao redor dos ombros de Jacob. Ele estava sentado e concentrado em seu notebook, trabalhando desde de madrugada, e me puxou e me sentou em seu colo.

— Desde quando você me incomoda, linda? — Ele aconchegou o rosto no meu pescoço exposto e quando o beijou, sussurrou: — Sei que disse que passaríamos o fim de semana juntos, sem interferências, mas ontem surgiram dois casos complicados que exigem minha atenção. Dois meninos desapareceram da casa dos pais e...

Ergui a mão, um sinal para ele parar.

— Tudo bem, vá salvar vidas e fazer o que precisa fazer. Mas saiba, Jacob Torres, que está em dívida comigo, e pretendo cobrar. — Eu ri, dei um beijo rápido em seus lábios carnudos e fiquei de pé em um salto.

— Vou fazer café e ligar para a Anita. Ela tem um monte de tempo para mim e prometeu me levar para uma aula de arranjos de flores. Quem sabe um dia eu não abra a minha própria floricultura?

A risada dele foi estrondosa.

— Posso garantir que você vai morrer de tédio em menos de uma semana.

Dei de ombros.

— Você ficaria surpreso, não há nada errado em tentar trilhar caminhos diferentes.

Ele revirou os olhos.

— Faça-me o favor, Sam. — Ele apontou para as pinturas que eu havia pendurado nas paredes do loft e para as esculturas de argila que tinha feito e que estavam espalhadas por lá. Tudo resultado das aulas que tinha feito nos últimos meses.

— Pensei que você gostasse delas — falei, um pouco irritada. — Você não falou nada quando as pendurei.

Ele se levantou e segurou o meu rosto.

— Digamos que seria preferível que você comprasse arte em vez de produzi-la. Volte para aquilo em que você é boa de verdade. Você é jornalista, Sam. Ligue para Walter e volte a trabalhar.

Eu o presenteei com uma encarada feia. Ele ergueu as mãos.

— Tudo bem, não vou dizer mais nada.

Resmunguei comigo mesma sobre seu comentário enquanto separava as roupas brancas das coloridas para lavar. Afinal, foi ele que tempos atrás tentou me manter longe do meu trabalho e, agora, nesse último mês, estava me encorajando a voltar? Meus pensamentos foram interrompidos quando vi manchas marrons, terra ou lama, na camisa que ele usou no dia anterior, e no jeans que vestiu no anterior a esse. Eu me perguntei aonde ele tinha ido para ficar tão sujo.

Coloquei as peças de molho.

— Vou te ligar quando terminar, e quero te levar para fazer algo especial — Jacob gritou na minha direção.

— Espero que não inclua lama — respondi enquanto esfregava as roupas.

Ele saiu.

Enquanto estava sentada à ilha da cozinha com uma xícara de café e um cigarro, captei um vislumbre de duas pastas na mesa. O homem as havia esquecido. Corri para pegá-las e fui atrás dele, correndo descalça. Cheguei a tempo de ver seu carro saindo da vaga e indo em direção à rua. Voltei para o apartamento e mandei mensagem para ele. Uma hora depois, me vi encarando os arquivos. Minha curiosidade jornalística bateu à porta que havia fechado havia meses.

Decidi dar uma olhada. Só uma espiadinha.

Não percebi que tinha me perdido completamente naquele documento fascinante até Jacob entrar e fechar a porta. Ele me deu uma encarada que pertencia ao chefe de polícia que eu conhecia.

— Eu não queria xeretar. — Eu me apressei para me desculpar quando ele se sentou ao meu lado e entrelaçou os dedos com os meus.

— Não vou autorizar sua entrada na MCU, e não vou te dar prioridade. Posso te atirar um osso vez ou outra, sob a condição de você não se tornar um pé no saco e de não me enlouquecer.

— Eu não disse que voltaria a trabalhar. — Ele pareceu não acreditar no que eu disse.

— Vista-se, vim mais cedo para pegar você.
— Aonde vamos?
— Você vai ver.

Eu queria pegar Bond, o gato que Jacob me deu há quatro meses. Fiquei tão chateada depois de um mês procurando Holmes que ele decidiu me surpreender com o gatinho mais fofo do mundo. E embora, de antemão, não pudesse imaginar que aceitaria a presença de outro gato ao meu redor, Jacob estava certo dessa vez também. Bond derreteu o nosso coração. Ele era irresistível.

— Dessa vez, não — Jacob disse, e eu acenei para Bond e nós saímos.

Jacob se recusou a me dizer para onde íamos. Tentei fazer perguntas, mas ele fez sinal para eu ficar de bico fechado.

— Odeio surpresas — falei.
— Eu não disse que era surpresa — respondeu ele. E ligou o rádio. *Amazing Grace*, graça sublime... uma belíssima música gospel.

Ele parou o carro, deu a volta para abrir a porta para mim e me ofereceu o braço. Demos as mãos. Ele me levou até um portão preto, tirou uma chave do bolso e abriu só uma fresta. Então me entregou a chave. Entramos e percorremos uma trilha curta. Fiquei impressionada com o pequeno jardim florido no meio do qual havia uma única árvore rodeada por outras recém-plantadas.

Jacob parou na minha frente.

— Esse lugar é só para você, Sam. Embora seja simbólico, pode se conectar com seus entes queridos aqui. Você nunca pôde fazer isso, e eu pensei que você precisava fechar um ciclo. Comprei o lugar para você. Pode vir aqui sempre que sentir saudade deles. Sempre que quiser falar com eles.

Ele fez sinal para eu ir na frente. E eu fui, olhando vez ou outra para ele atrás de mim.

Parei perto de um banco no qual havia um buquê atado com uma fita azul. Olhei para a pedra enorme que havia sido posta no meio do jardim. Havia uma placa de bronze lá. As letras da inscrição eram simples e belas.

Em memória de Emilia e Brad Redfield.

"Eu estava perdido, mas fui encontrado. Estava cego, mas agora posso ver."
Amazing Grace.

Coloquei o buquê no chão e, pela primeira vez em dezenove anos, me deixei sentir luto. Chorei. Minhas lágrimas eram uma mistura de tristeza e serenidade. De certa forma, meus pais voltaram para mim. Jacob os trouxe de volta.

Meu homem havia me concedido essa graça sublime. Enterrei o rosto no ombro dele, que me abraçou. Suas palavras me encimaram quando ele disse:

— Eu amo você.

Eu o abracei com força.

— Eu também te amo.

Eu sabia que havia encontrado coragem dentro de mim para partir com ele para o desconhecido. Para me abrir ao amor. Para estar disposta a me dedicar a esse homem. Os últimos meses provaram que apesar do mal que existe no mundo, também há bondade e compaixão, que a luz triunfa ante as trevas, mesmo que nem sempre. E que esses não são clichês.

Eu me permiti me quebrar, precisei de tempo para aceitar e me curar. Para largar esse mundão lá fora, para me deixar ser, para descobrir os pequenos momentos que faziam o dia valer, e a felicidade que havia neles.

Agora estava pronta para carregar dentro de mim a última peça que formava o quebra-cabeça que era a minha vida. Com Jacob ao meu lado, eu não sentia mais medo.

Olhando em retrospectiva, podia enxergar e entender que se passei por tudo aquilo para chegar a esse momento, com ele, eu, nós... então valeu a pena. E eu podia ser grata por isso.

A vida tem força própria, a alma da humanidade tem clareza própria, e o amor é o que os une.

SOBRE A AUTORA

Inbal Elmoznino escreve suspenses românticos cativantes e é conhecida por tecer histórias intrigantes com personagens deliciosamente imperfeitos. Seus livros passaram meses nas listas de best-sellers de Israel, mas se perguntar a Inbal o que ela gosta de fazer de verdade, ela te dirá que ama se sentar, encarando o nada, permitindo que a imaginação a leve para onde quiser.

Inbal costumava trabalhar com relações públicas e marketing e usa seus muitos anos de experiência para ajudar a promover os autores de romance aclamados internacionalmente que ela publica traduzidos para o hebraico em parceira com Nicole, sua sócia na editora. Ela vive para a arte, bons restaurantes, vinhos excelentes, e para beber quantidades copiosas de café forte. Ela é muito bem-casada e mãe de dois meninos e dois Shi-Tzu maluquinhos. Apesar de seu status como capricorniana (já que nasceu no inverno), escolheu morar na cidade israelita mais abafada e sufocante, bem no meio do deserto, onde a Jordânia e o Egito se encontram.

A The Gift Box é uma editora brasileira, com publicações de autores nacionais e estrangeiros, que surgiu no mercado em janeiro de 2018. Nossos livros estão sempre entre os mais vendidos da Amazon e já receberam diversos destaques em blogs literários e na própria Amazon.

Somos uma empresa jovem, cheia de energia e paixão pela literatura de romance e queremos incentivar cada vez mais a leitura e o crescimento de nossos autores e parceiros.

Acompanhe a The Gift Box nas redes sociais para ficar por dentro de todas as novidades.

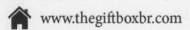 www.thegiftboxbr.com

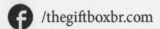 /thegiftboxbr.com

 @thegiftboxbr

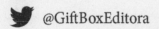 @GiftBoxEditora